Erin Watt
Paper Prince

Erin Watt

Paper PRINCE

Das Verlangen

Aus dem amerikanischen Englisch
von Ulrike Brauns

Mehr über unsere Autorinnen, Autoren und Bücher:
www.everlove-verlag.de

Wenn dir dieser Roman gefallen hat, schreib uns unter Nennung des
Titels »Paper Prince – Das Verlangen« an *empfehlungen@piper.de*,
und wir empfehlen dir gerne vergleichbare Bücher.

Von Erin Watt liegen im Piper Verlag vor:
Paper-Reihe:
Paper Princess
Paper Prince
Paper Palace
Paper Passion
Paper Paradise
Paper Party

One Small Thing – Eine fast perfekte Liebe
When it's Real – Wahre Liebe überwindet alles

ISBN 978-3-492-06752-2
© Erin Watt 2016
Titel der englischen Originalausgabe:
»Broken Prince«, EverAfter Romance 2016
© der deutschsprachigen Ausgabe:
everlove, ein Imprint der Piper Verlag GmbH, München 2025
Erschienen zuvor in der Piper Verlag GmbH, München 2017
Satz: psb, Berlin
Gesetzt aus der Dolly Pro
Druck und Bindung: GGP Media GmbH, Pößneck
Printed in Germany

Für die Fans, die diese Reihe so sehr lieben wie wir

1. Kapitel

REED

Das Haus liegt still und dunkel vor mir, ich betrete es durch den Hauswirtschaftsraum neben der Küche. Fast tausend Quadratmeter, und kein Mensch weit und breit. Unwillkürlich muss ich grinsen. Meine Brüder ausgeflogen, die Haushälterin fort und mein Dad wer weiß wo, das heißt, mein Mädchen und ich haben die Villa ganz für uns.

Yeah.

Ich verfalle in leichten Trab, durchquere die Küche und laufe die Hintertreppe hoch. Hoffentlich erwartet Ella mich oben in ihrem Bett, süß und sexy in einem meiner alten T-Shirts, in denen sie neuerdings schläft. Noch besser wäre natürlich, sie würde gar nichts tragen ... Ich werde schneller, komme an meinem Zimmer vorbei, dann an Eastons und Gids, bis ich endlich vor Ellas Tür stehe, die zu meiner Enttäuschung geschlossen ist. Auf mein Klopfen folgt keine Reaktion. Verwundert fische ich mein Handy aus der Hosentasche und schicke eine kurze SMS.

Wo bist du, Babe?

Sie antwortet nicht. Ich tippe mit dem Handy gegen mein Bein. Wahrscheinlich ist sie heute Abend mit ihrer Freundin Val unterwegs. Eigentlich gar nicht so schlimm, ich könnte eine Dusche vertragen, bevor wir uns sehen. Die Jungs haben bei Wade Unmengen Hasch geraucht, und ich will Ellas Zimmer nicht vollstinken.

Neuer Plan. Duschen, rasieren und dann mach ich mich auf die Suche nach meinem Mädchen. Ich ziehe mein T-Shirt aus, knülle es in einer Hand zusammen und öffne meine Zimmertür. Ohne das Licht anzumachen, schlage ich den Weg Richtung Bad ein und streife mir dabei die Schuhe ab.

Ich rieche sie, bevor ich sie sehe.

Was zur ...?

Der abscheuliche Geruch von Rosen setzt sich mir in die Nase, und ich drehe mich zum Bett. »Nicht möglich«, knurre ich, als ich die Silhouette auf meinem Bett entdecke.

Wut rauscht mir durchs Rückenmark, ich marschiere zurück zur Tür und haue auf den Lichtschalter. Was ich sofort bereue, denn das schwache, gelbliche Licht enthüllt die nackten Rundungen einer Frau, mit der ich nichts zu tun haben möchte.

»Was zur *Hölle* willst du hier?«, fauche ich die Exfreundin meines Vaters an.

Brooke Davidson lächelt schüchtern. »Du hast mir gefehlt.«

Mir klappt der Kiefer runter. Ist das ihr verdammter Ernst? Ich werfe einen schnellen Blick in den Flur, um sicherzustellen, dass Ella immer noch nicht da ist. Dann steuere ich geradewegs das Bett an.

»Verschwinde«, sage ich und greife nach ihrem Handgelenk, um sie von meinem Bett zu ziehen. Verdammt, jetzt muss ich auch noch dringend ein neues Laken auftreiben, denn wenn es etwas gibt, das schlimmer riecht als altes Bier und Hasch, dann Brooke Davidson.

»Warum? Sonst hast du dich doch auch nicht beklagt.«

Sie leckt sich auf eine Art über die roten Lippen, die wohl sexy sein soll, bloß dass sich mir davon der Magen umdreht. Es gibt ein paar Leichen in meinem Keller, von denen Ella nichts weiß. Vieles, wovon ihr ganz sicher schlecht werden würde. Die Frau vor mir gehört dazu.

»Ich dachte, ich hätte sehr deutlich gemacht, dass ich deinen dreckigen Hintern nie wieder anfassen will.«

Brookes selbstgefälliges Grinsen wird dünn. »Und ich, dass du nicht so über mich sprechen sollst.«

»Ich spreche, wie ich will.« Ich werfe einen weiteren nervösen Blick zur Tür. Vor lauter Verzweiflung fange ich an zu schwitzen. Brooke darf nicht mehr hier sein, wenn Ella nach Hause kommt.

Wie, zum Teufel, könnte ich das denn erklären? Mein Blick fällt auf Brookes Klamotten, die auf dem Boden liegen – das dürftige Minikleid, die Spitzenunterwäsche, ihre Absatzschuhe.

Meine Schuhe stehen genau bei ihren. Weshalb dies verdammt verfänglich aussieht.

Ich schnappe mir Brookes Schuhe und schleudere sie aufs Bett. »Was immer du hier abziehen willst, ich spiele nicht mit. Verschwinde.«

Sie wirft die Schuhe zurück. Einer der Absätze hinterlässt einen Kratzer auf meiner nackten Brust, bevor er wieder zu Boden fällt. »Zwing mich doch.«

Ich massiere mir den Nacken. Abgesehen davon, sie zu packen und einfach vor die Tür zu setzen, habe ich wohl nicht viele Optionen. Aber wie soll ich das Ella erklären, wenn sie mich dabei erwischt, dass ich Brooke aus meinem Zimmer schleppe?

Hey, Baby, bin gleich wieder da. Ich bringe nur schnell den Müll runter. Du musst wissen, dass ich ein paarmal mit Dads Freundin gepennt habe, und jetzt, nach ihrer Trennung, will sie mir offenbar

wieder an die Wäsche. Das ist nicht im Geringsten krank, oder?
Und dann hilflos kichern.

Ich balle die Hände zu Fäusten. Gideon hat immer gesagt, dass ich selbstzerstörerisch handle, aber das hier ist ein ganz neues Level. *Ich habe mir das eingebrockt.* Ich habe mich durch die Wut auf meinen Vater dazu verleiten lassen, mit dieser Schlampe ins Bett zu steigen. Ich habe mir gesagt, dass er nichts anderes verdient, nach dem, was er Mom angetan hat.

Jetzt bin ich der Idiot.

»Zieh dich an«, zische ich. »Diese Unterhaltung ist beendet –« Schritte im Flur.

Ich höre, wie jemand meinen Namen ruft.

Brooke legt den Kopf schief. Sie hört es auch.

Scheiße, Scheiße, Scheiße.

Ellas Stimme direkt vor meiner Tür.

»Ach, wie gut, Ella ist zu Hause«, sagt Brooke, während mir das Blut in den Ohren rauscht. »Ich habe Neuigkeiten, die ich gern mit euch beiden teilen möchte.«

Wahrscheinlich ist es das Dümmste, was ich tun kann, aber mir geht nur ein Gedanke durch den Kopf: *Tu was.* Diese Frau muss verschwinden.

Ich stürze nach vorn, greife nach Brookes Arm, um sie von der Matratze zu zerren, aber sie reißt mich herum. Ich will auf keinen Fall ihren nackten Körper berühren, verliere aber das Gleichgewicht. Sie nutzt die Gelegenheit und presst sich von hinten gegen mich. Ein sanftes Lachen trifft mein Ohr, während ihre gekauften Titten an meinem Rücken glühen.

Panisch sehe ich dabei zu, wie sich der Türknauf dreht.

Brooke flüstert: »Ich bin schwanger, und zwar von dir.«

Was?

Meine Welt kommt zum Stehen.

Die Tür fliegt auf. Ellas so wunderschönes Gesicht erscheint, ihr Blick findet meinen. Ich sehe zu, wie sich ihr Gesichtsausdruck von Freude zu Schock wandelt.

»Reed?«

Ich bin wie erstarrt, nur mein Verstand läuft auf Hochtouren. Wann ist das letzte Mal was zwischen Brooke und mir gelaufen? Das muss St. Patrick's Day gewesen sein. Gid und ich hingen zusammen am Pool ab. Er hat sich betrunken, ich hab mich betrunken. Er war über irgendwas total aufgebracht. Dad, Sav, Dinah, Steve. Ich hab's nicht ganz kapiert.

Entfernt nehme ich wahr, dass Brooke kichert. Ich sehe Ellas Gesicht, ohne es wirklich wahrzunehmen. Ich sollte etwas sagen, aber ich tu's nicht. Ich bin beschäftigt. Beschäftigt damit, in Panik auszubrechen. Verzweifelt nachzudenken.

St. Patrick's Day ... Ich bin noch oben getaumelt, auf mein Bett gefallen und irgendwann aufgewacht, weil jemand an meinem Schwanz saugte. Abby konnte es nicht sein, da hatte ich mich schon von ihr getrennt, und sie war auch nicht der Typ, der sich trotzdem einfach in mein Zimmer schleichen würde. Und ich bin sicher niemand, der einfach so einen Blowjob ausschlägt.

Ella steht der Mund offen, und sie sagt etwas. Ich verstehe kein Wort, drehe mich in einer Spirale von Schuldgefühlen und Selbsthass, aus der ich von selbst nicht rauskomme. Ich kann sie nur anstarren. Mein Mädchen. Das hübscheste Mädchen, das ich je gesehen habe. Ich kann meinen Blick nicht von dem goldenen Haar, diesen großen blauen Augen losreißen, die mich anflehen, das alles zu erklären.

Sag was, befehle ich meinen nicht gehorchenden Stimmbändern.

Meine Lippen regen sich nicht. Ich spüre eine kalte Hand in meinem Nacken und zucke zusammen.

Sag was, verdammt noch mal. Lass sie nicht einfach gehen –

Zu spät. Ella rennt weg.

Das laute Knallen der Tür reißt mich aus meiner Starre. Mehr oder weniger. Bewegen kann ich mich immer noch nicht. Ich kann kaum atmen. St. Patrick's Day ... Das ist über sechs Monate her. Ich verstehe nicht viel von schwangeren Frauen, aber an Brooke ist eigentlich nichts zu erkennen. Das ist unmöglich.

Unmöglich.

Das Kind kann unmöglich von mir sein.

Ich springe vom Bett, stürze zur Tür und ignoriere, dass meine Hände wie wild zittern.

»Im Ernst?«, höre ich Brookes amüsierte Stimme. »Du rennst ihr nach? Wie willst du ihr das denn erklären, Schätzchen?«

Wütend fahre ich herum. »Ich schwöre bei Gott, wenn du nicht endlich von selbst verschwindest, schmeiße ich dich eigenhändig raus.« Dad hat immer gesagt, dass sich ein Mann, der seine Hand gegen eine Frau erhebt, selbst degradiert. Deshalb habe ich nie eine Frau geschlagen. Bis ich Brooke Davidson traf, hatte ich auch noch nie das Bedürfnis.

Sie geht über meine Drohung hinweg. Spottet lieber weiter und spricht jede meiner Befürchtungen nacheinander aus. »Was willst du ihr denn vorlügen? Dass du mich nie angerührt hast? Dass du mich nie wolltest? Was glaubst denn du, wie dieses Mädchen reagieren wird, wenn sie erfährt, dass du mit der Freundin deines Vaters geschlafen hast? Meinst du wirklich, dass sie dich dann noch will?«

Ich schiele in den nun leeren Flur. Aus Ellas Zimmer kommen gedämpfte Geräusche. Am liebsten würde ich zu ihr sprinten, aber das geht nicht. Nicht, solange Brooke noch im Haus ist. Was, wenn sie splitterfasernackt aus meinem Zimmer rennt und herausposaunt, dass sie von mir schwanger ist? Wie soll ich das Ella erklären? Was könnte ich sagen, damit sie mir glaubt? Brooke muss erst weg, bevor ich Ella gegenübertreten kann.

»Verschwinde.« Ich richte meinen ganzen Frust gegen Brooke.

»Willst du nicht erst wissen, was es wird?«

»Nein, will ich nicht.« Ich betrachte ihre schlanke, nackte Form und erkenne eine leichte Wölbung. Mir steigt die Galle in den Mund. Brooke ist nicht der Typ, der zunimmt. Ihr Aussehen ist ihre einzige Waffe. Die Schwangerschaft an sich ist jedenfalls nicht gelogen.

Aber das Kind ist nicht von mir.

Vielleicht ist es von Dad, aber todsicher nicht von mir.

Ich renne hinaus in den Flur. »Ella«, rufe ich, obwohl ich keine Ahnung habe, was ich zu ihr sagen soll. Aber jedes Wort ist besser, als nichts zu sagen. Ich verfluche mich noch immer dafür, vorhin so erstarrt zu sein. Mann, was bin ich doch für ein Versager.

Ich bleibe in ihrem Türrahmen stehen, schaue mich um, aber da ist nichts zu entdecken. Dann höre ich es – das tiefe, raue Dröhnen eines Sportwagenmotors. In einem Anflug von Panik sprinte ich die Treppe zum Vordereingang hinunter. Brooke kichert hinter mir wie eine Hexe an Halloween.

Ich will die Haustür aufreißen, aber sie ist natürlich abgeschlossen. Als ich sie endlich öffnen kann, ist draußen keine Spur mehr von Ella. Sie muss mit Schallgeschwindigkeit davongerast sein. Scheiße.

Die Steine unter meinen Füßen erinnern mich daran, dass ich nichts als eine Jeans anhabe. Ich mache kehrt, renne zurück, die Treppe hinauf, immer drei Stufen auf einmal nehmend, bleibe aber wie angewurzelt stehen, als Brooke oben am Treppenansatz erscheint.

»Niemals ist das mein Kind«, knurre ich. Wenn es wirklich meins wäre, hätte Brooke diese Karte längst ausgespielt und nicht so lange gewartet.»Ich glaube nicht mal, dass es von meinem Dad ist, sonst hättest du dich wohl kaum wie eine billige Nutte nackt in mein Zimmer gesetzt.«

»Ich sage, von wem es ist«, erwidert sie kühl.

»Wo ist der Beweis?«

»Ich brauche keinen Beweis. Es steht mein Wort gegen deins, und bis das Ergebnis des Vaterschaftstests da ist, habe ich längst einen Ring am Finger.«

»Na, dann viel Glück.«

Sie greift nach meinem Arm, als ich an ihr vorbeiwill. »Ich brauche kein Glück. Ich hab ja dich.«

»Nein. Du hattest mich nie.« Ich schüttle sie ab.»Ich mache mich auf die Suche nach Ella. Bleib hier, solange du willst, Brooke. Ich habe deine Spielchen so was von satt.«

Ihre eisige Stimme lässt mich wie angewurzelt stehen bleiben, bevor ich mein Zimmer erreiche.»Wenn du Callum dazu bringst, mir einen Heiratsantrag zu machen, erzähle ich allen, das Kind ist von ihm. Hilfst du mir nicht, wird jeder glauben, das Kind ist von dir.«

Ich gehe bis zu meiner Tür.»Der DNA-Test wird beweisen, dass es nicht meins ist.«

»Vielleicht«, flötet sie,»aber er wird zeigen, dass ein Royal der Vater ist. Diese Tests unterscheiden nicht immer zwischen Verwandten, besonders nicht zwischen Vätern und Söhnen. Und allein diese Tatsache wird Ella zweifeln lassen. Deshalb frage ich dich, Reed, soll ich der Welt – soll ich Ella – sagen, dass du Papa wirst? Denn das werde ich tun. Oder lässt du dich auf meine Forderung ein, und niemand wird es je erfahren.«

Ich zögere.

»Haben wir eine Abmachung?«

Ich beiße die Zähne aufeinander. »Wenn ich das mache ... Wenn ich meinem Vater diese ... diese ...«, ich suche nach dem richtigen Wort, »Idee deinetwegen in den Kopf setze, dann lässt du Ella in Ruhe?«

»Was, um alles in der Welt, meinst du?«

Ich drehe mich langsam um. »Ich meine damit, dass Ella nie auch nur ein Sterbenswörtchen von diesem Scheiß erfährt. Du sprichst nie wieder mit ihr, nicht mal, um das ...«, ich wedele zu ihrem nun angezogenen Körper, »... zu erklären. Du lächelst, du grüßt, aber keine vertraulichen Gespräche.«

Ich traue dieser Frau nicht, aber wenn ich mit ihr irgendwie um Ella – und ja, um mich – feilschen kann, dann tue ich das. Dad hat sich sein fauliges Bett selbst gemacht. Darin darf er sich gern noch ein bisschen wälzen.

»Abgemacht. Du bearbeitest deinen Vater, und du und Ella, ihr könnt euer Happy End haben.« Brooke lacht, während sie sich nach ihren Schuhen bückt. »*Wenn* du sie zurückgewinnen kannst.«

2. Kapitel

Zwei Stunden später flippe ich aus. Es ist schon nach Mitternacht, und Ella ist noch nicht wieder da.

Wo bleibt sie denn? Würde sie bitte einfach endlich nach Hause kommen und mich anbrüllen? Ich will, dass sie mir sagt, dass ich ein Arsch bin und keine Sekunde ihrer Zeit wert. Und zwar ins Gesicht, Feuer speiend. Ich will, dass sie mich anschreit, mich tritt, schlägt.

Ich will sie, verdammt.

Ich werfe einen Blick auf mein Handy. Sie ist schon seit Stunden weg. Schnell wähle ich ihre Nummer, aber es tutet und tutet nur.

Noch ein Tuten, und die Mailbox springt an.

Ich schreibe: Wo steckst du?

Keine Antwort.

Dad macht sich Sorgen.

Ich texte die Lüge in der Hoffnung, dass sie darauf reagiert, aber mein Handy bleibt stumm. Vielleicht hat sie meine Nummer blockiert? Der Gedanke tut weh, ist aber nicht völlig aus der Luft gegriffen, weshalb ich ins Zimmer meines Bruders renne. Sie wird uns wohl kaum alle blockiert haben.

Easton schläft noch, aber sein Handy liegt zum Laden auf dem Nachttisch. Ich schicke ihr damit eine weitere Nachricht. Sie mag Easton. Sie hat seine Schulden bezahlt. Ihm wird sie doch antworten, oder?

Hey, Reed sagt, irgendwas ist passiert. Alles okay bei dir?

Nichts.

Vielleicht hat sie ja unten an der Straße geparkt und ist am Strand? Ich stecke Eastons Handy ein, für den Fall, dass sie ihn doch noch kontaktiert, und laufe wieder nach unten Richtung hintere Terrasse.

Der Strand ist menschenleer, weshalb ich bis zum Grundstück der Worthingtons jogge, dem Anwesen vier Häuser weiter. Dort ist sie auch nicht.

Ich sehe mich um, die steinige Küstenlinie entlang, hinaus aufs Meer, aber da ist rein gar nichts. Kein Mensch. Keine Spuren im Sand. Nichts.

Der Frust weicht leiser Panik, während ich zurück zu unserem Grundstück laufe und in meinen Range Rover steige. Mit einem Finger auf dem Startknopf trommle ich mit der anderen Hand gegen das Armaturenbrett. Denk nach. Denk nach. *Denk nach.*

Valerie. Sie muss bei Valerie sein.

Weniger als zehn Minuten später stehe ich vor Vals Haus, aber Ellas blaues Cabrio ist nirgendwo zu entdecken. Ich lasse den Motor laufen, springe aus dem Wagen und laufe die Auffahrt hoch. Auch dort steht Ellas Auto nicht.

Ich werfe einen Blick auf mein Handy. Keine Nachricht. Auch auf Eastons nicht. Das Display verrät mir, dass das Football-Training in zwanzig Minuten losgeht, das heißt, Ella wird in der Bäckerei erwartet. Normalerweise fahren wir ja zusammen, das haben wir ja sogar beibehalten, nachdem sie das Auto von meinem Vater geschenkt bekommen hat.

Ella sagte, dass sie nicht gern Auto fährt. Ich sagte, dass es zu gefährlich war, morgens zu fahren. Wir haben uns gegenseitig was vorgelogen. Wir haben uns selbst angelogen, weil wir uns die Wahrheit nicht eingestehen wollten: dass wir einander nicht widerstehen konnten. Zumindest gilt das für mich. Von dem Moment an, an dem sie zur Tür hereinkam, mit großen Augen und hinter einer harten Schale verschanzt, konnte ich mich nicht von ihr fernhalten. Meine Instinkte schrien förmlich, dass sie Ärger bedeutete. Aber meine Instinkte lagen falsch. Nicht sie bedeutete Ärger. Sondern ich. Noch immer.

Reed, der Zerstörer.

Wäre ein cooler Spitzname, wenn es hier nicht um mein und ihr Leben ginge, das ich dem Erdboden gleichmache.

Der Parkplatz der Bäckerei ist leer, als ich eintreffe. Nachdem ich fünf Minuten lang nonstop gegen die Tür hämmere, öffnet die Besitzerin – Lucy heißt sie, glaub ich – mit einem Stirnrunzeln.

»Wir öffnen erst in einer Stunde«, informiert sie mich.

»Ich bin Reed Royal, Ellas ...« Tja, was bin ich? Ellas Freund? Ihr Stiefbruder? Ihr was? »Kumpel.« Verdammt, nicht mal das bin ich. »Ist sie da? Es ist ein Notfall.«

»Nein, sie ist heute nicht erschienen.« Lucys Augenbrauen kräuseln sich besorgt. »Ich habe bei ihr angerufen, aber sie ist nicht drangegangen. Sie ist eine so zuverlässige Arbeitskraft, deshalb bin ich davon ausgegangen, dass sie zu krank ist, um sich abzumelden.«

Mir wird mulmig. Ella hat keinen einzigen Arbeitstag ausfallen lassen, obwohl sie für diesen Job so scheißfrüh aufstehen und fast drei Stunden arbeiten musste, noch bevor die Schule anfing.

»Ah, okay, dann wird sie wohl zu Hause im Bett sein«, murmle ich und wende mich ab.

»Warten Sie«, ruft Lucy mir hinterher. »Was ist denn passiert? Weiß Ihr Vater, dass Ella verschwunden ist?«

»Sie ist nicht verschwunden«, rufe ich zurück, schon fast bei meinem Auto angelangt. »Sie ist zu Hause. Ganz wie Sie sagen, krank im Bett.«

Mit quietschenden Reifen verlasse ich den Parkplatz und rufe Coach Lewis an. »Ich schaffe es heute nicht zum Training. Wir haben einen Notfall in der Familie.«

Ich überhöre geflissentlich die Salve von Kraftausdrücken, die Coach Lewis loslässt. Nach ein paar Minuten hat er sich wieder gefasst: »Also gut, aber dass du mir bloß morgen früh in Uniform auf dem Platz stehst.«

»Jawohl.«

Kaum wieder zu Hause, treffe ich unsere Haushälterin Sandra, die gerade Frühstück macht.

»Haben Sie Ella gesehen?«, frage ich die rundliche Brünette.

»Kann ich nicht behaupten, nein.« Sandra wirft einen Blick zur Uhr. »Aber normalerweise ist sie um diese Zeit längst weg. Wobei das genauso für Sie gilt. Was ist los? Haben Sie heute kein Training?«

»Beim Trainer gab's einen Notfall in der Familie«, lüge ich. Ich bin so verdammt gut im Lügen. Das wird fast zur Selbstverständlichkeit, wenn man jede Stunde jedes Tages die Wahrheit unterdrückt.

Sandra schüttelt leicht den Kopf. »Hoffentlich ist es nichts Ernstes.«

»Ja, das hoffe ich auch«, erwidere ich. »Das hoffe ich auch.«

Wieder oben gehe ich in das Zimmer, das ich mir besser mal gleich vorgeknöpft hätte, anstatt Hals über Kopf wegzufahren. Vielleicht ist sie ja zurückgekommen, während ich unterwegs war, um sie zu suchen. Aber Ellas Zimmer liegt totenstill da. Ihr Bett ist noch immer gemacht. Der Schreibtisch sieht makellos aus.

Ich laufe ins Bad, aber auch das sieht unbenutzt aus. Genauso ihr Schrank. All ihre Sachen hängen auf identischen Holzkleiderbügeln. Ihre Schuhe stehen ordentlich aufgereiht auf dem Boden. Genauso mehrere ungeöffnete Taschen und Kartons voller Klamotten, die Brooke vermutlich für sie ausgesucht hat.

Mit Mühe unterdrücke ich mein schlechtes Gewissen und durchsuche die Nachttischschublade – leer. Ich habe ihr Zimmer schon einmal auf den Kopf gestellt, damals, als ich ihr noch nicht traute, und seither lagen immer ein Gedichtband und eine Männeruhr auf ihrem Nachttisch. Die Uhr sah genauso aus wie die von meinem Dad. Ihre gehörte Dads bestem Freund Steve, Ellas biologischem Vater.

Ich bleibe mitten im Zimmer stehen und schaue mich um. Nichts hier deutet auf ihre Anwesenheit hin. Kein Handy. Kein Buch. Kein ... oh, verdammt noch mal ... ihr Rucksack ist auch weg.

Ich verlasse das Zimmer und laufe den Flur hinunter zu Easton.

»East, wach auf. East!«, sage ich laut.

»Was?« Er stöhnt. »Muss ich schon aufstehen?« Er öffnet die Augen und blinzelt mich an. »Scheiße, ich komm zu spät zum Training. Warum bist du überhaupt noch hier?«

Er springt aus dem Bett, und ich kann ihn gerade noch am Arm packen, bevor er davonrennt. »Wir gehen heute nicht zum Training. Coach weiß Bescheid.«

»Was? Warum –«

»Das ist jetzt nicht wichtig. Wie hoch waren deine Schulden?«

»Meine was?«

»Wie viel hast du Loreno geschuldet?«

Er schließt kurz die Augen. »Achttausend. Warum?«
Ich überschlage das schnell im Kopf. »Dann hat Ella jetzt noch so um die zwei Riesen, oder?«
»Ella?« Er runzelt die Stirn. »Was ist mit Ella?«
»Ich glaub, die ist abgehauen.«
»Abgehauen? Wohin?«
»Abgehauen. Weg von hier«, knurre ich, stoße mich vom Bett ab und gehe zum Fenster. »Dad hat sie bezahlt, damit sie hierbleibt. Hat ihr zehn Riesen dafür gegeben. Denk mal drüber nach, East. Er musste einer Waisen, die sich mit Strippen über Wasser gehalten hat, zehn Riesen hinblättern, damit sie bei uns wohnen wollte. Und die gleiche Summe wollte er ihr sicher jeden Monat geben.«
»Wieso ist sie abgehauen?«, fragt er verwirrt, noch immer halb schlafend.
Ich starre einfach weiter zum Fenster hinaus. Wenn er erst richtig wach ist, wird er schon eins und eins zusammenzählen.
»Was hast du angestellt?«
Los geht's.
Die Dielen knarzen unter seinen Füßen, während er durch das Zimmer flitzt. Er zieht sich an und flucht dabei ununterbrochen.
»Ist doch egal«, sage ich ungeduldig. Dann drehe ich mich wieder zu ihm um und zähle auf, wo ich schon überall war. »Wo könnte sie denn sonst sein?«
»Sie kann sich dicke ein Flugticket leisten.«
»Aber sie achtet doch aufs Geld. Sie hat kaum was ausgegeben, seit sie hier ist.«
Easton nickt nachdenklich. Dann treffen sich unsere Blicke, und wir sprechen unisono, als wären wir die Zwillinge der Familie und nicht unsere Brüder Sawyer und Sebastian. »GPS.«

Wir rufen beim GPS-Service an, der zu *Atlantic Aviation* gehört und deren Geräte Dad in jedem Fahrzeug installieren lässt, das er kauft. Die hilfsbereite Mitarbeiterin erzählt uns, dass der neue Audi S5 vor dem Busbahnhof steht. Wir sind durch die Tür, bevor sie uns die Adresse vorlesen kann.

»Sie ist siebzehn. Ungefähr so groß.« Ich halte mir die Hand unters Kinn, um der Frau am Ticketschalter Ella zu beschreiben. »Blondes Haar. Blaue Augen.« Augen wie der Atlantik. Sturmgrau, kaltblau, unendlich tief. Ich habe mich mehr als einmal in diesem Anblick verloren. »Sie hat ihr Handy vergessen.« Ich halte meins hoch. »Das braucht sie aber unbedingt.«

Die Frau schnalzt mit der Zunge. »Die war hier. Sie hatte es sehr eilig, von hier wegzukommen. Sie hat ein Ticket nach Gainesville gekauft. Ihre Großmutter ist gestorben, wissen Sie?«

East und ich nicken. »Wann ist der Bus abgefahren?«

»Oh, schon vor Stunden. Sie müsste mittlerweile dort angekommen sein.« Betrübt schüttelt sie den Kopf. »Sie hat so sehr geweint, als wäre ihr Herz gebrochen. Das sieht man heutzutage ja nicht mehr oft – dass den jungen Leuten so viel an ihren alten Verwandten liegt. Richtig goldig. Sie tat mir sehr leid.«

East ballt neben mir die Hände zu Fäusten. Wut strahlt in Wellen von ihm aus. Wären wir allein, hätte ich längst eine dieser Fäuste im Gesicht.

»Haben Sie vielen Dank.«

»Gern.« Sie entlässt uns mit einem Nicken.

Wir verlassen das Gebäude und bleiben vor Ellas Auto stehen. Ich strecke die Hand aus, und Easton schlägt mir den Ersatzschlüssel hinein.

In der Mittelkonsole finde ich ihren Schlüsselanhänger, den Gedichtband und zwischen den Seiten die Fahrzeugpapiere. Im Handschuhfach hat sie ihr Handy versteckt, es zeigt jede meiner ungelesenen Nachrichten. Sie hat alles zurückgelassen. Alles, was mit den Royals zu tun hat.

»Wir müssen nach Gainesville«, sagt Easton leise.

»Ich weiß.«

»Erzählen wir Dad davon?«

Callum Royal einzuweihen, würde bedeuten, dass wir seinen Flieger nehmen könnten. Dann wären wir in einer Stunde da. Sonst läge eine sechseinhalbstündige Fahrt mit dem Auto vor uns.

»Keine Ahnung.« Die Dringlichkeit, sie zu finden, hat nachgelassen. Ich weiß jetzt, wo sie ist. Ich kann zu ihr. Ich muss mir nur darüber klar werden, wie ich das angehen will.

»Was hast du angestellt?«, will mein Bruder erneut wissen.

Ich bin noch nicht bereit für die volle Ladung Hass, die ich nach meiner Antwort abkriegen werde, also schweige ich.

»Reed.«

»Sie hat mich mit Brooke erwischt«, sage ich heiser.

Ihm klappt die Kinnlade runter. »Brooke? Dads Brooke?«

»Ja.« Ich zwinge mich dazu, ihn anzusehen.

»Was zur *Hölle*? Wie oft hattest du was mit Brooke?«

»Ein paarmal«, gebe ich zu. »Aber schon ewig nicht mehr. Und definitiv nicht letzte Nacht. Ich hab sie nicht angerührt, East.«

Sein Kiefer krampft. Er würde mir liebend gern eine verpassen, aber er hält sich zurück. Nicht in der Öffentlichkeit. Er kennt Moms Worte genauso gut wie ich. *Haltet den Namen*

Royal sauber, Jungs. Was man schnell einreißt, baut man nur langsam wieder auf.

»Man sollte dich an deinen Eiern aufhängen und vergessen.« Er spuckt mir vor die Füße. »Wenn du Ella nicht findest und zurückbringst, dann besorg ich höchstpersönlich den Strick.«

»Das wäre angemessen.« Ich versuche, ruhig zu bleiben. Aufregen hilft ja doch nichts. Genauso wenig, wie diesen Wagen auf den Kopf zu stellen. Oder laut loszubrüllen, obwohl ich gerade nichts lieber täte, als das Maul weit aufzureißen und all meiner Wut und meinem Selbsthass Luft zu machen.

»Angemessen?« Er schnaubt abfällig. »Dir ist es also egal, dass Ella in irgendeiner Unistadt hockt und sich von Besoffenen begrapschen lassen muss?«

»Sie ist Überlebenskünstlerin. Ich bin davon überzeugt, dass sie gut aufgehoben ist.« Das klingt so lächerlich, ich muss fast selbst über diese Worte würgen. Ella ist eine umwerfende junge Frau, und sie ist ganz allein. Niemand kann vorhersehen, was ihr zustoßen könnte. »Fährst du ihren Wagen nach Hause, bevor wir nach Gainesville aufbrechen?«

Easton sieht mich mit offenem Mund an.

»Also?«, frage ich ungeduldig.

»Klar. Warum nicht?« Er reißt mir den Schlüssel aus der Hand. »Wen juckt es schon, dass sie eine ziemlich heiße Siebzehnjährige ist, die ganz allein unterwegs ist, noch dazu mit fast zwei Riesen in bar?« Meine Hände ballen sich zu Fäusten. »Wieso sollte ein Junkie, high auf Meth, auf die Idee kommen, dass sie ein wehrloses Opfer ist? *Mensch, die kleine Maus wiegt ja nicht mehr als mein Bein, die kann sich sowieso nicht verteidigen.*« Allmählich bekomme ich keine Luft mehr. »Noch dazu wird jeder Typ, dem sie begegnet, natürlich ausschließlich gute Absichten haben. Niemand wird sie in eine dunkle Gasse schleifen, um sich an ihr zu vergehen, bis sie –«

»Halt deine verdammte Schnauze!«, brülle ich.

»Na endlich.« Easton reißt die Arme hoch.

»Was willst du damit sagen?« Ich keuche fast vor Wut. Die Bilder, die Easton mit seinen Worten in mir heraufbeschworen hat, lassen mich wünschen, ich könnte mich in Hulk verwandeln und einfach nach Gainesville rennen. Ich würde alles plattmachen, was sich mir in den Weg stellt, bis ich sie finde.

»Du läufst hier die ganze Zeit rum, als würde sie dir rein gar nichts bedeuten. Vielleicht bist du ja aus Stein, aber ich mag Ella. Sie ... sie hat uns gutgetan.« Seine Trauer ist fast greifbar.

»Ich weiß«, presse ich hervor. »Ich weiß, verdammt.« Meine Kehle wird so eng, dass es wehtut. »Aber ... *wir* haben ihr nicht gutgetan.«

Gideon, unser ältester Bruder, hat versucht, mir das von Anfang an klarzumachen. *Halt dich von ihr fern. Sie braucht diese Art Drama nicht. Verletz sie nicht, wie ich –*

»Was willst du denn damit sagen?«

»Das weißt du ganz genau. Wir sind Gift, East. Jeder Einzelne von uns. Ich habe mit Dads Freundin geschlafen, als Rache für das, was er Mom angetan hat. Die Zwillinge ziehen eine Scheißnummer ab, über die ich nicht mal Näheres wissen will. Deine Spielsucht ist außer Kontrolle. Gideon ist –« Ich unterbreche mich selbst. Gid sitzt in seiner eigenen Hölle, aber das muss Easton ja nicht wissen. »Bei uns stimmt was nicht, Mann. Vielleicht ist sie ohne uns besser dran.«

»Das stimmt nicht.«

Ich glaube, vielleicht doch. Wir tun ihr nicht gut. Ella

wollte nichts anderes, als ein normales Leben zu führen. Das kann sie im Hause Royal aber vergessen. Wenn ich nicht total egoistisch wäre, würde ich es gut sein lassen. Ich würde Easton davon überzeugen, dass es das Beste für Ella ist, so weit wie möglich von uns weg zu sein, wie es eben geht.

Stattdessen sage ich nichts und überlege, was ich zu ihr sagen will, wenn ich sie finde.

»Gehen wir, ich hab 'ne Idee.« Ich mach auf dem Absatz kehrt und steuere erneut den Eingang zum Busbahnhof an.

»Ich dachte, wir fahren nach Gainesville?«, murmelt Easton hinter mir.

»So sparen wir uns den Trip.«

Wir steuern auf direktem Weg den Sicherheitsbeamten an, dem ich einen Hunderter zuschiebe, damit er uns die Überwachungsvideos aus Gainesville anschauen lässt. Der Typ spult die Datei an die Stelle, an der der Bus aus Bayview ankommt. Mein Herz krampft sich zusammen, während ich die Passagiere überfliege. Dann sinkt es, als mir bewusst wird, dass Ella nicht unter ihnen ist.

»Was zur Hölle«, platzt es aus East, als wir zehn Minuten später das Gebäude verlassen. »Die Frau am Schalter hat doch gesagt, Ella saß in dem Bus.«

Ich beiße so fest die Zähne aufeinander, dass ich fast nicht sprechen kann. »Vielleicht ist sie woanders ausgestiegen.«

Wir trotten zurück zum Rover und setzen uns hinein. »Und jetzt?«, fragt er, seine Augen bedrohlich schmal.

Ich fahre mir mit der Hand durch die Haare. Wir könnten jede Haltestelle auf der Busstrecke anfahren, aber das wäre eine ziemlich aussichtslose Sache. Ella ist klug, und sie ist es gewohnt, von einer Sekunde zur anderen abzuhauen und sich ein neues Leben aufzubauen. Das hat sie von ihrer Mutter gelernt.

Wieder habe ich dieses mulmige Gefühl im Magen, als ich mir vorstelle, dass sie sich einen Job in einem Stripclub sucht. Mir ist klar, dass Ella alles tun wird, um ihr Überleben zu sichern. Aber der Gedanke, dass sie sich für ein paar widerliche Perverse auszieht, bringt mein Blut zum Kochen.

Ich muss sie finden. Wenn ihr etwas zustößt, nur weil ich sie verjagt habe, werde ich meines Lebens nicht mehr froh.

»Wir fahren nach Hause«, verkünde ich.

Mein Bruder wirkt erstaunt. »Warum?«

»Dad hat doch diesen Privatdetektiv in der Hinterhand. Der wird sie um einiges schneller finden als wir.«

»Dad wird ausflippen.«

Kein Zweifel. Und ich werde die Konsequenzen, so gut es geht, ertragen, aber jetzt ist das Einzige, was zählt, Ella zu finden.

3. Kapitel

Genau wie Easton vorhergesagt hat, ist Dad auf hundertachtzig, als wir ihm eröffnen, dass Ella verschwunden ist. Ich bin seit über vierundzwanzig Stunden wach und erschöpft, viel zu erschöpft, um mich heute Abend mit ihm auseinanderzusetzen.

»Warum, zur *Hölle*, erfahre ich das erst jetzt?«, dröhnt Dads Stimme durch das gewaltige Wohnzimmer, seine tausend Dollar teuren Brogue-Schuhe knallen auf den glänzenden Holzdielen.

»Wir dachten, wir finden sie, bevor das nötig wird«, sage ich knapp.

»Ich bin ihr Vormund! Ihr hättet mich sofort verständigen müssen.« Dads Atmung wird schwer. »Was hast du angestellt, Reed?«

Sein wütender Blick bohrt sich in mich. Nicht in Easton, nicht in die Zwillinge, die auf der Couch sitzen und ähnlich besorgte Mienen vorweisen. Es überrascht mich nicht, dass Dad bei mir die Schuld sucht. Er weiß, dass meine Brüder tun, was ich sage, dass der einzige Royal, der Ella vertrieben haben kann, ich bin.

Ich schlucke. Scheiße. Ich will nicht, dass er erfährt, dass

Ella und ich genau vor seiner Nase was miteinander angefangen haben. Ich will, dass er sich auf die Suche nach ihr konzentriert und sich nicht von der Neuigkeit ablenken lässt, dass sein Sohn mit seinem Mündel rummacht.

»Es ist nicht Reeds Schuld.«

Eastons leises Geständnis erschüttert mich bis ins Mark. Ich schiele zu ihm, aber sein Blick ist auf Dad gerichtet.

»Ich bin daran schuld, dass sie weg ist. Wir sind meinem Buchmacher in die Arme gelaufen – ich hatte noch was offen bei ihm –, das hat ihr Angst eingejagt. Der Typ ist nicht der freundlichste Konsorte, wenn du verstehst, was ich meine.«

Die Ader an Dads Stirn sieht aus, als würde sie gleich platzen. »Dein *Buchmacher?* Sag mir nicht, dass du mit dem Scheiß wieder angefangen hast.«

»Tut mir leid.« Easton zuckt mit den Schultern.

»Es tut dir leid? Du hast Ella in deinen Mist hineingezogen und ihr so große Angst eingejagt, dass sie weggelaufen ist!«

Dad geht auf meinen Bruder zu, ich stelle mich ihm sofort in den Weg.

»East hat einen Fehler gemacht«, sage ich nachdrücklich und weiche Eastons Blick aus. Ich werde mich später bei ihm dafür bedanken, dass er den Kopf für mich hingehalten hat. Jetzt ist erst mal das Wichtigste, unseren alten Herrn zu beruhigen. »Aber das ist passiert, vorbei, okay? Wir sollten uns darauf konzentrieren, sie zu finden.«

Dads Schultern sinken. »Du hast recht.« Er nickt, sein Gesichtsausdruck wird hart. »Ich verständige meinen Privatdetektiv.«

Ohne ein weiteres Wort verlässt er das Wohnzimmer, seine schweren Schritte hallen durch den Flur. Kurz darauf hören wir, wie die Tür zu seinem Arbeitszimmer zuschlägt.

»East«, setze ich an.

Er wirft mir einen mörderischen Blick zu. »Ich hab das nicht für dich getan. Sondern für sie.«

Meine Kehle wird eng. »Ich weiß.«

»Wenn Dad wüsste ...« Er verstummt und schaut zu den Zwillingen, die während der gesamten Konfrontation kein Wort gesagt hatten. »Das würde ihn nur ablenken.«

»Meint ihr, der Privatdetektiv wird Ella finden?«, fragt Sawyer.

»Ja«, antworte ich mit einer Überzeugung, die ich nicht spüre.

»Wenn sie wieder den Ausweis ihrer Mutter benutzt, finden wir sie bestimmt«, versichert auch Easton unserem jüngeren Bruder. »Aber wenn sie sich einen gefälschten Ausweis zulegt ...« Seine Schultern sacken desillusioniert nach unten. »Da bin ich mir nicht so sicher.«

»Sie kann sich ja nicht für immer verstecken«, sagt Seb.

Doch, kann sie. Ella ist der einfallsreichste Mensch, den ich je kennengelernt habe. Wenn sie nicht gefunden werden will, wird niemand sie finden.

Mein Handy vibriert. Ungeduldig ziehe ich es aus der Hosentasche, aber die SMS ist nicht von der einen, von der ich so dringend hören möchte. Mir kommt die Galle hoch, als ich Brookes Namen lese.

Ein Vöglein hat mir gezwitschert, dass deine Prinzessin verschwunden ist.

»Ella?«, fragt East hoffnungsvoll.

»Brooke.« Ihr Name brennt mir auf der Zunge.

»Was will sie?«

»Nichts«, murmle ich, als eine weitere SMS ankommt.

Callum muss ja außer sich sein vor Sorge. Armer Kerl. Er braucht eine, die sich um ihn kümmert.

Ich beiße die Zähne aufeinander. Subtil ist sie definitiv nicht.

Während unserer verrückten Suche nach Ella habe ich mir nicht erlaubt, auch nur einen Gedanken an Brookes Schwangerschaft und den Deal, den wir vergangene Nacht getroffen haben, zu verschwenden. Aber jetzt kann ich ihn nicht länger ignorieren, denn es kommen immer mehr Nachrichten.

Du hast was zu tun, Reed.

Du hast es versprochen.

Antworte mir, du kleiner Scheißer!

Willst du ein bisschen Babydrama? Ja? Geht's dir darum?

Himmel. Das brauche ich gerade so was von überhaupt nicht. Ich unterdrücke meine Wut und ringe mir eine Antwort ab. Entspann dich mal. Ich rede mit ihm.

»Was will sie?«, fragt Easton wütend.

»Nichts«, wiederhole ich. Dann lasse ich ihn und die Zwillinge im Wohnzimmer zurück und gehe widerwillig zu Dads Arbeitszimmer.

Ich will das nicht machen. Ich will das wirklich nicht machen.

Ich klopfe an die Tür.

»Was gibt es, Reed?«

»Woher weißt du, dass ich das bin?«, frage ich, als ich die Tür aufdrücke.

»Wenn Gideon nicht da ist, bist du der Anführer dieses heiteren Brüderbundes.« Dad leert sein Scotchglas in einem Zug und greift in derselben Bewegung zur Flasche, um sich nachzugießen. Und da frage ich mich, warum ich East nicht von der Flasche kriege.

Ich hole Luft. »Du solltest Brooke anrufen.«

Dad verharrt mitten im Verkorken der Scotchflasche.

Ja, du hast richtig gehört, alter Knabe. Du kannst mir gern glauben, dass ich darüber genauso schockiert bin wie du.

Weil er nichts darauf sagt, zwinge ich mich, noch einen

draufzulegen.« »Wenn Ella erst wieder hier ist, brauchen wir Unterstützung. Einen Puffer.« »Die nächsten Wörter bleiben mir fast im Hals stecken, ich muss sie richtig rauswürgen. »Ein bisschen weiblicher Touch würde helfen, schätze ich. Ella stand ihrer Mutter sehr nah. Vielleicht wäre sie gar nicht erst weggelaufen, wenn Brooke öfter hier gewesen wäre.« Mein Vater schaut mich stirnrunzelnd an. »Ich dachte, du kannst Brooke nicht ausstehen.« »Wie oft muss ich denn noch sagen, dass ich ein Vollidiot bin?« Mit Mühe bringe ich ein breites Lächeln zustande. Überzeugt ist er trotzdem nicht. »Sie will einen Ring, so weit bin ich noch nicht.«

Gott sei Dank. Der ganze Alk hat seinen gesunden Menschenverstand also zumindest nicht ganz ausgelöscht.

»Du musst sie ja nicht gleich heiraten. Du sollst nur ...« Ich lecke mir über die Lippen. Das ist scheißhart, aber ich spreche trotzdem weiter, weil ich nun mal eine Abmachung einzuhalten habe. Ich muss verhindern, dass Brooke rumerzählt, der Satansbraten sei von mir. »Du sollst nur wissen, dass es in Ordnung ist, wenn sie wieder herkommt. Ich verstehe das. Wir brauchen Menschen, an denen uns was liegt. Denen was an uns liegt.«

Wenigstens das stimmt. Ellas Liebe hat mir den Glauben geschenkt, dass ich das Zeug zu einem besseren Menschen habe.

»Das ist ja sehr großzügig von dir«, sagt Dad trocken.

»Ach, Mist. Vielleicht hast du ja recht.« Er spielt an dem vollen Glas herum. »Wir werden sie finden, Reed.«

»Das hoffe ich.«

Er lächelt mich angestrengt an, und ich verlasse das Zimmer. Während sich die Tür hinter mir schließt, höre ich, dass er eine Nummer wählt und sagt: »Brooke? Callum hier. Hast du kurz Zeit?«

Ich schicke ihr schnell eine SMS.
Es ist vollbracht. Erzähl ihm nichts von dem Baby. Das
bringt ihn nur durcheinander.
Sie schickt mir ein Daumen-Hoch-Emoji zurück. Das dünne
Metallgehäuse schneidet mir in die Finger, so fest umklammere ich mein Handy, um das Verlangen zu unterdrücken,
es gegen die Wand zu werfen.

4. Kapitel

»Reed.« Valerie Carrington holt mich auf dem hinteren Spielfeld ein, ihr kinnlanges Haar wird vom frischen Oktoberwind herumgeweht. »Warte.«

Widerwillig bleibe ich stehen und drehe mich um, nur um von einem stechenden Blick aus dunklen Augen getroffen zu werden. Val hat zwar die Statur und Größe einer Elfe, aber eine sehr dominante Art. So jemand wie sie fehlt uns noch an der O-Line.

»Ich komme zu spät zum Training«, brumme ich.

»Ist mir egal.« Sie verschränkt die Arme vor der Brust. »Hör auf, Spielchen mit mir zu spielen. Wenn du mir nicht sagst, was mit Ella los ist, verständige ich die Polizei.«

Ella ist mittlerweile seit zwei Tagen verschollen, vom Privatdetektiv haben wir noch nichts gehört. Dad verlangt von uns, dass wir weiter zur Schule gehen und so tun, als wäre alles wie immer. Dem Direktor hat er gesagt, dass Ella krank ist und zu Hause bleiben muss, und genau das sage ich jetzt auch zu Val. »Sie ist krank.«

»Schwachsinn.«

»Ist sie.«

»Wieso darf ich sie dann nicht besuchen? Wieso antwortet sie nicht auf meine SMS oder ruft mich mal zurück? Es ist schließlich nicht die Cholera! Sondern die *Grippe* – dafür gibt's 'ne Impfung. Außerdem sollte sie trotz allem ihre Freunde treffen können.«

»Callum hat sie unter Quarantäne gestellt«, lüge ich.

»Ich glaub dir kein Wort«, sagt sie unverblümt. »Ich glaube, irgendwas ist faul, ziemlich faul. Und wenn du mir nicht sagst, was Sache ist, dann trete ich dir, Reed Royal, in die Eier.«

»Sie ist krank«, wiederhole ich. »Sie hat die Grippe.«

Valeries Mund klappt auf. Dann zu. Dann wieder auf, um ein schrilles Kreischen zu entlassen. »Du bist so ein verdammter Lügner.«

Sie setzt ihre Drohung in die Tat um und rammt mir das Knie in die Eier.

Quälender Schmerz durchfährt mich. »Scheiße noch mal.« Mir treten Tränen in die Augen, während ich meinen Sack umklammere.

Ohne ein weiteres Wort stapft Valerie davon.

Hinter mir wird laut gejohlt. Noch immer die Hand an den schmerzenden Nüssen, stöhne ich, als Wade Carlisle mich einholt.

»Womit hast du das denn verdient?«, fragt er grinsend. »Hast du ihr 'nen Korb gegeben?«

»So was in der Art.«

Er fährt sich mit der Hand durch das strubbelige blonde Haar. »Können wir trotzdem gleich loslegen, oder sollen wir dir erst was zum Kühlen besorgen?«

»Wir können gleich loslegen, du Arsch.«

Wir gehen zusammen zur Sporthalle – ich humple, und Wade gackert wie eine alte Omi. Die Sporthalle ist von drei bis sechs für das Football-Team reserviert, mir bleiben also drei Stunden, in denen ich trainieren kann, bis Körper und

Geist völlig platt sind. Und genau das mache ich. Ich stemme Eisen, bis mir die Arme schmerzen, bis ich komplett erschöpft bin.

Später am selben Abend gehe ich in Ellas Zimmer und lege mich auf ihr Bett. Jedes Mal, wenn ich hereinkomme, riecht es weniger nach ihr. Das ist zum Teil auch meine Schuld. East hat gestern den Kopf zur Tür hereingesteckt und gesagt, dass es unerträglich nach mir stinkt. Im ganzen Haus ist es unerträglich. Brooke war seit Ellas Verschwinden jeden Abend hier, die Hände auf Dad, den Blick auf mir. Ab und an lässt sie die Hand auf ihrem Bauch verweilen, als Warnung, dass sie die »freudige« Neuigkeit herausposaunen wird, sobald ich mich nicht an die Abmachung halte. Das Kind muss von Dad sein, was nur bedeutet, dass da eine Halbschwester oder ein Halbbruder heranwächst, aber mit dem Gedanken kann ich nicht viel anfangen, genauso wenig wie mit der Tatsache, dass Brooke hier ist und Ella nicht – und das steht repräsentativ für alles, was mit meinem Leben nicht stimmt.

Der folgende Tag verläuft in ähnlichen Bahnen.

Ich sitze meine Stunden im Unterricht ab, ohne auch nur ein Wort von dem mitzubekommen, was meine Lehrer sagen, dann geht's aufs Spielfeld zum Nachmittagstraining. Leider ist es nur Taktiktraining, ich kann also niemanden schlagen.

Heute Abend haben wir ein Heimspiel gegen die *Devlin* Highschool, deren Offensivlinie ungefähr so viel aushält wie ein billiges Spielzeug. Dann kann ich ihren Quarterback ordentlich verprügeln. Mich taub spielen. Und wenn ich nach Hause komme, bin ich hoffentlich zu gerädert, um mich mit Ella zu beschäftigen.

Ella hat mich mal gefragt, ob ich für Geld kämpfe. Tu ich

nicht. Ich kämpfe, weil es mir Spaß macht. Ich mag es, wenn meine Faust das Gesicht von jemandem trifft. Und der Schmerz, wenn jemand anders mir mal eins verpasst, macht mir nichts aus. Fühlt sich wirklich an. Aber ich brauchte das nicht. Eigentlich brauchte ich nie irgendetwas, bis Ella in mein Leben kam. Jetzt fällt mir allein das Atmen schwer ohne sie in meiner Nähe.

Als ich gerade durch den Hintereingang in die Schule will, strömt eine Traube Typen heraus. Einer davon rempelt mich mit der Schulter an, zischt dann: »Pass auf, wo du hinläufst, Royal.«

Ich verspanne mich, denn mein Blick trifft den von Daniel Delacorte, der Widerling, der Ella letzten Monat bei einer Party unter Drogen gesetzt hat.

»Schön, dich zu sehen, Delacorte«, sage ich gedehnt. »Erstaunlich, dass du dein Vergewaltigergesicht in *Astor Park* überhaupt noch zeigen darfst.«

»Das sollte dich nicht erstaunen.« Er grinst spöttisch. »Die nehmen hier ja allerhand Abschaum auf.«

Keine Ahnung, ob er damit mich oder Ella meint.

Bevor ich antworten kann, quetscht sich ein Mädchen zwischen uns durch, die Hände vorm Gesicht. Ihr lautes, ersticktes Schluchzen bringt Daniel und mich kurz aus dem Konzept, und wir schauen ihr nach, bis sie einen weißen Passat erreicht und einsteigt.

Mit einem wiedererweckten Grinsen wendet er sich erneut an mich. »Ist das nicht die Freundin der Zwillinge? Was ist denn da los? Haben die beiden genug von ihrer Schwulenmutti?«

Ich werfe dem Mädchen einen ordentlichen Blick hinterher, aber das ist definitiv nicht Lauren Donovan. Die hier hat blonde Haare und ist gertenschlank. Lauren ist ein winziger Rotschopf.

Verächtlich schaue ich Daniel an. »Keine Ahnung, wovon du sprichst. « Was immer die Zwillinge mit Lauren am Laufen haben, ist definitiv verkorkst, aber das ist deren Sache, und ich liefere Delacorte sicher keine zusätzliche Munition gegen meine Brüder.

»Sicher.« Seine Lippen kräuseln sich. »Ihr Royals seid krank. Die Zwillinge teilen sich die Mädels. Easton knallt alles, was nicht bei drei auf den Bäumen ist, und dein Dad und du, ihr bedient euch am selben Topf. Vergleicht ihr eure Anmerkungen zu Ella? Ich möchte wetten, dass es so ist.«

Ich balle die Hände zu Fäusten. Diesem Idioten mal eben das Licht auszupusten würde sich sicher gut anfühlen, aber sein Daddy ist Richter am Amtsgericht. Ich schätze, ich hätte meine liebe Not, mich von einer Anzeige wegen Körperverletzung freizukaufen, die von den Delacortes gestellt wird.

Nach meiner letzten Prügelei an der *Astor* hat Dad damit gedroht, die Zwillinge in eine Militärschule zu stecken. Wir konnten ihn besänftigen, weil ein paar der Kids schworen, dass der andere Typ angefangen hatte. Ich habe keine Ahnung, ob das wirklich so war oder nicht. Ich weiß nur noch, dass er meine Mutter eine mit Drogen vollgepumpte Hure genannt hat, die sich umbrachte, um endlich von meinen Brüdern und mir wegzukommen. Danach sah ich rot.

»Ach, ich habe gehört, dass dein Daddy die kleine Waise Ella geschwängert hat«, säuselt Daniel, der wohl gerade erst richtig in Fahrt kommt. »Callum Royal, pädophil. Ich wette, der Aufsichtsrat bei *Atlantic Aviation* klatscht in die Hände, wenn das bekannt wird.«

»Vielleicht solltest du lieber die Fresse halten«, warne ich ihn.

Dann stürze ich auf ihn zu, doch Wade erscheint aus dem Nichts und reißt mich zurück.

»Was hast du vor? Willst du mir eine verpassen?«, spottet Daniel. »Mein Dad ist Richter, schon vergessen? Du wirst so schnell im Jugendknast landen, dass dir schwindlig wird.«

»Weiß dein Dad, dass du nur Frauen abkriegst, wenn du sie dafür unter Drogen setzt?« Wade gibt Daniel einen Stoß. »Geh weiter, Delacorte. Niemand will dich hier.«

Daniel ist dumm wie Bohnenstroh, er hört nämlich nicht. »Meinst du, er weiß das nicht? Er hat schon das Schweigen von ein paar Mädels erkauft. Und deine Ella wird auch nicht reden, ihr Mund ist schließlich voll von all den Royal-Schwänzen.«

Wade fährt den Arm aus, um meinen Angriff abzuwehren, und hätte nur Wade eingegriffen, ich hätte ihn locker abgeschüttelt. Aber noch zwei Typen aus meiner Mannschaft tauchen auf und schnappen sich Daniel. Selbst während sie ihn wegschleppen, hält er noch nicht die Schnauze.

»Du verlierst die Kontrolle über diese Schule, Royal! Du wirst hier nicht mehr lange der König sein.«

Als gäbe ich darauf einen Scheiß.

»Jetzt krieg dich mal ein«, warnt Wade. »Wir haben heute noch ein Spiel.«

Ich reiße mich von ihm los. »Das Stück Scheiße wollte mein Mädchen vergewaltigen.«

Wade blinzelt. »Dein Mädchen ...? Warte, du meinst deine Schwester?« Seine Kinnlade klappt runter. »Ey, Mann, du gräbst deine *Schwester* an?«

»Sie ist nicht meine Schwester«, grummle ich. »Wir sind nicht mal irgendwie verwandt.«

Ich stoße Wade ein Stück weg und beobachte mit schmalen Augen, wie Daniel in seinen Wagen steigt. Ich schätze, das Arschloch hat seine Lektion doch noch nicht gelernt, obwohl Ella und ein paar ihrer Freundinnen ihn ohne Klamotten gefesselt haben – als Rache für das, was er Ella angetan hat.

Wenn sich unsere Wege das nächste Mal kreuzen, kommt er mir nicht so leicht davon.

Während Coach Lewis ein paar letzte Änderungen mit Wade, unserem Quarterback, durchgeht, tape ich mir in mittlerweile alter Gewohnheit erst die eine, dann die andere Hand. Mein Ritual vor einem Spiel hat sich seit meinen Anfängen im Pop-Warner-Programm nicht geändert, und normalerweise hilft es mir, mich zu konzentrieren, richtet meinen Fokus auf nichts als das Spielfeld und das, was dort geschieht.

Anziehen, tapen, zu ein paar Songs nicken. Gerade bitten 2 Chainz und Yeezy darum, neben ihren Schlampen beerdigt zu werden.

Heute funktioniert mein Ritual nicht. Ich kann an nichts anderes als an Ella denken. Allein. Hungrig. Von Männern in einem Stripclub oder auf der Straße belästigt. Die Szenen, die Easton mir am Busbahnhof in den Kopf gesetzt hat, spielen sich wieder und wieder vor meinem inneren Auge ab. Ella, die missbraucht wird. Ella, die weint. Ella, die nach Hilfe ruft, und niemand da, der helfen kann.

»Jemand zu Hause, Royal?« Der scharfe Tonfall reißt mich aus meinen Gedanken. Ich schaue in das wütende Gesicht meines Coaches.

Gegenüber von mir macht Easton eine Drehbewegung mit dem Finger. Zeit, fertig zu werden und durchzustarten.

»Jawohl.«

Wir laufen durch den kurzen Tunnel und auf das Feld – hinter Polospieler Gale Hardesty und seinem Pferd. Es grenzt an ein Wunder, dass bisher noch keiner von uns in Pferdeäpfel getreten ist bei dieser albernen Nummer.

Ich schlage mit der einen getapten Hand in die andere. Easton kommt zu mir.

»Los, machen wir diese Ärsche platt.«

»Aber so was von.«

Wir sind uns einig. Wir können unsere Wut nicht aneinander auslassen, aber bei dem Spiel jetzt und vielleicht einem Kampf hinterher? Gut möglich, dass wir danach wieder in lebenswerter Verfassung sind.

Devlin-High gewinnt den Münzwurf und wählt den Kickoff. Easton und ich rammen kurz unsere Helme zusammen und laufen dann aufs Feld.

»Wie viel habt ihr dem Schiri diesmal gezahlt?«, fragt der Tight End, während ich ihm gegenüber Position beziehe. Was für ein großmäuliger Arsch. Ich kann mich nicht an seinen Namen erinnern. Betme. Bettinski. Bettman? Auch egal. Ich werde einen Blick auf sein Trikot werfen, wenn ich seinen Hintern in den Boden gerammt habe, bevor er zu seinem Quarterback kann.

Der Ball wird gespielt, Easton und ich rennen ins Backfield. Der Tight End berührt mich nicht mal, sodass Easton und ich beim Runningback sind, als er den Pass annimmt. Ich senke den Kopf und ramme ihm die Schulter in den Bauch. Er verliert den Ball, und schon grölt die Menge laut los, es muss also jemand von *Astor Park* sehr weit mit dem Ball kommen.

Jemand aus meinem Team reißt mich an meinen Pads auf die Beine, als Easton gerade die Goalline überquert.

Ich schaue zum Runningback hinunter und biete ihm meine Hand. »Nur 'ne kleine Warnung – East und ich haben Scheißlaune und werden sie an euch auslassen. Kannste gern weitersagen.«

Die Augen des kleinen Kerls werden groß.

Bettman kommt herüber. »Glückstreffer. Nächstes Mal landet dein Hintern auf der Wiese.«

Ich zeige meine Zähne. »Versuch's ruhig.«

Wenn ich nur genügend Hits hinkriege, kann ich Ella vielleicht mal für mehr als fünf Sekunden aus meinem Bewusstsein verdrängen.

Wade schlägt mir auf den Helm. »Schöner Tackle, Royal.« Er jubelt, als East zu uns kommt. »Lässt du auch mal die Offensive ran, Easton?«

»Warum denn? Wir können das hier gern beliebig oft wiederholen. Außerdem hast du dir doch sowieso mit 'ner Cheerleaderin von der North-High die Leiste gezerrt, stimmt's?«

Wade grinst. »Sie ist Turnerin, keine Cheerleaderin. Aber wenn du auch die nächsten Punkte machen willst, kommen von mir keine Einwände.«

Liam Hunter wirft uns tödliche Blicke zu. Er möchte so viel spielen wie eben möglich. Es ist sein letztes Schuljahr, und er braucht die Zeit auf dem Feld.

Normalerweise habe ich kein Problem mit Hunter, aber so wie er gerade glotzt, würde ich ihm am liebsten einen ordentlichen Schlag gegen sein quadratisches Kinn verpassen. Verdammt.

Ich ramme mir den Helm in die Hand. Auf dem Feld quasselt Bettman weiter, sein Mund übernimmt, was er mit seinen Schultern nicht schafft. Nach einem Play rege ich mich auf, aber East zerrt mich weg.

»Spar's dir auf für nach dem Spiel«, warnt er.

Zur Halbzeit haben wir vier Touchdowns – einen weiteren von der Defensive und zwei von der Offensive. Hunter hat ein paar Glanznummern für sein Collegebewerbungsvideo zusammen, nachdem er ein paar Typen der Defensivlinie plattgemacht hat. Wir sollten alle bester Laune sein.

Coach Lewis hält nicht mal eine Motivationsrede. Er geht nur kurz rum, klopft auf ein paar Köpfe und verschwindet dann in seinem Büro, wo er seine Traum-Line-up zusammenfantasiert, raucht oder sich einen runterholt.

Als die anderen anfangen, über die Post-Game-Party zu sprechen, und rumspinnen, wessen Muschi sie sich vornehmen wollen, hole ich mein Handy hervor.

Heute kämpfen?, schicke ich als SMS.

Ich schaue zu East und forme mit den Lippen: *Du auch?* Er nickt energisch. Ungeduldig werfe ich das Telefon zwischen beiden Händen hin und her und warte auf Antwort.

Heute @ 11. Dock 10. E dabei?

E dabei.

Coach kommt aus seinem Büro und signalisiert, dass die Halbzeit vorbei ist. Nachdem die Offensive erneut punktet, bekommen wir gesagt, dass die nächsten Downs die letzten für die Eröffnungsspieler sind. Was heißt, dass ich den Rest des dritten und das gesamte vierte Quarter auf der Bank hocken werde. So eine Scheiße.

Als ich Bettman das nächste Mal gegenüberstehe, ist mein Geduldsfaden noch ungefähr einen Zentimeter lang. Ich vergrabe meine Hand im Kunstrasen und teste die Spannung in meinen Beinen.

»Hab gehört, deine neue Schwester ist so ausgeleiert, dass zwei von euch Royals nötig sind, um sie ausfüllen.«

Mir brennt die Sicherung durch. Ich sehe rot und schnappe mir den Blödmann, bevor er überhaupt die Hand vom Boden nehmen kann. Ich reiße ihm den Helm vom Kopf und ramme ihm die rechte Faust ins Gesicht. Knorpel und Knochen seiner Nase geben nach. Bettman schreit. Ich schlage noch einmal zu. Eine Masse von Händen zerrt mich weg, bevor ich noch einen Treffer landen kann.

Der Schiri bläst direkt vor mir in seine Trillerpfeife und deutet mit dem Daumen über seine Schulter. »Du bist raus«, schreit er, sein Gesicht roter als gekochter Hummer.

Coach Lewis brüllt von der Seitenlinie. »Wo hast du deinen Kopf, Royal? Wo hast du deinen verdammten Kopf?«

Mein Kopf sitzt ziemlich sicher auf meinem Hals. So spricht einfach niemand ungestraft über Ella.

In der Umkleide ziehe ich mich bis auf den Tiefschutz aus und setze mich mit dem nackten Hintern auf ein Handtuch vor meinem Spind. Innerhalb weniger Sekunden wird klar, was für ein Fehler das war. Kaum fehlt die Ablenkung durch das Spiel, kann ich an nichts anderes als an Ella denken.

Ich versuche, alle Gedanken an sie zu verdrängen, indem ich mich auf die schwachen Schiripfiffe und den Jubel der Menge konzentriere, aber trotzdem dauert es nicht lange, bis sich Bilder von ihr heranschleichen und dann wie ein Film vor meinen Augen ablaufen.

Ihre Ankunft bei uns zu Hause, als sie sexyer aussah, als erlaubt sein sollte.

Als sie vor Jordans Party in diesem Braves-Mädchen-Outfit die Treppe runterkam und ich ihr am liebsten da und dort alle Klamotten vom Leib gerissen und sie gleich da übers Geländer gelehnt genommen hätte.

Wie sie getanzt hat. Verdammt, wie sie getanzt hat.

Ich stehe abrupt auf und gehe zu den Duschen. Wütend, das Verlangen pumpt mir durch die Adern, drehe ich das kalte Wasser auf und halte meinen Kopf in den eisigen Strahl.

Aber das hilft rein gar nicht.

Das Verlangen lässt nicht nach. Ach, zur Hölle, wieso wehre ich mich dagegen?

Ich nehme meinen Schwanz in die Hand und schließe die Augen, damit ich mir vorstellen kann, wieder bei Jordan Carrington zu sein und Ella beim Tanzen zuzusehen. Ihr Körper ist zum Sündigen. Lange Beine, winzige Taille, perfekter Vorbau. Die blecherne Musik aus dem Fernseher wandelt sich durch die eleganten Bewegungen ihrer Hüfte und Arme in eine sinnliche Melodie.

Der Griff um meinen Schwanz wird fester, und ich stelle sie mir nicht mehr bei den Carringtons, sondern in ihrem Zimmer vor. Ich schmecke sie auf meiner Zunge. Ihre Süße. Ich sehe dieses perfekte, fickbare O vor mir, als sie zum ersten Mal kam.

Danach dauert es nicht mehr lange. Spannung kitzelt in meinen Lenden, und ich sehe sie unter mir, ihr glänzendes, sonnengebleichtes Haar streift mich. Sie schaut zu mir auf, gieriges Verlangen im Blick.

Kaum beruhigt sich mein Körper, kehrt mit voller Wucht der Selbsthass zurück. Ich starre auf meine Hand, die mich noch fest umfasst, mitten in der Umkleide. Wenn ich noch tiefer sinken würde, wäre ich halb in China.

Danach fühle ich mich wie ausgehöhlt. Ich drehe das warme Wasser auf und wasche mich, aber sauber fühle ich mich nicht.

Ich hoffe, der Typ, gegen den ich heute Abend kämpfe, ist das größte und mieseste Arschloch im Umkreis mehrerer Kilometer und dass er mich ordentlich verprügelt – so wie ich es mir von Ella wünschen würde, die aber nicht da ist, um das zu übernehmen.

5. Kapitel

East und ich fahren gar nicht erst zur Post-Game-Party, sondern gleich nach Hause, wo wir eine Stunde vertrödeln können, bis wir zum Kampf losmüssen. Wenn ich mich erst mit irgendeinem Typen geprügelt habe, werde ich endlich wieder ein bisschen Kontrolle über mich haben.

»Ich muss Claire anrufen«, sagt East, als wir reingehen. »Mal schauen, ob sie nachher noch vorbeikommen will.«

»Claire?« Ich runzle die Stirn. »Ich wusste gar nicht, dass die noch aktuell ist.«

»Ach, na ja. Und ich wusste nicht, dass du mit Brooke vögelst. Sind wir wohl quitt.«

Er hält sich das Handy ans Ohr, damit bin ich erst mal abgemeldet.

Sein Verhalten versetzt mir einen Stich. East ist superkalt zu mir, seit Ella abgehauen ist.

Kaum bin ich oben im Flur, entdecke ich, dass meine Zimmertür nur angelehnt ist. Ich habe ein ekliges Gefühl von Déjà-vu. Plötzlich ist wieder Montagnacht, als ich Brooke in meinem Bett vorgefunden habe.

Ich schwöre, wenn die olle Schlampe jetzt das nächste Spielchen anfängt, dann dreh ich durch.

Aber ich finde Gideon in meinem Zimmer. Er liegt ausgestreckt auf meinem Bett und tippt auf seinem Handy herum. Als er mich sieht, bedenkt er mich mit einem finsteren Blick.

»Ich wusste nicht, dass du dieses Wochenende nach Hause kommst«, sage ich vorsichtig. Ich habe ihm am Dienstag getextet, dass Ella verschwunden ist, aber immer, wenn er danach angerufen hat, habe ich ihn weggedrückt. Ich war nicht in der Stimmung, mir eine von seinen Moralpredigten zu geben.

»Das wäre dir vermutlich entgegengekommen, was?«

»Ich hab keine Ahnung, was du meinst.« Um seinem Blick auszuweichen, ziehe ich mir das T-Shirt aus und streife mir ein Muskelshirt über.

»Blödsinn. Du willst dich vor dieser Unterhaltung drücken.« Gideon steht auf und kommt zu mir. »Jetzt kannst du nicht länger davor weglaufen, kleiner Bruder.«

»Pass auf, das ist keine große Sache, okay? Ella und ich sind« – waren? – »zusammen. Na und?«

»Wenn es keine große Sache ist, warum hast du es mir dann verschwiegen? Warum erfahre ich das von East? Und was zur Hölle hast du dir überhaupt dabei gedacht, mit ihr was anzufangen? Wir müssen wirklich niemand Weiteren in unsere Scheiße reinziehen –«

»Deine Scheiße«, unterbreche ich ihn und bereue es sofort, weil er zusammenzuckt, als hätte ich ihn geschlagen.

»Richtig«, murmelt er. »Meine Scheiße. Wie dumm von mir zu glauben, dass mir mein Bruder den Rücken freihält.«

»Ich halte dir den Rücken frei. Das weißt du. Aber das hat mit Ella doch nichts zu tun.« Hilflosigkeit schnürt mir die Kehle zu. »Unsere Beziehung ist –«

Diesmal unterbricht er mich mit einem schroffen Lachen.

»Eure Beziehung? Du Glückspilz. Muss schön sein. Ich hatte auch mal eine.«

Ich schlucke meine scharfe Antwort runter. Ich weiß, wie erbärmlich es ihm geht, aber ich habe ihn nicht in diese Lage gebracht. Das hat er sich schön selbst eingebrockt.

»Und was habe ich jetzt? Rein gar nichts.« Gideon wirkt so, als wäre er kurz davor, sich selbst die Haare auszureißen, während er in meinem Zimmer auf und ab geht.

»Das tut mir leid.« Völlig unzureichend, aber mehr kann ich dazu nicht sagen.

»Das sollte es auch. Du musst dich von Ella fernhalten. Sie ist ein gutes Mädchen, du bringst sie nur in Schwierigkeiten.«

Die Wahrheit seiner Worte trifft mich mehr als sein wertender Blick. Jetzt sitzt mir das schlechte Gewissen im Hals. »Vielleicht«, sage ich leise, »aber ich kann sie nicht ziehen lassen.«

»Du kannst es nicht? Nein, du willst es nicht.« Gideons Gesicht läuft rot an. »Vergiss Ella.«

Unmöglich.

»Du bist ein egoistisches Arschloch«, zischt mein Bruder, als er die Weigerung an meinen Augen abliest.

»Gid –«

»Ich hatte auch mal eine Ella. Ein Mädchen, mit dem ich mir eine Zukunft vorstellen konnte. Und ich habe ihr das Herz gebrochen. Jetzt ist sie so wütend auf die Welt, dass sie gar nichts mehr hinkriegt. Willst du das für Ella? Willst du so sein wie unser Dad? Jemanden in den Selbstmord treiben, weil es ihr so sauelend geht?«

»Ähem.«

Wir fahren beide herum und entdecken Easton im Türrahmen. Sein misstrauischer Blick wandert von mir zu Gid. »Ich muss wohl nicht erst fragen, ob ich störe«, sagt er.

»Das ist ja nicht zu übersehen. Aber ich entschuldige mich auch nicht dafür.«

Gideons Kiefermuskulatur spannt. »Gib uns einen Augenblick, East. Das hier hat nichts mit dir zu tun.«

Eastons Wangen werden rot. Steifbeinig kommt er herein und macht die Tür hinter sich zu. »Vergiss es. Ihr beide schließt mich nicht aus. Nicht mehr.« Er rammt Gideon einen Finger gegen die Brust. »Eure ganzen Geheimniskrämerei und das Geflüster kotzen mich an. Lass mich mal raten, Gid. Du hast gewusst, dass Reed mit Brooke gevögelt hat.«

Gid zuckt mit den Schultern.

Easts schneidender Blick trifft mich. »War ich nicht wichtig genug, um eingeweiht zu werden?«

Frustriert beiße ich die Zähne aufeinander. »Es gab halt nichts zum Einweihen. Das war ein bescheuerter Fehler, okay? Seit wann willst du über jedes Mädel informiert werden, das ich aufreiße? Willst du indirekt durch meinen Schwanz leben oder wie?«

Damit fange ich mir einen Faustschlag in den Solarplexus ein.

Ich stolpere rückwärts und stoße mit der Schulter gegen meine Kommode. Aber ich schlage nicht zurück. East steht praktisch der Schaum vorm Mund. Ich habe ihn noch nie so angepisst gesehen. Als er mir das letzte Mal eine verpasst hat, waren wir noch Kinder. Haben wegen einem Videospiel gestritten, glaub ich.

»Vielleicht sollte ich Brooke anrufen«, schäumt East. »Oder? Offenbar bekommt man nur eine dieser kranken Eintrittskarten zum Führungszirkel, wenn man Dads Freundin fickt. Wenn ich mich auf das Niveau herablasse, dann bleibt euch nichts anderes übrig, als mich aufzunehmen, oder?«

Gideon reagiert darauf mit eisigem Schweigen. Auch ich sage nichts. Es würde sowieso nichts bringen, so wie East gerade drauf ist. Er fährt sich mit beiden Händen durch die Haare und stößt ein frustriertes Knurren aus. »Wisst ihr was? Fickt euch doch einfach selbst. Behaltet eure Geheimnisse für euch, und nehmt sie mit ins Grab. Untersteht euch bloß, angerannt zu kommen, wenn ihr jemanden braucht, der für euch die Feuer austritt.«

Er stürmt aus meinem Zimmer und schlägt die Tür so heftig zu, dass sie im Rahmen klappert. Die Stille, die er hinterlässt, ist ohrenbetäubend. Gideon sieht erschöpft aus. Ich hingegen bin total aufgedreht. Ich brauche einen Kampf. Die Aggression muss raus, bevor ich jemand in diesem Haus verletze.

6. Kapitel

Am nächsten Morgen quäle ich mich aus dem Bett, mein gesamter Körper protestiert schon bei der kleinsten Bewegung. Ich war gestern Abend nicht gerade in Topform. Die blinde Wut war auf meiner Seite, ja, aber an Ausdauer mangelte es. Ich hab ein paar Schläge abbekommen, die mich jetzt noch zusammenzucken lassen.

Das Hämatom an meiner linken Flanke ist schon lila und grün. Ich suche mir ein locker sitzendes T-Shirt, damit die Verletzung weniger auffällt, und dazu eine Jogginghose.

Unten in der Küche finde ich Brooke auf dem Schoß meines Vaters vor. Es ist gerade mal halb zehn, und Dad hat sein immer anwesendes Scotchglas bei sich. Wenn ich mit Brooke vögeln würde, müsste ich auch permanent betrunken sein, schätze ich, aber wieso, verdammt noch mal, erkennt er nicht ihr wahres Gesicht?

»Schon was von deinem Privatdetektiv gehört?«, frage ich meinen Vater.

Er schüttelt kurz den Kopf. »Noch nicht.«

»Mich macht das richtig krank vor Sorge«, stöhnt Brooke. »Das arme Mädchen, ganz allein da draußen.« Sie berührt meinen Dad an der Wange. »Schatz, du musst wirklich mal mit Easton über seine Spielprobleme sprechen. Stell dir doch nur vor, wie furchterregend dieser Buchmacher gewesen sein muss, wenn er Ella so einen Schrecken einjagen konnte.«

Brooke wirft mir über Dads Kopf hinweg einen Blick zu und zwinkert.

Was für ein Albtraum. Ich beschäftige mich lieber mit dem Frühstück. Sandra war schon früh fleißig, da steht ein Haufen arme Ritter im Backofen und wartet darauf, verschlungen zu werden. Dazu gibt es noch einen Stapel Speck.

Ich lade mir einen Teller voll und bleibe an die Arbeitsfläche gelehnt stehen, weil ich mich nicht an den Tisch setzen will, wo die Teufelin und mein Dad einen auf perfekte Familie machen.

Dad entgeht das nicht. Er schiebt Brooke auf den Stuhl neben sich. »Komm, setz dich zu uns, Reed. Wir sind keine Tiere.«

Ich starre ihn an. »Jetzt benutzt du schon Moms alte Sprüche gegen mich? Das ist ein neues Tief«, murmle ich und bereue es sofort, weil er verletzt den Mund verzieht.

Brooke wirkt nicht viel glücklicher, bei ihr liegt es nur an der Tatsache, dass sie am liebsten so tut, als hätte Maria Royal nie existiert.

»Gibt's noch Frühstück?« Sebastian erscheint in der Tür und verhindert mit seiner Frage, was immer Brooke sagen will.

»Klar, ich mach dir 'nen Teller voll«, biete ich an. »Kommt Sawyer auch gleich?«

»Noch nicht. Er ist noch am Telefon.«

Ein Grinsen umspielt Sebs Mund. Sawyer ist vermutlich damit beschäftigt, Lauren, der Freundin der Zwillinge, Nacktfotos zu schicken.

Plötzlich kommen mir Daniels Sticheleien wieder in den

Sinn. »Passt ihr auf?«, frage ich sehr leise, als ich ihm den Teller gebe.

Er schaut mich finster an. »Was geht dich das an?«

»In der Schule wird geredet. Ich will nur nicht, dass jemand mit Gerüchten zu Dad rennt, die dir ein Ticket ins Internat einbringen.«

»Weil du so gut darin bist, dir die Hände nicht schmutzig zu machen?«, spottet Seb.

Mir fällt auf, dass Brooke mit großem Interesse unsere kleine Unterhaltung verfolgt, also drehe ich ihr den Rücken zu und sage noch leiser: »Jetzt hör mal zu, mir liegt was an euch, und ich will nicht, dass euch irgendwas passiert, aber mit eurer kleinen Zwillingsnummer täuscht ihr niemanden.«

»Kümmer dich um deinen eigenen Scheiß. Immerhin schaffen wir's, unsere Freundin nicht zu verjagen.« Der Schock muss mir ins Gesicht geschrieben stehen, Seb fängt nämlich an zu kichern. »Ja, wir wissen, dass du schuld daran bist und nicht East. So dumm sind wir auch nicht. Und über *sie* wissen wir auch Bescheid.« Er deutet diskret mit dem Kopf zu Brooke. »Behalt deine Scheißmeinung also für dich. Du bist nämlich genauso krank wie wir.«

Seb schnappt sich den Teller und verschwindet aus der Küche.

»Was war denn das?«, fragt Dad.

»So sind Jungs nun mal«, flötet Brooke. Das Lächeln auf ihren Lippen ist echt. Sie mag es, wenn wir streiten. Sie *will*, dass wir streiten.

Ich schaufele arme Ritter in mich hinein, obwohl ich das Gefühl habe, dass mir Blei im Magen liegt. Ich kann wirklich nicht sagen, ob sich diese Familie je von Moms Tod erholen wird. Das Bild, wie sie ausgestreckt daliegt, das Gesicht schlaff, die Augen kalt und leer, habe ich immer im

Hinterkopf. Durch Ella war ich endlich ein wenig zur Ruhe gekommen.

Jetzt fällt alles auseinander.

Im Haus ist es still. Ich begegne weder Seb noch Sawyer. Und darüber, wo Gid gerade ist, möchte ich nicht mal nachdenken. East meidet mich – er hat bisher auf keine SMS und keinen meiner Anrufe reagiert. Ich habe das Gefühl, dass er erst wieder mit mir sprechen wird, wenn Ella zurück ist.

Gegen neun bekomme ich eine SMS von Wade, dass gerade eine Party bei Deacon Mills steigt. Mir ist weder danach, mich zu betrinken, noch nach der Gesellschaft von lauter Betrunkenen, deshalb sage ich ab. Aber ich schicke ihm noch eine Nachricht hinterher.

Sag mir Bescheid, wenn E auftaucht. Ich erreiche ihn nicht.

Gegen elf schreibt Wade zurück. Dein Bruder ist hier. Er ist sturzbesoffen.

Scheiße.

Ich steige in ein paar Turnschuhe und streife mir ein langärmliges Hemd über. Die Seeluft wird immer frischer, je herbstlicher es wird. Unweigerlich frage ich mich, wie es Ella geht. Hat sie es warm? Kann sie gut schlafen? Hat sie genug zu essen? Ist sie in Sicherheit?

Als ich bei Mills ankomme, finde ich ein proppenvolles Haus vor. Sieht so aus, als würde sich dort die gesamte Abschlussklasse besaufen. Nach einer Viertelstunde habe ich Easton immer noch nicht gefunden und gebe auf. Ich schreibe Wade noch eine SMS, der ebenfalls nicht aufzufinden ist.

Wo ist er?

Spielzimmer.

Ich lasse das Wohnzimmer links liegen und steuere den Hobbyraum an, der auch als Billardzimmer dient. Wade steht an einem der Tische und quatscht mit einem unserer Mannschaftskollegen. Er nickt nach links, als er mich sieht. Ich folge seinem Blick. Mein Bruder liegt ausgestreckt auf der Couch, ein blondes Mädchen auf dem Schoß. Ihr helles Haar fällt ihr wie ein Vorhang vors Gesicht, deshalb kann ich nicht erkennen, wer es ist, aber dass ihre Lippen auf Easts gepresst sind, ist unschwer zu übersehen. Seine Hand bewegt sich langsam unter ihrem Rock. Sie kichert, und sofort bin ich wie erstarrt. Ich kenne dieses Kichern.

Sie hebt den Kopf und ... jep, das ist Abby.

»East«, rufe ich durch die Tür.

Er schaut zu mir, die blauen Augen glasig, Wangen rot. Er ist hoffnungslos betrunken. Großartig.

»Guck mal, Abs, mein großer Bruder«, lallt er.

»Komm, Zeit zu gehen«, sage ich und greife nach ihm.

Abby starrt mich mit großen Augen schuldbewusst an, dabei mache ich mir hauptsächlich um East Sorgen. Ihm muss es echt superelend gehen, wenn er es für eine gute Idee hält, mit meiner Ex rumzumachen.

»Wozu die Eile? Abs und ich legen doch gerade erst los. Nicht wahr, Baby?«

Ihre Wangen fangen an zu glühen. »Reed«, setzt sie an.

Ich ignoriere sie. »Steh auf«, befehle ich meinem Bruder. »Wir gehen.«

»Ich geh nirgendwohin.«

»Oh, doch.«

Er bewegt sich kein Stück. »Nur weil bei dir gerade nix läuft, heißt das noch lange nicht, dass mein Schwanz arbeitslos bleiben muss. Oder, Abs?«

Abby macht ein leises Geräusch. Vielleicht zustimmend. Vielleicht abstreitend. Mir scheißegal. Ich will einfach nur

Easton nach Hause bringen, bevor er was macht, was er bereuen wird.

»Dein Schwanz sieht definitiv genug Action.«

»Vielleicht möchte ich ja mehr.« East grinst. »Und was geht es dich überhaupt an? Außerdem kann ich's ihr sicher besser besorgen.«

Abbys Gesicht ist jetzt feuerrot. »Easton«, sagt sie gepresst.

»Was denn? Du weißt, dass ich recht habe.« Sein spöttischer Blick wandert zu ihr. »Du vergeudest deine Zeit damit, ihm nachzutrauern, Babe. Hat er dir je gesagt, dass er dich liebt? Nein, oder? Weil er dich nicht geliebt hat.«

Abby keucht verletzt. »Fick dich, Easton. Fickt euch beide.« Dann rauscht sie aus dem Hobbyraum, ohne sich umzusehen.

Easton schaut ihr nach, dann wendet er sich zu mir und fängt an zu lachen. Kalt und ohne jeden Humor. »Da haste die Nächste vertrieben, Brüderchen. Ella, Abby ...«

»Die hast du vertrieben.« Ich schüttle den Kopf. »Lass Abby in Ruhe. Sie ist keins deiner Spielzeuge, East.«

»Was? Ist sie etwa zu gut für einen Versager wie mich?«

Ja. »Das habe ich nicht gemeint«, lüge ich.

»Blödsinn. Du willst nicht, dass ich deine reine, süße Abby beschmutze. Dass ich sie verderbe.« East kommt schwankend auf die Füße. Der Alkoholatem, der mir entgegenschlägt, haut mich fast um. »Du verdammter Heuchler. Du bist das schwarze Schaf. Du bist derjenige, der die Mädels ins Unglück stürzt.« Er kommt noch näher, bis unsere Gesichter nur noch wenige Zentimeter voneinander entfernt sind. Dann zischt er mir direkt ins Ohr: »Du hast Ella ins Unglück gestürzt.«

Ich zucke zusammen.

Alle beobachten uns. Die Familie Royal liegt in Trümmern, meine Damen und Herren. Die Zwillinge sprechen nicht mehr mit mir. Seb muss Sawyer irgendwas gesagt haben, die beiden meiden mich jedenfalls jetzt wie einen Aussätzigen. East will sich den Schmerz wegvögeln. Gid seine Wut auf die Welt. Und ich? Ich ertrinke.

»Also gut, ich bin hier fertig.« Ich gehe um ihn herum und habe mich gerade so unter Kontrolle. »Mach, was du willst.«

»Da kannst du Gift drauf nehmen«, lallt er.

Ich schaue zu Wade und nicke Richtung Tür. Er folgt mir sofort. »Sorg dafür, dass East nach Hause kommt«, murmle ich. »Er kann nicht mehr fahren.«

Wade nickt. »Wird gemacht. Geh nach Hause. Morgen sieht alles schon wieder besser aus.«

Wenn Ella wieder da ist, ja. Wenn nicht? Dann sind wir im Arsch.

Mit dem Gefühl der Niederlage fahre ich nach Hause und versuche, nicht darüber nachzudenken, was für einer Hölle mein Leben gleicht. Ella ist weg. East ist total hinüber. Brooke ist wieder da. Ich weiß nicht, wohin mit meiner Wut. Ich kann mich unmöglich noch einmal prügeln. Meine Rippen sind noch viel zu wund. Aber mit meinen Händen ist alles in Ordnung, also gehe ich nach unten in den Kraftraum und lasse meine Wut am Sandsack aus.

Ich stelle mir vor, ich bin der Sack. Ich schlage darauf ein, bis meine Hände blutig sind. Auch auf meinen Füßen und Beinen sind rote Stellen.

Aber es geht mir kein bisschen besser.

Danach springe ich unter die Dusche, wasche mir Blut und Schweiß ab, ziehe eine Jogginghose an und gehe nach oben. In der Küche suche ich mir einen Energiedrink und bekomme einen Schreck, als ich sehe, wie spät es ist. Weit nach ein Uhr. Ich war fast anderthalb Stunden im Kraftraum.

Erschöpft schwinge ich meinen müden Hintern die Treppen hoch. Vielleicht kann ich ja heute Nacht endlich mal schlafen. Der Flur liegt dunkel vor mir, und alle Türen sind geschlossen, auch die zu Easts Zimmer. Ich frage mich, ob er schon von der Party zurück ist.

Als ich mich meiner Tür nähere, höre ich etwas. Leises Stöhnen und Keuchen.

Was zur Hölle?

Wenn das Brooke ist ...

Ich stoße die Tür auf und sehe als Erstes den nackten Arsch von meinem Bruder. Er ist auf meinem Bett. Genauso Abby, die leise stöhnt, während er sich in ihr bewegt. Ihre Finger in seine Schultern gekrallt, die Beine um ihn geschlungen. Ihre Haare fächern sich über meinem Kissen auf.

»Nicht im Ernst?«, knurre ich.

Eastons Bewegung hört auf, seine Hand bleibt jedoch auf der Brust meiner Exfreundin liegen. Er schaut mich über seine Schulter hinweg an und schenkt mir ein grausames Grinsen.

»Oh, ist das dein Zimmer?«, fragt er spöttisch. »Hab ich mich wohl in der Tür geirrt, Bruder. Tut mir leid.«

Ich knalle die Tür zu und stolpere zurück in den Flur.

Ich schlafe in Ellas Zimmer. Oder, genauer gesagt, ich liege auf Ellas Bett und grüble die ganze Nacht über. Am nächsten Morgen begegne ich East in der Küche.

»Abby hat richtig gut geschmeckt.« Er grinst und beißt in einen Apfel.

Träge stelle ich mir vor, wie er es fände, wenn ich den Apfel nähme und ihm das ganze Ding in den Rachen stecken würde. Vermutlich würde er lachen und sagen, dass er sowieso noch einen zweiten essen wollte, nur um es mir zu zeigen. Was eigentlich? Wie sehr er mich hasst?

»War mir nicht klar, dass wir teilen wie die Zwillinge.«
Ich greife mit mehr Wucht nach der Karaffe, als ich will,
und gefiltertes Wasser schwappt mir über die Hand.
East lacht gespielt laut auf. »Was spricht dagegen? Viel-
leicht wäre Ella ja noch hier, wenn ich sie gevögelt hätte.«
Ich sehe rot. »Wenn du sie anfasst, werde ich –«
»Sie ist nicht mal irgendwo in der Nähe, du Arschloch.«
Er schleudert den halb gegessenen Apfel durch die Küche,
der nur wenige Zentimeter neben meinem Kopf am Küchen-
schrank zerschellt. »Ich wünschte, das wäre ein Ziegelstein
und er hätte dir den Schädel zertrümmert.«
Jep, hier läuft's super im Hause Royal.
Ich gehe East für den Rest des Tages aus dem Weg.

7. Kapitel

Eine weitere Woche vergeht. Ella ist noch immer fort, und meine Brüder sprechen noch immer nicht wieder mit mir. Mein Leben ist die Hölle, und ich habe nicht die leiseste Ahnung, wie ich das ändern könnte, deshalb habe ich aufgegeben. Ich gebe mich dem Kummer hin, klammere die Welt aus und verbringe Nacht für Nacht damit, mich zu fragen, wie es Ella geht. Ist sie in Sicherheit? Fehle ich ihr ...? Natürlich nicht. Wenn ich ihr fehlen würde, wäre sie ja längst wieder zu Hause.

Am Montag stehe ich auf und gehe zum Training. Niemandem entgeht, dass East und ich uns bekriegen. Er steht am einen Ende der Seitenlinie, ich am anderen. Dabei trennen uns Welten, weit umfangreicher als das Stadion. Wahrscheinlich könnte man den ganzen Atlantik in der Schlucht versenken, die sich zwischen uns aufgetan hat.

Nach dem Training fängt Val mich im Flur ab. Ich widerstehe dem Impuls, die Hände schützend vor meine Eier zu halten.

»Sag mir einfach nur, dass es ihr gut geht«, bittet sie.

»Ihr geht's gut.«

»Ist sie sauer auf mich? Hab ich was falsch gemacht?«
Vals Stimme bricht.

Verdammt. Kann sich denn niemand mehr zusammenreißen? Mir brennt die Sicherung durch. »Wer bin ich
denn? Euer Paartherapeut? Ich habe keine Ahnung, warum
sie sich nicht bei dir meldet.«

Val runzelt die Stirn. »Du bist echt ein Arsch, Reed. Sie
ist auch meine Freundin. Du hast kein Recht, sie von mir
fernzuhalten.«

»Wenn Ella von dir hören wollte, würde sie dich anrufen.«

Das ist das Schlimmste, was ich sagen kann, trotzdem
kommen mir diese Worte über die Lippen. Bevor ich sie
zurücknehmen kann, ist Val schon weg.

Wenn Ella mich nicht schon längst hasst, dann wird sie
es spätestens tun, sobald sie sieht, was für einen Mist ich
hier veranstaltet habe.

Vor Frust und Wut ramme ich meinen Fuß in das nächstgelegene Schließfach. Die Tür gibt nach, und Schmerz
durchzuckt mein Bein. Fühlt sich nicht gut an.

Ein Stück den Flur hinunter lacht jemand. Ich schaue hin
und sehe Easton, der seine Hand ausstreckt. Dominic Brun-
feld schlägt etwas auf seine Handfläche. Ein paar Typen aus
unserem Team kramen Dollarscheine hervor und reichen
sie East.

»Hätte nie gedacht, dass dich ein Mädchen in so eine Verfassung bringen kann«, sagt Dom, als er an mir vorbeigeht.
»Was für eine Enttäuschung.«

Ich zeige ihm den Mittelfinger und warte auf East.
»Willst du mir erklären, was los ist?«

East wedelt mir mit den Scheinen vorm Gesicht rum.
»Leichter hab ich noch nie Geld gemacht. Du bist echt nicht
du selbst, Bruder. Das wissen alle. War nur eine Frage

der Zeit, bis du die Nerven verlierst. Deshalb ist Ella abgehauen.«

Ich atme intensiv durch die Nase.»Sie kommt zurück.«

»Oh, hast du sie etwa plötzlich in der Nacht gefunden?« Er streckt die Arme aus und dreht sich.»Weil, hier ist sie nicht. Oder siehst du sie? Dom, siehst du Ella?« Dom schaut von mir zu East und zurück.»Nein, er sieht sie nicht. Und du, Wade? Siehst du sie? War sie mit dir auf'm Klo?«

»Halt die Fresse, East.«

Schmerz blitzt in seinen Augen auf, aber er macht eine Reißverschlussgeste vor seinen Lippen.»Wird gemacht, Master Reed. Du weißt schließlich, was das Beste für uns Royals ist, nicht wahr? Du machst alles richtig. Bekommst die besten Noten. Spielst am besten Football. Fickst die richtigen Mädchen. Außer, es ist mal nicht so. Und wenn du Scheiße baust, reißt du uns alle mit rein.« Er legt mir die Hand in den Nacken und zieht mich zu sich, bis unsere Köpfe gegeneinandergepresst werden.»Warum hältst du also nicht die Fresse, Reed? Ella kommt nicht zurück. Sie ist tot, genau wie Mom. Nur diesmal ist es nicht meine Schuld, sondern deine.«

Scham überkommt mich wie trüber, ekliger Schleim, der sich an meine Knochen haftet und mich runterzieht. Der Wahrheit entkomme ich nicht. East hat recht. Auch ich bin schuld an Moms Tod. Und wenn Ella tot ist, auch an ihrem.

Ich reiße mich von ihm los und marschiere zurück in die Umkleide. Ich habe noch nie in der Öffentlichkeit mit einem meiner Brüder gestritten. Für uns galt immer: Einer für alle, alle für einen.

Mom hat es gehasst, wenn wir zu Hause gestritten haben, aber alles, was über das Grundstück hinausging, hat sie nicht toleriert. Wenn wir uns nur einen blöden Kommentar gedrückt haben, tat sie so, als gehörten wir nicht zu ihr.

Maria Royals Jungs blamieren sie oder einander nicht in der Öffentlichkeit. Nur ein missbilligender Blick von ihr reichte, schon rückten wir unsere Klamotten zurecht und fielen einander in die Arme, so als wäre Saisonbeginn im Stadion und wir wären glücklich darüber, am Leben zu sein – egal, wie kurz davor wir gerade noch gewesen waren, uns die Köpfe einzuschlagen.

Die Tür zur Umkleide geht auf. Ich sehe nicht nach, wer reinkommt. Ich weiß, East ist es nicht. Wenn er wütend wird, zieht er sich zurück.

»Am Freitag vor dem Spiel hat einer der Abgänger eine Schere mitgebracht und einer der Neuntklässlerinnen die Haare abgeschnitten. Die ist heulend weggerannt.«

Ich verspanne mich. Scheiße. Das muss das Mädchen gewesen sein, das an Delacorte und mir vorbeigerauscht und in den VW gestiegen ist. »Blond, ziemlich schlank? Fährt einen weißen Passat?«

Wade nickt, die Bank ächzt, als er sich zu mir setzt. »Am Tag davor hat Dev Khan das Wissenschaftsprojekt von June Chen angezündet.«

»Ist June nicht eine von den Stipendiatinnen?«

»Genau.«

»Ha.« Ich setze mich auf. »Hast du noch mehr so schöne Geschichten auf Lager?«

»Das sind die beiden krassesten Storys. Ich habe gerüchteweise noch von anderem Scheiß gehört, aber bestätigt ist davon nichts. Jordan hat ein Mädchen angespuckt. Goody Bellingham will demjenigen fünfzig Riesen zahlen, der mit dem Homecoming Court in die Kiste steigt.«

Ich reibe mir müde mit der Hand den Kiefer. Diese beschissene Schule. »Das alles in nicht mal zwei Wochen.«

»In den gleichen beiden Wochen haben deine Brüder aufgehört, mit dir zu reden, du hast dir was mit Delacorte geliefert und ein Schließfach demoliert. Oh, und bevor Ella verschwunden ist, hast du offenbar entschieden, dass dir die Visage von Scott Gastonburg nicht gefällt und du ihm einen neuen Look verpassen wolltest.«

»Der hat Scheiße gelabert.« Der Typ hat Ella schlechtgemacht. Ich hab es zwar nicht gehört, aber den selbstgerechten Gesichtsausdruck da im Club konnte man nicht missverstehen. Er hat geglaubt, er wäre mit irgendwas davongekommen, aber nicht mit mir.

»Wahrscheinlich. Nichts, was aus dem Mund kommt, muss man gehört haben. Du hast uns definitiv allen einen Gefallen damit getan, dass er erst mal verdrahtet werden musste, aber der Rest der Schule zerfällt. Du musst dich zusammenreißen.«

»Mir ist scheißegal, was mit Astor passiert.«

»Mag sein. Aber ohne euch Royals geht diese Schule den Bach runter.« Wade verlagert sein Gewicht. »Die Leute reden auch über Ella.«

»Na und? Lass sie reden.«

»Das sagst du jetzt, aber wie soll es mit ihr weitergehen, wenn sie wiederkommt? Da gab es schließlich schon die Schlägerei mit Jordan. Also, klar, das war echt heiß anzusehen. Aber dann kam die Sache mit Daniel, und jetzt ist sie weg. Laut Flurfunk erholt sie sich gerade wahlweise von einer Abtreibung oder einer sexuell übertragenen Krankheit. Wenn du sie irgendwo versteckst, dann ist jetzt der Moment, sie wieder hervorzuholen und so Stärke zu demonstrieren.«

Ich bleibe still.

Wade seufzt. »Ich weiß, wie ungern du die Verantwortung trägst, aber so ist es nun mal, seit Gideon nicht mehr an der Schule ist. Wenn du hier weiter alles schleifen lässt, haben wir spätestens an Halloween die absolute Horrorshow. Inklusive Wänden, die mit Eingeweiden und Hirnmasse beschmiert sind. Irgendjemand wird bis dahin sicher die *Carrie* geben – und zwar mit Fokus auf Jordan.«

Jordan. Die bedeutet nichts als Ärger. »Warum kümmerst du dich nicht darum?«, murmle ich. »Deine Familie hat genug Geld, um Jordans zu kaufen.« Wades Familie stammt aus Verhältnissen, die man wohl am besten mit altem Geld beschreibt. Ich glaube, ein Teil davon liegt in Form von Goldbarren in ihrem Keller.

»Mit Geld hat das nichts zu tun. Ihr seid die Royals. Euch hört man zu. Wahrscheinlich, weil es so viele von euch gibt.«

Er hat recht. Die Royals haben diese Schule geführt, seit Gid im zweiten Jahr war. Ich habe keine Ahnung, wie es dazu kam, aber eines Tages orientierten sich alle an Gid. Wenn jemand über die Stränge schlug, dann war Gid zur Stelle, um ihm den Kopf zurechtzurücken. Die Regeln waren einfach. Leg dich nur mit jemandem an, dem du gewachsen bist.

Gewachsen im metaphorischen Sinn. Gewachsen, was sozialen Status angeht, Vermögen, Intelligenz. Würde sich Jordan mit jemandem aus dem Abschlussjahrgang anlegen, würde niemand was sagen. Aber wenn Jordan sich mit einer Stipendiatin anlegt, ist das nicht gut.

Ella fiel in keine Kategorie. Sie war keine Stipendiatin, stammte aber auch nicht aus reichem Hause. Anfangs dachte ich, sie schläft mit meinem Dad. Dass er uns eine Hure aus einem hochklassigen Bordell nach Hause gebracht hat. Er und Steve frequentierten solche Etablissements häufig, wenn sie auf Geschäftsreise waren. Ja, Dad ist wirklich eins a.

Ich habe mich zurückgehalten und abgewartet, und alle anderen mit mir. Außer Jordan. Jordan hat sofort genau das gesehen, was ich gesehen habe. Dass Ella aus einem härteren Holz geschnitzt war, als wir je zuvor in *Astor Park* gesehen hatten. Und sie hasste es. Während ich mich davon angezogen fühlte.

»Ich will diesen Einfluss nicht«, sagt Wade. »Ich will einfach nur regelmäßig Sex, 'n bisschen Football spielen, die Freunde meiner Mom nerven und mich betrinken. All das kann ich, obwohl Jordan jedes schöne Mädchen terrorisiert, das falsch atmet. Aber du? Du hast ein Gewissen, Mann. Nur bei all dem Mist ... Mit einem Daniel, der hier noch durch die Flure wandelt, als hätte er nicht versucht, Ella zu vergewaltigen ... Also, Schweigen wird als Zustimmung verstanden.« Er steht auf. »Wir alle verlassen uns auf dich. Ich kapiere schon, dass das eine Last ist, aber wenn du nicht langsam Stellung beziehst, dann gibt es ein Blutbad.«

Auch ich stehe auf und gehe zur Tür. »Meinetwegen kann die ganze Hütte abbrennen«, sage ich. »Ist nicht meine Aufgabe, hier die Brände auszutreten.«

»Bro.«

Ich bleibe im Rahmen stehen. »Was?«

»Sag mir wenigstens, wohin der Hase läuft. Mir ist das egal. Ich will nur wissen, ob ich jetzt schon in Schutzkleidung zur Schule kommen muss.«

Mit einem Schulterzucken gucke ich kurz zu ihm. »Mir ist das alles so was von scheißegal.«

Ich höre ein niedergeschlagenes Seufzen, bleibe aber keine Sekunde länger. Solange Ella nicht auftaucht, verschwende ich keinen Gedanken mehr an irgendetwas anderes als an die Suche nach ihr. Wenn es dadurch allen in meinem Umfeld schlecht geht, bitte sehr. Dann geht es uns wenigstens allen schlecht.

Mit gesenktem Kopf trotte ich durch den Flur. Ich schaffe es fast bis zum Unterrichtszimmer, ohne mit einer einzelnen Menschenseele zu sprechen, doch dann höre ich doch eine bekannte Stimme.

»Was ist los, Royal? Bist du beleidigt, weil niemand mit dir spielen will?«

Ich bleibe stehen. Das bellende Lachen von Daniel Delacorte bewirkt, dass ich mich langsam zu ihm umdrehe. »Entschuldige, das hab ich nicht ganz mitbekommen«, sage ich kühl. »Möchtest du das noch mal wiederholen? Diesmal direkt zu meiner Faust?«

Er stolpert über seine eigenen Füße, weil mein Ton unmissverständlich, die Bedrohung greifbar ist. Der Flur ist gut gefüllt mit Schülern, die aus ihren jeweiligen Wahlfächern strömen. Musik-AG, Debattierclub, Cheerleader, Wissenschafts-AG.

Ich halte auf ihn zu, zielgerichtet, Adrenalin rauscht mir durch die Adern. Einen Schlag konnte ich diesem Arsch schon verpassen, aber nur einen. Bevor ich mehr anrichten konnte, haben mich meine Brüder weggezerrt.

Heute hält mich niemand zurück. Die Tiere, denn etwas anderes sind die Schüler von *Aston Park* nicht, wittern das Blut in der Luft.

Delacorte wendet sich ab, sieht mich also weder direkt an, noch dreht er mir komplett den Rücken zu. *Ich bin keiner der Typen, die jemandem in den Rücken fallen,* will ich ihm sagen. *Das ist dein Spezialgebiet.*

Aber Delacorte tickt anders. Er ist krank, er nutzt diejenigen aus, die er für schwächer als sich selbst hält.

Wut strahlt von ihm aus. Er sieht sich ungern mit seiner eigenen Feigheit konfrontiert. Daddy hilft ihm immer aus der Patsche. Ist ja schön und gut, aber Daddy ist eben gerade nicht da.

»Zählt für dich wirklich nur Gewalt, Royal? Meinst du, deine Fäuste können all deine Probleme lösen?«

Ich grinse. »Wenigstens muss ich meine Probleme nicht mithilfe von Drogen lösen. Die Mädels wollen nichts von dir, deshalb machst du sie mit Chemie gefügig. Das ist dein Ding, nicht wahr?«

»Ella wollte mich.«

»Ich mag es nicht, wenn du ihren Namen sagst.« Ich mache noch einen Schritt auf ihn zu. »Du solltest ihn vergessen.«

»Sonst? Duell auf Leben und Tod?« Er breitet die Arme aus, wohl um unser Publikum zum Lachen aufzufordern, aber entweder hasst ihn hier jeder, oder sie haben Angst vor mir, denn er erntet nicht mal ein Kichern.

»Keineswegs. Du bist reine Platzverschwendung. Du verbrauchst Sauerstoff, der besser aus dem Arsch von irgendwem käme. Umbringen kann ich dich nicht – das wäre illegal und umständlich –, aber schaden kann ich dir. Ich kann dafür sorgen, dass jede Sekunde deines Lebens die Hölle ist«, sage ich sachlich. »Du solltest von dieser Schule abgehen. Hier will dich niemand.«

Sein Atem kommt in schwachen Stößen. »Dich will hier niemand«, höhnt er.

Wieder schaut er sich um, auf der Suche nach Unterstützung, aber das Interesse von allen Umstehenden gilt nur dem möglichen Blutvergießen. Sie kommen näher, schieben Daniel vorwärts. Der Feigling in ihm dreht durch. Er wirft sein Handy nach mir, die Plastikhülle trifft mich an der Stirn. Ein Keuchen geht durch die Menge. Etwas Warmes, Kupferhaltiges rinnt herunter, nimmt mir die Sicht und benetzt meine Lippen.

Ich könnte ihn schlagen. Das wäre ein Leichtes. Aber ich möchte ihm richtig wehtun. Und ich möchte auch etwas von den Schmerzen spüren. Deshalb greife ich nach seinen Schultern und stoße mit der Stirn gegen seinen Kopf.

Mein Blut verschönert sein Gesicht, und ich grinse zufrieden. »Jetzt siehst du schon besser aus. Dann wollen wir doch mal schauen, was ich sonst noch so für dich tun kann.« Dann schlage ich ihn. Mit der flachen Hand. Er schäumt über vor Wut, aber weniger wegen der Schmerzen, mehr wegen der Geringschätzung dieser Geste. Eine Ohrfeige ist die Waffe eines Mädchens, kein Zeichen eines Kampfs zwischen Männern. Es klatscht, als ich ihn erneut schlage. Daniel weicht zurück, aber weit kommt er nicht – hinter ihm sind Schließfächer.

Grinsend rücke ich einen Schritt nach und schlage ihn noch einmal. Er wehrt mich mit der rechten Hand ab, seine linke Seite komplett ungeschützt. Ich ohrfeige ihn auch links zweimal, dann rücke ich von ihm ab.

»*Schlag mich*«, schreit er. »Schlag mich. Mit den Fäusten!«

Mein Grinsen wird breiter. »Du verdienst meine Fäuste nicht. Mit den Fäusten schlage ich nur Männer.«

Ich verpasse ihm noch eine Ohrfeige, diesmal fest genug, dass seine Haut aufplatzt. Blut rinnt aus der Wunde, aber auch das stillt noch nicht meinen Wunsch nach Rache. Ich haue ihm abwechselnd mit den Händen auf die Ohren. Schwach versucht er, mich abzuwehren.

Dann schürzt er die Lippen, sammelt Speichel. Ich ducke mich nach links weg, damit mich die Spucke nicht trifft. Angewidert greife ich ihm in die Haare und ramme sein Gesicht gegen das Schließfach. »Wenn Ella zurückkommt, will sie definitiv keinem Aussätzigen wie dir begegnen, also mach dich vom Acker oder üb schon mal, unsichtbar zu werden. Ich will nie wieder etwas von dir hören oder sehen.«

Ich warte keine Antwort ab, sondern ramme seine Stirn noch einmal gegen das Schließfach und lasse dann los.

Er fällt hin, fünfundachtzig Kilo Trottel, die zu Boden gehen wie ein weggeworfenes Spielzeug.

Als ich mich umdrehe, steht Wade hinter mir. »Ich dachte, dir ist das alles scheißegal«, murmelt er.

Das Grinsen, was er daraufhin von mir bekommt, muss brutal aussehen, denn alle außer Wade und sein ewiger Schatten Hunter weichen einen Schritt zurück.

Ich bücke mich nach Daniels Handy und greife nach seiner leblosen Hand, um seinen Daumen auf den Homebutton zu drücken. Dann tippe ich die Nummer meines Vaters ein.

»Callum Royal«, sagt er ungeduldig.

»Hi Dad. Du musst mal eben zur Schule kommen.«

»Reed? Was ist das für eine Nummer?«, verlangt er.

»Die von Daniel Delacorte. Sohn von Richter Delacorte. Vergiss dein Scheckheft nicht. Ich habe ihn ziemlich verprügelt. Aber er hat buchstäblich darum gebettelt«, sage ich heiter.

Ich drücke ihn weg und wische mir dann mit der Hand übers Gesicht, weil mir noch immer Blut von der Schnittwunde ins Auge läuft. Dann steige ich über Daniel hinweg und knurre: »Bis dann, Wade. Hunter.« Ich nicke dem großen, stillen Lineman zu.

Er erwidert den Gruß mit einem Rucken seines Kinns, und ich verschwinde hinaus, um ein bisschen frische Luft zu schnappen.

Dad steht Schaum vorm Mund, als er im Wartebereich vor Direktor Beringers Büro erscheint. Zu meiner blutigen Stirn sagt er nichts. Er zerrt mich nur am Revers meines Blazers hoch, bis wir Nase an Nase dastehen.

»Das muss aufhören«, zischt er.

Ich zucke mit den Achseln und löse mich so aus seinem

Griff. »Beruhig dich. Das ist die erste Schlägerei seit über einem Jahr«, erinnere ich ihn.

»Willst du dafür etwa eine Medaille? Einen Klaps auf die Schulter? Verdammt, Reed, wie oft müssen wir diese Nummer noch abziehen? Wie viele verdammte Schecks muss ich noch schreiben, bis du endlich zur Vernunft kommst?«

Ich gucke ihm direkt in die Augen. »Daniel Delacorte hat Ella auf einer Party unter Drogen gesetzt und wollte sie vergewaltigen.«

Dad atmet scharf ein.

»Mr Royal.«

Wir drehen uns um und sehen Beringers Sekretärin in der offenen Tür zum Büro des Direktors stehen.

»Mr Beringer erwartet Sie«, sagt sie förmlich.

Dad stapft los und befiehlt mir über die Schulter: »Du bleibst hier. Ich kümmere mich darum.«

Ich versuche, mir mein Vergnügen nicht anmerken zu lassen. Ich darf hier draußen rumhocken, während Dad da drin meinen Mist beseitigt? Cool. Wobei ich nicht mal von *Mist* sprechen würde. Delacorte hat das voll und ganz verdient. Und zwar seit der Nacht, in der er versucht hat, Ella etwas anzutun. Ich hab mich bloß ablenken lassen, weil ich so sehr damit beschäftigt war, mich in Ella zu verknallen.

Ich pflanze mich wieder in den Wartesessel und weiche mit Hingabe den missbilligenden Blicken von Beringers Sekretärin aus, die nicht müde wird, diese in meine Richtung zu werfen.

Dads Besprechung mit Beringer dauert weniger als zehn Minuten. Sieben, wenn die Uhr über der Tür richtig geht. Als er herauskommt, ist da dieser triumphierende Glanz in seinen Augen, den man sonst nur sieht, wenn er gerade ein lukratives Geschäft abgeschlossen hat.

»Alles geregelt«, sagt er und gestikuliert dann, dass ich

ihm folgen soll. »Geh zurück in den Unterricht, aber komm sofort nach der Schule nach Hause. Das Gleiche gilt für deine Brüder. Keine unnötigen Stopps unterwegs. Ich erwarte euch alle zu Hause.«

Ich werde sofort hellhörig. »Warum? Was ist los?«

»Ich wollte bis nach der Schule warten, bevor ich es dir sage, aber ... wenn ich schon mal hier bin ...« Dad bleibt in der Mitte der riesigen, holzvertäfelten Lobby stehen. »Der Privatdetektiv hat Ella gefunden.«

Bevor ich verarbeiten kann, was da gerade für eine Bombe geplatzt ist, marschiert mein Vater zur gläsernen Eingangstür hinaus und lässt mich in Schockstarre zurück.

8. Kapitel

ELLA

Der Bus fährt viel, viel zu früh in Bayview ein. Ich bin noch nicht bereit. Dabei weiß ich, dass ich niemals bereit sein werde. Reeds Untreue ist jetzt ein Teil von mir. Sie kriecht mir durch die Adern wie Teer, befällt das, was von meinem Herzen noch übrig ist, wie aggressiver Krebs.

Reed hat mich zerstört. Er hat mich reingelegt. Er hat mich dazu gebracht zu glauben, dass es in dieser schrecklichen, beschissenen Welt etwas Gutes geben kann. Dass es jemanden geben könnte, dem wirklich etwas an mir liegt.

Ich hätte es besser wissen müssen. Ich bin mein Leben lang in der Gosse rumgekrochen und habe verzweifelt versucht herauszukrabbeln. Ich habe meine Mutter geliebt, aber ich wollte so viel mehr vom Leben als das, was sie uns bieten konnte. Ich wollte mehr als eine schäbige Wohnung und schimmelige Essensreste und den elendigen Kampf, über die Runden zu kommen.

Callum Royal hat mir gegeben, was meine Mutter nicht konnte: Geld, eine Ausbildung, ein schickes Haus. Eine Familie. Eine –

Eine Illusion, meldet sich die bittere Stimme in meinem Kopf zu Wort.

Ja, ich schätze, das war es. Und das Traurigste ist, dass Callum noch nicht mal was davon weiß. Ihm ist nicht mal klar, dass er in einem Haus der Lügen wohnt. Oder vielleicht doch. Kann sein, dass ihm bewusst ist, mit wem sein Sohn schläft ...

Nein. Ich weigere mich, darüber nachzudenken, was ich an dem Abend in Reeds Zimmer gesehen habe, an dem ich abgehauen bin.

Trotzdem steigt mir die Erinnerung ungefragt vor Augen.

Reed und Brooke auf seinem Bett.

Brooke nackt.

Brooke, die ihn berührt.

Ein Würgen entkommt mir, sodass mir die ältere Dame auf der anderen Seite des Gangs einen besorgten Blick zuwirft.

»Alles in Ordnung, mein Kind?«, fragt sie.

Ich schlucke die Übelkeit runter. »Ja«, sage ich matt. »Ich habe bloß Magenschmerzen.«

»Nur noch ein bisschen Geduld«, erwidert sie mit einem beruhigenden Lächeln. »Sie machen die Türen schon auf. In einem Sekündchen sind wir draußen.«

Du lieber Himmel. Nein. Ein Sekündchen ist viel zu früh. Ich will nie wieder aus diesem Bus aussteigen. Ich will das ganze Geld nicht, das Callum mir in Nashville aufgezwungen hat. Ich will nicht zurück in den Royal Palace und so tun müssen, als wäre mein Herz nicht in Millionen Stücke zerbrochen. Ich will weder Reed sehen noch seine Entschuldigungen hören. Wenn es denn überhaupt welche gibt.

Als ich hereingeplatzt bin, während er mit der Freundin seines Vaters zugange war, hat er kein Wort gesagt. Kein Sterbenswort. Kann also gut sein, dass ich da durch die Tür komme und Reed wieder ganz der grausame Alte ist. Vielleicht wäre mir das sogar ganz recht, dann könnte ich vergessen, dass ich je in ihn verliebt war.

Ich stolpere aus dem Bus, den Schulterriemen von meinem Rucksack fest umklammert. Die Sonne ist schon untergegangen, aber der Busbahnhof ist hell erleuchtet. Es wimmelt nur so von Fahrgästen um mich herum, während der Fahrer das Gepäck aus dem Bauch des Busses zieht. Ich habe kein weiteres Gepäck, nur meinen Rucksack.

Als ich abgehauen bin, habe ich nichts von den schicken Sachen mitgenommen, die Brooke für mich gekauft hat. Die warten jetzt alle in der Villa auf mich. Am liebsten würde ich jedes bisschen Stoff verbrennen. Ich will nichts davon anziehen, geschweige denn in dem Haus wohnen.

Warum hat Callum mich nicht einfach in Ruhe gelassen? Ich hätte mir in Nashville ein neues Leben aufbauen können. Ich hätte *glücklich* werden können. Irgendwann jedenfalls.

Stattdessen sitze ich wieder in den Fängen der Royals, nachdem Callum jede erdenkliche Drohung angewendet hat, um mich zurückzubringen. Unfassbar, was Callum alles in Bewegung gesetzt hat, um mich zu finden. Wie sich herausgestellt hat, waren die Scheine der ersten zehn Riesen nummeriert – er musste also nur abwarten, bis ich einen davon benutze, und schon konnte er feststellen, wo ich bin.

Ich will gar nicht wissen, wie viele Gesetze er brechen musste, um die Seriennummern von Hunderternoten landesweit zu verfolgen. Aber vermutlich stehen Männer wie Callum über dem Gesetz.

Jemand hupt, und alles in mir verspannt sich, als eine schwarze Limousine am Bordstein hält. Dieselbe Limousine, die dem Bus von Nashville bis nach Bayview gefolgt ist. Der Fahrer steigt aus – es ist Durand, Callums Chauffeur

(Schrägstrich Leibwächter) –, der groß ist wie ein Bär und ungefähr genauso furchteinflößend.

»Wie war die Fahrt?«, fragt er barsch. »Hast du Hunger? Sollen wir irgendwo anhalten, damit du was essen kannst?« Sonst ist Durand absolut nicht so gesprächig. Ich frage mich, ob Callum ihm befohlen hat, besonders nett zu mir zu sein. Da ich keinen solchen Befehl bekommen habe, bin ich alles andere als nett und knurre: »Steigen Sie ein und fahren Sie.«

Seine Nasenflügel beben.

Es tut mir nicht mal leid. Ich habe diese Leute so dermaßen satt. Von nun an sind sie meine Feinde. Sie sind die Gefängniswärter und ich der Häftling. Sie sind weder Familie noch Freunde. Sie bedeuten mir nichts.

Als Durand den Wagen in der runden Auffahrt vor der Villa abstellt, könnte man meinen, es sei ein Abend wie jeder andere. Da das Haus praktisch aus nichts als Fenstern besteht, werden wir von all dem ausfallenden Licht fast geblendet.

Die Eichentüren des mit Säulen verzierten Eingangs fliegen auf, und Callum erscheint, sein dunkles Haar ist perfekt gestylt, sein maßgeschneiderter Anzug klebt an seiner breiten Statur.

Ich straffe die Schultern, bereite mich auf einen weiteren Schlagabtausch vor, aber mein Vormund lächelt nur traurig und sagt: »Willkommen zurück.«

Aber wirklich willkommen fühle ich mich nicht. Dieser Mann hat meine Spur bis nach Nashville verfolgt und mich bedroht. Die Liste grässlicher Konsequenzen für den Fall, dass ich nicht zurückkehre, wirkte unendlich.

Er wollte mich – die Ausreißerin – festnehmen lassen.

Er wollte mich anzeigen, weil ich den Pass meiner Mutter benutzt habe.

Er wollte behaupten, dass ich die zehn Riesen gestohlen habe, die er mir gegeben hat, und mich wegen Diebstahl verurteilen lassen.

Keine dieser Drohungen ließ mich klein beigeben. Nein, dafür sorgte erst seine nachdrückliche Erklärung, dass es keinen Ort auf der Welt gebe, an dem er mich nicht finden würde. Egal, wohin ich ginge, er würde dort schon auf mich warten. Er würde mich bis zum Ende meines Lebens jagen, schließlich – so betonte er noch einmal – war er das meinem Vater schuldig.

Meinem Vater, einem Mann, den ich nie kennengelernt habe. Einem Mann, der, wenn man aus all den Geschichten schloss, ein verwöhnter, egoistischer Arsch war, der einen geldgeilen Drachen heiratete, ohne ihr – oder überhaupt jemandem – zu erzählen, dass er beim Landurlaub achtzehn Jahre zuvor eine junge Frau geschwängert hatte.

Ich schulde Steve O'Halloran rein gar nichts. Und Callum Royal schulde ich genauso wenig. Aber ich will auch nicht mein Leben lang über die Schulter schauen müssen. Callum blufft nicht. Er würde niemals aufhören, mir nachzustellen, wenn ich mich je dazu entschließen sollte, noch einmal abzuhauen.

Während ich ihm in die Villa folge, rufe ich mir in Erinnerung, dass ich stark bin. Widerstandsfähig. Ich kann zwei Jahre mit den Royals durchstehen. Ich muss nur so tun, als wären sie nicht da. Das Wichtigste ist, meinen Abschluss zu machen, und dann geht's aufs College. Wenn ich erst das Examen habe, muss ich nie wieder einen Fuß in dieses Haus setzen.

Kaum oben, zeigt Callum mir das neue Sicherungssystem, das er an meiner Zimmertür installiert hat. Es ist ein biometrischer Handscanner, vermutlich ähnlich den Systemen, die er bei *Atlantic Aviation* nutzt. Nur mein Handabdruck gewährt Zugang zu meinem Zimmer, was so viel heißt wie, dass mit keinen weiteren nächtlichen Besuchen von Reed zu rechnen ist. Keine weiteren Filmabende mit Easton. Dieses Zimmer ist meine Zelle, und genau so will ich es.

»Ella.« Callum klingt müde, als er mir in das Zimmer folgt, das noch genauso pink und mädchenhaft ist, wie ich es in Erinnerung hatte. Callum bat damals zwar einen Raumgestalter um Hilfe, hatte dann aber doch alles selbst ausgesucht. Womit er nur bewies, dass er absolut nichts von Mädchen im Teenageralter versteht.

»Ja?«, frage ich.

»Ich weiß, warum du abgehauen bist, und ich möchte –«

»Du weißt es?«, unterbreche ich ihn.

Callum nickt. »Reed hat es mir erzählt.«

»Er hat es dir erzählt?« Ich kann meine Überraschung nicht zügeln oder verbergen. Reed hat seinem Vater von Brooke erzählt? Und Callum hat ihn nicht rausgeworfen? Scheiße, Callum wirkt nicht mal aufgebracht! Was sind das für Leute?

»Ich kann verstehen, dass du vielleicht zu beschämt warst, direkt damit zu mir zu kommen«, fährt Callum fort, »aber du sollst wissen, dass du dich immer an mich wenden kannst. Genau genommen bin ich sogar dafür, dass wir gleich morgen früh zu Polizei gehen und Anzeige erstatten.«

Verwirrung überkommt mich. »Anzeige erstatten?«

»Der Junge muss für das bestraft werden, was er getan hat, Ella.«

Der Junge? Was, zur Hölle, geht denn hier gerade ab? Callum will, dass sein Sohn bestraft wird – für ... Ja, für was? Sex mit einer Minderjährigen? Ich bin noch immer Jungfrau. Ist es strafbar, dass ich – mein Gott. Ich laufe tiefrot an.

Seine nächsten Worte schockieren mich. »Es kümmert mich überhaupt nicht, dass sein Vater Richter ist. Delacorte kann nicht einfach damit davonkommen, dass er ein Mädchen unter Drogen setzt, um sie dann sexuell zu nötigen.« Ich atme ein. Guter Gott. Reed hat Callum erzählt, was Daniel versucht hat? Warum? Vielmehr: warum jetzt und nicht schon vor Wochen?

Egal, welche Gründe er hatte, ich nehme es ihm übel, dass er den Mund aufgemacht hat. Das Letzte, was ich will, ist, dass die Polizei eingeschaltet wird. Oder dass ich in einen langen, schmutzigen Prozess verwickelt werde. Ich kann mir lebhaft vorstellen, wie das im Gerichtssaal ablaufen wird. Highschool-Stripperin beschuldigt einen reichen weißen Jungen, dass er sie unter Drogen gesetzt hat, um Sex mit ihr zu erzwingen? Wer wird mir das abkaufen?

»Ich werde keine Anzeige erstatten.«

»Ella –«

»Das war keine große Sache, okay? Deine Söhne haben mich gefunden, bevor Daniel irgendwas anfangen konnte.« Frustration erfüllt mich. »Das war nicht der Grund dafür, dass ich weggelaufen bin, Callum. Ich ... Ich gehöre hier einfach nicht hin. Ich bin einfach nicht dafür gemacht, eine reiche Prinzessin zu sein, die auf eine Privatschule geht und abends ein Gläschen schweineteuren Champagner trinkt. Das bin nicht ich. Ich bin weder schick noch reich noch –«

»Doch, du bist reich«, unterbricht er mich ruhig. »Du bist sehr, sehr reich, Ella, und das musst du allmählich akzeptieren. Dein Vater hat dir ein Vermögen vererbt, und irgendwann dieser Tage müssen wir uns mal mit Steves Anwälten zusammensetzen, um zu entscheiden, was du mit all dem Geld machen willst. Anlegen, stiften, so was in der Art. Ach, genau –« Er zieht eine Brieftasche aus Leder hervor und gibt sie mir. »Wie vereinbart dein Geld für diesen Monat und eine Kreditkarte.«

Mir ist plötzlich schwindelig. Seit ich abgehauen bin, konnte ich an nichts anderes als an Reed und Brooke denken. Die Erbschaft von Steve hatte ich völlig beiseitegeschoben.

»Lass uns ein andermal darüber sprechen«, sage ich leise.

Er nickt. »Und du willst sicher nichts wegen Delacorte unternehmen?«

»Ganz sicher«, erwidere ich nachdrücklich.

Er wirkt resigniert. »Also gut. Kann ich dir noch etwas zu essen heraufbringen?«

»Ich habe unterwegs was gegessen.« Ich will, dass er verschwindet, und das weiß er auch.

»Okay. Gut.« Er steuert die Tür an. »Wieso gehst du nicht früh schlafen? Du bist vermutlich erschöpft nach der langen Fahrt. Wir können morgen weitersprechen.«

Callum verlässt mein Zimmer, und mit einem plötzlichen Anflug von Wut bemerke ich, dass er die Tür nicht richtig zugemacht hat. Ich gehe hin, um sie zu schließen, aber im gleichen Moment fliegt sie mit solcher Wucht auf, dass ich fast auf dem Hintern lande.

Im nächsten Moment werde ich von ein paar starken Armen umschlungen.

Anfangs versteife ich mich ein wenig, weil ich fürchte, es ist Reed. Doch als ich begreife, dass es Easton ist, entspanne ich mich. Er ist genauso groß und muskulös wie Reed, hat das gleiche dunkle Haar und die gleichen blauen Augen, aber sein Shampoo riecht süßer, und das Aftershave ist nicht ganz so würzig wie das von Reed.

»Easton …«, setze ich an, aber durch den Klang meiner Stimme intensiviert sich die Umklammerung nur.

Er sagt kein Wort. Umschlingt mich, als wäre ich seine Kuscheldecke. Es ist eine erdrückende, verzweifelte Umarmung, die mir den Atem abschnürt. Erst ist sein Kinn auf meiner Schulter, dann bohrt es sich in meinen Hals, und obwohl ich auf jeden Royal in dieser Villa sauer sein sollte, kann ich nicht anders, als ihm mit einer Hand über das Haar streicheln. Das ist Easton, mein selbst ernannter großer Bruder, obwohl wir gleich alt sind. Er ist riesig, unverbesserlich, oft meganervig und baut immer Mist.

Wahrscheinlich hat er über Reed und Brooke Bescheid gewusst – das konnte Reed unmöglich vor Easton geheim halten –, und trotzdem kann ich ihn nicht hassen. Nicht, wenn er in meinen Armen zittert. Nicht, wenn er sich langsam von mir löst und mich mit solch überwältigter Erleichterung betrachtet, dass es mir den Atem verschlägt.

Und dann blinzle ich, und schon ist er weg, stürmt ohne ein Wort aus meinem Zimmer. Sorge keimt in mir auf. Wo bleiben die Klugscheißerkommentare? Irgendein Spruch, dass ich ja nur seinetwegen zurückgekommen bin, weil er so geil aussieht und eine solch animalische Anziehungskraft hat?

Mit einem Stirnrunzeln schließe ich die Tür hinter ihm und zwinge mich dazu, mir nicht über Eastons merkwürdiges Verhalten den Kopf zu zerbrechen. Ich werde mich nicht in ein Royal-Drama hineinziehen lassen, schließlich will ich ja meine Zeit hier überleben.

Ich verstaue die Brieftasche in meinem Rucksack, ziehe mir das Sweatshirt aus und krieche ins Bett. Die seidene Tagesdecke fühlt sich einfach nur himmlisch an.

In Nashville bin ich in einem billigen Motel mit der kratzigsten Bettwäsche der Welt untergekommen. Außerdem war sie übersät von Flecken, deren Ursprung ich nie, nie, nie erfahren will. Ich hatte einen Job als Kellnerin gelandet, und

Callum kreuzte in ganz ähnlicher Manier in dem Restaurant auf wie damals in Kirkwood, als er mich aus dem Stripclub getragen hat.

Ich kann immer noch nicht sagen, ob es mir besser oder schlechter ging, bevor Callum Royal in mein Leben trat. Mein Herz krampft zusammen, als ich mir Reeds Gesicht vorstelle. Besser, entscheide ich. Definitiv viel besser.

Als hätte er gewusst, dass ich gerade an ihn denke, höre ich Reed durch die Tür. »Ella. Lass mich rein.«

Ich ignoriere ihn.

Er klopft zweimal. »Bitte. Ich muss mit dir reden.«

Ich rolle mich auf die Seite, mit dem Rücken zu ihm. Seine Stimme bringt mich um.

Ein Brummen dringt durch die Tür. »Glaubst du wirklich, dieser Scanner hält mich ab, Baby? Das solltest du besser wissen.« Er schweigt. Als ich nichts sage, fährt er fort. »Also gut, bin gleich zurück. Ich hole eben 'nen Werkzeugkasten.«

Diese Drohung – die keine leere ist – katapultiert mich aus dem Bett. Ich knalle meine Hand auf den Scanner, schon hallt ein lautes Piepen durch mein Zimmer, und das Schloss klackt. Ich reiße die Tür auf und sehe in die Augen von dem Typen, der im Begriff war, mein Leben zu zerstören, bevor ich weggelaufen bin. Gott sei Dank habe ich dem ein Ende bereitet. Ich werde ihn nie wieder nah genug an mich ranlassen, dass er je wieder auf mich wirken wird.

»Ich bin nicht dein *Baby*«, zische ich. »Ich bedeute dir *nichts* und du mir auch nicht. Hörst du? Nenn mich nicht Baby. Nenn mich gar nichts. Halt dich einfach fern von mir!«

Seine blauen Augen tasten mich gründlich von Kopf bis Fuß ab. Dann sagt er in schroffem Ton. »Geht es dir gut?«

Ich atme so flach, es grenzt an ein Wunder, dass ich nicht

ohnmächtig werde. Es kommt einfach kein Sauerstoff an. Meine Lunge brennt, ich sehe verschwommen und komisch rot verfärbt. Hat er denn gar nichts verstanden von dem, was ich gerade gesagt habe?

»Du siehst dünner aus«, sagt er leise. »Du hast zu wenig gegessen.«

Ich will die Tür zumachen.

Er legt einfach nur eine Handfläche dagegen, schiebt sie auf und kommt dann herein, während ich ihn anfunkle.

»Verschwinde.«

»Nein.« Noch immer wandert sein Blick über mich, als würde er mich nach Verletzungen absuchen.

Dabei sollte er sich lieber um sich selbst kümmern, schließlich sieht er so aus, als wäre er verprügelt worden. Ganz buchstäblich verprügelt – ein lilafarbenes Hämatom zeichnet sich direkt am Ausschnitt seines T-Shirts ab. Er hat vor Kurzem erst gekämpft. Möglicherweise mehr als einmal, denn er zieht bei jedem Atemzug eine kleine Grimasse, als hätten seine Rippen etwas gegen das Luftholen.

Gut, sagt der rachsüchtige Teil von mir. Er verdient es zu leiden.

»Geht es dir gut?«, wiederholt er und lässt mich dabei nicht aus den Augen. »Hat dich jemand angefasst? Verletzt?«

Hysterisches Lachen blubbert aus mir. »Ja! Jemand hat mich verletzt! *Du*!«

Frustration zeichnet sich auf seinem Gesicht ab. »Du warst weg, bevor ich das erklären konnte.«

»Keine Erklärung der Welt wird gut genug sein, dass ich dir verzeihe«, fauche ich. »Du hast die Freundin deines Vaters gevögelt!«

»Nein«, sagt er mit Nachdruck. »Habe ich nicht.«

»Schwachsinn.«

»Es ist wahr. Habe ich nicht.« Er holt noch einmal Luft.
»Nicht in dieser Nacht. Sie wollte mich überzeugen, dass
ich für sie mit meinem Dad spreche. Ich wollte sie nur loswerden.«

Ungläubig starre ich ihn an. »Sie hatte nichts an!« Dann
kommen meine Gedanken zum Stillstand, hängen sich an
etwas Bestimmtem auf, was er gesagt hat.

Nicht in dieser Nacht.

Wut steigt in mir auf. »Gehen wir mal für einen Moment
davon aus, ich glaube dir, dass du in dieser Nacht keinen
Sex mit Brooke hattest«, ich funkele ihn an, »was ich nicht
mache, aber tun wir mal einfach so. Das heißt, du hast zu
einer anderen Gelegenheit mit ihr geschlafen?«

Schuldgefühle, tief und unmissverständlich, flackern in
seinen Augen auf.

»Wie oft?«, will ich wissen.

Reed fährt sich mit der Hand durchs Haar. »Zwei-, vielleicht dreimal.«

Mein Herz verkrampft sich. Oh, mein Gott. Irgendwie
hatte ich mit Dementis gerechnet. Aber ... zuzugeben, mit
der Freundin des eigenen Vaters geschlafen zu haben? Mehr
als einmal?

»Vielleicht?«, kreische ich.

»Ich war betrunken.«

»Du bist widerlich«, flüstere ich.

Er zuckt nicht mal. »Ich hatte nichts mit ihr, während
wir beide zusammen waren. Seit zwischen uns das erste
Mal was gelaufen ist, war ich ganz dein.«

»Oh, ich Glückspilz. Ich bekomme Brookes Abgelegten.
Hurra!«

Diesmal zuckt er. »Ella –«

»Halt die Fresse.« Ich hebe die Hand, so von ihm angeekelt, dass ich ihn nicht ansehen kann. »Ich muss nicht

mal fragen, warum du das gemacht hast, das weiß ich nämlich sehr genau. Reed Royal hasst seinen Daddy. Reed Royal
will es seinem Daddy heimzahlen. Reed Royal schläft mit
Daddys Freundin.« Ich würge. »Ist dir eigentlich klar, wie
krank das ist?«

»Ja, ist es.« Er klingt heiser. »Aber ich habe nie behauptet, dass ich ein Unschuldslamm bin. Ich habe ziemlich viel
Scheiße gebaut, bevor ich dich kennengelernt habe.«

»Reed.« Ich schaue ihm direkt in die Augen. »Ich werde
dir das niemals vergeben.«

Entschlossenheit blitzt in seinen Augen auf. »Das meinst
du nicht ernst.«

Ich mache einen Schritt auf die Tür zu. »Nichts, was du
sagst oder tust, kann je auslöschen, was ich an jenem Abend
in deinem Zimmer gesehen habe. Sei einfach froh, dass ich
meine Klappe halte. Denn wenn Callum das rausfindet,
flippt er aus.«

»Mein Dad ist mir egal.« Reed kommt auf mich zu. »Du
hast mich verlassen«, brummt er.

Mir fällt die Kinnlade runter. »Du bist sauer auf mich,
weil ich abgehauen bin? Natürlich bin ich abgehauen! Warum sollte ich auch nur eine Sekunde länger in diesem
schrecklichen Haus bleiben, nach dem, was du getan hast?«

Er kommt noch näher, viel zu nah für meinen Geschmack.
Er streckt die Hand aus und legt sie mir unters Kinn. Ich
weiche vor seiner Berührung zurück, weshalb es nur noch
mehr in seinen Augen lodert.

»Ich habe dich jede Sekunde vermisst, die du nicht hier
warst. Habe jede gottverdammte Sekunde an dich gedacht.
Du willst mich für das hassen, was ich getan habe? Spar dir
die Mühe – dafür habe ich mich schon gehasst, bevor du
hier aufgetaucht bist. Ich habe mit Brooke geschlafen, und
damit muss ich leben.« Seine Finger zittern an meinem

Kinn. »Aber nicht in jener Nacht. Und ich lasse es nicht zu, dass du wegwirfst, was wir beide haben, nur weil –«

»Was wir haben? Wir haben nichts.« Mir wird wieder schlecht. Diese Unterhaltung endet jetzt und hier. »Verschwinde aus meinem Zimmer, Reed. Ich kann dich gerade nicht mal ansehen.«

Weil er sich nicht rührt, lege ich beide Hände an seinen Brustkorb und schubse. Mit Wucht. Und ich schubse und schlage so lange gegen seine muskulöse Brust, bis ich ihn Zentimeter für Zentimeter durch die Tür befördert habe. Das leichte Grinsen auf seinem Gesicht macht mich nur noch wütender. Findet er das witzig? Ist das alles nur ein Spiel für diesen Kerl?

»Verschwinde!«, befehle ich. »Ich bin fertig mit dir.«

Er starrt auf meine Hände, die noch immer gegen seinen Brustkorb pressen, dann in mein Gesicht, das im Moment sicher roter ist als eine Tomate.

»Ich gehe, wenn es das ist, was du willst.« Er hebt eine Augenbraue. »Aber fertig sind wir noch nicht, Ella. Nicht im Geringsten.«

Ich warte nicht mal, bis er ganz über die Schwelle ist, bevor ich ihm die Tür vor der Nase zuknalle.

9. Kapitel

Das Erste, was ich nach dem Aufwachen sehe, ist der Ventilator über meinem Bett. Die weichen, schweren Seidenlaken erinnern mich sofort daran, dass ich nicht länger in dem schäbigen Motelzimmer für vierzig Dollar die Nacht bin, sondern zurück im Royal Palace.

Alles ist genau, wie es war. Ich kann sogar Reed noch auf den Kissen riechen, so als hätte er jede Nacht hier geschlafen, die ich fort war. Ich werfe das Kissen auf den Boden und nehme mir vor, neue Bettwäsche zu kaufen.

War es die richtige Entscheidung zurückzukommen? Hatte ich eine Wahl? Callum hat bewiesen, dass er mich überall finden kann. Ich habe meine Forderungen gestellt. Die mit Handscanner gesicherte Zimmertür. Eine Kreditkarte in meinem Namen. Die Versicherung, dass, sobald ich die Highschool abgeschlossen habe, die Kontrolle wegfällt.

Die Frage, die ich mir stellen sollte, ist, ob ich mir wirklich das Leben von einem Typen ruinieren lassen will. Bin ich so schwach, dass ich nicht mit Reed Royal klarkomme? Ich trage seit Jahren Verantwortung, erst als ich meine Mom versorgt hatte, dann mich. Das Loch in meinem Herzen, das

Moms Tod hinterlassen hat, ist irgendwann verheilt. Das Loch, das Reed verursacht hat, wird ebenfalls verheilen.

Oder?

Ich drehe mich zur Seite und entdecke das Handy, das Callum mir gegeben hat, auf dem Nachttisch. Ich hatte es zusammen mit dem Auto, den Klamotten und allem anderen, was mir geschenkt worden war, zurückgelassen. Aber die Distanz zu den Royals – Reed im Besonderen – hat nicht dazu geführt, dass ich aufhören konnte, an ihn zu denken. Ihn konnte ich nicht zurücklassen, und die Erinnerungen an ihn haben mich bei jedem einzelnen Schritt verfolgt.

Ich greife nach dem Telefon und zwinge mich, mir anzusehen, was ich durch meinen abrupten Abgang angerichtet habe. All die Nachrichten zu lesen ist ziemlich bittersüß. Jedes andere Mal, wenn ich einfach auf und davon war, hat mich niemand vermisst. Mom und ich blieben nie länger als ein paar Jahre am selben Ort.

Diesmal finde ich mehr als dreißig Nachrichten von Valerie, dazwischen ein paar von Reed. Letztere lösche ich, ohne sie zu lesen. Ein paar SMS kamen von Easton, aber ich schätze, dass Reed auch die geschickt hat, deshalb lösche ich sie gleich mit. Außerdem sind ein paar von meiner Chefin Lucy, der Inhaberin des *French Twist*, einer Bäckerei ganz in der Nähe der *Astor Park*. Anfänglich von großer Sorge geprägt, werden sie immer ungeduldiger.

Trotzdem sind es Vals Nachrichten, die einen unbequemen Knoten in meinem Bauch verursachen. Ich hätte ihr Bescheid sagen müssen. Darüber habe ich ausgiebig nachgedacht, während ich fort war, aber ich hatte Angst. Nicht nur, dass die Royals ihr etwaige Informationen entlocken könnten, sondern dass sie eine Verbindung zu etwas darstellte, das ich vergessen wollte. Aber gut geht es mir nicht damit, wie ich sie behandelt habe. Wenn sie einfach verschwinden würde, ich wäre stinkwütend.

Es tut mir leid. Ich bin die mieseste Freundin aller Zeiten.

Sprichst du noch mit mir?

Ich lege das Telefon hin und starre an die Decke. Zu meiner großen Überraschung klingelt das Handy sofort. Vals Foto erscheint im Display.

Ich hole tief Luft und gehe dran.

»Hi Val.«

»Wo warst du?«, kreischt sie. »Ich habe so oft versucht, dich zu erreichen!«

Ich öffne den Mund, um ihr vorzuschwindeln, dass ich krank war, aber ihre nächsten Worte halten mich davon ab.

»Und erzähl mir jetzt nicht, dass du krank warst! Niemand ist zwei Wochen lang so krank, dass er nicht mal ein Telefon in die Hand nehmen kann! Außer natürlich man ist Patient null am Anfang der Zombie-Apokalypse.«

Während ich ihrer Standpauke lausche, begreife ich, dass dies ein Test unserer Freundschaft ist. Obwohl ich ihr allem Anschein nach zwei Wochen lang ausgewichen bin, heißt sie mich trotzdem wieder mit offenen Armen willkommen. Ja, sie stellt Fragen, und sie verdient Antworten. Sie ist wichtig. Wichtig genug für eine ehrliche Antwort, ganz egal, wie peinlich sie ist.

»Ich bin weggelaufen«, gestehe ich.

»Oh nein, Ella.« Sie seufzt traurig. »Was haben diese Royals verbrochen?«

Ich will sie nicht anlügen. »Ich ... kann darüber noch nicht sprechen. Aber es ist gut möglich, dass ich überreagiert habe.«

»Wieso bist du nicht zu mir gekommen?«, fragt sie, und in jedem Wort schwingt mit, wie verletzt sie deswegen ist.

»Auf die Idee bin ich nicht gekommen. Ich ... hier ist etwas passiert, und ich bin einfach in mein Auto gestiegen, zum Busbahnhof gefahren, hab ein Ticket gekauft, und los ging's. Ich wollte einfach nur so weit wie möglich weg von hier. Dass ich auch zu dir hätte fahren können, ist mir nicht eingefallen. Ich bin es nicht gewöhnt, dass ich auf andere zählen kann. Es tut mir so leid.«

Sie bleibt einen Moment lang still.»Ich bin noch immer sauer auf dich.«

»Das solltest du auch.«

»Gehst du heute zur Schule?«

»Nein. Ich bin gestern erst spät nach Hause gekommen, Callum gibt mir diesen Tag zum Akklimatisieren.«

»Okay, dann schwänze ich, und du schwingst deinen Hintern zu mir, damit du mir alles erzählen kannst, was passiert ist.«

»Ich erzähle, was ich kann.« Dabei will ich gar nicht mehr über die Brooke-und-Reed-Sache nachdenken. Ich will vergessen, dass das überhaupt passiert ist. Ich will vergessen, dass ich Reed mein Herz geöffnet habe.

»Ich hab auch was zu erzählen«, gibt sie zu.»Wann kannst du hier sein?«

Ich werfe einen Blick auf die Uhr.»In einer Stunde? Ich muss duschen, mich anziehen und was essen.«

»Klingt nach 'nem Plan. Komm direkt zur Hintertür, sonst wird sich meine Tante fragen, warum wir nicht in der Schule sind.«

Val wohnt bei ihrer Tante, damit sie an die *Astor Park* gehen kann. Bisher bin ich nur Vals böswilliger Cousine Jordan begegnet, und vermutlich ist es nicht gerade die beste Idee, den Rest der Familie kennenzulernen, wenn wir blaumachen.

»Alles klar. Dann bis gleich.«

Ich hole tief Luft und rufe als Nächstes Lucy an.»Hallo,

Lucy, hier ist Ella. Tut mir leid, dass ich mich jetzt erst melde. Darf ich heute Nachmittag vorbeikommen?«

»Mir tut es auch leid, aber ich kann gerade nicht telefonieren. Hier ist viel zu tun.« Lucy ist kurz angebunden, und plötzlich bereue ich es, nicht sofort nach dem Aufwachen hingefahren zu sein. »Wenn du vor zwei Uhr vorbeischaust, dann können wir reden.«

»Mach ich«, verspreche ich, obwohl ich ahne, dass mir nicht gefallen wird, was sie zu sagen hat.

Ich quäle mich aus dem Bett, dusche, ziehe dann eine meiner alten Jeans über und ein Flanellhemd. Ironischerweise ist das genau das Outfit, mit dem ich damals im Hause Royal angekommen bin. Mein Schrank hier ist voll von teuren Klamotten, aber ich fasse nichts an, was Brooke für mich ausgesucht hat. Mag sein, dass das kleinlich und blöd ist, das ist mir aber egal.

Ich öffne meine Zimmertür und bleibe stehen. Reed lehnt an der Wand direkt gegenüber.

»Morgen.«

Ich schlage die Tür wieder zu.

Seine Stimme dringt problemlos hindurch. »Wie lange willst du mich ignorieren?«

Zwei Jahre. Nein. So lange wie menschenmöglich.

»Ich gehe hier nicht weg«, fügt er hinzu. »Und irgendwann wirst du mir verzeihen. Du könntest mir also auch genauso gut zuhören.«

Ich trete ans Fenster neben meinem Bett und schaue hinunter. Vom ersten Stock bis zum Boden ist es ziemlich tief, und ich bin mir nicht ganz sicher, ob der Trick mit den zusammengeknoteten Laken in Wirklichkeit überhaupt funktioniert. Bei meinem Glück würde sich sicher ein Knoten lösen, ich würde unten aufknallen und mir mehrere Knochen brechen, weshalb ich über Wochen ans Bett gefesselt wäre.

Ich durchquere das Zimmer, reiße die Tür auf und marschiere wortlos an ihm vorbei.

»Es tut mir leid, dass ich dir nichts von der Sache mit Brooke erzählt habe.«

Nimm deine Entschuldigungen und ersticke daran.

Auf halber Treppe greift er nach meinem Oberarm und dreht mich herum, sodass ich ihn anschauen muss. »Ich weiß, dass ich dir noch etwas bedeuten muss, sonst würdest du nicht die Schweigenummer abziehen.« Er hat wirklich den Nerv, mich anzulächeln.

Oh, mein Gott. Er darf definitiv nicht lächeln. Erstens, weil er dann so unfassbar heiß aussieht. Und zweitens, weil ... argh ... weil ich *wütend* auf ihn bin.

Ich schaue ihn kalt an und befreie mich aus seinem Griff. »Ich habe entschieden, meine Zeit und Energie nicht an Leute zu verschwenden, die beides nicht verdienen.«

Reed wartet, bis ich den Treppenansatz erreicht habe, bevor er mir nachruft: »Dann liegt dir also nichts an Easton?«

Weil er Easton erwähnt, drehe ich mich doch zu ihm um. Außer Val ist Easton einer meiner engsten Freunde geworden. »Ist irgendwas mit ihm?«

Reed kommt nun ebenfalls die Treppe herunter und stellt sich neben mich. »Kann man so sagen. Du bist abgehauen, und es gab bisher 'ne Menge Frauen in seinem Leben, die er sehr gemocht hat und die ihn zurückgelassen haben.«

Vor lauter Schuldgefühlen laufe ich rot an. »Ich habe nicht *ihn* zurückgelassen.«

Sondern deinen fremdgängerischen Arsch.

Reed zuckt mit den Schultern. »Davon musst du ihn überzeugen, nicht mich. Aber ich bin mir sicher, dass dir das gelingen wird.«

Was für ein arroganter Idiot. Ich setze den liebsten Gesichtsausdruck auf, den ich zuwege bringe.»Würdest du mir einen Gefallen tun?«

»Natürlich.«

»Hör auf, vor meiner Tür herumzulungern, nimm deine herablassenden und ungewollten Ratschläge und steck sie dir in den Hintern.«

Ich wirble herum, aber der große Abgang bleibt aus, weil Reed mir einfach in die Küche folgt, wo ich den Rest des Royal-Haushalts vorfinde – exklusive Gideon.

»Ist denn heute niemand von euch beim Training?«, frage ich argwöhnisch.

Easton und Reed spielen Football. Die beiden müssten längst in der Schule sein. Callum ist normalerweise noch vor Sonnenaufgang auf dem Weg ins Büro. Wann die Zwillinge normalerweise aus dem Bett fallen, kann ich nicht sagen. Am heutigen Morgen sitzen sie jedoch alle an dem großen Glastisch in der einen Ecke, von der man den Pool und dahinter den Atlantik überblicken kann.

»Es ist ein besonderer Tag«, sagt Callum über seine Kaffeetasse hinweg.»Alle nehmen an diesem familiären Beisammensein teil. Sandra hat dir Frühstück gemacht, es ist im Kühlschrank. Warum holst du es dir nicht einfach und setzt dich zu uns? Reed, drucks da nicht so rum, komm her.«

Das ist nicht nur ein Vorschlag, und obwohl Callum nicht mein Dad ist und obwohl Reed für gewöhnlich nicht auf ihn hört, machen wir beide, was er verlangt.

»Gut, dass du zurück bist«, sagt Sawyer, als ich mich setze. Zumindest glaube ich, dass es Sawyer ist. Die Verbrennung an seinem Handgelenk, anhand der ich die Zwillinge so gut unterscheiden konnte, ist verheilt, deshalb kann ich mir nicht sicher sein.

»Ja. Es wird langsam kalt, und Reed hat versprochen,

dass du mit uns Winterklamotten kaufen gehst«, fügt Seb hinzu.

»Ach, hat er das?«

»Ja, und wir sind ziemlich verloren ohne dich.« Reeds leise Stimme trifft mich wie ein fester Schlag in den Bauch.

»Sprich nicht mit mir«, fauche ich.

»Das sehe ich auch so«, sagt Easton. »Sprich nicht mit ihr.«

Überrascht stelle ich fest, dass alle drei anderen Royals Reed anfunkeln. Sein Mund wird zum Strich. Ich mahne mein dummes Herz, dass es kein Gramm Mitleid mit Reed haben darf. Was immer er hier am Frühstückstisch erntet, er hat es tausendfach gesät.

»Guten Morgen, Easton«, flöte ich. »Hab ich in Bio irgendwas Interessantes verpasst?« Ich möchte ihn auf die sonderbare Umarmung von gestern ansprechen, aber das ist jetzt nicht der richtige Moment dafür.

Trotzdem möchte ich wissen, ob es ihm gut geht. Easton hat ein paar Suchtprobleme. Ich glaube, ihm fehlt seine Mom und er versucht, diese Lücke mit allem Möglichen zu füllen, wobei das nur immer deutlicher macht, wie unmöglich das ist. Das hab ich auch schon durch.

»Wir sezieren Schweine.«

»Im Ernst?« Ich mache ein Würgegeräusch. »Wie gut, dass ich das verpasst habe.«

»Nein, nein.« Er stupst mich mit der Schulter an. »War nur ein Scherz. Du hast rein gar nichts verpasst. Aber nächste Woche stehen die Prüfungen an.«

»Oh, Mist.«

»Mach dir keine Gedanken. Callum wird das schon regeln. Nicht wahr, Dad?« Easton schiebt das Kinn nach vorn.

Callum ignoriert Eastons Provokation, nickt aber leicht.

»Wenn du mehr Zeit brauchst, Ella, lässt sich das sicher einrichten.«

In seiner Welt lässt sich für Geld alles kaufen, selbst Zeit für eine staatlich festgesetzte Prüfung. Vielleicht muss ich ja nicht mal die Aufnahmeprüfung fürs College ablegen. Ich kann gar nicht sagen, ob mich das froh oder wütend macht. Beides vermutlich. Widersprüchliche Gefühle sind bei mir gerade an der Tagesordnung.

Als sich zum Beispiel Reed neben mich setzt, reagiert jede Zelle meines Körpers mit Glück, weil er sich an all die schönen Gefühle erinnert, die er ihm entlockt hat. Und mein Herz schlägt höher beim Gedanken daran, dass er alle Risse dort mit Zuwendung und Wärme gefüllt hat, von der ich nicht mal wusste, dass sie in meinem Leben fehlten. Aber mein Verstand erinnert mich daran, dass dieser Junge grausam zu mir war. Einziges Zugeständnis ist, dass er mich gewarnt hat. Aber ich musste ihm ja unbedingt wie ein liebestrunkener Depp nachlaufen, um ihm zu sagen, dass er mich wollte, es sich nur nicht eingestehen konnte. Also sind wir wohl beide schuld.

Er hat mir gesagt, ich soll mich fernhalten.

Er hat mir gesagt, ich gehöre nicht hierher.

Hätte ich doch nur auf ihn gehört.

»Hat dir dein Bagel was getan?«, fragt Easton.

Ich schaue auf meinen Teller und sehe, dass mein Frühstücksbagel in kleinen Fetzen darauf liegt. Ich schiebe ihn weg und ziehe stattdessen die Schale mit frischem Obst, Müsli und Joghurt heran. Das vielleicht Großartigste an dem Leben im Hause Royal sind die Massen von Lebensmitteln, die hier immer in der Küche zu finden sind. Nichts mehr mit nur einer Mahlzeit am Tag oder der müden Hoffnung, dass der Körper schon damit klarkommt, wenn er nur einen einzelnen Fast-Food-Taco am Tag kriegt.

Noch dazu ist alles frisch, grün, glänzend und gesund. Wenn Callum mich einfach nur an den Inhalt des Kühlschranks erinnert hätte, wäre mein Aufstand vielleicht etwas kleiner ausgefallen.

»Keinen Bock auf Kohlenhydrate«, antworte ich Easton.

»Und, kleine Schwester, was stellen wir heute an?« Er reibt die Hände gegeneinander. »Wie ich höre, gehen wir nicht in die Schule. Also, abgesehen von den Zwillingen, aber die sind halt zu dumm. Wenn die nur eine Stunde verpassen, schaffen sie das Schuljahr nicht.«

Beide Zwillinge zeigen ihm den Finger.

»Ich fahre zu Valerie.«

»Super«, sagt Easton. »Ich mag Val. Dann haben wir ja was Lustiges vor.«

»Du hast das Pronomen *ich* überhört.«

Alle am Tisch verfolgen unsere Unterhaltung.

»Habe ich nicht.« Easton grinst heiter, aber sein Blick huscht nervös herum. »Ich habe es der Einfachheit halber ignoriert. Wann fahren wir los?«

Ich klopfe mit dem Finger auf den Tisch. »Easton, hier spielt die Musik.« Ich warte, bis sein Blick endlich wieder bei mir landet. »Du bleibst hier. Oder fährst irgendwohin. Du kommst jedenfalls nicht mit.«

»Du sagst irgendwas, aber deine Wörter ergeben keinen Sinn. Wann treffen wir uns an deinem Auto?«

Ich schaue mich am Tisch nach Unterstützung um, aber alle anderen weichen mir aus. Gegenüber von mir platzen die Zwillinge fast vor lauter unterdrücktem Lachen.

Callum klappt eine Ecke seiner Zeitung um. »Du solltest einlenken. Wenn du ihn nicht mitnimmst, fährt er mit seinem eigenen Auto zu den Carringtons.«

Easton versucht, zerknirscht und barmherzig auszusehen, aber in seinen Augen liegt ein triumphierendes Glänzen.

»Gut, aber wir lackieren uns die Nägel, und außerdem werden wir darüber diskutieren, welche Binden am saugfähigsten sind. Vielleicht machen wir sogar Tests.« Sein Lächeln verändert sich nicht, aber die Zwillinge stöhnen. »Ekelhaft«, sagen sie im Einklang und schieben ihre Stühle zurück. Sawyer – ich bleibe mal dabei – tippt Sebastian auf die Schulter. »Wollen wir?«

Seb wirft seine Serviette auf den Teller und steht auf. »Denke schon. Da lerne ich doch lieber Mathe, als mir mehr über Binden anzuhören.«

»Dann fahren wir so in fünfzehn Minuten los?«, fragt Easton, bevor er die Küche verlässt.

Ich reibe mir die Stirn, weil sich da plötzlich ein Schmerz über dem rechten Auge meldet.

»Ella ...« Reed spricht so leise, dass ich ihn kaum verstehe.

Ich ignoriere ihn und starre durchs Fenster auf das klare, glatte Wasser im Pool und wünsche mir, mein Leben wäre genauso ungetrübt und ruhig.

»Dann frühstückt ihr beide mal in Ruhe zu Ende.« Callum faltet geräuschvoll die Zeitung zusammen. Der Stuhl schabt über den gefliesten Boden, als er aufsteht. »Ich bin froh, dass du wieder da bist, Ella. Du hast uns gefehlt.« Er legt mir die Hand auf die Schulter, bevor er geht.

»Ich bin auch fertig.« Ich lasse den Löffel neben das Essen fallen, das ich nicht angerührt habe.

»Sei nicht albern, ich gehe.« Reed steht auf. »Du musst was essen, und das machst du offenbar nicht, solange ich in der Nähe bin.«

Ich ignoriere ihn weiter.

»Ich bin nicht dein Feind«, sagt er, Traurigkeit in der Stimme. »Ich habe dir nichts über meine Vergangenheit erzählt, weil ich ziemlich kranke Sachen gemacht habe und nicht wusste, wie du darauf reagieren würdest. Das war ein Fehler, okay? Ich werde das wiedergutmachen.«

Er beugt sich zu mir herunter, sein Mund nur wenige Zentimeter von meinem Ohr entfernt. Sein Geruch umfängt mich, ich zwinge mich, die Luft anzuhalten. Nicht länger auf seinen definierten Arm zu schauen, dessen Sehnen spielen, weil er sich auf dem Tisch abstützt.

»Ich werde nicht aufgeben«, flüstert er, sein warmer Atem kitzelt meinen Hals.

Dann liefere ich ihm eine Reaktion. Leise und spöttisch. »Solltest du aber. Lieber gehe ich mit Daniel in die Kiste, als das mit dir wiederaufzunehmen.«

Die Luft zischt durch seine Zähne, als er einatmet. »Wir wissen beide, dass das nicht stimmt. Aber ich verstehe schon. Ich habe dich verletzt, und jetzt willst du es mir heimzahlen.«

Ich schaue ihm in die Augen. »Nein, ich will keine Rache. Dafür ist mir meine Energie zu schade, ich werde keine Zeit damit verschwenden, an dich zu denken. Du und deine Frauengeschichten sind mir egal. Ich will einfach in Ruhe gelassen werden.«

Seine Kiefermuskulatur wird hart. »Ich würde fast alles für dich tun. Wenn ich könnte, würde ich die Zeit zurückdrehen und das alles anders machen.« Entschlossen sieht er mich an. »Aber in Ruhe lasse ich dich nicht.«

10. Kapitel

Easton liegt ausgestreckt auf meinem Bett, als ich hereinkomme. Er hat sich eine Getränkedose – zum Glück kein Bier – zwischen die Beine geklemmt und hält die Fernbedienung in der Hand.

»Wie bist du hier reingekommen?«, will ich wissen.

»Du hattest die Tür nicht richtig zugemacht.« Er klopft neben sich auf die Matratze. »Setz dich zu mir. Ich schau Sport, bis du Val angerufen hast.«

»Ich habe mit ihr gesprochen, bevor ich runtergekommen bin.« Ich stecke ein paar Sachen in meinen Rucksack und schwinge ihn mir über die Schulter. »Gibt's hier irgendwo einen Secondhandladen?«

Easton rollt sich vom Bett und stellt sich neben mich vor den Schrank. »Keine Ahnung. Aber wenn dir die Sachen nicht mehr gefallen, kannst du sie während der Ballwoche spenden. Da gibt es normalerweise eine Sammlung für Bedürftige.«

Ballwoche? Will ich eigentlich fragen, überlege es mir dann aber doch anders. Ich werde sowieso nicht an so einem Blödsinn teilnehmen, besonders wenn er in der *Astor Park* stattfindet.

»Natürlich gibt es das«, murmle ich. »Callum sagt, ich habe Geld. Das kann ich doch vermutlich nutzen, oder?«
»Wofür?«
»Um Klamotten zu kaufen.«
»Aber du hast doch welche.« Er zeigt zum Schrank. »Die werde ich verbrennen und mir was Neues kaufen, verstanden?« Wut und Ungeduld machen mich gröber, als ich sein will. »Ich verstehe nicht, warum das so außergewöhnlich sein soll. Mädchen gehen doch angeblich gern shoppen.«

Easton betrachtet mich mit seinen funkelnden Augen, hinter denen sich ein weit klügerer Kopf verbirgt, als ich ihm zutraue. »Du bist aber kein gewöhnliches Mädchen, Ella. Insofern ist es sonderbar, aber ich kapier's schon. Brooke hat diese Klamotten gekauft. Du hasst Brooke. Die Klamotten müssen weg.«

Ich verschränke die Arme. »Hat Reed dir das erzählt, oder wusstest du schon die ganze Zeit davon?«

»Er hat es mir gerade erst erzählt«, gibt er zu.

»Gute Nachrichten, deine Eier bleiben dir erhalten.« Ich schiebe ihn weg und nehme mir ein paar Turnschuhe.

Ich werde mir ein neues Leben aufbauen, und zwar ab sofort. Darin haben Typen, die mit der Freundin ihres Vaters geschlafen haben und nebenher für ihre Stiefschwester schwärmen, keinen Platz. Genauso kann mir jede Zicke gestohlen bleiben, die mir blöd kommt.

Wie gut, dass Zicke Nummer eins, Jordan, heute in der Schule ist, sonst könnte es durchaus sein, dass ich sie in den Pool werfe – mit Steinen beschwert.

»Du hast einen ganz bösen Gesichtsausdruck. Macht mich total an. Versprichst du mir, dass du mich noch zum Orgasmus kommen lässt, bevor du mich umbringst?«, witzelt Easton.

»Eines Tages wirst du von irgendjemandem sehr heftig geschlagen werden.«

»Ich weiß, dass das eine Drohung sein soll, aber, um ehrlich zu sein, ich kann es kaum erwarten. Klingt nach dem reinen Vergnügen.«

Wer auch immer Easton irgendwann mal abbekommt, muss in der einen Hand eine Peitsche, in der anderen eine Knarre halten. Und trotzdem wird er unkontrollierbar bleiben.

Ich greife nach dem Schlüssel zu meinem prächtigen, extra für mich lackierten Cabrio. Es ist mir richtig schwergefallen, das Baby zurückzulassen.

»Meinst du, bei Val gibt es was zu essen für mich?«, fragt Easton. »Ich kriege schon wieder Hunger.«

»Dann geh nach unten, du kommst nämlich nicht mit.«

»Dann musst du Reed mitnehmen.«

Ich bleibe an der Tür stehen. »Wie bitte?«

»Dad befürchtet, dass du wieder 'nen Abgang machst, deshalb muss immer einer von uns bei dir bleiben. Die gute Nachricht ist, dass du wenigstens allein pinkeln darfst. Das Fenster im Bad ist alarmgesichert.«

Ich werfe den Schlüssel auf die Kommode und marschiere ins Bad.

»Siehst du die roten Sensoren?« Easton ist mir gefolgt und zeigt auf zwei winzige Lichtpunkte im Fensterrahmen. »Dad bekommt eine SMS, wenn du das Fenster öffnest. Und, wer kommt nun mit zu Val? Reed oder ich?«

»Das ist ja krank.« Ich schüttle den Kopf. »Na dann, auf geht's.«

Easton folgt mir gehorsam die Treppe hinunter in die Auffahrt. Mir ist nicht nach Reden, aber er scheint da andere Vorstellungen zu haben. Kaum sind wir durch das gewaltige Tor, setzt er an.

»Eigentlich sollte ich stinksauer sein. Du bist ohne ein Wort abgehauen. Ich habe mir Sorgen gemacht. Dir hätte was zustoßen können.« Die Unterhaltung hatte ich doch schon mit Reed, herzlichen Dank. »Ich bin offenbar nicht die Einzige, auf die du wütend bist. Du und die Zwillinge habt Reed beim Frühstück ganz schön angepisst angestarrt. Warum eigentlich?«

»Weil er ein Arsch ist.«

»Und das ist euch gerade erst aufgefallen?«

Easton schaut auf seine Turnschuhe, während er antwortet. »Vorher war das nicht wichtig.«

Darauf muss ich nichts erwidern. Außerdem wohnt Val weniger als zehn Minuten entfernt, und ich biege schon in ihre Auffahrt. Ich entdecke Val an der Hintertür, und sie sieht nicht gerade glücklich aus.

»Was ist los?«, frage ich, als wir vor ihr stehen.

Sie nickt Richtung Easton. »Was will er hier?«

»Tut mir leid, einer der Royals muss Ella permanent begleiten«, sagt er. »Befehl von Dad.«

Ungläubig schaut Val zu mir. »Im Ernst?«

»Keine Ahnung. Aber ich kann dir versichern, dass ich Easton zu Hause gelassen hätte, wenn das möglich gewesen wäre.«

»He, ich hab auch Gefühle«, protestiert Easton.

Und weil das durchaus zutreffen könnte, wende ich mich an Val. »Er wird schon nicht petzen.«

Sie verdreht die Augen. »Meinetwegen. Dann kommt endlich rein.«

»Hast du was zu essen?«, fragt Easton, als wir durch die Küche gehen.

»Bedien dich.« Val gestikuliert zu einer übervollen Obstschale und einem Kuchen unter einer Glasglocke. »Du kannst gern hierbleiben, Ella und ich brauchen ein bisschen Zeit für uns.«

»Oh, nein. Ich möchte mitkommen.« Easton drängt sich an mir vorbei. »Ella hat mir gesagt, ihr wollt die Saugfähigkeit von Binden testen. Das interessiert mich brennend.«

Val wirft mir einen irritierten Blick zu.

»Bitte, Easton. Gib uns zehn Minuten«, flehe ich.

»Okay, aber dann ess ich den ganzen Kuchen.«

»Dann mal los, Großer«, sagt Val und zerrt mich hinaus auf die Sonnenveranda, die einmal um das gesamte Haus führt.

Das Haus der Carringtons ist eine klassische Südstaatenvilla mit großer Veranda, geriffelten Säulen und einem Rasen, der aussieht, als wäre er von Hand geschnitten. Ich male mir aus, dass die Frauen des Hauses vor vielen Jahren hier in ausladenden Kleidern in Schaukelstühlen saßen, verzierte Fächer in den behandschuhten Händen und Dinge wie *Mein Land* auf den Lippen. Vielleicht habe ich auch nur zu oft *Vom Winde verweht* gesehen.

Val lässt sich auf eins der geblümten Sofas plumpsen. »Ich glaube, Tam betrügt mich.«

»Nein!« Schockiert atme ich ein und lasse mich neben sie fallen. Tam und Val sind seit über einem Jahr zusammen. Er geht ein paar Stunden entfernt aufs College. Aus dem wenigen, was Val bislang hat durchschimmern lassen, weiß ich, dass sie ein sehr aktives Sexleben haben. Inklusive Telefonsex und dergleichen. Ich hatte nicht mal richtig Sex, von irgendwas Experimentellem mal ganz zu schweigen. Wenn eine Beziehung das mit der Distanz überstehen kann, dann ja wohl ihre, oder? »Wie kommst du darauf?«

»Er wollte mich doch letzten Monat besuchen, weißt du doch, oder?«

Klar, weiß ich. Sie war unglaublich aufgeregt, und dann

hatte er in letzter Minute abgesagt.»Du meintest, er kommt nicht, weil er zu viel lernen muss.« Weil sie so unglücklich aussieht, rate ich:»Aber das war nur eine Ausrede?«

Sie stößt einen zitternden Seufzer aus.»Er hat gestern Abend angerufen und gesagt, wir müssen reden.«

»Oh nein.«

»Also haben wir geredet. Er hat großen Spaß da am College, aber eben auch begriffen, wie kindisch er noch in der Highschool gewesen ist. Er schwört, dass er mich noch nicht betrogen hat, aber er glaubt, dass die Entfernung zu mir und die Verlockung zu groß sind. Um *ehrenwert* zu bleiben«, sie spuckt das Wort förmlich aus,»wollte er sicherstellen, dass es für mich okay ist, wenn er was mit anderen hat.«

»Moment.« Ich hebe die Hand.»Er hat sich also nicht von dir getrennt, sondern wollte die Erlaubnis haben, dass er dich betrügen darf?«

»Ja.« Val funkelt mich wütend an.»Ist das nicht superarschig?«

»Und was hast du gesagt?« *Ich hoffe mal, dass er an seiner Bitte um Erlaubnis ersticken soll,* will ich hinterherschieben, aber auch nicht zu wertend klingen. Das braucht sie gerade schließlich am wenigsten. Später werde ich sie daran erinnern, wie toll sie ist und dass sie einen Idioten wie Tam nicht braucht, der ihr nur die Kraft raubt, aber erst einmal bin ich einfach nur für sie da.»Hoffentlich, wie es dir damit geht«, füge ich also hinzu.

»Ich habe ihm gesagt, er darf gern alles vögeln, was nicht bei drei auf den Bäumen ist, aber er soll bloß nicht wieder angerannt kommen, mit mir ist es vorbei.« Sie versucht, sich unbekümmert das Haar aus dem Gesicht zu streifen, aber ihre Hände zittern, und in ihren Augen glänzen Tränen.

»Sein Verlust, das weißt du schon, oder?«

»Das sage ich mir die ganze Zeit, aber besser geht's mir deshalb nicht. Am liebsten würde ich mir Jordans Auto schnappen und einfach zu ihm fahren. Und ihm dann entweder in die Eier treten oder ihn küssen.« Sie schüttelt sich und blinzelt mich dann durch die Wimpern an. »Ich habe Reed übrigens für dich in die Eier getreten.«

»Ehrlich?« Ich lache laut auf bei der Vorstellung, wie die winzige Val dem riesigen Reed zwischen die Beine tritt. »Warum?«

»Weil er existiert. Wegen seinem selbstgefälligen Gesichtsausdruck. Weil er mir nicht sagen wollte, wo du bist.« Val wirft sich auf mich und drückt mich noch einmal fest. »Ich bin so froh, dass du wieder da bist.«

»Ähem.«

Ich schaue auf und erblicke Easton in der Terrassentür, der breit grinst.

»Ich dachte, ihr wolltet reden. Aber wenn ihr euch lieber miteinander vergnügt, sage ich nur: Ich bin dabei.«

»Das sagst du zu jeder Frau zwischen zwei und zweiundachtzig«, murrt Val.

»Aber natürlich.« Er setzt einen gespielt getroffenen Blick auf. »Ich will ja nicht, dass sich jemand ausgeschlossen fühlt.«

Er drückt sich vom Rahmen ab und kommt zu uns, setzt sich rechts von Val aufs Sofa. »Männersorgen?«

Val verbirgt ihr Gesicht in den Händen. »Ja. Mein Freund findet, dass wir eine offene Beziehung führen sollten.«

»Er will auswärts snacken und trotzdem noch zum Abendessen nach Hause kommen?«

»Ja.«

»Das willst du aber nicht.«

»Äh, genau. Ich mag einfach Männer, die treu sind. Aber das ist ein Konzept, das ihr Royals vielleicht nicht versteht.«

»Autsch, Val. Was hab ich dir denn getan?« Er reibt sich übertrieben die Brust, als wäre er getroffen worden.

»Du hast einen Penis. Allein deshalb stehst du schon mal automatisch auf der falschen Seite.« Er wackelt mit den Augenbrauen. »Aber ich kann tolle Sachen mit diesem Penis. Da kannst du jedes Mädchen der *Astor Park* fragen.«

»Wie Abby Kincaid?«, schießt Val zurück.

Schockiert schaue ich Easton an. »Du hast mit der Ex von deinem Bruder rumgemacht?«

Er lässt sich in die Kissen der Couch sinken, seine Wangen laufen rot an. »Und wenn? Ich dachte, du hasst Reed?«

Wow. Es ist das eine, dass sich die Royal-Brüder zu Hause anfeinden, aber dass sie sich sogar in der Öffentlichkeit streiten, das ist neu und ... unangenehm. So wütend ich auch auf Reed bin, mir gefällt diese Kluft zwischen den Brüdern gar nicht. Es löst ein sonderbares Gefühl von Mitleid mit Reed in mir aus, das er, verdammt noch mal, nicht verdient.

Ich wechsle das Thema. »Und abgesehen von den Prüfungen, was gibt's sonst noch Neues an der Schule?«

»Morgen ist Halloween, aber Beringer erlaubt keine Kostüme in der Schule.« Val zuckt mit den Schultern. »Nach dem Spiel am Freitag steigt allerdings 'ne Party bei Montgomery. Da werden sich alle in Schale werfen.«

Ich verziehe das Gesicht. »Ich passe.«

Ich bin kein großer Fan von Halloween. Meine Mom hat immer nachts in den Clubs gearbeitet, weshalb ich nie wie andere Kinder Süßigkeiten sammeln gehen konnte. Und ich hasse es, mich zu verkleiden. Das musste ich schließlich oft genug, wenn *ich* in die Clubs gegangen bin.

»Und sonst?«, frage ich.

Val zeigt anklagend auf Easton. »Na, die Royals können

sich nicht mehr ausstehen, und Reed hat keinen Bock mehr darauf, die Verrückten in Schach zu halten. Und alle anderen mit einem Gewissen sind entweder zu faul oder zu panisch, was zu sagen, deshalb geht alles in Astor Park den Bach runter. Jeden Tag ein bisschen mehr. Ich mache mir ernsthaft Sorgen, dass bald bei einer der Eskalationen jemand verletzt wird.«

Also war das heute am Frühstückstisch nicht neu. Stirnrunzelnd wende ich mich an Easton. »Was ist denn da los?«

»Man geht in die Schule, um was zu lernen, oder?«, sagt er sorglos. »Tja, eine wirklich wichtige Lektion ist, dass man auf sich selbst aufpasst. Auf der Welt wimmelt es nur so von Schlägertypen. Die verschwinden ja nicht magisch, nur weil die Highschool vorbei ist. Wieso sollen die Kids den Umgang damit nicht schon jetzt lernen?«

»Easton. Das ist entsetzlich.«

»Warum kümmert dich das?«, wirft er mir vor. »Du hast doch alle zurückgelassen. Ist dir doch egal, wenn die ganzen reichen Jungs und Mädels von Astor plötzlich ohne die Hilfe eines Royals auskommen müssen. Freut es dich nicht, dass es da jetzt genau so abläuft, wie du es erwartet hast?«

Wenn ich ehrlich bin, habe ich keinen Gedanken an Astor Park verschwendet, als ich aufgebrochen bin. Aber jetzt, wo ich weiß, dass deshalb jemand leidet, gefällt mir das gar nicht. »Nein, das freut mich nicht. Wieso sagst du so was?«

Er wendet sich ab und betrachtet den perfekten Rasen, während Val unangenehm berührt zwischen uns herumrutscht.

»Ella, lass gut sein«, sagt er schließlich. »Du kannst es sowieso nicht ändern. Am besten hältst du den Ball flach und versuchst das, so gut es geht, zu überstehen.«

11. Kapitel

In der Bäckerei ist es ruhig, als ich gegen zwei eintreffe. Ich wäre gern eher hergekommen, aber vorher ist einfach zu viel los, da hat Lucy keine Zeit. Ich hoffe, dass sie mich anschreit, die Wut rauslässt und mir dann sagt, ich soll mir eine Schürze umbinden und mich hinter die Theke stellen.

Easton wollte mit reinkommen, weil er seit zwei Stunden nichts gegessen hat. Aber nach ein bisschen Überzeugungsarbeit meinerseits hat er sich darauf eingelassen, im Auto zu warten.

»Ist Lucy da?«, frage ich den Barista an der Kasse. Der große, schlaksige Typ ist neu, und ich bekomme das schlechte Gefühl, dass er mein Nachfolger ist.

»Lucy«, ruft er über die Schulter. »Hier ist ein Mädchen, das dich sprechen will.«

Lucys Kopf erscheint im hinteren Bereich. »Wer denn?«

Er zeigt mit dem Daumen zu mir.

Ihr schönes Gesicht verfinstert sich, als sie mich sieht. »Oh, Ella, du bist das. Gib mir eine Minute. Setz dich doch solange da drüben hin.«

Yo, ich bin gefeuert.

Der Barista schenkt mir einen mitleidigen Blick und

wendet sich dann an den nächsten Kunden. Ich setze mich an einen der leeren Tische und warte auf Lucy.

Es dauert nicht lange. Schon nach einer Minute kommt sie mit zwei dampfenden Tassen herangeeilt. Eine stellt sie vor mich, aus der anderen trinkt sie einen Schluck, bevor sie sich setzt.

»Vor zwei Wochen ist Reed Royal hier aufgetaucht und hat nach dir gefragt. Am Tag drauf hat dein Vormund Callum angerufen, um mir zu sagen, dass du sehr krank bist und auf unbestimmte Zeit ausfallen wirst. Und jetzt sitzt du hier und siehst eigentlich ziemlich gesund aus, nur ein bisschen dünner.« Sie lehnt sich vor. »Brauchst du Hilfe, Ella?«

»Nein. Es tut mir leid, Lucy. Ich hätte mich melden sollen, aber ich konnte nicht zur Arbeit kommen.« Die Lüge kommt mir nicht leicht über die Lippen. Lucy ist ein sehr netter Mensch, und ich arbeite supergern hier. Das sage ich ihr auch. »Ich arbeite sehr gern hier, und ich weiß, dass du ein Risiko eingegangen bist, als du mich angestellt hast.«

Sie presst die Lippen zusammen, dann trinkt sie noch einen Schluck. Sie tippt ein paarmal gegen ihre Tasse, bevor sie etwas erwidert. »Ich brauchte Hilfe, und du warst weder da noch irgendwie zu erreichen, deshalb musste ich jemand Neues suchen. Das kannst du verstehen, oder?«

Ich nicke, denn ich kann es wirklich verstehen. Es gefällt mir nicht, aber ich verstehe es. »Tut mir leid«, wiederhole ich.

»Mir auch.« Ihre Hand verschwindet in der Tasche ihrer vom Mehl staubigen Schürze. »Hier, ruf mich an, wenn du was brauchst.«

Alles außer einem Job, denke ich. »Danke«, sage ich und stecke die Karte ein.

»Lass von dir hören, Ella«, sagt sie freundlich und steht

auf. »Wenn hier wieder eine Stelle zu besetzen ist, können wir es vielleicht noch einmal versuchen.«

»Danke.« Mein Wortschatz ist auf vier Wörter zusammengeschrumpft: *Danke* und *Tut mir leid.*

Lucy trinkt noch einen Schluck Kaffee und verschwindet dann wieder in die Backstube, während ich darüber nachdenke, wie schlecht ich diese Flucht geregelt habe. Es ist untypisch für mich, so unzuverlässig zu sein. Und obwohl sich ein schlechtes Gewissen in meinem Bauch meldet, bin ich auch ein kleines bisschen froh darüber, dass Lucy sich Sorgen gemacht hat. Dass sich überhaupt jemand Sorgen gemacht hat.

12. Kapitel

Kaum setze ich einen Fuß in das Schulgebäude, höre ich das Getuschel. Schon auf dem Parkplatz waren mir ein paar Blicke und breites Grinsen aufgefallen, aber hier drin ist es viel schlimmer. Ein ohrenbetäubendes *Psst*, gepaart mit endlosem Gemurmel und selbstgefälligem Gelächter, das mir durch die Gänge folgt.

An meinem Schließfach angelangt, werfe ich einen Blick in den Spiegel an dessen Tür, suche nach den abstehenden Haaren oder dem Popel an meiner Nase. Aber ich sehe aus wie immer. Eine Durchschnittsschülerin der *Astor Park* mit der weißen Bluse und dem dunkelblauen Blazer samt Rock.

Ich habe nackte Beine, weil es noch warm genug ist, ohne Strumpfhose raumzulaufen. Alle anderen Mädchen im Umkreis von mir haben jedoch auch nackte Beine, also kann es eigentlich nicht an meinem Aussehen liegen, dass hier so intensiv getuschelt wird.

Das gefällt mir gar nicht. Es erinnert mich viel zu sehr an meinen ersten Tag an der *Astor*, als niemand auch nur ein Wort mit mir wechselte, weil alle abwarteten, wie Reed und seine Brüder sich mir gegenüber verhalten würden. Ella hassen oder Ella willkommen heißen. Schlussendlich kam so eine Mischung dabei heraus. Die meisten wurden nicht wirklich warm mit mir, aber das lag vermutlich zum Großteil daran, dass ich mich absichtlich nicht gerade sozialisierte, sondern nur mit Val abhing.

Heute begegnen mir fast alle mit Verachtung. Auf dem Weg zur ersten Stunde kann ich mir nicht helfen, ich werde unruhig. Sie verunsichern mich, und das hasse ich.

Eine Dunkelhaarige rempelt mich heftig an, statt mir aus dem Weg zu gehen. Sie marschiert noch ein paar Schritte weiter, bevor sie stehen bleibt und sich zu mir umdreht.

»Willkommen zurück, Ella. Wie ist es mit der Abtreibung gelaufen? Hat's wehgetan?« Sie lächelt unschuldig.

Mir klappt leicht der Mund auf, bevor ich ihn wieder zuzwingen kann. Sie heißt Claire Soundso. Sie hatte ein paarmal Sex mit Easton, bis sie ihm langweilig wurde.

»Fick dich«, sage ich leise und gehe weiter.

Ich komme zeitgleich mit Easton am Chemieraum an. Er sieht mir nur kurz ins Gesicht und runzelt dann die Stirn.

»Alles in Ordnung, kleine Schwester?«

»Alles super«, presse ich durch zusammengebissene Zähne hervor.

Ich vermute, er glaubt mir nicht, aber er kommentiert das nicht weiter, sondern betritt einfach mit mir den Raum. Wir setzen uns an den Tisch, den wir seit Anfang des Halbjahres teilen, und ich bemerke mehr Geschmunzel in unsere Richtung.

»Super. Die Sexpuppe der Royals ist zurück. Toll, oder, Easton?«, dröhnt die Stimme eines Typen aus dem hinteren Teil des Chemieraums. »Du und Reed müsst ja außer euch sein vor Freude.«

Easton fährt herum. Ich kann sein Gesicht nicht sehen, aber was immer für ein Ausdruck darauf liegt, er bringt den Typen sofort zum Schweigen.

Es folgt ein Hüsteln, dann das Geräusch von Heften, die aufgeschlagen werden, Klamotten rascheln.

»Ignorier sie«, rät Easton.

Leichter gesagt als getan.

Der Morgen wird nur noch schlimmer. Easton ist in fast allen meinen Kursen und parkt seinen Hintern in jedem davon neben mir. Meine Wangen glühen, als ich zwei Mädchen flüstern höre, dass ich mit zwei meiner Stiefbrüder schlafe.

»Die macht es definitiv auch mit Gid«, sagt eine von ihnen und senkt dafür nicht einmal mehr die Stimme. »Wahrscheinlich war es sein Kind, das sie aus ihr rausgesaugt haben.«

Easton macht noch mal die Drehung inklusive Mörderblick, mit dem er zwar die gehässigen Mädels zum Schweigen bringt, nicht aber die besorgte Stimme in meinem Kopf.

Val hat mich gewarnt, dass Gerüchte die Runde machen, aber ist das wirklich, was alle denken? Dass ich weg war, um ein Kind abzutreiben? Dass ich mit Reed, Easton *und* Gideon geschlafen habe?

Verlegenheit ist kein Fremdwort für mich – das Strippen mit fünfzehn war mir eine große Lehre in Sachen Demütigung –, aber wenn ich mir vorstelle, dass alle an der Schule diese fürchterlichen Dinge über mich sagen, muss ich wirklich mit den Tränen kämpfen.

Immerhin habe ich Val, rufe ich mir ins Gedächtnis, und sie ist die Einzige von der *Astor Park*, deren Meinung für mich zählt. Und Eastons, schätze ich. Er ist mir kaum von der Seite gewichen, seit ich wieder in Bayview bin. Es bleibt mir wohl nichts anderes übrig, als ihn als einen Freund anzusehen. Obwohl ich seinen Bruder verabscheue.

Nach dem Unterricht gehe ich zu meinem Schließfach,

um die Bücher auszutauschen, weil sie einfach nicht alle in meine Tasche passen. Easton verschwindet den Flur hinunter, aber nicht, ohne vorher bestärkend meinen Arm zu drücken, während wir uns durch ein weiteres Meer aus fiesem Geflüster bewegen.

»Heute ist also Easton dran?«

Jordan Carringtons Stimme lässt mich erstarren. Ich hatte mich schon gefragt, wann die Zicke ihr *Du-bist-hier-nicht-willkommen*-Banner ausrollen würde.

Statt zu antworten, tausche ich das Chemie- gegen das Geschichtsbuch.

»Ihr habt sicher eine Regelung, oder? Du wechselst zwischen Reed und Easton? Montag, Mittwoch und Freitag machst du's mit Reed. Dienstag, Donnerstag und Samstag mit East.« Jordan legt den Kopf schief. »Und am Sonntag? Ist der reserviert für einen oder beide der Zwillinge?«

Ich schlage die Tür zum Schließfach zu und wende mich lächelnd an sie. »Nee, sonntags mach ich's mit deinem Freund. Außer, er kann mal nicht – dann nehm ich deinen Vater.«

Wut blitzt in ihren Augen. »Pass auf, was du sagst.«

Es fällt mir schwer, das Lächeln aufrechtzuerhalten. »Pass lieber selbst auf, Jordan. Aber vielleicht willst du ja noch eine Tracht Prügel haben?«, provoziere ich zurück, indem ich sie daran erinnere, wie ich sie letzten Monat in der Sporthalle fertiggemacht habe.

Sie lacht rau. »Versuch's doch. Mal sehen, wie weit du kommst, wenn Reed nicht in der Nähe ist, um dich zu beschützen.«

Ich mache einen Schritt auf sie zu, aber sie zuckt nicht mal. »Ich brauche Reeds Hilfe nicht. Hab ich nie.«

»Ach ja?«

»Ja.« Ich ramme ihr einen Finger direkt zwischen die

strammen Brüste. »Ich kann dich ganz allein plattmachen, Jordan.«

»Es ist eine neue Ära angebrochen an der *Astor Park*, Ella. Die Royals haben hier nicht mehr das Sagen. Sondern *ich*. Ein Wort von mir, und schon ist jeder einzelne Schüler und jede einzelne Schülerin nur zu gern bereit, dein Leben zur Hölle zu machen.«

»Mann, jetzt hab ich echt Angst.« Sie schürzt die Lippen. »Gut, die solltest du auch haben.«

»Wie auch immer.« Was hängt mir die Machtgeilheit dieser Tussi zum Hals raus. »Und jetzt mach dich vom Acker.«

Sie wirft sich das glänzende braune Haar über die Schulter. »Und was, wenn ich nicht will?«

»Alles in Ordnung?«, fragt eine männliche Stimme.

Wir drehen uns um und sehen Sawyer neben uns stehen. Seine rothaarige Freundin Lauren ist bei ihm. Sie schaut beunruhigt von Jordan zu mir.

»Das geht dich nichts an, kleiner Royal.« Jordan sieht ihn dabei nicht mal an, sondern nutzt die Zeit, um Lauren spöttisch anzugrinsen. »Dich genauso wenig, Donovan. Also, mach 'nen Abgang, du auch, Sawyer. Oder bist du Sebastian? Ich kann euch echt nicht auseinanderhalten.« Ein böses Funkeln erscheint auf ihrem Gesicht. »Wie ist das bei dir, Süße? Kannst *du* sie auseinanderhalten? Oder kneifst du einfach die Augen zu, wenn sie es mit dir treiben?«

Ich hatte mich selbst schon gefragt, ob Lauren Bescheid weiß über die Tauschspielchen, die Sawyer und Sebastian mit ihr abziehen, und ihr Gesichtsausdruck beantwortet diese Frage. Statt schockiert sieht sie verlegen und wütend aus.

Aber sie hat größere Eier, als ich ihr zugetraut hätte, denn sie schaut Jordan direkt in die spöttische Visage und sagt:»Fick dich, Jordan.« Dann nimmt sie Sawyers Hand und zieht ihn von uns weg.

Wieder lacht Jordan.»Die ganze Familie ist krank, oder? Ich wette, dabei geht dir einer ab, ganz wie dieser Schlampe Lauren. Stimmt's, Ella? Einer schmutzigen Stripperin wie dir gefällt es vermutlich noch, von zwei Royals gefickt zu werden.«

»Sind wir hier dann fertig?«, frage ich.

Sie zwinkert mir zu.»Nein, Süße. Wir beide sind nie fertig. Im Gegenteil, es geht gerade erst los.« Sie wackelt mit den Fingern im Versuch eines eleganten Winkens, und schreitet dann davon, ohne sich noch einmal umzusehen.

Ich schaue ihr nach und frage mich, in welches Chaos ich zurückgekehrt bin.

Beim Mittagessen sitzen Val und ich an einem Tisch in der Ecke, wo ich mir einzubilden versuche, dass wir die beiden einzigen Menschen auf diesem Planeten sind. Das ist nicht ganz einfach, weil ich die Blicke von allen Anwesenden auf mir spüre, und das macht mich nervös.

Val beißt in ihr Thunfisch-Panino.»Reed starrt dich an.« Natürlich tut er das. Ich drehe mich um und entdecke ihn an einem Tisch, der gerammelt voll ist von Football-Spielern. Auch Easton sitzt dort, allerdings am anderen Ende statt wie sonst direkt neben Reed.

Kurz werfe ich einen Blick zu Reed, der mich stechend aus seinen blauen Augen ansieht. Dieselben Augen, die sich jedes Mal beim Küssen halb schlossen, die aufloderten, sobald wir zusammen in einem Zimmer waren.

»Wirst du mir irgendwann erzählen, was zwischen euch gelaufen ist?«

Ich reiße mich von Reed los und zwinge mir eine Gabel mit Pasta in den Mund.»Nö«, sage ich beschwingt.

»Och, jetzt komm schon. Du weißt, dass du mir alles sagen kannst«, drängelt Val. »Ich schweige wie ein Grab.«

Ich zögere nicht, weil ich ihr nicht traue. Mich anderen mitzuteilen ist einfach nicht selbstverständlich für mich. Es fällt mir leichter, einfach alles runterzuschlucken. Aber Val sieht so aufrichtig aus, dass ich mich verpflichtet fühle, ihr wenigstens etwas zu erzählen. »Wir waren zusammen. Er hat's vermasselt. Wir sind nicht länger zusammen.«

Ihre Lippen zucken. »Wow. Hat dir schon mal jemand gesagt, dass du echt eine miese Geschichtenerzählerin bist?«

Ich verziehe das Gesicht. »Mehr kann ich grad nicht erzählen.«

»Gut, dann lasse ich dich damit in Ruhe. Aber du weißt, dass du mit mir reden kannst, wenn dir danach ist.« Sie schraubt ihre Wasserflasche auf. »Also, was machen wir heute Abend?«

»Hast du mich noch nicht satt?«, scherze ich. Nach dem enttäuschenden Treffen mit Lucy bin ich sofort wieder zu Val gefahren, wir haben uns mit Kuchen vollgestopft und alle drei *Step-Up*-Filme hintereinander geguckt. Easton ist während des zweiten abgehauen und nicht wiedergekommen.

»Hey, ich trage Trauer.« Sie schiebt die Unterlippe vor. »Ich brauche dich zur Ablenkung, damit ich nicht an Tam denke. Halloween war unser Lieblingsfest. Letztes Mal sind wir sogar in passenden Outfits gegangen.«

»Oh. Hat er dir wieder geschrieben?« Gestern kamen drei Nachrichten, aber Valerie hat nicht darauf reagiert.

»Permanent. Vorhin erst meinte er, er wolle herfahren, damit wir uns persönlich aussprechen können.« Sie wirkte geschlagen. »Gebrochene Herzen sind scheiße.«

Da sagst du was.

Wie aufs Stichwort bekomme ich eine SMS. Ich zucke zusammen, als ich Reeds Namen sehe.

Lies sie nicht, befehle ich mir selbst.

Wie ein Vollidiot lese ich sie trotzdem.

Hör auf, so zu tun, als würde ich dir nichts mehr bedeuten. Wir wissen beide, dass das nicht stimmt.

Ich beiße die Zähne zusammen. Ekelhaft. Was für ein arroganter Arsch.

Eine weitere Nachricht erscheint: Ich hab dir gefehlt, als du weg warst. Genauso sehr, wie du mir gefehlt hast. Wir schaffen das.

Nein, schaffen wir nicht. Am liebsten würde ich zu ihm rüberbrüllen, dass er aufhören soll, mir zu schreiben. Aber wenn ich auch nur eins über Reed Royal weiß, dann, dass er ein egoistischer Blödmann ist. Er macht, was er will, wann er will.

Seine nächste Nachricht ist nur eine weitere Erinnerung daran.

Das mit Brooke war ein Fehler. Aber es ist passiert, bevor wir uns kennengelernt haben. Kommt nicht wieder vor.

Allein Brookes Namen auf dem Display zu sehen, lässt mich die Hand zur Faust ballen. Bevor ich mich zurückhalten kann, tippe ich etwas zurück.

Ich werde dir nie verzeihen, dass du mit ihr geschlafen hast. Lass mich in Ruhe.

»Du weißt schon, dass ich noch hier bin, oder?«

Vals trockener Kommentar lässt mich rot anlaufen. Schnell stecke ich das Handy in die Tasche und nehme die Gabel wieder in die Hand. »Entschuldige. Ich musste gerade Reed sagen, dass er sich verpissen soll.«

Sie legt den Kopf in den Nacken und lacht. »Mein Gott, was hast du mir gefehlt. Kannst du dir das vorstellen?«

Ich lache mit, und zum ersten Mal an diesem Tag fühlt es

sich echt an.»Du hast mir auch gefehlt«, sage ich und meine es genau so.

Als endlich die letzte Stunde vorbei ist, kann ich es kaum erwarten abzuhauen. Mein erster Tag war ungefähr so lustig wie Wasserfolter. Das böse Gelächter, das Flüstern, all der Spott und die unangenehmen Blicke. Ich könnte mich sofort in meinem Zimmer einschließen, laut Musik aufdrehen und so tun, als hätte es diesen Tag nie gegeben.

Ich mache nicht mal mehr einen Abstecher zu meinem Schließfach, sondern hänge mir meine Tasche über die Schulter, schreibe Val, sie soll mir sagen, ob sie später noch vorbeikommt, und eile hinaus zum Parkplatz.

Dann bleibe ich wie angewurzelt stehen, denn da lehnt Reed an der Fahrerseite meines Autos.

»Was willst du denn jetzt noch?«, fauche ich.

Es geht mir so dermaßen auf den Keks, dass er mir immer und überall begegnet. Und ich hasse ihn dafür, wie gut er gerade aussieht. Allmählich wird es kälter, sein dunkles Haar ist vom Wind durcheinandergeweht, und seine starken Wangenknochen sind von der Kälte gerötet.

Er drückt seinen großen, muskulösen Körper vom Wagen ab und kommt auf mich zu.»Sawyer hat gesagt, dass Jordan dich heute belästigt hat.«

»Der Einzige, der mich belästigt, bist du.« Ich schaue ihn kühl an.»Hör auf, mir zu schreiben. Hör auf, mit mir zu reden. Es ist vorbei.«

Er zuckt einfach nur mit den Schultern.»Wenn ich das wirklich glauben würde, wäre ich nicht hier. Aber ich glaube es eben nicht.«

»Dann blockiere ich deine Nummer«, warne ich.

»Dann besorge ich mir eine neue.«

»Dann besorge ich mir eine neue.«

Er schnaubt. »Und du glaubst wirklich, dass ich die nicht rauskriege?«

Ich presse mir den Rucksack wie einen Schild vor die Brust. »Es ist vorbei«, wiederhole ich. Ein schmerzhafter Kloß bildet sich in meinem Hals. »Du hast mich betrogen.«

»Ich habe dich nicht betrogen«, sagt er leise. »Ich habe Brooke seit über sechs Monaten nicht angerührt.«

Er klingt ehrlich. Und wenn er wirklich die Wahrheit sagt? Wenn –

Mach dich nicht lächerlich, ruft eine Stimme in mir. Natürlich ist er nicht ehrlich, und ich sollte es besser wissen, als mich von seinem ernsthaften Gesichtsausdruck und dem leichten Holpern in seiner Stimme täuschen zu lassen. In meiner Kindheit habe ich Mal um Mal mitangesehen, wie meine Mutter sich in die falschen Typen verliebt hat. Sie haben sie angelogen. Sie benutzt. Und ganz egal, wie sehr ich sie geliebt habe, ich habe es gehasst, wie dumm sie sein konnte, wenn es um Männer ging. Es dauerte meist Monate, manchmal sogar bis zu einem Jahr, bis sie herausfand, dass ihre Zeit für den idiotischen Lügner in ihrem Bett zu schade war, während ich an der Seitenlinie stand und darauf wartete, dass sie wieder zu Sinnen kam.

Ich weigere mich, das mit mir machen zu lassen.

»Fahr zur Hölle, Reed«, flüstere ich. »Ich bin fertig mit dir.«

Er kommt näher. »Ach ja? Du sagst also, du willst mich nicht mehr?«

»Ja, genau das sage ich dir.« Ich weiche ihm aus und schmeiße mich gewissermaßen gegen meinen Wagen. Mein Fluchtversuch geht jedoch in die Hose, weil Reed sich schnell umdreht und mich gegen die Fahrertür presst.

Die Wärme seines Körpers dringt sofort durch all meine Klamotten. Mein Puls beschleunigt, als er beide Hände rechts und links von mir ans Auto legt, mich zwischen seinen Armen einfängt.

»Du behauptest also, dass ich dich nicht mehr anmache?« Er senkt den Kopf, und sein warmer Atem trifft auf meinen Hals. Weil ich darüber ungewollt erschaudere, lacht er sanft. »Gib's zu, du vermisst mich.«

Ich presse die Lippen aufeinander.

Reeds Wange streift meine, als er mir weiter ins Ohr flüstert. »Du vermisst meine Küsse. Du vermisst, dass ich nachts zu dir ins Bett krieche. Du vermisst, dass ich meinen Mund genau hier hindrücke –« Er küsst meinen Hals, und wieder erschaudere ich. Dafür ernte ich ein weiteres heiseres Lachen. »Ja, genau. Da passiert rein gar nichts bei dir, Baby, nicht wahr?«

»Nenn mich nicht so.« Ich schubse ihn wütend und ignoriere das laute Klopfen meines Herzens. Ich hasse es, dass er diese Wirkung auf mich hat. »Und lass mich in Ruhe.«

Eine tiefe Stimme meldet sich hinter uns zu Wort. »Du hast sie gehört. Lass sie in Ruhe.«

Easton kommt zu uns und fasst nach Reeds Schulter. Obwohl er ein Jahr jünger ist, ist er genauso groß und durchtrainiert wie sein Bruder. Er hat keinerlei Mühe damit, Reed von mir wegzuzerren.

»Das ist eine private Unterhaltung«, sagt Reed, unbeeindruckt davon, so grob behandelt zu werden.

»Ach ja?« Easton schaut mich an. »Ist dir danach, dich mit unserem großen Bruder zu unterhalten, kleine Schwester?«

»Nö«, antworte ich gespielt fröhlich.

Easton grinst. »Da hast du's, Reed. Unterhaltung ist vorbei.« Der spöttische Funke verschwindet jedoch schnell aus seinen Augen, stattdessen sehe ich Irritation. »Davon abgesehen hat Dad mir getextet. Er will, dass wir alle so schnell wie möglich nach Hause kommen. Er und Brooke haben etwas zu verkünden.«

Mein Blick saust zu Easton. »Brooke?«

Mit einem schroffen Lachen wendet er sich an Reed. »Was? Das hast du ihr nicht gesagt?«

»Was gesagt?«, will ich wissen. Warum, zur Hölle, ist Brooke zu Hause?

Reed schaut seinen Bruder steinern an.

»Mann, warum hast du das wohl nicht erwähnt?« Easton zuckt mit den Schultern. »Dad und Brooke sind wieder zusammen.«

Mir wird eiskalt. Wie bitte? Warum, um alles in der Welt, sollte Callum denn diese Hexe zurück in sein Leben holen?

Und wie, zur Hölle, soll ich ihr je wieder gegenübertreten nach dem, was ich in Reeds Zimmer gesehen habe?

Meine Knie werden weich, die Hände zittern. Ich hoffe, die Jungs sehen nicht, wie sehr mich diese Neuigkeit mitnimmt.

Plötzlich ist das Letzte, was ich will, nach Hause zu fahren.

13. Kapitel

Ein Wagen nach dem anderen biegt in die breite, runde Auffahrt zum Anwesen der Royals. Mein Cabrio. Eastons Pickup. Reeds Range Rover und der Rover, den sich die Zwillinge teilen. Ich bleibe im Auto sitzen und beobachte, wie alle Royals Türen zuschlagen und durch den Seiteneingang im Haus verschwinden.

Ich kann nicht fassen, dass Brooke da drin sein soll. Ich kann nicht fassen, dass Reed *vergessen* hat, das zu erwähnen. In all den Momenten, in denen er mich abgefangen und mich damit aufgezogen hat, wie er mich zurückgewinnen wird und wie sehr ich ihn noch will, hat er es nicht geschafft, mir zu sagen, dass Brooke wieder da ist?

Dabei ist klar, warum er das verschwiegen hat. Er glaubt, wenn er weiter so tut, als hätte er Brooke nie angerührt, wenn er weiter so tut, als gäbe es sie nicht, dann vergesse ich sie.

Werde ich aber nicht. Ella Harper vergisst nichts. Nie.

Ich hole tief Luft und befehle mir auszusteigen. Der Befehl läuft jedoch ins Leere, ich bleibe sitzen. Erst als die Tür zum Seiteneingang auffliegt, löse ich mich vom Fahrersitz.

»Ella«, ruft Brooke und grinst von Ohr zu Ohr. Ich schwinge mir den Rucksack über die Schulter, umrunde den Wagen und versuche, an ihr vorbeizukommen, aber sie schneidet mir den Weg ab. Ich hatte noch nie ein größeres Verlangen, jemanden zu schlagen, als diese Frau in diesem Moment. Sie ist noch genauso blond und falsch, wie ich sie in Erinnerung habe. Ausstaffiert mit einem teuren Minikleid, himmelhohen Stöckelschuhen und genug Diamanten, um Tiffany damit zu bestücken.

»Ich habe dir nichts zu sagen«, verkünde ich.

Sie lacht. »Ach, Süße, das meinst du nicht so.«

»Doch, das tue ich. Und jetzt geh mir aus dem Weg.«

»Erst, wenn wir ein bisschen geplauscht haben, von Frau zu Frau«, flötet sie. »Du kannst da erst reingehen, wenn wir ein paar Dinge geklärt haben.«

Vor Ungläubigkeit fliegen mir die Augenbrauen hoch. »Da gibt es nichts zu klären.« Aus irgendeinem Grund senke ich die Stimme, obwohl sie und Reed es eigentlich verdienten, dass ich das von den Dächern brülle: »Du hast mit Callums *Sohn* geschlafen.«

»Hab ich das?« Sie kichert wieder. »Denn, wenn es so wäre und jemand in diesem Hause darüber Bescheid wüsste«, – sie wirft mir einen vielsagenden Blick zu – »dann hätte Callum längst davon erfahren.«

Das saß. Und jetzt bin ich wütend auf mich, dass ich die Klappe gehalten habe. Ein Wort zu Callum, und Brooke wäre Geschichte. Er würde sie schneller rausschmeißen, als man *untreuer Drachen* sagen könnte.

Aber ... dann würde er auch Reed rausschmeißen. Ihn vielleicht sogar enteignen.

Gott, ich bin krank. Irgendwas stimmt in meinem Kopf nicht. Warum sonst sollte es mich kümmern, wie es mit Reed Royal weitergeht?

Brooke lächelt wissend. »Ach, du armes, bedauerliches Ding. Du bist in ihn verliebt.«

Ich beiße die Zähne aufeinander. Da liegt sie falsch. Ich liebe ihn nicht mehr. Nein.

»Ich habe versucht, dich zu warnen. Ich habe dir gesagt, dass die Royals dich richtig fertigmachen werden, aber du wolltest ja nicht hören.«

»Und deshalb hast du mich bestraft?«, frage ich sarkastisch.

»Dich bestraft?« Sie sieht wahrhaftig verwirrt aus. »Was hab ich deiner Meinung nach denn getan, Süße?«

Ich schaue sie mit offenem Mund an. »Du hast mit Reed geschlafen. Ich habe euch schließlich erwischt. Oder hast du das bequemerweise schon wieder verdrängt?«

Brooke macht eine wegwerfende Handbewegung. »Ach, du meinst die Nacht, in der du abgehauen bist? Tut mir leid, dich enttäuschen zu müssen, aber in der Nacht gab es nichts ... Aufregendes.«

»Du ... du warst nackt«, stammle ich.

»Ach das.« Sie verdreht verblüfft die Augen. »Reed musste eine Lektion lernen.«

»Dass du eine betrügerische Lügnerin bist?«

»Nein, dass das jetzt mein Haus ist.« Sie zeigt auf die Villa hinter sich. »Er gibt nicht mehr den Ton an. Sondern ich.« Brooke spielt mit einer Strähne ihres glänzenden blonden Haars, bevor sie sie hinters Ohr streift. »Ich wollte ihm nur zeigen, was passiert, wenn er nicht spurt. Ich wollte ihm zeigen, dass ich ihn ohne jegliche Anstrengung vernichten kann. Und du hast ja gesehen, wie leicht das geht. Kaum ziehe ich mein Kleid aus – puff! Seine Beziehung zu dir ist dahin. Das, mein Schatz, nennt man Macht.«

Ich kaue auf meiner Wange herum. Ich weiß nicht mehr, was ich glauben soll. Hat Reed sie irgendwie dazu gebracht, das zu sagen? Dass sie lügt und so tut, als hätte sie nicht mit ihm geschlafen ... bloß für welche Gegenleistung? Und ändert das überhaupt etwas? Sie hatten schließlich trotzdem irgendwann miteinander Sex. Und wenn es ihm so leichtfällt, seinen Vater zu betrügen, kann man sich ja ausmalen, wie leicht es ihm erst fallen wird, *mich* zu betrügen. Das Risiko kann ich nicht eingehen. Ich weiß, was ich da in seinem Zimmer gesehen habe. Brooke war nackt. Und er hat einfach dagesessen und nichts gesagt. Wenn ich es zulasse, dass Reed und Brooke Zweifel in mir säen, dann ist es nur eine Frage der Zeit, bis ich etwas Dummes mache ... wie ihm vergeben. Und dann wird er mich wieder verletzen, und dafür kann ich mir dann schön selbst die Schuld geben.

»Du hast mit Callums Sohn geschlafen«, wiederhole ich und mache keinen Hehl aus meinem Ekel. »Ist doch egal, ob ihr nun in der Nacht was hattet oder nicht – du hast Callum trotzdem mit seinem eigenen Sohn betrogen.«

Darüber lächelt sie nur.

Übelkeit steigt in mir auf. »Du bist ...« Ich verstumme. Keine Beleidigung der Welt wird dieser Frau gerecht.

»Ich bin was?«, fordert sie spöttisch. »Eine Schlampe? Eine, die nur aufs Geld aus ist? Hast du noch andere Beleidigungen auf Lager? Ich werde nie verstehen, warum wir Frauen nicht zusammenhalten können, aber auch so, Süße, ist mir deine Meinung herzlich egal. Das wird bald mein Zuhause sein, und dann hab ich hier das Zepter in der Hand. Du solltest dich gut mit mir stellen.« Sie hebt eine Augenbraue.

Frauen wie Brooke bin ich mein Leben lang begegnet. Sie gehört zu dem Schlag, der superlieb ist zu jedem Menschen mit Geld, frech zu den Mädels, die ihr auf der Leiter nicht nach oben helfen können, und durchweg grausam zu jedem, der eine Bedrohung darstellt.

Ich schöpfe Mut aus der Tatsache, dass sie mich bedrohlich findet, und erwidere ihre gehobene Augenbraue. »Callum wird es niemals zulassen, dass du mich rausschmeißt. Und selbst wenn, ist mir das scheißegal. Vielleicht erinnerst du dich daran, dass ich sowieso schon von hier abgehauen bin?«

»Aber du bist zurückgekommen.«

»Weil er mich gezwungen hat«, murmle ich.

»Nein, weil du wolltest. Du kannst noch so sehr behaupten, dass du die Royals hasst, Süße, aber in Wahrheit *willst* du zu dieser Familie gehören. Eigentlich egal, zu welcher Familie. Die arme, kleine Waise Ella braucht jemanden, der sie lieb hat.«

Da liegt sie falsch. Das brauche ich keineswegs. Ich war nach dem Tod meiner Mom zwei Jahre lang auf mich gestellt. Das schaffe ich noch mal. Ich kann gut allein sein.

Ja, oder?

»Ein paar behutsame Signale, und ich garantiere dir, Callum wird ganz schnell meiner Meinung sein«, sagt Brooke. »Es liegt an dir, in welche Richtung ich ihn lenke. Willst du weiter wie die Royals leben oder lieber wieder deinen Hintern für Dollarnoten schwingen? Du bist Herrin über dein Schicksal.« Sie zeigt mit ihrem lackierten Nagel neben sich. »Hier ist noch ein Plätzchen für dich.«

Das Geräusch eines Motors lässt uns beide herumfahren. Gideons SUV kommt abrupt hinter Eastons Truck zum Stehen. Der älteste der Royal-Brüder springt heraus, wirft nur einen Blick auf uns und fragt: »Was geht denn hier vor sich?«

»Ich heiße Ella nur wieder willkommen«, antwortet Brooke und zwinkert mir zu. »Komm her und gib mir einen Kuss, mein Schatz.«

Gideon sieht aus, als würde er lieber einen Kaktus küssen,

geht aber trotzdem zu ihr und platziert einen flüchtigen, kühlen Kuss auf ihrer Wange. »Was ist denn passiert?«, will er wissen. »Ich habe extra Unterricht ausfallen lassen, um so schnell wie möglich hier zu sein. Die Fahrt dauert ja schließlich drei Stunden. Wollen wir mal hoffen, dass es der Anlass wert ist.«

»Oh, das ist er.« Brooke lächelt uns geheimnisvoll an. »Lasst uns reingehen. Dann erzählen dein Vater und ich euch, worum es geht.«

Fünf Minuten später komplementiert ein finster dreinschauender Callum uns in eins der Zimmer im vorderen Teil des Hauses. Seine Hand ruht beschützend auf Brookes unterem Rücken. Und Brooke? Sie wirkt zufriedener als eine Katze auf dem Fischmarkt.

Das Zimmer ist tadellos eingerichtet und folgt einem Stil, den ich mal Südstaaten-Plantagen-Chic nennen würde. Die Tapeten an den Wänden sind sahnefarben. Aufwendiger Stuck verziert die Decke. Das Zimmer ist groß genug, dass es zwei Sitzgruppen gibt, eine bei den bodentiefen Fenstern, die von einem pfirsichfarbenen Seidenvorhang eingerahmt werden, und eine in der Nähe der Tür. Brooke setzt sich in einen der hellgrünen und pfirsichfarbenen Sessel am Kamin.

Oberhalb des Kaminsimses hängt ein prächtiges Porträt von Maria Royal. Es fühlt sich falsch an, dass Brooke überhaupt nur in diesem Zimmer ist, direkt vor diesem Gemälde. Irgendwie frevelhaft.

Nachdem er sich einen Whisky eingegossen hat, stellt Callum sich hinter Brooke. Eine Hand auf dem Sessel, die andere umschließt fest das Glas, das fast überläuft.

Gideon wandert ans Fenster, die Hände in den Taschen, und schaut hinaus auf den Vorgarten. Easton und ich folgen ihm, aber Callums Stimme lässt uns verharren.

»Setzt euch. Auch du, Gideon.«

Gideon bewegt sich keinen Millimeter. Er gibt nicht mal zu erkennen, dass Callum gesprochen hat. Reed wirft einen Blick zu seinem Vater, dann einen zu Gideon und trifft eine Entscheidung. Er geht zu Gideon und stellt sich neben ihn. Die Linien sind sehr klar gezogen.

Ich sehe, wie sich Callums Finger in den Sessel krallen. Sein Körper schwankt in die Richtung seiner ältesten Söhne, aber er bleibt trotzdem bei Brooke stehen. Mit was hat sie ihn wohl im Griff?

So gut kann sie gar nicht im Bett sein.

»Brooke – also, ich meine, wir – haben euch etwas mitzuteilen.«

Easton und ich wechseln einen wachsamen Blick. Die Zwillinge stehen links von mir, beide haben den gleichen misstrauischen Ausdruck auf dem Gesicht.

»Brooke bekommt ein Kind.«

Ein kollektives Zischen folgt auf diese Verkündigung, weil wir alle gleichzeitig schockiert einatmen.

Kaum hat er das letzte Wort über die Lippen gebracht, setzt Callum das Glas an und trinkt. Und trinkt. Und trinkt, bis das Glas leer ist.

Brooke sieht glücklich aus, und ihre Freude ist unerträglich.

Ist es falsch, eine schwangere Frau zu schlagen? Ich balle die Hände zu Fäusten und warte förmlich darauf, dass mir jemand grünes Licht gibt, mich über zwei Sofas und einen Beistelltisch zu stürzen, um sie so lange zu verdreschen, bis sie um Gnade winselt. Sie zerstört diese Familie, und ich hasse sie dafür mehr als alles andere.

»Was hat das mit uns zu tun?«, fragt Easton schließlich, sein Ton grenzt ans Unverschämte.

»Es ist ein Royal, also wird es auch unseren Namen tragen. Wir werden heiraten.« Callums Ton ist unerbittlich. Ich schätze, so klingt er in seinen Sitzungen, aber dies ist kein Geschäftsabschluss. Das ist eine Familienangelegenheit.

Brooke hebt ihre linke Hand und spreizt die Finger ab. Am Fenster versteift sich Reed komplett. Easton neben mir knurrt.

»Das ist Moms Ring!«, speit Sebastian.

»Du kannst ihr doch nicht Moms Ring geben.« Sawyer schnappt sich die Vase vom Beistelltisch und wirft sie quer durchs Zimmer. Sie landet nicht mal in der Nähe von Brooke, aber als sie zerbricht, zucken wir alle zusammen. »Das ist ja wohl das Letzte!«

»Das ist nicht ihr Ring.« Callum fährt sich mit zitternder Hand durchs Haar. »Er sieht vielleicht so aus, aber der Ring eurer Mutter liegt oben, das kann ich euch versprechen.«

Ich glotze ihn ungläubig an. Wer gibt denn seiner Zukünftigen einen Ring, der aussieht wie der seiner verstorbenen Ehefrau? Und welche Frau kann so etwas wollen? Das Spiel, das Brooke abzieht, ist mir eine Nummer zu krank. Es macht fast den Eindruck, als hätte sie Spaß daran, allen anderen wehzutun.

»Euer Eheversprechen ist weniger wert als der Staub unter diesem Sessel«, sagt Gideon zu seinem Vater. Er klingt kalt und unnachgiebig, ein ziemlicher Kontrast zu seinem sonst so sanftmütigen Auftreten. Von allen Royal-Jungs war Gid immer der gelassenste. Gerade ist er das genaue Gegenteil. »Mach so viele Kinder mit ihr, wie du willst, aber Teil unserer Familie sind sie nicht und werden sie nie sein.«

Er geht mit großen Schritten quer durch das Zimmer und bleibt erst vor Brooke und Callum stehen. Ich halte den Atem an, während er sich vor ihnen aufbaut.

»Du wirst hier nie dazugehören«, sagt er so sachlich,

dass sie die Lippen kräuselt. »Egal, für wen du die Beine breit machst, du wirst immer die Hure von der Salem Street bleiben.«

Brooke lächelt. »Und du wirst immer nur der Sohn eines reichen Mannes bleiben, dessen Mutter sich umgebracht hat.«

Gideon zuckt. Dann macht er auf dem Absatz kehrt und verlässt das Zimmer. Die Zwillinge folgen ihm. Dann Easton. Nur Reed und ich bleiben zurück, und ich kann mir nicht helfen, ich muss in seine Richtung gucken. Auf seinem Gesicht erkenne ich Ekel. Wut. Enttäuschung.

Das Einzige, was fehlt, ist ... Überraschung.

Callums Ankündigung eines neuen Royals hat alle Anwesenden erschüttert außer Reed.

Unsere Blicke treffen sich, und in diesem Moment erkenne ich die Wahrheit in seinen blauen Augen.

Er hat es bereits gewusst.

14. Kapitel

REED

Kaum sieht Ella mich an, wird mir klar, dass sie den falschen Schluss gezogen haben muss.

Ich greife nach ihrem Handgelenk, zerre sie aus dem Wohnzimmer und in das Zimmer direkt gegenüber, das Büro meiner Mutter – und gleichzeitig der Ort, an dem Gid und ich sie gefunden haben, nachdem ... nachdem sie gestorben war. Perfekt. Genau hier werde ich garantiert meine Beziehung mit Ella retten. Nicht.

»Pass auf –«, setze ich an, aber weiter komme ich nicht, weil es aus ihr nur so rausquillt.

»Das ist dein Kind, nicht wahr?«, zischt sie.

»Nein. Ich schwöre es dir. Es ist nicht von mir.«

»Ich glaube dir nicht.« Ihre Hände sind an ihren Seiten zu winzigen Fäusten geballt.

Ich möchte sie anfassen, aber das würde vermutlich nicht gut gehen. »Ich habe sie nicht angerührt, seit du zu uns gezogen bist«, wiederhole ich zum gefühlt tausendsten Mal. »Und ich hatte schon lange davor die Nase voll von ihr.«

Sie schlägt auf die nächstgelegene Oberfläche, und Staub steigt auf. Dieses Zimmer wurde sehr lange nicht betreten. »Woher weißt du, dass es nicht von dir ist?«

Ich winde mich ein bisschen, weil ich zur Beantwortung dieser Frage eine beschissene Erinnerung heraufbeschwören muss, aber mir bleibt keine Wahl. »Als ich sie gesehen habe, hatte sie nur einen kleinen Bauch.«

Ella wird blass, und ich weiß, dass auch sie sich nun an die Nacht erinnert, in der sie Brooke nackt in meinem Zimmer vorgefunden hat. »Also weißt du es nicht. Du kannst es gar nicht wissen. Nicht, bis du einen Vaterschaftstest hast machen lassen.« Sie presst sich eine Hand gegen den Bauch. »Mir ist wirklich und wahrhaftig schlecht.«

»Es ist nicht von mir. Es muss von meinem Dad sein. Oder von irgendwem anders. Sie ist schließlich jederzeit bereit, meinen Dad zu betrügen«, sage ich verzweifelt.

»Du ja auch.«

Ich atme heftig ein. Damit hat sie getroffen, und das weiß sie auch. Aber ich gebe nicht auf. Diesen Kampf werde ich gewinnen, selbst wenn ich dafür zu unlauteren Mitteln greifen muss.

»Ich werde nicht leugnen, dass ich ein Arsch war. Vielleicht bin ich sogar noch einer, aber eines bin ich auf keinen Fall: der Vater von Brookes Kind. Ich habe dich nicht betrogen. Ich habe dir etwas aus meiner Vergangenheit verheimlicht, und das war beschissen von mir. Das weiß ich. Mein Fehler. Und er tut mir leid. Aber ... bitte, bitte, vergib mir«, flehe ich. »Setz unseren Qualen ein Ende.«

»Das spielt alles keine Rolle mehr.« Auf ihrem Gesicht liegt eine Abgestumpftheit, die mir Angst macht. Sie schüttelt den Kopf. »Bevor ich dich kennengelernt habe, war mein Leben ziemlich bescheiden. Aber ich bin damit klargekommen, weil mir nichts anderes übrig geblieben ist. Es war nicht weiter tragisch, dass mein Vater nie da war, schließlich hatte ich meine Mutter. Ich habe mir gesagt, dass ich für ihren Tod dankbar sein müsste, schließlich hatte sie unglaubliche Schmerzen. Dann kam ich hier an, sah dich und dachte, ich erkenne mich unter der harten, rauen Schale wieder. Dieser Junge hat seine Mutter verloren. Er ist wütend und verletzt, und ich sehe ihn. Vielleicht sieht er mich ja auch.«

Sie verschränkt die Arme vor dem Bauch – versucht, sich zu schützen und mich außen vor zu lassen. Ich weiß nichts anderes mit Sicherheit, nur, dass sie verletzt ist. Ich strecke eine Hand aus, um sie zu berühren, aber sie zuckt sofort zusammen, als wäre allein die Vorstellung zu schmerzhaft.

Scheiße, sie ist so wahnsinnig verletzt, und ich bin der Grund dafür.

»Ich habe ... ich *sehe* dich«, flüstere ich.

Sie hört nicht zu. »Und ich dachte mir, ich bleib einfach dran. Irgendwann hab ich ihn so weit, irgendwann begreift auch er, dass wir zusammen ein wunderbares Märchen sind. Sind wir aber nicht. Wir sind nichts. Wir sind Rauch – ohne Substanz und unbedeutend.« Sie schnipst mit den Fingern, ohne einen Ton zu machen. »Wir sind nicht mal eine Tragödie. Wir sind noch weniger als nichts.«

Mir tut das Herz weh bei diesen Worten. Sie hat recht. Ich sollte sie in Ruhe lassen, aber ich kann nicht. Und die Tatsache, dass sie so verletzt ist, sagt mir, dass sie mich braucht. Nur ein Feigling würde jetzt aufgeben. Ich habe sie so sehr verletzt, aber wenn sie mir nur eine Chance geben würde, könnte ich das wiedergutmachen.

Ich hole tief Luft. »Mir bleiben zwei Möglichkeiten. Ich kann dich in Ruhe lassen. Oder um dich kämpfen. Rat mal, was ich vorhabe?«

Ella schweigt eisern und starrt mich an, deshalb spreche ich weiter. »Ich habe Scheiße gebaut. Ich hätte von Anfang an ehrlich zu dir sein sollen. Brooke hat mir in der Nacht gesagt, dass sie schwanger ist. Ich habe die Nerven verloren. Mein Hirn hat ausgesetzt. Ich habe krampfhaft nach einem Ausweg aus der Situation gesucht, ohne dass ich dir gestehen muss, dass ich sie je berührt habe. Ich habe mich geschämt. Hörst du? Geschämt. Ist es das, was du hören willst?«

Sie schürzt die Lippen. »Weißt du, was ich bin? Ich bin das dumme Mädchen im Horrorfilm. Und weißt du, warum? Weil du mich dazu gemacht hast.« Sie deutet anklagend mit dem Finger auf mich. »Ich bin die, die in das Haus zurückkehrt, in dem der Typ mit dem Messer ist. Du hast mich gewarnt. Wieder und wieder. Du hast gesagt, ich soll mich fernhalten. Aber ich wollte nicht auf dich hören. Ich dachte, ich weiß es besser.«

»Ich lag falsch. Wir sollten uns nicht voneinander fernhalten. Wir können uns nicht fernhalten. Das weißt du genauso gut wie ich.«

Ich gehe auf sie zu und bleibe erst stehen, als meine Zehen fast ihre berühren. Dann, mit einer schnellen Bewegung, reiße ich sie an mich. Ach, Mist. Sie fühlt sich so gut an, ihr Körper an meinen gepresst. Ich möchte ihr mit der Hand durchs Haar fahren und sie küssen wie verrückt, aber sie schaut mich mit vor Wut glühendem Blick an.

»Fass mich nicht an«, faucht sie. »Lieber würde ich sterben –«

Ich lege ihr die Hand über den Mund. »Sag nichts, was du noch bereuen wirst. Wovon wir uns nicht erholen können«, warne ich.

Ihre Hand saust hoch und landet an meiner Wange. Die Wucht reißt meinen Kopf nach rechts, trotzdem lasse ich nicht los. Ihre Augen glänzen, und die Schultern beben. Ich wette, ich sehe in diesem Moment genauso bescheuert und verrückt und außer Kontrolle aus wie sie.

»Was willst du denn von mir? Sag es mir, und ich mach's. Soll ich auf die Knie gehen? Dir die Füße küssen?«

»Nein, bewahre dir deinen Stolz«, höhnt sie. »Irgendwas muss dich nachts ja warm halten. Ach, warte, dafür hast du ja Brooke.« Sie stößt mich mit beiden Händen von sich und huscht davon. Sie reißt die Tür auf, bevor ich sie zurückhalten kann.

Im Flur bleiben Dad und Brooke wie angewurzelt stehen. Dad schaut der fliehenden Ella hinterher, dann mit schmalen Augen zu mir. Brooke lächelt wie blöd.

Wütend stampfe ich an ihnen vorbei, um Gid zu suchen. Vielleicht hat der ja Antworten für mich. Gerade ist er der einzige meiner Brüder, der noch mit mir spricht.

Ich finde ihn auf dem Steindamm, der unseren Rasen von dem schmalen Sandstreifen trennt, den wir Strand nennen. Der Atlantik liegt kalt und dunkel vor uns, erhellt nur von einem zum Teil wolkenverhangenen Mond.

Er dreht sich zu mir um, während er fragt: »Ist das Kind von dir?«

»Wie kommt ihr da alle drauf?«

»Meine Güte, wie kommt da wohl jemand drauf, der weiß, dass du mit Brooke gepennt hast?«

»Es ist aber nicht von mir.« Ich fahre mir mit der Hand durchs Haar. »Ich habe sie seit über sechs Monaten nicht angerührt. Nicht seit St. Patrick's Day. Wir haben uns betrunken, weißt du noch? Ich bin oben in meinem Bett eingepennt. Sie ist auf mich draufgeklettert. Ich erinnere mich eigentlich an nichts, außer dass ich am nächsten Morgen nackt mit ihr aufgewacht bin. Dad stand vor der Tür, rief uns zum Essen. Ich wollte es ihm gleich da sagen. An dem Abend. Aber ich habe gekniffen.«

Gideon antwortet nicht. Starrt einfach weiter aufs Wasser.

»Ich habe immer gedacht, dass Dinah und Brooke diejenigen sind, die diese Familie zerstören wollen, aber allmählich glaube ich, wir sind es selbst. Wir zerstören alles. Ich weiß nicht, wie wir das wieder hinbekommen sollen, Gid. Weißt du das?« *Kannst du mir helfen?* Er antwortet nicht, also versuche ich es weiter, versuche verzweifelt, zu ihm durchzudringen. »Kannst du dich daran erinnern, dass Mom uns *Der Schweizerische Robinson* vorgelesen hat und wir danach hier am Strand auf und ab gegangen sind, um die perfekte Höhle zu finden, in der wir dann wohnen könnten? Wir alle fünf. Wir wollten den Wal töten, Beeren essen und aus Spanischem Moos und Seegras unsere eigenen Klamotten herstellen.«

»Wir sind keine Kinder mehr.«

»Das weiß ich selbst, aber das heißt doch nicht, dass wir keine Familie mehr sind.«

»Du wolltest weg von hier«, erinnert er mich. »Du hast von nichts anderem geredet. Nichts wie weg von hier. Jetzt, wegen Ella, glaubst du, es lohnt sich doch, zu bleiben? Wie genau sieht denn deine Loyalität gegenüber dieser Familie aus?«

Er springt in den Sand und lässt sich von der Nacht verschlucken, lässt mich allein mit all meinen armseligen Gedanken.

»Niemand hat mich gezwungen, mit Brooke zu schlafen. Das habe ich ganz allein zu verantworten. Es hat mich auf ziemlich widerliche Weise befriedigt, es meinem Dad zu zeigen, indem ich es seiner Freundin zeige.«

Ich wollte, dass er büßt. Das hatte er verdient, nach allem, was er unserer Familie angetan hat. Er hat Mom mit all seinen Affären und Lügen an den Rand der Verzweiflung getrieben. Ich glaube, die Lügen waren das Schlimmste. Hätte er nicht immer wieder geschworen, dass er mit dem, was

Steve in all den Bordellen auf der ganzen Welt und mit sämtlichen hochklassigen Eskorten, Models und Schauspielerinnen trieb, die man für das Geld eines Millionärs bekam, nichts zu tun hatte, dann hätte Mom ihn vielleicht verlassen.

Und hätte sie ihn verlassen, dann würde sie sehr wahrscheinlich noch leben. Aber sie lebt nicht mehr. Sie ist tot, und Dads Vernachlässigung und ständiges Betrügen hat sie genauso umgebracht wie letztendlich die Tabletten in jener Nacht.

Ich presse die Lippen aufeinander. Meine Rache ist selbstverständlich bedeutungslos, weil ich nicht die Eier hatte, ihm von Brooke und mir zu erzählen. Und jedes Mal, wenn ich mir vorstelle, dass er es herausfindet, möchte ich einfach nur kotzen.

Ich habe die letzten Jahre all meine Energie darauf verwendet, alles um mich herum zu zerstören. Wer hätte ahnen können, dass der Erfolg so bitter schmeckt?

15. Kapitel

ELLA

»Was ist los?«, bohrt Val freitags beim Mittagessen. »Und sag bloß nicht *Nichts!*, du siehst nämlich hochgradig deprimiert aus. Selbst Easton wirkt, als hätte man seinen Welpen getreten.«

»Ist das ein Euphemismus?«, scherze ich.

Valerie starrt mich an. »Nein.«

Ich stochere in meinem Essen rum. Viel habe ich diese Woche noch nicht runterbekommen, und ich glaube, man sieht es mir an. Jedes Mal, wenn ich etwas in den Mund nehme, hab ich wieder Brooke vor Augen, die uns von ihrer Schwangerschaft erzählt. Allerdings steht in meiner Erinnerung nicht Callum bei ihr. Sondern Reed. Und dann rennen mir die Gedanken davon und zeigen mir Bilder von Reed, wie er das Baby hält, wie er den Kinderwagen durch den Park schiebt mit Brooke neben sich, die aussieht wie ein Sportmodel, wie sie beide über die ersten Schritte ihres Kindes säuseln.

Kein Wunder, dass ich nichts mehr essen kann.

Als ich heute Morgen meine Jeans anzog, fühlte sie sich locker an. Die Klamotten tragen mich, nicht andersrum.

Ich bin noch nicht bereit, Val zu erzählen, dass die gesamte Familie Royal innerlich verfault, aber wenn ich ihr nicht bald etwas liefere, dann ersticht sie mich womöglich mit ihrer Gabel. »Ich hab immer gedacht, Einzelkind zu sein ist die Hölle. Aber diese Familiendramen sind hundertmal schlimmer.«

»Reed?«, fragt sie.

»Nicht nur Reed. Alle.« Ich hasse die Anspannung, die im Haus herrscht. Die Art, wie sich die Brüder am Frühstückstisch ansehen. Und ich kann dem nicht mal entkommen, weil ich meinen Job verloren habe. Ich sollte mich wohl nach einem neuen umsehen. Diesmal nicht, weil ich das Geld brauche, sondern weil sich jedes Mal, wenn ich das Haus betrete, eine Last von gefühlt fünfzig Kilo auf meine Schultern legt. Und das wird sicher nicht besser werden, wenn das Kind erst auf der Welt ist. Ich weiß echt nicht, wie ich damit umgehen soll.

»Das Leben ist scheiße. Vielleicht hebt es ja deine Stimmung, wenn ich dir sage, dass ich Tams Nummer blockiert habe.«

»Wirklich?« *War aber auch Zeit.* Tams blödsinniger Vorschlag, eine offene Beziehung zu führen, war doch nur der Versuch, sich Val warmzuhalten, während er sich am College austobt. Da hat sie wahrlich was Besseres verdient. »Das hebt tatsächlich meine Stimmung.«

»Ja, und es hat sich gut angefühlt. Seine ganzen SMS zu lesen, war die reinste Qual, ich bin allmählich weich geworden.«

»Du weißt, dass du jemand Besseres verdienst.«

»Ja, weiß ich.« Sie trinkt einen Schluck ihrer Coke light. »Letzte Nacht hab ich ihn also blockiert und zum ersten Mal seit Ewigkeiten wieder richtig gut geschlafen. Als ich heute Morgen wach geworden bin, hat es zwar noch wehgetan, aber definitiv weniger.«

»Alles wird gut.« Meine Worte klingen lasch. Das war mal mein eigenes Mantra.

Ich bin mir nicht mehr sicher, ob ich daran selbst noch glaube.

Sie spielt mit der Getränkedose. »Ich hoffe es. Kann man eigentlich auch irgendwie die Realität blockieren? So ein Gerät wünsche ich mir.«

»Mit einer Sonnenbrille. Einer riesigen Sonnenbrille«, rate ich ihr. »Oder warte, noch besser wäre ein Schutzschild.« So einen könnte ich auch gut gegen Reed brauchen.

Sie lächelt verhalten, während sie offenbar über meinen Vorschlag nachdenkt. »Aber wird das nicht eher kompliziert, sich damit zu bewegen?«

»Quatsch, die Idee ist brillant. Wir lassen uns das patentieren und machen Millionen.«

»Abgemacht.« Sie hält mir ihre Hand hin, und ich schlage ein.

»Mein Gott, Val. Ich glaube, du bist das Beste, was mir passiert ist, seit ich hierhergezogen bin.«

»Ich weiß.« Sie setzt eine abwägende Miene auf, linst zum Tisch der Footballer rüber und dann wieder zu mir. »Komm, wir schauen uns heute Abend das Spiel an.«

»Nee danke. Ich nehme alles zurück, was ich Gutes über dich gesagt habe.«

»Warum denn nicht?«

»Erstens mag ich kein Football. Zweitens will ich niemanden anfeuern, den ich nicht mag. Drittens kann jeder von *Astor Park*, du ausgenommen, in einem Großfeuer umkommen.«

»Du kannst mich um halb sieben abholen.«

»Nix da, ich will da nicht hin.«

»Jetzt komm schon. Wir beide können die Ablenkung brauchen. Du von Reed und ich von Tam. Es geht wirklich jeder zum Spiel der *Riders*. Wir können den Männerbestand mal genauer unter die Lupe nehmen und uns jemanden aussuchen, der unseren Herzschmerz lindert.«

»Warum essen wir nicht einfach ein Fass Eiscreme?«

»Wir machen beides. Essen Eis und lassen uns dann vernaschen.«

Sie wackelt mit den Augenbrauen, und ich lache widerwillig, während in mir alles protestiert. Ich will von niemand anderem als Reed berührt werden. Der betrügerische Idiot. Verdammt. Vielleicht wird mir ein bisschen Ablenkung doch guttun.

»Also gut, gehen wir hin.«

»Steig sofort aus«, befiehlt Val, bevor sie zu mir in den Wagen klettert. »Ich muss mir dein Outfit mal genauer ansehen.«

»Du siehst es, wenn wir am Platz sind.«

»Willst du, dass Reed in seiner Football-Hose kommt, oder nur, dass die Mädels durchdrehen?«

Ich ignoriere die Reed-Anspielung. Ich hatte definitiv nicht im Hinterkopf, dass er vor Eifersucht brennen soll. Neee. Gar nicht.

»Du hast gesagt, ich soll mir heute einen Mann aussuchen. Das ist mein Jagdoutfit.« Ich wedele mit der Hand vor meinen Klamotten.

Ich trage gestreifte Socken über einer schwarzen Leggings, das Oberteil ist ein altes Trikot, das ich im Secondhandladen aufgestöbert habe, wo ich nach der Schule noch schnell war. Den vielen Stoff konnte ich unmöglich in die Leggings stopfen, sonst hätte ich ausgesehen, als hätte ich mir Unmengen von Socken in die Hose gesteckt. Deshalb hab ich gleich noch einen breiten, schwarzen Gürtel gekauft und das Trikot um die Hüften aufgebauscht.

Zwei lockere Zöpfe und verschmiertes Eyeblack – in meinem Fall schwarzer Lidstrich über einer dicken Grundierung, damit es sich nicht abreibt – unter den Augen komplettieren meinen Pin-up-Football-Look.

»Ich hatte von *einem* Mann gesprochen, nicht von einer ganzen Meute«, sagt Val trocken. »Aber vielleicht kommt mir das ja zugute. Dann nimmst du dir einfach einen und lässt mir den Rest.«

»Sehr witzig.«

»Du, im Ernst. Am besten fragen wir die Zwillinge, ob sie uns hineineskortieren. Ich mache mir nämlich echt Sorgen, was die Mädels mit dir anstellen werden, wenn sie dich sehen.«

Vals Sorge ist nicht unangebracht. Die Freundinnen der Spieler bedenken mich mit finstersten Blicken, als wir an dem Bereich vorbeikommen, der für die Partnerinnen und Eltern der Spieler vorbehalten ist, die nur darauf warten, dass ihre Schätze aus der Umkleide aufs Spielfeld rennen.

Ein paar Beleidigungen – »Schlampe«, »Abschaum« und »Was sollte man auch sonst erwarten?« – tönen vereinzelt von ein paar Mädels aus der Menge.

»Diese armen Kreaturen sind so eifersüchtig, dass sie sich heute ausnahmsweise mal nicht den Finger in den Hals stecken müssen«, sagt Val abfällig. »Die regen sich so auf, dass die ganzen zusätzlichen Kalorien einfach verpuffen.«

Ich zucke mit den Schultern. »Ich habe schon Schlimmeres gehört, das macht mir nichts aus.«

»Sollte es auch nicht. Nächste Woche wird es hier nur so von solchen Outfits wimmeln.«

»Dann muss ich wohl noch eins drauflegen.« Die Herausforderung nehme ich nur zu gern an.

Als wir in dem Bereich ankommen, der für die Schüler reserviert ist, weist Jordan uns ab.

»Ihr könnt hier nicht sitzen«, verkündet sie. Ich verdrehe die Augen. »Warum? Weil ich zu billig bin für eure ach so kostbare Tribüne?«

»Das ist auch ein Grund.« Sie grinst. »Aber vor allem, weil du die falschen Farben trägst.«

Ich betrachte die Menge und muss eingestehen, dass sie recht hat. Sie sitzen so, dass die Farbe ihrer T-Shirts ein goldenes A vor einem schwarzen Hintergrund bilden. Mein Trikot ist weiß und Vals bauchfreier Strickpulli grau. Jordan trägt einen schwarzen Catsuit, das Einzige, was noch zum perfekten Domina-Outfit fehlt, sind Peitsche und Stuhl.

»Da haben wir wohl die Info verpasst.« Denn es muss eine gegeben haben, sonst würde Jordans Plan nicht so perfekt aufgehen. Obwohl widerwillig, bin ich doch beeindruckt. Es kann nicht leicht gewesen sein, ein paar Hundert Schüler so abzustimmen, dass sie farblich genau richtig sitzen.

»Vielleicht solltet ihr ab und zu mal die *Astor* Snapchat Stories checken.« Sie wirft den Kopf herum, dass ihre glänzenden Haare rascheln.

Ich wusste nicht mal, dass es einen *Astor* Snapchat Account gibt.

»Komm«, sagt Val und greift nach meinem Arm. »Wir setzen uns zu den Eltern.«

Wir finden ganz oben noch freie Plätze, wo wir Popcorn essen und so tun können, als würden wir die *Riders* anfeuern. »Was, zur Hölle, hat Jordan denn da an?« Ich kichere. »Ist sie nebenher S-M-Mistress?«

»Nee.« Val steckt sich Popcorn in den Mund. »Die Tanzgruppe tritt in der Halbzeitpause vor der Band auf, ich schätze mal, das ist ihr Kostüm.«

Und sie hat recht. In der Spielpause zeigen Jordan und ihr Trupp eine Nummer mit so viel Po- und Tittengewackel, dass ich ihnen am liebsten ein paar Visitenkarten von *Daddy G* in die Taschen stecken würde – für den Fall, dass ihre Geldquellen je versiegen sollten.

»Die würden mindestens die Fünfdollarscheine abkriegen«, flüstere ich hinter vorgehaltener Hand.

»Nur fünf Dollar? Ich bräuchte mindestens zwanzig pro Kerl, bevor ich überhaupt mit Strippen anfangen würde.«

»Wovon laberst du? Du würdest sogar umsonst strippen«, ziehe ich sie auf. Val hat mir von ihrer exhibitionistischen Veranlagung erzählt. Bei den Ü18-Partys im *Moonglow* muss ich immer mit ihr in einem der Käfige an der Decke tanzen.

»Stimmt. Aber ich hätte auch nichts gegen ein bisschen Bezahlung.« Sie schaut mich nachdenklich an. »Sag noch mal, wie viel du in diesen Clubs verdient hast.«

»Das habe ich dir noch gar nicht erzählt. Und Strippen ist noch mal was ganz anderes, als in einem Käfig vor lauter gut aussehenden Highschool- und Collegetypen zu tanzen«, warne ich. In den meisten Stripclubs kann man die Verzweiflung und Reue förmlich riechen und nicht nur in der Umkleide der Stripperinnen. Die Typen, die über ihrem Acht-Dollar-Steak mit ihren Dollarscheinen wedeln, sind mindestens genauso verzweifelt wie die Mädels auf der Bühne.

Val kräuselt die Nase. »Na, ich weiß nicht. Ein bisschen Kohle extra wäre schon nett. Und du musst ja 'ne Menge verdient haben, wenn du damit für dich und deine Mom zahlen konntest.«

»Das Geld ist aber auch das einzig Gute daran. Davon mal abgesehen, würde ich dir nicht raten, hier in der Nähe zu strippen. Stell dir mal vor, dich erkennt jemand, und dann sitzt du nachher mit ihm im Unterricht. Das wäre peinlich hoch zehn.«

Sie seufzt. »War ja nur 'ne Idee.«

Dabei kann ich sie echt verstehen. Ich weiß, wie viel es ihr ausmacht, die arme Verwandte zu sein. Wie schön wäre es, wenn ich einfach was von meiner Kohle abgeben könnte – ich brauch das sowieso nicht alles –, aber sie gehört nicht gerade zu den Leuten, die solche Geschenke akzeptieren. Das wäre nur ein weiteres Almosen, wovon sie bereits zu viele von ihrer Tante und ihrem Onkel annehmen muss.

»Ich könnte dich als Leibwächterin engagieren. Die gucken mich hier gerade an, als wollten sie mich meucheln. Ganz besonders die da drüben.« Ich deute mit dem Kopf in die zweite Reihe der Schülersitzplätze, wo ein mir bekanntes, goldhaariges Mädchen sich permanent umdreht, um in meine Richtung mit der Stirn zu runzeln.

»Ha. Abby könnte nicht mal 'nem Floh was zuleide tun. Dazu ist sie viel zu passiv. Meinst du, sie hat diesen Gesichtsausdruck auch beim Orgasmus? Sieht aus wie I-Aah.«

Ich muss mir die Hand auf den Mund drücken, damit mein Lachen nicht hinausschallt.

Dabei hat sie so recht. Reeds Ex ist blass, leise und sanftmütig, so ziemlich das genaue Gegenteil von mir. Irgendwer hat gesagt, dass Abby Ähnlichkeit mit Reeds Mom hat. Das hat mich supernervös gemacht, weil Reed seine Mutter vergöttert hat. Aber ich will Reed schließlich nicht mehr beeindrucken.

Abby offenbar schon. Und sie scheint mich als Konkurrenz zu sehen, sie hört nämlich nicht auf, mich anzustarren. Wenn sie mich fragen würde, könnte ich ihr einen ziemlich guten Tipp geben, um Reed zurückzugewinnen. Zuallererst, indem sie nicht mit seinem Bruder schläft.

»Hatte sie wirklich was mit Easton, während ich weg war?«, frage ich Val.

»Ja. Ziemlich dumm, oder? Damit hat sie Reed Mit Sicherheit auf ewig verscheucht.« Val schürzt die Lippen. »Obwohl, warte. Du hast auch mit Easton rumgemacht, und das hat Reed nicht abgeschreckt.« Dann schlägt sie wieder eine andere Tonart an. »Aber du bist was Besonderes. Abby nicht. Reed wird danach unmöglich wieder mit ihr zusammenkommen.«

»Selbst Abby ist zu gut für ihn«, grolle ich. »Er verdient es, bis in alle Ewigkeit allein zu bleiben.«

Val kichert.

»Ich habe übrigens gehofft, dass ihm heute jemand im Spiel die Beine bricht, aber bedauerlicherweise sieht es ganz so aus, als wäre er immer noch putzmunter da unten unterwegs.«

»Dann brechen wir sie ihm halt.«

»Mit einem Baseballschläger? Mitten in der Nacht?«, frage ich sehnsüchtig.

»Klingt, als hättest du schon einen Plan.«

»Möglich, dass ich das bereits ein paarmal gedanklich durchgespielt habe«, gebe ich zu.

»Können wir, wenn wir mit Reed fertig sind, noch einen Abstecher an ein gewisses College machen?«

»Klaro. Und dann bieten wir unsere Dienste auch anderen Frauen an. Via Inserat. Und nennen den Schläger *Vergeltung*.«

»Deine Blutrünstigkeit macht mich total an.«

»Spar's dir für einen aus der Meute auf«, rate ich ihr. »Hast du dir schon jemanden ausgeguckt?«

»Nein, ich überlege noch, wer infrage käme.« Was so viel heißt, wie: Sie hat gerade trotz allem nur Augen für Tam. Ich habe das gleiche Problem, nur ist es bei mir Reed.

Wir sacken in die Sitze und konzentrieren uns wieder aufs Spiel.

Die *Riders* gewinnen, wie erwartet, und die Gespräche drehen sich sofort nach dem Spiel um den Winterball, den *Astor Park* zwischen Thanksgiving und Weihnachten veranstaltet. Für Jordan scheinen diese Gespräche eine Art Vorspiel zu sein. Sie glüht richtiggehend, als Val und ich die Stufen des Stadions herunterkommen. Wir werden von den vielen Eltern ausgebremst, die bei Jordan stehen bleiben, um ihr zu sagen, wie sehr ihnen der Auftritt gefallen hat und wie talentiert sie doch ist.

Mit jedem Kompliment schwillt Jordan ein bisschen mehr die Brust. Die Väter starren sie wollüstig an, und Jordan scheint dabei einer abzugehen.

»Tolle Nummer«, sage ich, als wir auf Jordans Höhe sind. Sie sieht in ihrem körperbetonten Outfit ziemlich umwerfend aus, auf ihren Wangen liegt noch ein bisschen feuchte Röte von der Anstrengung auf dem Platz.

Sie schaut mich kurz verächtlich an, dann abweisend. Schon wendet sie sich an ihre Cousine. »Du bist zu gut für diesen Abschaum, Val. Warum kommst du nachher nicht mit mir zu Sheas Party?«

»Da passe ich lieber. Ich würde nicht mal zu dir in den Wagen stiegen, wenn wir auf der Fury Road und die Warboys hinter mir her wären.«

Hinter uns lachen ein paar Kids schallend. Was Jordan nur noch wütender macht.

»Ich kann nicht fassen, dass wir verwandt sein sollen.«

»Ich auch nicht. Darüber denke ich auch manchmal nach. Wie kann eine, die so nett ist wie ich, die Cousine einer solchen Zicke wie dir sein?«

Jordan stürzt sich auf Val, aber bescheuerterweise stelle ich mich dazwischen. Jordans Faust trifft mich am Hinterkopf, als Val einen Schritt nach vorn macht. So pralle ich von beiden ab und lande am Geländer.

»Geilo!«, ruft irgendein Typ. »Mädchenkampf!«

Die Tribüne leert sich, und plötzlich herrscht reines Chaos. Popcorn fliegt durch die Gegend. Arme, Hände und Nägel sind in meinem Gesicht. Ein starker Arm hebt mich über das Geländer, wo mich jemand auffängt und wegbringt. Ich schaue auf, und es ist Reed.

Easton nähert sich von der anderen Seite, legt mir den Arm um die Schulter und holt mich so von Reed weg. Sie tauschen finstere Blicke.

»Gehen wir zu Montgomerys Party?«, fragt Easton.

»Ich hab's dir schon mal gesagt, ich verkleide mich nicht gern.«

Er lacht und zeigt auf meinen Aufzug. »Dabei sieht es aus, als wärst du schon verkleidet, kleine Schwester.«

Oh, Mann. Da hat er nicht mal unrecht.

»Los«, drängt er. »Das wird lustig.«

Ich gebe nach. »Okay. Mir egal. Wo ist Val?« Ich schaue mich um und sehe, dass die Aufsicht den Streit geschlichtet hat.

Jemand reißt mich herum. Reed. Wieder. »Was, zur Hölle, hast du da an? Von wem ist das Trikot?«, verlangt er.

»Das ist bloß ein Secondhand–«

»Zieh es aus.«

»Bitte? Niemals.«

Ich sehe mich Hilfe suchend nach Easton um, aber auch der hat die Stirn in Falten gelegt. »Also, wenn ich so darüber nachdenke, kannst du nicht einfach irgendein Trikot zu unseren Spielen anziehen. Das bringt Unglück.«

»Ihr habt gewonnen«, erinnere ich ihn.

»Zieh es sofort aus«, verlangt Reed. Er klingt gedämpft, weil er sich gerade sein Trikot über den Kopf zerren will.

»Vergiss es, deins ziehe ich erst recht nicht an.«

»Oh doch, das machst du.« Seine Schulterpolster stehen ihm um die Ohren ab. »Verdammt noch mal, East, hilf mir.«

Easton ignoriert ihn. »Soll ich dich mitnehmen?«

»Sie fährt mit mir«, sagt Reed bestimmt. Er hat sich das Trikot wieder angezogen und schaut mich herausfordernd an.

Also gehe ich darauf ein. »Tut mir leid, Kumpel, aber da mach ich nicht mit.«

»Nenn mich nicht *Kumpel*.«

»Gib mir keine Befehle.«

Aber er gibt mir einen weiteren. »Val kann mit deinem Wagen zu der Party fahren, du kommst mit mir.«

»Oh, mein Gott!«, platzt es aus mir heraus. »Was muss ich denn anstellen, damit du es endlich begreifst, Reed? Mit uns ist es *aus*.« Meine Wut und mein Frust schnellen in bislang ungeahnte Höhen. »Ich habe mein Auge schon auf jemand anderen geworfen.«

Seine Nasenflügel beben. »Ganz sicher.«

Ich sehe zu den Football-Spielern, die in der Nähe aufgereiht stehen und uns beobachten, und da kommt mir eine ganz böse Idee. Ich suche nach Wade, dem Quarterback. Wade ist eine Hure. Ohne Scheiß, er musste sich einmal Reeds Range Rover vor einem Club borgen, um dort ein Mädchen zu vögeln, weil er nicht bis zu Hause warten konnte.

Ich grinse Reed an, lasse die Royals hinter mir, marschiere schnurstracks zu Wade und werfe mich ihm an den Hals.

Seine muskulösen Arme schließen sich reflexartig um mich. Und als ich ihn küsse, öffnen sich seine Lippen automatisch. Er schmeckt nach Schweiß, riecht nach Gras und ist ein ziemlich fantastischer Küsser. Die Zunge setzt er nicht ein, aber er nutzt allein schon seine Lippen wie ein Meister.

Kein Wunder, dass die Mädchen mit ihm den Club verlassen, um Sex in einem geliehenen Wagen zu haben. Ich vergrabe die Hände in seinen Haaren und umklammere seine Hüfte mit den Beinen. Daraufhin stöhnt er, seine Finger bohren sich in meinen Hintern.

Jubel bricht aus, der jedoch jäh endet. Denn schon reißt Reed mich aus Wades Armen.

»Was zur Hölle, Carlisle?«, schimpft er.

Wade zuckt reumütig mit den Schultern. »Sie hat mich angesprungen. Ich konnte sie ja schlecht fallen lassen.«

»Du rührst sie nicht an. Niemand rührt sie an.« Reed pfeffert irgendeinem armen Mitspieler seinen Helm in den Bauch und hebt die Fäuste gegen Wade.

Der große, blonde Quarterback lacht und reißt beschwichtigend die Hände hoch. »Ich habe sie nicht dazu ermuntert, Mann.«

Reed starrt wütend in die Runde. Dann zeigt er mit dem Finger auf jeden Einzelnen von ihnen. »Ella ist eine Royal. Sie gehört mir. Wenn einer von euch Ärschen sie will, muss er erst mich aus dem Weg räumen.«

Mir fällt die Kinnlade runter. »Fick dich, Reed. Ich gehöre niemandem. Und erst recht nicht dir!« Ich trete ihm in die Kniekehle und wende mich dann an die versammelte Mannschaft. »Ich bin verfügbar. Wer hat denn Lust auf eine Nummer mit der billigen Stripperin? Ich kenne Tricks, von denen nicht mal Pornostars gehört haben.«

Ein paar Augen lodern auf, schauen dann aber gleich zu Reed. Keine Ahnung, wie sein Gesichtsausdruck aussieht, aber er bewirkt jedenfalls, dass sie alle sofort auf den Boden gucken. Nicht ein Einziger tritt vor.

»Feiglinge«, murmle ich.

Dann wirble ich herum und halte auf Val zu, die grinsend am Spielfeldrand wartet. Scheiß auf die Kids von *Astor
Park*. Zur Hölle mit ihnen.

16. Kapitel

Savannah und Shea Montgomery wohnen in einer Villa ohne Meerzugang auf dem Gelände des Country Clubs. Am Haupteingang angekommen, lehnt sich Val über mich, um dem Wachmann einen weißen Umschlag zu geben. Er leuchtet mit einer speziellen Lampe darauf, und die dann erscheinende geheime Botschaft autorisiert uns zur Durchfahrt.

»Äh, Val? Was, in Gottes Namen, ist das denn?«

Sie wirft mir die Einladung auf den Schoß, das schwere, cremefarbene Papier ist blank. »UV-Tinte. Damit man's nicht fälschen kann.«

»Im Ernst?« Ich fahre mit dem Finger über das Blatt, kann aber nicht mal was fühlen. »Was ist denn so besonders an dieser Highschool-Party, dass man Wachmänner und geheime Einladungen braucht?«

Ich schleudere den Umschlag auf das Armaturenbrett und fahre durch das nun offene Tor.

»So bleibt die Zahl der Gäste begrenzt«, antwortet sie.

»Sie sollten sich besser darauf konzentrieren, keine Arschlöcher reinzulassen«, brumme ich. Ich bin Daniel Delacorte noch nicht wieder begegnet, aber ich weiß, dass er noch immer an der *Astor Park* ist und durch die Flure stolziert, als wäre nichts passiert.

»Wenn das Arschloch Geld hat, ist es dabei.«

Da hat sie natürlich recht, aber glücklicher macht mich das nicht. Der dröhnende Bass grüßt uns schon, bevor wir in die Sackgasse einbiegen, an der das Haus der Montgomerys liegt. Wir müssen am Ende einer bereits langen Schlange von Autos parken, die den Hügel hinaufführt.

Val lotst mich durch das Wohnzimmer auf die Veranda. Das Haus der Montgomerys ist ultramodern, voller komischer Winkel, Plateaus, Fenster und Stahl. Der Pool im Garten ist von unten beleuchtet, und es gibt Fontänen, die im hohen Bogen von der Veranda auf das Wasser treffen. Aber es schwimmt niemand, weil es dafür zu kalt ist.

»Ich hole mir was zu trinken. Willst du auch was?«, fragt Val und deutet zu einer Kühlbox.

»Ein Bier wäre super.«

Ich entdecke Reed am anderen Ende der Veranda. Eine Fee mit riesigen Flügeln und einer Blumenkrone spricht mit ihm. Bäh, das ist Abby. Ihre Köpfe sind so nah, dass sein braunes Haar ihre Blätter streift. Das klingt jetzt etwas pornografisch. Zu meinem Entsetzen lässt die Szene eine meiner ersten Erinnerungen an Reed vor meinem geistigen Auge aufleben.

Abby ist seine jüngste Exfreundin. Vielleicht war sie seine einzige Freundin. Anders als Easton ist Reed wählerisch. Er hat mit Abby geschlafen und dann mit Brooke.

Mehr weiß ich nicht über seinen sexuellen Hintergrund. Vielleicht war's das schon. Vielleicht hat er seine Unschuld an Abby verloren. Vielleicht gibt es zwischen ihnen eine Verbindung, die nie abbrechen, die sie immer wieder anziehen wird.

Daniel, der Vergewaltiger, hat mal gesagt, dass die beiden zusammengehören.

Stimmt das?

Kümmert mich das?

Natürlich tut es das. Und ich hasse mich dafür.

Ich wende mich ab, bevor ich etwas so Ungeheuerliches mache, wie hinüberzumarschieren, Abby die Haare auszureißen und Reed zu befehlen, dass er aufhören soll, mit ihr zu reden, weil er mir gehört.

Dabei bin ich mir nicht mal sicher, ob das je zutraf, selbst in den privatesten Momenten, wenn seine Finger in meinem Haar, seine Zunge in meinem Mund und seine Hand in meinem Schritt war.

Im Haus tummeln sich enge Korsetts, mit Kunstblut besprenkelte Klamotten und wohl auch ein paar falsche Brüste. Fast alle Gäste sind verkleidet, mit Ausnahme von ein paar vereinzelten. Zu den Nonkonformisten gehören die Royals. Die Jungs tragen T-Shirts und zerfetzte Jeans. Als ich sie zum ersten Mal sah, habe ich sie als Schlägertypen bezeichnet. Sie sind keine unschuldigen kleinen Privatschüler. Sie sehen mit ihren Muskeln, breiten Schultern und dem ungeordneten Haar aus wie Hafenarbeiter.

Die Leute drehen sich zu uns um, als wir reinkommen, weshalb ich mein Outfit sofort bereue. Ich bin die einzige nuttige Footballspielerin hier, zum zweiten Mal mache ich mich zum Affen. Das ist wirklich sonderbar, weil ich früher wirklich gut darin war, mich in Gruppen einzufügen. Aber seit ich in Bayview bin, mache ich unabsichtlich Dinge, die mich ins Scheinwerferlicht rücken.

Streite mich mit Jordan.

Knutsche mit Easton rum.

Fange was mit Reed an.

Trage dieses lächerliche Kostüm.

Ich greife nach Vals Arm. »Du, ich muss mich umziehen. Oder mir wenigstens das Gesicht waschen.« Die breiten schwarzen Streifen unter meinen Augen sehen im Vergleich zu all den perfekt gemalten Prinzessinnen- und Ballerinagesichtern total bescheuert aus. Man könnte meinen, Disney hätte sich hier erbrochen – seine Figuren in erwachsen, weit nach Feierabend.

»Du siehst umwerfend aus«, protestiert Val.

»Nein. Wenn ich die nächsten beiden Jahre überstehen will, dann muss ich ein wenig unauffälliger werden.«

Val schüttelt den Kopf, sie ist definitiv nicht meiner Meinung, deutet aber den Flur hinunter. »Ich warte hier auf dich.«

Es ist nicht schwer, das Bad zu finden, weil davor bereits eine Schlange steht. Ich lasse mich gegen die Wand sinken. Warum möchte ich denn so dringend von allen wahrgenommen werden? Etwa, weil ich eigentlich Reeds Aufmerksamkeit will?

Die Schlange wird kürzer, und irgendwann verschwinden endlich die beiden Mädels vor mir im Bad. Als sich die Tür öffnet, bekomme ich Teile einer Unterhaltung mit.

»Abby mit Easton? Das glaube ich dir nicht. Abby würde niemals ihre Chance verhauen, wieder mit Reed zusammenzukommen, indem sie mit seinem Bruder schläft.«

»Wieso nicht? Hat doch bei dieser Ella auch gewirkt. Sie hat im *Moonglow* mit Easton rumgemacht, und dann – zack – war sie mit Reed zusammen.«

»Wie, also bereitet Easton die Mädels für seinen Bruder vor?«

»Wer weiß. Vielleicht machen sie ja dasselbe wie die Zwillinge, was total eklig ist.« Es folgt eine lange Pause. »Oh, mein Gott, Cynthie! Dich macht die Vorstellung an?«

»Keine Ahnung. Aber wärst du nicht gern das Fleisch in einem Sandwich? Macht man das nicht? Dann bin ich wohl irgendwie versaut.«

Kurz herrscht Totenstille, dann folgt schallendes Gelächter. Eine von ihnen sagt: »Fuck-Marry-Kill die Royals.« Die Tür schlägt zu, aber ich kann sie noch immer hören. Ich nehme mir vor, den Wasserhahn anzustellen, wenn ich pinkeln muss. Die Wände scheinen ja aus Papier zu sein.

»Es gibt fünf Royals, Anna«, beklagt sich Cynthie.

»Dann such dir drei aus.«

»Also gut. Fuck Reed, marry Easton, kill Gideon.« Etwas in mir verkrampft sich bei der Vorstellung von einer anderen mit Reed. Schwer genug, ihn mit Abby zu sehen. Muss mir wirklich nicht vorstellen, wie die Mädels anstehen, um mit ihm zu schlafen.

»Easton ist ein Hund«, protestiert Anna.

»Er ist ein Schatz«, sagt Cynthie. »Und geläuterte schlimme Jungs sind die besten Ehemänner, behauptet jedenfalls meine Oma. Jetzt du.«

Na, vielleicht ist diese Cynthie nicht ganz blöd. Hinter Eastons ganzer Protzerei verbirgt sich wirklich ein herzensguter Kerl.

»Marry Gideon, weil er der Älteste ist und später die Royal-Firma übernehmen wird. Fuck Easton, weil der was gelernt haben muss bei all den Mädels, die er gevögelt hat. Kill die Zwillinge.«

»Beide?«

»Ja.«

Ich zucke zusammen. Brutal. Diese Anna ist brutal.

»Abby und Reed sahen ja ziemlich vertraut aus da draußen«, flüstert mir eine zuckersüße Stimme ins Ohr und unterbricht meine Lauschaktion.

Uff. Jordan Carrington. Sie ist nicht verkleidet, was wirklich schade ist. Sie würde die perfekte Hexe abgeben.

»Musst du nicht irgendwo in einem heißen Topf rühren?«, frage ich genauso zuckersüß zurück.

»Musst du nicht einen der Royals ficken?«

»Vielleicht einen oder zwei«, sage ich beschwingt. »Es muss dich ja wahnsinnig machen, dass die Royals mit jedem ins Bett steigen würden, abgesehen von dir.«

Für einen Moment läuft sie rot an, aber sie fängt sich schnell. »Gibst du ernsthaft mit deiner Nuttigkeit an?« Sie verdreht die Augen. »Du solltest ein Buch über deine Erfahrungen schreiben. Das wird eine echte Motivationsbibel für Frauen. *Fifty Shades of Fucking: Meine Highschool-Jahre.*«

»Nur fünfzig? Das ist ein bisschen wenig für so eine Schlampe wie mich.«

Jordan wirft sich die dunklen Haare über die Schulter. »Ich wollte nur nett sein. Und dachte, dass selbst du nicht so unsicher sein kannst, dass du die Bestätigung von dreihundert Männern brauchst, um dir deinen eigenen Wert zu beweisen.«

Ob sie mir glauben würde, dass ich noch Jungfrau bin? Vermutlich nicht.

Dabei stimmt es. Vor Reed habe ich noch nicht mal jemandem einen geblasen.

Wir haben eine Menge ausprobiert, nur den allerletzten Schritt sind wir noch nicht gegangen. Ich habe ihm gesagt, dass ich bereit bin, aber er wollte warten. Damals hielt ich ihn für rücksichtsvoll. Mittlerweile ... Tja, ich habe keinen blassen Schimmer, warum ihm so viel an meiner Jungfräulichkeit liegt.

Vielleicht haben die beiden im Bad ja recht. Vielleicht gefällt es Reed, wenn Easton die Mädels für ihn zureitet. Der Gedanke verursacht schmerzhafte Krämpfe in meinem Bauch.

»Deine kleinen Beleidigungen ziehen nicht bei mir, Jordan.« Ich löse mich von der Wand und stelle mich aufrecht hin. Ich bin größer als sie und nutze das zu meinem Vorteil.

»Ich wehre mich, schon vergessen? Und fair bin ich nicht. Also los, stürz dich auf mich. Schauen wir mal, was passiert.«

»Ich zittere förmlich«, erwidert sie mit einer Spur von Sorge. Die entgeht uns beiden nicht.

Ich gestatte mir ein bösartiges Grinsen. »Das solltest du auch.«

Die Tür zum Bad öffnet sich, und ich husche an den beiden Klatschbasen vorbei hinein. Meine Hände zittern und sind ganz verschwitzt. Ich wische sie an meinem Trikot ab und starre dann mein Spiegelbild an.

Astor Park ist nicht mein Umfeld. Wird es nie sein. Warum versuche ich so verzweifelt, mich so zu verändern, dass ich hier reinpasse? Selbst wenn ich mich genauso anziehen würde wie Jordan, unauffällig geschminkt wäre und schöne Sachen tragen würde – die Kids würden mich trotzdem nicht akzeptieren.

Ich werde immer der billige Eindringling bleiben.

Ich benutze die Toilette, wasche mir danach die Hände und verlasse das Bad, ohne auch nur irgendetwas an mir zu verändern.

Wieder im Wohnzimmer, begutachte ich die Gäste. Heute sind die Football-Spieler die Götter. Keine Ahnung, ob das in anderen Monaten auch so ist oder ob sich im Dezember, wenn die Football-Saison vorbei ist, alles um das Basketball- oder Lacrosse- oder irgendein anderes Sportteam dreht. Aber heute fällt die Herrschaft an die breitschultrigen Football-Spieler. Ich betrachte mehrere von ihnen. Wenn sich unsere Blicke treffen, schauen sie schnell woandershin.

Als ich mich umsehe, entdecke ich wenig überraschend Reed hinter mir. Er lehnt an der Wand und funkelt jedes andere männliche Wesen an.

Ich gehe zu ihm. »Du hast gesagt, dass du alles für mich tun würdest.«

»Ja, hab ich«, erwidert er.

»Dann beweis es.«

»Ich soll dich in Ruhe lassen?«, rät er mit resignierter Miene.

»Genau. Sprich nicht mehr mit mir. Rühr mich nicht an. Sieh mich nicht mal an, sonst, und das schwöre ich bei Gott, angle ich mir den Nächstbesten und vögle ihn vor deinen Augen.«

Irgendetwas in meinem Gesicht oder meiner Stimme muss unterstreichen, wie ernst es mir ist, weil Reed schnell kurz nickt. »Okay. Für heute.«

»Meinetwegen«, murmle ich und lasse ihn stehen.

17. Kapitel

»Was geht?«, fragt Val, als ich die Veranda betrete. Sie reicht mir ein kaltes Bier.

»Mir sieht hier kein einziger Typ in die Augen.« Ich schaue mich um und entdecke Easton am anderen Ende der Veranda. Seine Hand ruht in der Taille von Shea Montgomery, und sie schauen sich intensiv an. »Ich schätze, Reed hat ein Machtwort gesprochen.«

»Wir sollten nach Harrisville fahren«, schlägt Val vor.

»Was ist das?«

»Ein öffentliches College, nur dreißig Minuten entfernt. Dort interessiert sich niemand für die Hierarchie an der *Astor Park*.« Sie schweigt kurz. »Aber ich bin, ehrlich gesagt, überrascht, dass überhaupt noch jemand auf Reed hört. Man munkelt, die Royals hocken auf dem absterbenden Ast.«

Ich trinke einen Schluck, bevor ich antworte. »Dir ist schon klar, wie lächerlich das klingt, oder?«

»Das ist es aber gar nicht. Die Hackordnung wird per Geburt festgelegt. Eigentlich schon weit davor. Der Gouverneur dieses Bundesstaats war auf der *Astor*. Die Richterinnen und Richter, die er ernennt, sind mit ihm dort zur

Schule gegangen. Bei den größeren, besseren Colleges kommt es darauf an, auf welcher Privatschule du warst. Welchen Job du kriegst, hängt davon ab, in welchen Clubs du Mitglied warst. Je exklusiver und geheimer, desto besser. Deshalb verbringe ich neun Monate pro Jahr bei den Carringtons. So kann ich meinen Kindern einmal einen privilegierten Start ins Leben ermöglichen, was meinen Eltern zum Beispiel nicht möglich war.«

»Das mag ja sein. Trotzdem kann man auch ohne all das glücklich sein.« Ich wedele mit der Flasche zur Party. »Ich war glücklich, bevor ich herkam.«

»Hm.« Val macht ein ungläubiges Geräusch. Auf mein Stirnrunzeln hin sagt sie: »Warst du wirklich glücklich, ganz auf dich allein gestellt? Mit einer kranken Mutter, um die du dich kümmern musstest? Mag ja sein, dass du klargekommen bist, aber du kannst mir nicht erzählen, dass du durch und durch glückselig warst.«

»Vielleicht nicht durch und durch glückselig, aber ich war definitiv glücklicher als jetzt.«

Sie zuckt kurz mit den Schultern. »Na gut, trotzdem ist mein Punkt immer noch derselbe. Astor ist nur eine kleine Version von dem, was uns als Erwachsene erwartet. Diese Idioten werden die Welt regieren, wenn wir nichts dagegen unternehmen.«

Verärgert seufze ich, vor allem, weil sie recht hat. Wie werde ich also überleben? Weglaufen geht nicht, also muss ich mich diesen Leuten stellen und mit ihnen fertigwerden. »Wenn die Royals auf dem absterbenden Ast hocken, wer übernimmt dann die Kontrolle?«

»Jordan natürlich. Sie geht mit Scott Gastonburg.« Val deutet zu einem großen Jungen, der am Kaminsims lehnt.

Ich betrachte ihn mit schmalen Augen. Ich erkenne ihn trotz Cowboykostüm wieder, obwohl sein Kiefer, als ich ihn das letzte Mal gesehen habe, noch nicht verdrahtet war. Das war im Club, wo er am Boden lag und ihm von Reed das Gesicht eingeschlagen wurde.

»Ich verstehe, warum die zusammen sind«, sage ich gehässig. »Sie übernimmt das Reden, und er nickt und lächelt nur. Der perfekte Freund.« Ich habe nicht mal ein schlechtes Gewissen, dass Reed ihm den Kiefer gebrochen hat. Scott hat entsetzliche Dinge über mich gesagt. Nicht so entsetzlich wie das, was Jordan so von sich gibt, aber trotzdem schlimm.

Val grinst und trinkt schweigend zustimmend von ihrem Wein. Dann deutet sie mit dem Kinn in die Richtung eines anderen Typen, der auf der Sofalehne sitzt. »Was hältst du von dem?«

»Keine Ahnung, wer das ist. Aber tolle Wangenknochen.« Der Typ hat pechschwarzes Haar, ist als Pirat verkleidet und trägt ein gefährlich aussehendes Schwert an der Seite. Das Metall des Hefts schimmert ein bisschen zu authentisch, um nur Deko zu sein.

»Oder? Das ist Hiro Kamenashi. Seine Eltern besitzen Teile des Konzerns Ikoto Autos. Sie haben vor zwei Jahren eine Fertigungshalle hier errichtet und wohl mehr Geld als manches kleine Land.«

»Ist er nett?«

Sie zuckt mit den Schultern. »Weiß ich nicht. Aber ich hab gehört, dass er einen anständigen Schwanz haben soll. Halt mal meinen Wein. Ich versuche mein Glück.«

Ich fange ihr Weinglas noch so gerade auf, bevor es zu Boden geht, und schaue ihr nach, wie sie sich durch die Menge schlängelt und dann Hiro gegen die Schulter tippt. Wenige Sekunden später nimmt sie ihn mit in das angrenzende Zimmer, wo sich lauter Pärchen aneinanderreiben.

Ich spüre einen Stich im Bauch. Wenn Reed und ich noch

zusammen wären, dann wären wir genau dort. Unsere Körper verschmolzen. Ich könnte seine Erregung spüren. Er mein Verlangen in meiner abgehackten Atmung und in meinem leisen, nicht zu unterdrückenden Stöhnen hören. Wir würden nach draußen gehen und uns in eine dunkle Ecke zurückziehen, wo seine Finger langsam den Weg unter mein Trikot finden würden, während meine Hände seine Muskeln nachzeichneten. Und im Dunkeln, fort von der Menge, würde sich sein Mund gegen meinen pressen, und schon wären all meine Gefühle von Verlust und Einsamkeit wie weggeblasen.

Ich habe Val angelogen. Es *gab* Momente von Glückseligkeit. Problem ist, dass der Sturz von der Klippe des Glücks verdammt wehtut.

Ich schüttle mich, um die gefährlichen Gedanken an Reed loszuwerden, und sehe mich um, ob es nicht auch einen Hiro für mich gibt. Diesmal entdecke ich Easton an einen der Pfeiler der Veranda gelehnt, doch jetzt presst sich nicht Shea an ihn, sondern Savannah, die ein himmlisch weißes Kleid trägt. Sie sieht umwerfend, aber traurig aus, ganz wie die verlassene Prinzessin, die sie darstellen will.

Easton, du bescheuerter Dummkopf.

Dabei bin ich ungefähr genauso bescheuert, ich bin schließlich auf der Suche nach irgendeinem Typen, an den ich mich klammern kann, um mich besser zu fühlen. Nun, wenigstens habe ich jemanden, dem ich wichtig bin und der mir wichtig ist. Ich werde es nicht zulassen, dass er heute Abend noch einen weiteren Fehler macht.

»Hey, Easton«, sage ich, als ich nah genug bin.

Sein Blick wandert sehr langsam zu mir und ist völlig unfokussiert. Scheiße. Ich habe keine Ahnung, was er eingeworfen hat, und der Knabe ist mal locker dreißig Zentimeter größer als ich und sicher fünfzig Kilo schwerer. Den bewege ich nicht mal eben vom Fleck.

Ich muss improvisieren. »Val hat sich jemanden aufgerissen, und ich brauche einen Tanzpartner.«

»Kein Interesse.« Seine Hand streicht an Savannahs Seite hinauf, bis sein Daumen unter ihrer Brust angelangt ist.

Ihr Mund formt eine sture Linie. Sie will, dass ich sie herausfordere.

Und das werde ich, schließlich werden die beiden das morgen bereuen. »Komm«, quengle ich. »Ich hab Hunger. Suchen wir uns was Essbares.«

Er lehnt sich vor und küsst Savannahs Schulter. Er hört mir nicht länger zu, sofern er überhaupt etwas mitbekommen hat.

Also versuche ich es bei Savannah. »Du wirst dich danach nicht besser fühlen. Sie haben denselben Nachnamen, aber sie sind nicht derselbe Mensch.«

Für einen Moment verliert sich ihre trotzige Miene, bis Easton gerade laut genug lallt: »Wie? Bist du die Einzige, die wir herumreichen dürfen?«

Ein paar Lacher und ein Keuchen zaubern ihm ein Lächeln aufs Gesicht. Das hat gesessen, ganz wie er das wollte. Vielleicht ist er doch gar nicht so zugedröhnt, wie ich dachte. Er weiß haargenau, was er da tut. Savannah offenbar auch.

»Wisst ihr was? Macht doch, was ihr wollt. Ist ja nicht mein Leben.«

Meine verletzte Miene scheint selbst durch den Drogennebel zu ihm durchzudringen, denn er wird vor lauter Bedauern ganz blass. »Ella ...«

Ich schiebe mich an ein paar glotzenden Schülern vorbei und renne geradewegs Jordan in die Arme, die Wodka trinkt und mich angrinst.

»Eifersüchtig, weil deine Royals weiterziehen? Dabei war doch jedem klar, dass das mit dir nur vorübergehend sein würde.« Mit dem Glas noch in der Hand tippt sie mir gegen die Schulter. Eisig kalte Flüssigkeit schwappt über den Rand, trifft unterhalb des Ausschnitts auf mein Trikot und läuft zwischen meine Brüste. »Das primitive Leben lässt sich vielleicht eine oder zwei Nächte lang ertragen, aber nach einer Weile stinkt es einfach zu stark.«

»Wenn es eine wissen muss, dann ja wohl du«, gebe ich knapp zurück.

»Ehrlich gesagt war das nur eine Vermutung, ich steh nämlich nicht darauf, mich schmutzig zu machen. Oder nass.«

Jordan lächelt, während sie ihr Glas nun komplett über meinem Trikot entleert.

Wut durchzuckt mich, meine Hand schießt vor und krallt sich in ihre Seidenbluse. Ich reiße Jordan an mich und reibe meine nasse Brust an ihr. »Jetzt sind wir wohl beide nass«, flöte ich.

»Die ist von Balmain! Hat eintausend Dollar gekostet!«, kreischt sie und schubst mich weg. »Du bist so ein Miststück.«

Ich lächle sie böse an. »Du sagst das, als wäre es schlimm.«

Dann mache ich einen Abgang und begebe mich auf die Suche nach Val, bevor Jordan mir mit noch einer Beleidigung kommt. Ich finde Val auf der Tanzfläche, Hiros Hände auf dem Hintern.

Ich muss sie mehrfach sehr fest antippen, bis ich ihre Aufmerksamkeit habe.

»Was ist los?«, fragt sie.

»Ich will fahren. Ich bleibe keine Sekunde länger hier.«

Widerwillig schaut sie zu Hiro, dann zu mir. »Okay. Ich geh noch eben aufs Klo, und dann bin ich so weit.«

Hiro wagt sich vor. »Ich könnte dich auch nach Hause bringen. Ich bin mit Tina und ihrem Freund Cooper hier.« Val sieht mich flehend an. »Wäre das okay?«

»Natürlich«, sage ich, ohne es zu meinen. Ich brauche eine Freundin, die mich stützt. Die meine Hand hält, mir die Haare aus dem Gesicht streicht und mir ein Handtuch beschafft. Ich möchte jemanden haben, mit dem ich mich darüber auslassen kann, was für eine Bitch Jordan ist, und der mir sagt, wie okay es ist, dass ich sie nicht mag.

Aber Val ist auch *meine* Freundin, und sie braucht heute Nacht etwas, das ich ihr nicht geben kann. Also schenke ich ihr ein bestärkendes Lächeln und stakse davon, während der Wodka weiter zwischen meinen Brüsten hinunterrinnt.

Die Menge macht mir keinen Platz, wie man das so aus Filmen kennt. Ich muss mich durch Polizisten, Räuber, Superhelden und Werwölfe zwängen. Mehr als einmal wird Bier entweder neben oder über mir verschüttet, und als ich endlich die Haustüre erreiche, rieche ich, als wäre ich in ein Hefefass getunkt worden.

Energisch stampfe ich über den Asphalt zu meinem Wagen. Mein einer Absatz verfängt sich in einer Ritze, und ich knicke um.

Mit einem leisen Fluch reiße ich mir die Schuhe von den Füßen und gehe das letzte Stück barfuß. Dabei sind mir selbst die kleinen Steinchen egal, die sich mir wie winzige, spitze Egel in die Fußsohlen bohren. Als ich mein Cabrio erreiche, werfe ich die Schuhe auf den Rücksitz und lege die Hand auf den Türgriff.

Igitt!

Was ist das? Irgendwas Klebriges. Mit der Linken krame ich mein Handy hervor und leuchte mit dem Display auf meine Rechte. Irgendwas Gelbes, Dickflüssiges überzieht meine Finger und – sind das Ameisen?

Widerlich!

Ich kreische und wische die Hand an meinem Trikot ab, wonach meine Hand nicht weniger klebt und noch dazu von Fusseln übersät ist. Wütend leuchte ich nun mit dem Handy die Autotür an. Honig läuft daran hinunter, eine Ameisenstraße führt zum Griff hinauf und durch den Spalt in der Tür. Schlimmstes ahnend, lehne ich mich über die Seite meines Cabrios. Das Display spendet nicht gerade viel Licht, trotzdem erkenne ich mehr Ameisen und glänzende Punkte – vermutlich Glitzer – auf einer Honigpfütze, die sich auf den teuren Ledersitzen gebildet hat. Die Lehne des Fahrersitzes ist ebenfalls von dem Mist überzogen.

Das ist zu viel. Alles. Diese Stadt. Diese verdammten Kids. Dieses ganze alberne Leben, das so viel besser sein soll als mein früheres, nur weil ich ein prall gefülltes Portemonnaie habe. Ich lege den Kopf in den Nacken und lasse den frustrierten Schrei raus, der sich seit meiner Ankunft in Bayview in mir angestaut hat.

»Ella!« Schritte donnern über den Bürgersteig. »Was ist los? Wer hat dir was getan? Wo ist er? Ich bring ihn um!«

Reed kommt stolpernd zum Stehen, als er begreift, dass ich allein bin.

»Warum verfolgst du mich?« Er ist der letzte Mensch, den ich gerade sehen will. Ameisen krabbeln zu meinen Füßen, Bier trocknet auf meiner Haut, und meine Hand fühlt sich eklig und klebrig an.

»Ich rufe schon seit fünf Minuten deinen Namen, aber du warst so tief in Gedanken, dass du mich nicht gehört hast.« Er umfasst meine Schultern. »Bist du verletzt?«

Seine Hände wandern meine Arme hinab, kommen auf meiner Hüfte zum Halten. Er dreht mich zu sich, und ich lasse es zu, weil ich mich so sehr danach sehne, dass sich jemand um mich kümmert, dass sich selbst das gut anfühlt.

Ich reiße mich los und stolpere gegen meinen Wagen. »Fass mich nicht an. Mir geht's gut. Ich habe deshalb geschrien.« Wütend deute ich auf die Sitze.

Reed schaut sich das Cabrio an, leuchtet mit seinem Handy auf die Schweinerei. »Wer war das?«, knurrt er.

»Du vielleicht?«, sage ich leise, obwohl mein Verstand flüstert, wie bescheuert diese Anschuldigung ist. Reed hat keinen Grund, meinen Wagen zu ruinieren.

»Mein Dad hat dir dieses Auto geschenkt«, erwidert er mit einem genervten Seufzer. »Warum sollte ich deinen Schlitten zerstören wollen?«

»Wer kann schon sagen, warum du irgendwas machst?«, frage ich verächtlich zurück. »Ich zum Beispiel kann nicht mal raten, was in deinem kranken Hirn vorgeht.«

Er sieht aus, als hätte er Mühe, Ruhe zu bewahren. Warum ihn das Mühe kostet, übersteigt meine Vorstellungskraft. Ich bin schließlich die mit dem ameisenverseuchten Auto und er der, der mit seiner Ex auf Schmusekurs gegangen ist.

»Hast du mit Abby geschlafen, während ich weg war?« Die Frage ist über meine Lippen, bevor ich es verhindern kann.

Ich bereue sie noch hundertmal mehr, als ich den Anflug eines Lächelns auf seinen Lippen sehe. »Nein.«

Worüber habt ihr dann vorhin getuschelt?, schreie ich innerlich. Ich zwinge mich, wegzusehen und mich auf die Lösung des Problems zu konzentrieren. Dazu brauche ich weder Reed noch sonst wen. Ich bin jahrelang allein klargekommen.

Ich wische meine Hand noch mal ab und tippe dann auf die Suchfunktion an meinem Handy. Ungeschickt gebe ich das Wort *Taxi* ein.

»Willst du nicht wissen, worüber wir gesprochen haben?«

Nein. Ich habe meine Lektion gelernt. Ich wähle den obersten Treffer aus und rufe an.

»*Yellow Cab*, kann ich Ihnen helfen?«

»Ich bin in der ...« Ich halte eine Hand über das Mikro. »Wie heißt die Straße?«

»Ma'am? Ich brauche eine Adresse«, sagt die Frau ungeduldig.

»Einen Augenblick«, murmle ich. Reed schüttelt den Kopf und nimmt mir das Telefon aus der Hand. »Entschuldigung, verwählt.« Er legt auf und steckt sich das Handy in die Tasche. »Abby hat sich dafür entschuldigt, dass sie mit East rumgemacht hat. Ich habe ihr gesagt, dass sie sich keine Gedanken machen muss.«

»Du solltest dir aber Gedanken darüber machen. Gib mir mein Handy zurück.«

Er ignoriert meine Bitte. »Gerade geht mir aber anderes im Kopf herum. Zum Beispiel, warum mein Mädchen meinen Quarterback küsst.«

»Weil er ziemlich geil ist.« Ich starre auf Reeds Hosentasche, frage mich, wie ich mein Handy daraus befreien kann. Mein Blick wandert ein bisschen nach links, wo eine weitere, deutliche Wölbung ist. Eine, die größer zu werden scheint, je länger ich sie ansehe. Eine, gegen die ich mich mehr als einmal gedrückt habe, hart und heiß ...

Ein ganz bestimmter Teil meines Körpers zieht sich zusammen und fängt zu kribbeln an. Ich presse meine Schenkel zusammen.

»Du magst ihn nicht mal«, sagt Reed leise.

»Du hast keine Ahnung, wen oder was ich mag.«

»Oh, doch.« Blitzschnell schlingt er einen Arm um mich. Sein Mund trifft auf meinen.

Ich lege ihm die Hand an die Stirn, um ihn wegzudrücken, lasse sie dann aber einfach dort liegen. Eigentlich küssen wir uns nicht wirklich, eher fechten wir einen Kampf mit unseren Lippen, Zungen und Zähnen aus. Seine Hände vergraben sich in meinen Armen, meine Nägel in seiner Kopfhaut. Der Ständer in seiner Jeans ist nicht länger nur eine Erinnerung, sondern Wirklichkeit, und mein kompletter Körper reagiert mit Jubel. Oh, mein Gott, was hat mir das gefehlt. Seine Lippen auf meinen. Sein warmer Körper gegen meinen gepresst. Ich reiße mich los. »Hör auf, mich zu küssen«, befehle ich.

Seine Mundwinkel gehen nach oben. »Dann lass mich doch los.«

Und weil ich das nicht sofort mache, küsst er mich noch einmal, seine Zunge dringt durch meine geöffneten Lippen. Diesmal wandert seine Hand zum Bund meiner Leggings und zieht sie hinunter. Ich fummle am Saum seines Hemds herum, suche seine nackte Haut. Stöhnend hebt er mich hoch, ich umschlinge ihn mit den Beinen.

Ich spüre das kühle Metall der Motorhaube unter meinem blanken Hintern. Reeds Finger bohren sich in meine Oberschenkel, dort, wo es vorhin noch kribbelte, setzt jetzt Verlangen ein. Ich winde mich in seiner groben Umarmung, will etwas, suche etwas, greife danach. Aber es entzieht sich mir.

Reeds Mund löst sich von meinem, küsst nun meinen Hals, meine Schulter. »Genau, Baby. Du bist ganz meins«, brummt er gegen meine Haut.

Ja, bin ich. Ich bin sein ... Baby?

»Nein. Nein, bin ich nicht.« Ich schlängle mich unter ihm hervor, atemlos und beschämt, während ich hektisch die Leggings hochziehe. »Du hast ein Baby, und das bin ganz bestimmt nicht ich.«

Er richtet sich langsam auf, ohne sein Shirt runterzuziehen oder die Hose wieder zuzumachen, die ich offenbar geöffnet habe. »Zum letzten Mal, verdammt – ich habe
diese Frau nicht geschwängert. Warum glaubst du mir
nicht?«
In seiner Stimme liegt so viel Aufrichtigkeit, dass ich
ihm fast glaube. Fast ist das Schlüsselwort. Plötzlich erscheinen vor meinem inneren Auge all die Male, die Mom
mich angefleht hat, ihrem aktuellen, betrügerischen
Freund eine zweite Chance zu geben. *Er hat sich verändert,
Süße. Er ist ein anderer. Das war ein Missverständnis. Die Frau
war in Wirklichkeit seine Schwester.*

Ich habe nie verstanden, weshalb sie all die Lügen nie
durchschaut hat, aber mittlerweile frage ich mich, ob sie
einfach so sehr an die Liebe glauben wollte, dass sie sich
selbst davon überzeugte, dass der schleimige Typ die Wahrheit sagte, nur damit er blieb.

»Natürlich streitest du das ab. Was solltest du auch sonst
tun?« Ich atme stockend aus. »Vergessen wir das hier einfach.«

»Glaubst du wirklich, ich könnte das vergessen?« Er
spricht leise, nervös. »Du hast den Kuss erwidert. Du willst
mich noch immer.«

»Darauf solltest du dir nichts einbilden. Ich hätte jeden
geküsst. Habe ich ja sogar. Schon vergessen? Wenn Wade
gerade hier stünde und nicht du, würde ich stattdessen ihn
küssen.«

Reed legt die Stirn in Falten. »Wade ist in Ordnung. Brich
ihm nicht das Herz, nur um es mir heimzuzahlen. So eine
bist du nicht.«

»Du weißt nicht, wer ich bin.«

»Und ob ich das weiß. Du hast es doch selbst gesagt – ich
sehe dich. Ich sehe deine Verletzlichkeit und deine Einsam-

keit. Ich sehe deinen Stolz und wie er dich daran hindert, dich an andere zu wenden. Ich sehe dein großes Herz und dass du die Welt retten willst, inklusive einem solchen Arsch wie mir.« Seine Stimme bricht. »Ich habe keine Lust mehr auf Spielchen, Ella. Es gibt auf dieser Welt keine andere für mich als dich. Wenn du mich je mit einer anderen sprechen siehst, dann spreche ich über dich. Wenn du mich neben einer anderen sitzen siehst, dann wünschte ich, das wärst du.« Er macht einen Schritt auf mich zu. »Du bist die Eine für mich.«

»Das glaube ich dir nicht.«

»Wie kann ich dich überzeugen?«

Ich schiebe ihn weg. Er steht viel zu nah, und ich brauche Abstand.

»Soll ich betteln? Denn auch das mache ich.« Er fällt auf die Knie.

»Wow! Reed steht total unterm Pantoffel«, kreischt eine laute Stimme hinter uns. Dem Kommentar folgt betrunkenes Gelächter. Eine Handvoll Typen stolpert an uns vorbei auf dem Weg zum Seiteneingang der Villa.

Ich greife nach Reed, bevor er auf dem Boden angelangt ist. Egal, wie sehr ich ihn hasse, die *Astor*-Kids hasse ich mehr. Aber Reed scheint es nicht im Geringsten zu kümmern, dass die ihn gehört haben. Er grinst nur und zeigt ihnen den Mittelfinger.

Mir treten die Tränen in die Augen, also wende ich mich ab, damit er sie nicht sieht. »Ich hasse es hier«, flüstere ich. »*Astor* ist ganz offiziell die beschissenste Schule der ganzen Welt.«

Die Stille lastet schwer auf uns, bis er sie mit einem tiefen Seufzer bricht. »Komm, ich bring dich nach Hause.«

Weil mein Wagen auf ekligste Weise außer Gefecht gesetzt ist, sacke ich geschlagen in mich zusammen und klettere in seinen Range Rover, allerdings so weit weg von ihm wie eben möglich.

»Was ist denn mit deinem Trikot passiert? Das ist ja total durchnässt.«

»Jordan ist mir passiert.«

Seine Finger umklammern fester das Lenkrad. »Ich kümmere mich um sie.«

»Wie?«

»Das lass mal schön meine Sorge sein.«

Ich starre aus dem Fenster und versuche, die leise Hoffnung zu ersticken, die sich in meinem Herzen meldet. Das ist Reed Royal. Der Typ, der die Freundin seines Vaters gevögelt hat. Er hat weder Moralvorstellungen noch Prinzipien. Ihm geht es nur um sich.

Deshalb erlaube ich mir keine Hoffnung. Mein Herz hält das nicht aus. Nicht noch einmal.

18. Kapitel

REED

Mein Mädchen zurückzugewinnen dauert länger, als ich gedacht hätte. Und ist noch dazu viel schwieriger. Ich hatte das Gefühl, der Kuss bei Sheas Party sei Zeichen ihres Sinneswandels gewesen. Letztendlich hat er aber wohl das Gegenteil bewirkt. Ella glaubt mir immer noch nicht, und ich habe keine Ahnung, wie ich sie überzeugen soll, außer mit einem Vaterschaftstest.

Dad hat so einen noch nicht erwähnt, aber er muss einen machen lassen, oder? Er kann sich doch nicht ohne Beweis von dieser Schlange an die Kette legen lassen.

Ich werde das gesamte Wochenende über von meiner Familie ignoriert – mit Ausnahme von Dad und Brooke. Ella, Easton, die Zwillinge, Gid. Sie sind alle sauer auf mich.

Ich verstehe, dass ich es nicht anders verdiene. Einhundertprozentig. Mit Brooke zu schlafen war das Dümmste, was ich je gemacht habe. Die Tatsache, dass ich bei Frauen immer superwählerisch gewesen bin, macht die ganze Sache noch viel schlimmer, weil jemand wie Brooke nicht mal in die engere Wahl gekommen wäre. Ich hätte ihr widerstehen sollen. Und dem Drang, meinen Vater zu bestrafen. Ich weiß aus Erfahrung, dass jede Dummheit, die ich begehe, damit endet, dass ich mich selbst bestrafe.

Aber ich habe es nun mal getan, und das kann ich nicht mehr ändern. Ich kann mich dafür hassen, ich kann mich jedes Mal hundeelend fühlen, wenn ich daran denke, aber die Vergangenheit kann ich nicht ändern.

Und Ella kann es mir schließlich nicht ewig vorwerfen, oder?

»Du starrst sie an.«

Ich schaue mich um und entdecke Wade, der die Augen verdreht. Ja, erwischt. Ich habe zu Ella gestarrt. Sie sitzt mit Val am anderen Ende der Mensa, und ich weiß, dass sie den Tisch dort mit Absicht gewählt hat. Sie bringt so viel Abstand zwischen uns wie eben möglich.

Noch dazu hat sie den Stuhl so gedreht, dass sie mit dem Rücken zum Saal sitzt. Zu mir. Sie will mir weismachen, dass es vorbei ist, dabei wissen wir beide, dass das nicht stimmt. Sie hat mich anfangs ja auch verabscheut und sich dann trotzdem in mich verliebt. Eigentlich hat sich zwischen uns ja nichts wirklich geändert. Wir kämpfen noch, schätzen einander ab wie zwei bestens passende Gegner, aber wir stehen zusammen im Ring. Und darauf kommt es an.

»Ich darf starren.« Ich sehe ihn finster an. »Du hingegen nicht. Halt deine Blicke also von meinem Mädchen fern. Und deine Lippen auch.«

Darauf grinst er nur. »Hey, es war nicht meine Schuld, dass sie mir ihre Zunge in den Mund gerammt hat.«

Ich knurre. »Wenn du das noch einmal ansprichst, mach ich dich fertig.«

»Du würdest deinem Quarterback nichts tun«, höhnt Wade. Lachend steht er auf. »Bis später, Jungs. Ich werde auf der Toilette erwartet.«

Alle verdrehen die Augen. Wade ist berüchtigt für seine Nummern auf dem Klo.

»Hey, East«, sagt jemand am anderen Ende des Tischs.

»Wie ich höre, hattest du was mit Savannah Montgomery.«

Ein Ruck geht durch mich. Im Ernst? Erst Abby und jetzt Sav?

Als mich Abby auf der Party beiseitenahm, wollte sie sich dafür entschuldigen, dass sie was mit East hatte. Sie hat behauptet, sie war wütend auf mich und wollte es mir auf diese Weise heimzahlen. Ich konnte mich gerade noch zurückhalten, darauf nicht *Ist mir scheißegal, mit wem du vögelst!* zu sagen. Dabei stimmt es. Es ist mir wirklich scheißegal. Ich war, lange bevor Ella aufgetaucht ist, über Abby hinweg, und es ist mir ganz ehrlich egal, mit wem sie schläft.

Aber mein Bruder ist mir nicht egal. East ist total außer Kontrolle, und ich kann nichts tun. Deshalb habe ich schlaflose Nächte. Na ja, und wegen Ella.

Da hat gerade einer aus meinem Team ihren Namen erwähnt. Ich muss ja nicht mehr so tun, als wäre ich nicht interessiert. Deshalb wende ich mich an die beiden, die da rumtratschen, als wären wir hier bei einem Lunch der Junior League.

»Was sagst du da über Ella?«, frage ich.

Neiman Halloway aus der Zehnten und Mann der O-Line verzieht das Gesicht. »Ich habe nur gehört, dass sie heute nicht den besten Auftritt in Sprechkunde hatte.«

»Was ist passiert?« Ich verschränke die Arme vor der Brust und starre die beiden Jungs an.

Neiman räuspert sich. »Ich war nicht selbst dabei, aber meine Schwester ist in ihrem Kurs. Hat erzählt, dass Ella heute eine Rede halten sollte über jemanden, zu dem sie aufsieht oder so ein Quatsch. Sie hat von ihrer Mutter gesprochen und … äh …« Er rutscht nervös auf seinem Stuhl herum.

»Spuck's aus. Ich verpass dir schon keine, wenn du wiederholst, was da passiert ist. Aber wenn du weiter meine Zeit verschwendest, kann ich für nichts garantieren.«

Am anderen Ende des Tisches lauscht auch East gebannt, aber er erwidert meinen Blick nicht, als ich ihn ansehe.

»Gut. Okay. Also, es wurden ihr Sprüche gedrückt. So was wie: *Ich sehe auch zu Stripperinnen auf. Besonders wenn sie gerade auf meinem Gesicht sitzen.* Und meine Schwester sagt, einer hat Ella gefragt, ob sie noch Videos davon hat, wie ihre Mutter ihr beibringt, den Kunden einen zu blasen.«

Ich spüre, dass ich immer stärker rot anlaufe und mit jedem seiner Wörter wütender werde. Ich rufe mir in Erinnerung, dass er nur der Überbringer der Nachricht ist, nicht der Verursacher.

Neiman ist blasser als ein Geist. »Dann hat ein Mädchen gesagt, dass ihre Mutter aus Scham gestorben ist, weil Ella so eine Schlampe ist.«

Aus dem Augenwinkel sehe ich eine Bewegung, drehe den Kopf und kann dann Ella und Val beobachten, wie sie mit ihren leeren Tabletts über die glänzenden Holzdielen weggehen.

Ich würde ihr am liebsten nachlaufen, aber so gern ich sie auch trösten würde, ich weiß, dass sie so etwas von mir nicht hören will. Davon abgesehen hat Trost auch nur eine begrenzte Wirkung.

Wade hat recht – hier muss sich etwas ändern. Bevor Ella abgehauen ist, hätte sich niemand außer Jordan getraut, so mit ihr zu sprechen.

Ich wende mich wieder den beiden Jungs zu. »War's das?«, frage ich durch zusammengepresste Zähne.

Neiman und sein Kumpel wechseln einen besorgten Blick.

Nein, war es nicht, schätze ich. Ich wappne mich vor dem, was jetzt kommt.

Sein Freund erzählt den Rest. »Als sie rausgingen, hat jemand Daniel Delacorte gefragt, ob Dollarscheine herausgefallen sind, als Ella für ihn die Beine breit gemacht hat. Er sagte: Nein, sie ist viel zu billig. Es waren nur kleine Münzen.«

Ich ramme mir die Fäuste auf die Knie, weil ich kurz davor bin, die Kontrolle zu verlieren. Wenn es so weit ist, mache ich diese verdammte Schule dem Erdboden gleich.

»Schreib deiner Schwester eine SMS«, fahre ich Neiman an. »Ich will Namen.«

Neiman hat schneller das Handy in der Hand, als er jemanden abwehren könnte, der es auf unseren Quarterback abgesehen hat. Er tippt eine kurze Nachricht. Als sein Telefon piepst, bin ich bereit, jemanden zu töten.

»Skip Henley hat das mit den Dollarscheinen gesagt –«

Neiman hat den Satz noch nicht zu Ende gesprochen, schon bin ich auf den Beinen. Ich sehe, dass auch East aufgestanden ist, aber ich halte ihn mit einer Geste auf.

»Ich kümmere mich darum«, dröhne ich.

Etwas – widerwilliger Respekt? – flackert in seinen Augen. Ha. Vielleicht ist die Beziehung zu meinem Bruder noch nicht ganz verloren.

Ich suche die Mensa ab, bis ich ihn finde. Skip Henley. Den hatte ich schon eine Weile auf dem Schirm. Er hat ein großes Maul und tönt lautstark über seine sexuellen Eskapaden – gern in entwürdigender Ausführlichkeit.

Ich marschiere quer durch den Saal direkt zu Henleys Tisch, an dem es mit einem Mal sehr still wird.

»Henley«, sage ich kalt.

Skip dreht sich vorsichtig um. Mit seinem perfekt gegelten Haar und dem glatt rasierten Milchgesicht passt er nur zu gut an diese Privatschule. »Ja?«

»Du hast Sprechkunde vor der Mittagspause?«

Er nickt. »Ja. Und?«

»Dann pass mal auf.« Ich klopfe mir gegen die Brust. »Ich gewähre dir einen Schlag. Egal, wohin. Einen Schlag. Und dann werde ich dich so dermaßen verprügeln, dass dich nicht mal deine Mutter wiedererkennen wird.«

Er schaut sich panisch nach einem Fluchtweg um. Aber an mir kommt er nicht vorbei, und wen immer er für seine Freunde hielt, sie tun jetzt alle so, als würden sie ihn nicht kennen. Alle am Tisch wenden sich bewusst ab, spielen an ihren Handys oder stochern in ihrem Essen herum. Skip ist auf sich gestellt, und das weiß er.

»Ich habe keine Ahnung, was ich angestellt haben soll«, setzt er an, »aber –«

»Oh, soll ich dich daran erinnern? Nur zu gern, du Schwachmat. Du hast schlecht über Ella Harper gesprochen.«

Panik glüht kurz in seinen Augen auf, aber sie weicht schnell Wut. Er weiß, dass er nicht viele Möglichkeiten hat, deshalb stellt er sich dumm. »Und?«, sagt er. »Ich habe nur die Wahrheit gesagt. Wir wissen schließlich alle, dass sie so viel Zeit liegend verbracht hat, dass sie bestimmt irgendwo den Namen einer Matratzenmarke eingebrannt hat –«

Bevor er zu Ende sprechen kann, hab ich ihn von seinem Platz gerissen. Ich greife nach seinem Kragen und drehe die Hand zur Faust, so zerre ich ihn mir direkt vors Gesicht. »Entweder hast du Eier aus Stahl oder Todessehnsucht. Ich tippe mal auf Letzteres.«

»Fick dich«, schreit Henley, seine Spucke landet in meinem Gesicht. »Meinst du wirklich, du hast hier an der Schule das Sagen? Glaubst du im Ernst, du kannst dir eine dahergelaufene Hure ins Haus holen und uns dann hier vorsetzen? Mein Urgroßvater kannte General Lee! Ich will nicht mit Gesindel wie ihr in Zusammenhang gebracht werden.«

Dann stürzt er sich brüllend auf mich, und ich lasse ihm den ersten Schlag. Er ist schwach, ganz wie Henley selbst. Ganz wie alle dieser Schultyrannen. Deshalb sind sie ja Tyrannen. Weil sie unsichere Idioten sind, die andere erniedrigen müssen, um sich selbst besser zu fühlen.

Seine Faust prallt an meinem Kiefer ab, weil er nicht weiß, wie man einen Treffer landet. Lachend umfasse ich seine Kehle und reiße ihn an mich heran.

»Hat dein Papi dich nicht lieb genug, um dir beizubringen, wie man richtig kämpft, Skippy? Pass auf, das ist die kurze Gerade.« Ich schlage ihn zweimal aufeinanderfolgend. »Merkst du, wie die wirkt?«

Hinter uns kichert jemand laut, es ist Easton. Meinem Bruder gefällt, was er sieht.

Henley wimmert vor Schmerz und taumelt rückwärts. Es riecht nach warmem Urin.

»Jesus, er hat sich in die Hose gepisst«, ruft jemand.

Angewidert lege ich Skip eine Hand in den Nacken, trete ihm die Beine weg und ramme ihn mit dem Gesicht zuerst auf den Boden. Mein Knie bohrt sich in seinen Rücken, als ich mich zu ihm hinunterbeuge. »Wenn du noch ein Wort zu Ella oder einer ihrer Freundinnen sagst, dann erwartet dich etwas weitaus Schlimmeres als ein paar Schläge ins Gesicht. Verstanden?«

Er nickt und heult dabei erbärmlich.

»Gut.« Ich stoße ihn noch einmal, bevor ich mich wieder hinstelle. »Das gilt auch für euch«, wende ich mich an alle anderen. »Ihr werdet euch von nun an schön zusammenreißen, oder aber es knallt so gewaltig, dass dagegen das, was ich gerade mit diesem Trottel hier gemacht hab, wie ein Kindergeburtstag wirkt.«

In der Mensa herrscht Totenstille, und die ganzen nervösen und ängstlichen Blicke erfüllen mich mit ziemlicher Genugtuung. Wade hatte auch noch mit etwas anderem recht – diese Kids brauchen Führung, jemanden, der sie davon abhält, sich gegenseitig zu vernichten. Mag sein, dass ich mich nicht für den Job beworben habe, aber es ist meiner, ob ich nun will oder nicht.

Statt zum Unterricht gehe ich zum Jungsklo in der Nähe der Sporthalle. Es steht zwar nirgendwo, dass dieses Klo nur vom Football-Team benutzt werden darf, aber es hat sich so eingebürgert.

Wade nutzt es ausgiebig. Eigentlich hat er gerade Politik, aber seit seine Mutter mit dem Lehrer schläft, hat er keinen Fuß mehr in das Klassenzimmer gesetzt. Er sagt immer, dass er nach all den Kohlenhydraten zu Mittag erst mal schlafen oder ficken muss. Und Letzteres macht mehr Spaß.

Ich betrete den Raum extra laut, damit die Anwesenden wissen, dass sie nicht mehr allein sind, aber Wade kümmert das kein Stück. Ich höre tiefes Stöhnen, immer wieder unterbrochen von »Oh, ja, Wade, ja!« in sehr bekanntem Rhythmus.

Gelangweilt lehne ich mich gegen die Waschbecken und betrachte die einzige geschlossene Tür, die plötzlich laut zu wackeln anfängt, als Wade es seiner Liebschaft richtig heftig gibt. Der Stimme nach zu urteilen, müsste es sich um Rachel Cohen handeln.

Wade hat die Aufmerksamkeitsspanne einer Erdnuss, nur wenn er vögelt, gibt er wirklich alles. Mehr kann man nicht verlangen. Ich werfe einen Blick auf die Uhr. Den nächsten Kurs will ich nicht auch noch verpassen.

Ich hämmere gegen die Tür. »Seid ihr bald fertig, Kinder?«

Das Geräusch erstirbt, dann ertönt ein gedämpfter, überraschter Aufschrei, auf den sofort eine leise Besänftigung folgt. »Schon okay, Baby ...« Es raschelt. Dann: »So ist's gut. Fühlt sich gut an, oder? Und mach dir keine Sorgen wegen Reed da draußen ... Oh, das gefällt dir. Soll ich die Tür aufmachen? ... Nein? Okay, aber er ist jedenfalls da draußen. Er kann dich hören. Wow, das gefällt dir wirklich. Yeah, Baby, lass dich fallen.«

Ein sanftes Stöhnen entweicht, dann folgt weiteres Rascheln und schließlich ein langes, tiefes Stöhnen. Das Finale markiert die ausgelöste Klospülung.

Die Tür geht auf, Wade schaut zu mir, und ich tippe auf die Uhr. Er nickt, macht seine Hose zu, nimmt dann Rachel fest in die Arme und gibt ihr einen lauten, feuchten Kuss. »Verdammt, das war atemberaubend.«

Sie seufzt. Das Geräusch kenne ich. Ein ähnliches habe ich von Ella gehört, wenn wir rumgemacht haben. Was würde ich geben, um das noch mal zu hören. Es macht mich ein bisschen wütend, dass sie mich nicht ranlässt.

Ich räuspere mich laut.

Wade begleitet Rachel noch zur Tür, trägt sie fast. »Sehen wir uns nach der Schule?«, fragt sie, Hoffnung im Blick.

»Darauf kannst du wetten.« Er hält kurz inne und wirft mir dann einen Blick über die Schulter zu.

Ich schüttle den Kopf.

Er zuckt mit den Schultern, als wolle er damit sagen, dass Fragen ja nichts kostet. »Ich komm nach dem Essen vorbei. Und halt das warm für mich.« Er tippt vorn gegen ihren gekürzten Rock. »Ich werde die ganze Zeit an dich denken. Das wird verdammt schwer.«

Selbst nach all den Jahren kann ich nicht sagen, ob Wade das ernst meint oder einfach nur so gewieft ist.

»Du meinst *verdammt hart*«, säuselt sie.

Okay, jetzt reicht's.

»Wade«, sage ich ungeduldig.

»Bis später, Rach. Ich muss mich jetzt leider mit Reed beschäftigen, sonst könnten wir die zweite Runde einläuten.«

Sie zögert, sodass Wade sie förmlich zur Tür hinausschieben muss. Als sie zufällt, rückt er den Mülleimer davor und kommt dann zu mir. Ich stelle das Wasser an, damit uns niemand belauschen kann.

Ich komme sofort zur Sache. »In Ellas Auto wurde Freitag während der Party Honig gekippt. Und ich habe gerade ein Arschloch plattgemacht, das Ella während Sprechkunde beleidigt hat. Was, zu Hölle, ist hier eigentlich los?«

»Im Ernst? Hast du denn kein einziges Wort von dem verstanden, was ich dir letztes Mal erklärt habe? Doch, das hast du – und du hast gesagt, es ist dir scheißegal«, betont er.

»Jetzt ist es mir jedenfalls nicht mehr egal. Ich will wissen, warum Ella plötzlich so im Fadenkreuz steht. Hier wissen schließlich alle, dass ich bereit bin, jeden zu verprügeln, der sie auch nur schief ansieht. Ich kapier also nicht, warum es die Leute auf sie abgesehen haben.«

Wade hält die Hände unter den Wasserhahn und wäscht sie, dabei lässt er sich enorm viel Zeit.

»Wade«, warne ich.

»Okay, aber schlag mich nicht.« Er hält die Hände hoch. »Sieh dir doch mal mein hübsches Gesicht an.« Er tippt gegen sein Kinn. »Wenn diese Fresse poliert wird, kommt keine Rachel mehr mit mir hierher.«

Ich starre Wade an, der sicher fünf Zentimeter kleiner ist als ich. »Warum legen sich die Leute mit Ella an?«, dränge ich.

Er zuckt mit den Schultern. »Die Kids hatten mal Angst vor dir. Aber jetzt? Nicht mehr so richtig.«

»Was soll das heißen?«

»Delacorte hat noch alle seine Zähne, obwohl er dein Mädchen vergewaltigen wollte. Jordan sagt, was sie will, ohne irgendwelche Folgen. Alle glauben, zwischen dir und Ella ist es aus, und seit du dich nicht mehr vor andere stellst, haben sie damit auch aufgehört. Ella ist Freiwild.«

»Gibt's noch mehr?«

Wade sieht mich reumütig an. »Reicht das nicht?«

Ich nicke frustriert. »Doch, das ist mehr als genug.«

»Wirst du was unternehmen?«

»Was glaubst denn du?« Ich stoße den Mülleimer von der Tür weg.

»Würdet ihr Royals wieder vereint auftreten, wäre bestimmt schnell wieder Ruhe. Niemand mag, was hier abgeht, aber die sind halt alle entweder total verängstigt oder faul. Und offen gestanden, mein Freund, fällst auch du in die zweite Kategorie.«

Ich beiße die Zähne zusammen, dabei hat er recht. Gideon war ein weitaus aktiverer Vollstrecker als ich. Er hat immer aufgepasst. Er hat immer herausgefunden, wer für den Bockmist verantwortlich war, und hat denjenigen dann wieder eingenordet. Ich war für gewöhnlich nur fürs Überbringen der Botschaft zuständig.

Nach seinem Fortgang haben alle einfach vorausgesetzt, dass ich die Leitung übernehme, und ich habe nicht viel getan, um zu erkennen zu geben, ob das zutrifft oder nicht. Bis jetzt.

Ich fahre herum. »Du hast recht, ich war ein faules Arschloch.«

Wade grinst. »Ich habe immer recht. Was hast du also vor?«

»Weiß ich noch nicht hundertprozentig. Aber mach dir keine Sorgen, hier wird sich gehörig was ändern.« Ich werfe ihm einen mörderischen Blick zu. »Ich kümmere mich drum.«

19. Kapitel

ELLA

Als ich nach Hause komme, gehe ich schnurstracks in mein Zimmer, werfe mich auf mein Bett und rolle mich auf der Seite zusammen. Ich möchte einfach so tun, als hätte dieser höllische Tag niemals stattgefunden. Immer wenn ich denke, ich könnte mich gar nicht noch gedemütigter fühlen, überraschen mich die *Astor*-Kids von Neuem.

Aber ich werde nicht weinen. Nein. Keine einzige Träne. So viel Macht gebe ich ihnen nicht über mich.

Trotzdem war das in Sprechkunde ein ganz neues Level von grausam. Die Beleidigungen meiner Mutter waren fast zu viel für mich. Ich kann immer noch nicht fassen, dass der Lehrer fünf lange Minuten wie ein Dummy dastand, bevor er mal auf die Idee kam, die Stunde zu beenden.

Vielleicht hätte ich zu Val fahren soll, ganz wie sie vorgeschlagen hat. Wir könnten auf ihrem Bett Eis essen und über ihren neuen Schwarm tratschen, was plötzlich wesentlich verlockender wirkt, als den ganzen Abend in meinem Zimmer zu schmollen.

Außerdem würde ich mich nicht jedes Mal verkrampfen, wenn ich Schritte im Flur höre. Ich kann nicht glauben, dass ich Reed letztens geküsst habe. Mehr als geküsst. Er hat mir die Hose runtergezogen, und ich hatte seine Hände auf meinem Hintern. Wer weiß, wie weit es gegangen wäre, wenn da nicht diese *Baby*-Sache aufgekommen wäre.

Und wenn er wirklich der Vater von Brookes Baby ist? Wie soll ich denn in einem Haus leben, unter dessen Dach außerdem noch Reed und Brooke wohnen – zusammen mit ihrem heimlichen Baby, das Callum unwissend als sein eigenes großziehen wird?

Guter Gott. Wann ist mein Leben denn zur Seifenoper verkommen?

Ich presse mir die Hände gegen die Wangen, bis sich meine Zähne hineindrücken. Der Schmerz lässt den in meinem Herzen nicht verschwinden. Mir ... fehlt Reed. Ich bin wütend auf mich, dass es so ist, aber davon geht die Sehnsucht ja auch nicht weg. Als er mit eigenen Worten wiederholt hat, wie er mich *sieht* ... Ich glaube es ihm. Wenn Reed mich mit diesen intensiven, blauen Augen betrachtet, habe ich das Gefühl, er schaut direkt in meine Seele. An der toughen Fassade vorbei, hinter der ich mich verstecke. Er sieht meine Ängste, meine Verletzlichkeit, ohne mich dafür zu verurteilen.

Und ich habe ernsthaft gedacht, auch ich könnte ihn sehen. Habe ich mir das nur eingebildet? Diese Momente voller Lachen, in denen wir die Masken abgenommen haben. Diesen verletzlichen Ausdruck in seinen Augen, als er sagte, er wünschte, er wäre meiner würdig. Dieses friedliche Gefühl, das mich überkam, wenn wir zusammen eingeschlafen sind ...

War das alles Einbildung?

Ich ziehe mein Mathebuch aus dem Rucksack und gebe mir größte Mühe, mich zu konzentrieren. Danach belohne ich mich mit zwei stumpfsinnigen Folgen von *The Bachelor*, aber das macht keinen Spaß ohne Val neben mir, die immer die witzigsten Bemerkungen über die Kandidatinnen reißt.

»Ella.« Callums Stimme dringt durch die Tür, gefolgt von einem energischen Klopfen. »Das Abendessen ist fertig. Du musst runterkommen.«

»Ich habe keinen Hunger«, rufe ich zurück.

»Komm runter«, wiederholt er. »Wir haben Gäste.« Stirnrunzelnd schaue ich zur Tür. Callum verhält sich mir gegenüber sonst nicht sonderlich väterlich, aber gerade hat er einen strengen, elternhaften Ton drauf.

»Wir essen auf der Terrasse«, fügt er noch hinzu, dann höre ich, wie er an den anderen Türen klopft und die Truppe zusammentrommelt. Er holt jeden von uns persönlich ab und klingt ein bisschen ... besorgt.

Ich setze mich vorsichtig auf und frage mich, wer diese mysteriösen *Gäste* wohl sein könnten. Brooke ganz sicher, die Hexe war fast jeden Abend hier, seit sie und Callum die Babybombe haben hochgehen lassen.

Aber wer sonst noch? Soweit ich weiß, hatte Callum nur einen Freund – Steve –, und der ist schließlich tot.

Seufzend verlasse ich die Matratze und lege meine Schuluniform ab, um in etwas Geeigneteres zu schlüpfen. Bedauerlicherweise fällt mir erst in solchen Momenten wieder ein, dass ich unbedingt einkaufen gehen will, weshalb ich eins der Kleider anziehen muss, die noch von der ersten Shoppingtour mit Brooke stammen.

Ich betrete genau in dem Moment den Flur, in dem auch Reed und Easton aus ihren Zimmern kommen. Ich ignoriere beide und sie einander, weshalb es ein sehr stiller Marsch die Treppen hinunter ist.

Als wir auf der Terrasse anlangen, verstehe ich sofort, warum Callum so besorgt klang. Wir haben zwei Gäste: Brooke ... und Dinah O'Halloran.

Neben mir steht Reed und ist plötzlich extrem angespannt. Er schaut von einer blonden Bitch zur anderen. »Was verschafft uns denn diese Ehre?«, fragt er kühl. Brooke bedenkt uns mit einem breiten Lächeln. »Wir feiern unsere Verlobung, du Dummerchen.« Sie wirft sich das Haar über die Schulter. »Inoffiziell, versteht sich, weil wir natürlich noch eine richtige Verlobungsparty schmeißen werden, wenn erst alles geklärt ist. Irgendeine dekadente Location wie das *Palace* oder vielleicht sogar das *King Edward*? Was meinst du, Dinah? Wollen wir ein eher modernes Lokal oder etwas Erleseneres?«

Dinah rümpft angewidert die Nase. »Das *King Edward* hat seinen Reiz verloren, Brookie. Es war mal sehr viel exklusiver, aber seit sie die Preise gesenkt haben, ist die Klientel sehr viel kleinbürgerlicher geworden.«

Callum schaut zu den Jungs und mir. »Setzt euch«, befiehlt er. »Ihr seid unhöflich.«

Ich werfe einen Blick auf die freien Plätze. Brooke und Dinah sind rechts und links von Callum, während Sawyer und Sebastian – beide mit extrem missmutigen Mienen – am anderen Ende des Tischs sitzen, die glücklichen Mistkerle.

Reed und Easton gehen schnurstracks an den freien Plätzen an der Seite der beiden Frauen vorbei und lassen sich neben den Zwillingen auf ihre Stühle sinken, was mir zwei wenig erfreuliche Optionen übrig lässt. Ich beschließe, dass Dinah das kleinere von zwei Übeln ist, und nehme widerwillig den Platz neben ihr ein.

Kaum sitze ich, schlendert Gideon durch die Terrassentür. »Guten Abend«, brummt er.

Callum nickt anerkennend. »Schön, dass du es einrichten konntest, Gid.« Da liegt Schärfe in seiner Stimme.

Gideons Antwort klingt sogar noch schärfer. »Du hast mir ja auch wirklich eine Wahl gelassen, Dad.« Sein Kiefer zuckt, als ihm bewusst wird, dass der einzige freie Platz neben Brooke ist. Seiner zukünftigen Stiefmutter.

Sie klopft auf den Stuhl. »Komm her, mein Schatz. Ich schenke dir etwas Wein ein.«

»Ich trinke Wasser«, sagt er knapp.

Als wir alle sitzen, legt sich eine unbequeme Stille über den Tisch. Jeder einzelne der Royal-Brüder starrt finster vor sich hin. Callum betrachtet sie enttäuscht.

Aber was hat er denn erwartet? Seine Söhne haben seit der Baby-Verkündigung fast kein Wort mit ihm gewechselt. Die Zwillinge zucken jedes Mal zusammen, wenn Brooke ihren protzigen Diamantring herumzeigt. Easton ist häufiger bedröhnt als zurechnungsfähig. Gideon muss offenbar gezwungen werden, nach Hause zu kommen. Und Reed hat mit Callums Freundin geschlafen. Zwei- oder drei- oder einhundertmal.

Ja, Callum muss den Verstand verloren haben, wenn er meint, dass dieses lustige Familienessen zu etwas anderem führen sollte als zu einer riesigen Katastrophe.

»Vielen Dank für die Einladung«, flötet Dinah in Callums Richtung. »Ich war vor Ewigkeiten das letzte Mal im Royal Palace.«

Ihr Ton verrät nur zu deutlich, was sie von den ausbleibenden Einladungen hält. Sie sieht heute Abend wunderschön aus, trotz dem Gift in ihren grünen Augen. Ihr goldenes Haar ist hochgesteckt, zwei Diamantohrringe baumeln an ihren Ohrläppchen. Sie trägt ein weißes Kleid mit einem tiefen V-Ausschnitt, der sowohl ihre Bräune als auch ihr Dekolleté zur Schau stellt.

Ich kann verstehen, warum mein Vater sie anziehend fand. Dinah sieht aus wie ein sexy Engel. Wie lange es wohl gedauert hat, bis ihm bewusst wurde, dass es sich in Wirklichkeit um den Teufel handelt?

Callum muss zu diesem Anlass extra Caterer engagiert haben, denn plötzlich tauchen drei Kellnerinnen auf, die ich noch nie zuvor gesehen habe, und fangen an zu servieren. Das fühlt sich total seltsam an, und ich muss mich regelrecht zwingen, nicht aufzuspringen und ihnen zu helfen.

Schon fangen wir neun an zu essen. Schmeckt es köstlich? Ich habe keine Ahnung. Ich achte nicht auf das, was ich mir in den Mund schiebe, sondern kämpfe in erster Linie, mich nicht übergeben zu müssen. Brooke plaudert unaufhörlich von dem neuen Royal-Baby, und mir wird davon nichts als schlecht.

»Wenn es ein Junge wird, fände ich Emerson als Zweitnamen sehr schön. So hieß Callums Vater, Gott hab ihn selig«, erzählt Brooke Dinah. »Was meinst du, das klingt doch ganz wundervoll, oder: Callum Emerson Royal der Zweite.«

Sie will das Kind Callum nennen? *Warum nicht Reed?*, platzt es mir fast heraus. Dann umklammere ich fest mein Wasserglas, weil ich allein beim Gedanken daran, dass Reed der biologische Vater des Kindes sein könnte, wütend werde. Und kotzen könnte. Und es einfach wehtut.

Reed behauptet, er hatte das letzte Mal vor über sechs Monaten was mit Brooke, und so schwanger sieht sie definitiv noch nicht aus. Vielleicht hatten sie also wirklich *keinen* Sex in der Nacht, als ich sie erwischt habe. Er sagt, sie hatten keinen. Brooke sagt, sie hatten keinen.

Vielleicht sagen sie ja beide die Wahrheit? *Genau, Ella. Und Moms letzter Freund hat auch nur mit seiner Schwester Händchen gehalten. Idiotin!*

»Ella?«

Ich hebe den Blick, Callum sieht mich an. »Entschuldigung, was?«

»Brooke hat dich etwas gefragt«, sagt er.

Widerwillig schaue ich zu Brooke, die mir zuzwinkert. »Ich wollte wissen, ob du Vorschläge für Mädchennamen hast.«

»Nein«, murmle ich. »Tut mir leid, ich hab's nicht so mit Namen.«

»Jungs?«, wendet sie sich an die Brüder. »Habt ihr irgendwelche Ideen?«

Niemand antwortet ihr. Die Zwillinge tun so, als wären sie zu sehr mit dem Essen beschäftigt, Reed, Gideon und Easton hingegen ignorieren sie offen.

Weil ich die Einzige bin, die sich an der Unterhaltung beteiligt hat – wenn man die mickrigen paar Wörter wirklich Beteiligung nennen will –, landet der Fokus der Erwachsenen sehr schnell auf mir.

»Ich bin enttäuscht, dass du nicht mal im Penthouse vorbeischaust«, sagt Dinah. »Ich würde die Tochter meines Mannes gern besser kennenlernen.«

Tochter spricht sie aus, als wäre es ein Schimpfwort. Callums Gesichtsausdruck verhärtet sich, aber sein Mund bleibt fest geschlossen.

»Ich wurde bisher nicht eingeladen.« Ich versuche mich an einem ähnlich kalten Ton.

Dinahs Blick verfinstert sich. »Du brauchst keine Einladung«, erwidert sie süßlich. »Das Penthouse gehört schließlich zur Hälfte dir. Schon vergessen?«

»Da hast du wohl recht.«

Sie reagiert mit einem Schulterzucken auf meine nicht wirklich aussagekräftige Antwort und wendet sich an Gideon. »Wie gefällt's dir am College, mein Lieber? Dich habe ich ja auch ewig nicht gesehen. Erzähl mir doch mal, was du in letzter Zeit so getrieben hast.«

»Am College läuft alles bestens«, erwidert Gideon knapp.

»Steht nicht bald ein Schwimmwettkampf an?« Dinah

fährt mit dem Finger über den Stiel ihres Glases. »Ich meine, Brooke hat so etwas erwähnt.«

Einer seiner Kiefermuskeln zuckt, bevor er antwortet. »Ja, das stimmt.«

Jetzt meldet sich Brooke zu Wort, ihre Augen funkeln. »Vielleicht sollten wir alle hinfahren, um ihn anzufeuern. Was meinst du, Callum?«

»Äh ... ja. Das klingt ... wunderbar.«

Reed schnaubt leise.

Callum wirft ihm einen warnenden Blick zu.

Ich hasse gerade so ziemlich jeden an diesem Tisch.

Die Anspannung steigt und steigt, schlussendlich habe ich das Gefühl, erdrückt zu werden und zu ersticken. Und dabei sitzen wir doch unter freiem Himmel.

»Ich wünschte, du hättest deinen Vater kennenlernen können«, sagt Dinah. »Steve war so ein ... eindrucksvoller Mann. Und loyal. So wahnsinnig loyal. Nicht wahr, Callum?«

Callum nickt und schenkt sich Wein nach. Ich möchte wetten, das ist seine zweite Flasche. Brooke trinkt natürlich Mineralwasser wegen der Schwangerschaft.

»Der beste Mensch, den ich je kannte«, sagt Callum mit belegter Stimme.

»Konnte bloß nicht wirklich mit Geld umgehen«, merkt Dinah an. Ihre grünen Augen lasten einen Moment lang auf mir. »Kommst du eher nach deiner Mutter oder deinem Vater, Ella?«

»Meiner Mutter«, sage ich knapp, aber wie, zur Hölle, soll ich diese Frage wahrheitsgemäß beantworten können?

»Sehr verständlich, dass das deine Antwort ist«, sagt sie nachdenklich. »Steve wusste schließlich nichts von dir. Du hast ganz buchstäblich den Großteil seines Lebens für ihn nicht existiert.«

Sehr subtiler Hieb, Dinah. Aber weißt du was? Ich bin mit heimtückischen Weibern aufgewachsen, die permanent Angst hatten, dass ihr einziger Vorzug – ihr Aussehen – verblühte. Was immer sie auch austeilt, ich komm damit klar. Ich lächle.»Er hat ja die Kurve bekommen. Schließlich hat er mir alles vererbt, was ihm möglich war.«

Und es wäre noch viel mehr, wenn du nicht mit einem Heer von Anwälten dafür sorgen würdest, dass jeder lose Penny in deine Tasche fällt.

Sie lächelt zurück und entblößt dabei alle Zähne.»Ich habe letztens über dich nachgedacht.« *Bitte nicht.*»Und darüber, wie ähnlich wir uns sind. Meine Mutter hatte auch gesundheitliche Probleme, als ich jung war. Und wir sind auch sehr häufig umgezogen. Sie hat sehr schlechte Entscheidungen gefällt in ihrem Leben. Es gab häufig ...« Sie macht eine Pause und trinkt einen Schluck.

Gegen unser aller Willen lauschen wir ihr, und sie genießt ganz offensichtlich die Aufmerksamkeit.

»Häufig traten Menschen in mein Leben, die nicht gerade den besten Einfluss hatten. Manchmal wollten diese Männer Dinge von mir, die von keinem Kind verlangt werden sollten.«

Dinah schaut mich erwartungsvoll an. Ich schätze, sie ist wie diese altertümlichen Südstaatenprediger, die sich immer wieder rückversichern müssen, dass ihre Botschaft auch wirklich angekommen ist.

»Das ist tragisch«, murmle ich.

Dabei hat sie recht. Ihre Geschichte ähnelt meiner tatsächlich. Trotzdem weigere ich mich, Mitleid mit ihr zu haben. Ihr heutiges Leben hat damit nichts mehr zu tun.

»Ja, nicht wahr?« Sie tupft sich die Mundwinkel mit einer Serviette ab.»Ich würde dir gerne mit Rat und Tat zur Seite stehen. Vom einen verlorenen Mädchen zum anderen quasi. Du musst nicht auf das warten, was du dir von deinem Leben wünschst, sonst endest du wie unsere Mütter – benutzt und sehr bald tot. Ich bin mir sicher, dass du das nicht willst, Ella.«

Callum legt seine Gabel mit größerer Wucht auf den Tisch, als nötig wäre. »Das halte ich nicht für ein angemessenes Gesprächsthema zum Abendessen.«

Dinah macht eine wegwerfende Handbewegung. »Das ist nur ein Frauengespräch, Callum. Ich lasse Ella an meiner Lebenserfahrung teilhaben, die ich mir hart erarbeitet habe.«

Und gleichzeitig ist es eine Warnung, dass sie mir alles nehmen wird, was Steve mir hinterlassen hat.

»Ist das ein Film, der auf *Lifetime* läuft?«, wirft Easton ein, bevor ich etwas sagen kann. »Den Kanal habe ich nämlich an meinem Fernseher blockiert.«

»Ich auch«, sagt Sawyer. »Wo bleibt der Nachtisch?«

»Wenn euch meine und Ellas Lebensgeschichte so langweilt, dann sprechen wir halt über euch. Ich weiß, dass Easton und die Zwillinge sich nicht festlegen wollen und sich lieber austoben. Aber wie steht's um euch? Reed? Gideon? Seid ihr in festen Händen? Oder brecht ihr reihenweise die Herzen der Frauen wie eure kleinen Brüder?« Sie lacht spöttisch. Aber niemand fällt ein.

»Wir sind beide Single«, presst Gideon hervor.

Da wird Brooke plötzlich hellwach. Sie dreht sich eine Haarsträhne um den Finger und wirft mir einen schelmischen Blick zu, während die Caterer das Dessert auftischen. »Und du, Ella? Hast du schon deinen Traumprinzen getroffen?«

Auch Callum betrachtet mich jetzt. Ist ja klar, dass er just in diesem Moment seine betrunkene Visage aus dem Weinglas nimmt.

Ich senke den Blick auf den Teller, als hätte ich noch nie etwas Spannenderes als dieses Tiramisu gesehen. »Nein, habe ich nicht.«

Wieder folgt eine Pause in der Unterhaltung. Ich schlinge den Nachtisch so schnell hinunter, wie ich kann. Aus den Augenwinkeln sehe ich, dass alle Royal-Brüder genau dasselbe tun.

Gideon schlägt uns alle, lässt die Gabel auf den leeren Teller fallen und schiebt den Stuhl zurück. »Ich muss dringend telefonieren.«

Sein Vater legt die Stirn in Falten. »Aber es gibt erst noch Kaffee.«

»Ich möchte keinen«, murmelt Gideon, und dann hat er die Terrasse auch schon verlassen, als könnte er gar nicht schnell genug abhauen.

Reed öffnet den Mund, aber Callum bringt ihn mit nur einem Blick zum Schweigen. *Du gehst nirgendwohin*, liegt darin. Also lässt sich Reed wütend gegen die Lehne fallen.

Schon erscheinen die Caterer mit Tabletts voller superfancy Milchkaffees, da sind sogar Motive im Schaum. Auf meinem ist ein Blatt, auf Brookes ein Baum, obwohl eine Mistgabel passender gewesen wäre.

»Entschuldigt mich bitte«, sagt Dinah, als der Kaffee serviert ist. »Ich muss mir mal eben die Nase pudern.«

Reed und ich sehen uns kurz an und verdrehen beide die Augen. Was ich sofort bereue, denn dieser kleine Moment der Kameraderie zaubert ihm ein zufriedenes Grinsen ins Gesicht.

Diesmal schlagen Easton und ich die Brüder, stürzen den Kaffee in Rekordzeit hinunter. Wir knallen die Gläser auf den Tisch und sagen unisono:

»Ich helfe den Caterern beim Abräumen –«

»Ich nehme das Tablett –«

Für einen Augenblick starren wir einander an, aber unser Fluchtinstinkt verbündet uns weiter.

»Ella und ich kümmern uns darum«, beendet Easton unsere Sätze, und ich nicke dankbar.

Callum protestiert sofort. »Das können die Caterer sehr gut allein.«

Aber Easton und ich sammeln bereits Teller und Gläser ein.

Während wir durch die Schiebetür verschwinden, höre ich Reeds frustriertes Grummeln hinter mir.

»Zwei Doofe, ein Gedanke«, murmelt Easton.

Ich werfe ihm einen finsteren Blick zu. »Ach, jetzt sind wir also wieder Freunde?«

Scham huscht ihm übers Gesicht. Als wir in der Küche ankommen, stellt er das Geschirr in die Spüle, schaut dezent zu den Caterern und senkt dann die Stimme. »Es tut mir leid, was ich bei Savs Party gesagt habe. Ich war … total zugedröhnt.«

»Das ist keine Entschuldigung«, erwidere ich. »Du bist *immer* zugedröhnt, und trotzdem hast du noch nie so etwas zu mir gesagt.«

Seine Wangen laufen rot an. »Es tut mir leid. Ich bin ein Arschloch.«

»Stimmt.«

»Vergibst du mir?«

Er setzt seinen üblichen Kleiner-Spitzbub-Blick auf, der für gewöhnlich jeden dahinschmelzen lässt, aber mir kommt er nicht so leicht davon. Sein Spruch war richtig gemein. Und verletzend. Deshalb schüttle ich den Kopf und verlasse die Küche.

»Ella, gib dir einen Ruck. Warte mal.« Er holt mich im Flur ein und hält mich am Arm fest. »Du weißt doch, dass ich, ohne nachzudenken, ziemlich viel Blödsinn rede.«

Mein Gesicht wird heiß. »Du hast so ziemlich jedem da auf der Party erzählt, dass ich eine Schlampe bin, Easton.« Er ächzt. »Ich weiß. Ich habe Mist gebaut, okay? Du weißt doch, dass ich nicht so über dich denke. Ich ...« Er verzieht das Gesicht. »Ich mag dich. Du bist meine kleine Schwester. Bitte, sei doch nicht mehr böse auf mich.« Bevor ich etwas erwidern kann, lenkt mich ein leises Geräusch ab. Es klingt wie ein Stöhnen. Oder ein Seufzen? Ich schaue den Flur hinunter. In der Richtung gibt es nur drei Türen. Eine führt in ein kleines Badezimmer, eine in die Vorratskammer und eine in einen Abstellraum.

»Hast du das gehört?«, frage ich Easton.

Er nickt grimmig.

Irgendetwas lockt mich tiefer in den Flur. Ich bleibe vor der Tür zur Vorratskammer stehen, aber hinter der Tür ist nichts weiter zu hören. Auch hinter der zum Abstellraum nicht. Hinter der zum Bad jedoch ...

Easton und ich erstarren beide, als wir das Stöhnen hören. Es klingt nach einer Frau. Mir gefriert das Blut in den Adern. Im Moment befinden sich sechs Frauen im Hause der Royals, und von fünf weiß ich, wo sie sind. Brooke auf der Terrasse, die Caterinnen in der Küche, und ich stehe hier.

Was so viel heißt wie ...

Ich drehe mich mit aufgerissenen Augen zu Easton um, plötzlich ist mir kotzschlecht.

Auch er muss eins und eins zusammengezählt haben, denn sein Mund fällt auf.

»Easton«, zische ich, als er nach dem Türknauf greift.

Der Zeigefinger seiner freien Hand saust an seinen Mund. Dann dreht er, zu meinem großen Horror, den Knauf und drückt die Tür ein paar Zentimeter auf.

Mehr ist auch nicht nötig. Der schmale Spalt reicht, um einen flüchtigen Blick auf das Paar im Bad zu werfen. Dinahs blonder Schopf. Gids dunkler. Seine Hände auf ihren Hüften. Ihr Körper an seinen gepresst.

Mit angewiderter Miene schließt Easton geräuschlos die Tür und taumelt zurück, als wäre er gerade geohrfeigt worden.

In stillschweigender Übereinkunft fangen wir erst an zu sprechen, als wir weit genug weg sind.

»Oh, mein Gott«, flüstere ich schockiert. »Was, zur *Hölle*, hat Gideon –«

Easton legt mir die Hand über den Mund. »Kein Wort«, sagt er leise. »Wir haben nichts gesehen, hörst du?«

Zitternd nimmt er seine Hand weg. Er wirft mir einen letzten strengen Blick zu, dann verschwindet er in die Eingangshalle. Nur wenige Sekunden später schlägt die Haustür zu.

20. Kapitel

Gegen Mitternacht klingelt mein Handy. Ich habe nicht geschlafen. Sobald ich die Augen schließe, sehe ich die Köpfe von Gideon und Dinah, seine Hände auf ihrem Hintern. So ungefähr stelle ich mir Brooke und Reed vor, und ich frage mich, ob Reed überhaupt erst deshalb auf diese bescheuerte Idee gekommen ist.

Ich strecke den Arm aus und nehme das Telefon von meinem Nachttisch. Auf dem Display leuchtet mir Val entgegen, die mir eine Kusshand zuwirft.

»Hi du, was geht ab?«, flüstere ich.

Schweigen.

Ich setze mich auf. »Val?«

Nach einem stockenden Atmer und einem halben Schluchzen höre ich: »Ella, ich bin's, Val.«

»Schon klar, ich hab deinen Namen auf dem Display gesehen. Was ist los? Wo bist du?« Während ich noch auf die Antwort warte, bin ich schon aus dem Bett und ziehe meine Leggings an.

»South Industrial Boulevard vor irgendeiner Lagerhalle. Hier gibt's einen Rave.«

»Was ist passiert? Soll ich dich holen kommen?«

»Ja. Tut mir leid, dass ich dich deshalb wecke.« Sie klingt erbärmlich. »Ich bin mit jemandem mitgefahren, weil ich gehört hatte, dass Tam hier sein soll. Aber ich hab ihn nicht gefunden, dann war meine Mitfahrgelegenheit weg, und so richtig sicher ist die Gegend hier irgendwie nicht.«

Ich seufze, sage aber nichts Wertendes. Wer hat schließlich vor ein paar Nächten mit Reed rumgeknutscht? Ich schäme mich so sehr dafür, dass ich es bisher noch nicht mal meiner besten Freundin gegenüber erwähnen konnte.

»Ich komme, so schnell ich kann«, verspreche ich.

Sie sagt etwas, unterbricht sich dann.

»Wie bitte?«, frage ich und greife nach dem Autoschlüssel auf der Kommode.

»Ach, weißt du ... Das ist hier wirklich keine schöne Gegend. Vielleicht solltest du jemanden mitbringen.«

Meint sie Reed? Ja, genau. Lieber hacke ich mir das Bein ab, als ihn um Hilfe zu bitten. »Ich schau mal, ob Easton da ist.«

»Gut, ich warte hier auf dich.«

Ich schlüpfe in meine Schuhe, reiße die Tür auf und erstarre, als ich Reeds zusammengesackte Statur an der gegenüberliegenden Wand sehe. Die Tür donnert gegen die Wand, bevor ich sie aufhalten kann, und das laute Geräusch reißt ihn aus dem Schlaf.

Verschleierte Augen erfassen meine Klamotten, die Tasche, den Autoschlüssel. »Wohin fahren wir?«, fragt er, sofort hellwach.

»Ich hole mir was zu essen.« Das ist eine hundsmiserable Lüge, aber ich bleibe mal dabei. »Ist Easton da?«, frage ich beiläufig. »Vielleicht hat er ja auch Hunger.«

Reed stellt sich hin. »Gut möglich. Du müsstest ihn aber anrufen, um ihn zu fragen, weil er mit Wade und den Jungs was trinken gegangen ist, soweit ich weiß.«

Verdammt. »Warum bist du nicht mitgegangen? Und warum kauerst du vor meiner Tür wie ein Stalker?«

Er schaut mich ungläubig an. »Ist das nicht offensichtlich?«

Ich schließe den Mund, weil – ja – es *ist* offensichtlich. Außerdem hab ich Angst, dass mir ein ganzer Schwall Fragen aus dem Mund quillt, wenn ich ihn noch mal öffne. Zum Beispiel, wie lange er das schon macht. Und warum? Hat er Angst, dass ich wieder abhaue, oder will er mir einfach so nah wie möglich sein? Vor den Antworten habe ich allerdings sogar noch mehr Angst.

Außerdem muss ich Val einsammeln, weshalb ich mich wortlos abwende und nach unten gehe. Reed folgt mir.

Er ist mein stummer Schatten durch das Foyer mit seinem gigantischen Kronleuchter, am Esszimmer vorbei, das nie genutzt wird, und in die Küche, in der ich einst auf Reeds Schoß saß und mir wünschte, ich könnte Reed vernaschen statt des Frühstücks, das Sandra zubereitet hat.

»Geh wieder nach oben, Reed. Ich brauche dich nicht.«

»Welchen Wagen nimmst du?«

Ich bleibe abrupt stehen, sodass er mir fast in die Fersen tritt. »Oh.«

Mein von Honig, Glitzer und Ameisen überzogenes Auto ist nicht nutzbar, wird mir da bewusst. Ich habe es in die Garage gestellt, die Callum seit meiner Ankunft hier noch nie genutzt hat, weil ich Zeit schinden wollte, um eine Werkstatt zu finden, die es reinigen würde. Weil ich keine Ahnung hatte, wie ich Callum bis dahin den Zustand des Wagens erklären sollte.

Er neigt sich zu mir, nimmt mir den nun nutzlosen Autoschlüssel aus der Hand und steckt ihn in die Tasche. »Komm, ich fahre dich.«

Vals Warnung, dass ich jemanden mitbringen soll, nagt an meinem Gewissen, aber ich will Reed um nichts bitten. »Kann ich mir nicht einfach dein Auto leihen?«

»Erstens ist es kein Auto, sondern ein Range Rover. Und zweitens: Nein.«

Mir bleibt keine Zeit für Diskussionen. Val braucht mich. Und offenbar brauche ich Reed. Aber deshalb muss ich noch lange nicht nett zu ihm sein. Ich schnaube also wütend und stapfe in den Hauswirtschaftsraum, wo ich mir die erstbeste Jacke schnappe, die ich finden kann. Kaum schließe ich den Reißverschluss, wird mir bewusst, dass sie Reed gehört. Na großartig. Jetzt habe ich auch noch permanent seinen Geruch in der Nase.

»Also gut, aber wenn wir ankommen, bleibst du im Wagen.«

Er grunzt nur als Antwort, was zweierlei heißen kann. Entweder Zustimmung oder *Ich fange erst an, mit dir zu diskutieren, wenn du im Wagen sitzt.*

»Wohin soll's gehen?«, fragt er, während ich mich anschnalle. Ich gebe ihm die Adresse, woraufhin er mich schief ansieht. »Ich hatte ja keine Ahnung, dass man um diese Uhrzeit nur noch am Hafen was zu essen bekommt.«

»Es soll der beste Imbiss der Gegend sein«, lüge ich schnell.

»Wir wissen beide sehr genau, dass du nichts zu essen holen willst. Möchtest du mir erklären, was los ist?«

»Nein, nicht so wirklich.«

Ich rechne damit, dass er so was im Stil von *mein Auto, meine Regeln* erwidert, aber er bleibt stumm. Seine Finger umklammern das Lenkrad, quetschen den Lederüberzug. Wahrscheinlich stellt er sich gerade vor, dass das mein Hals ist und er nur fest genug drücken muss, damit mir das Herz überläuft und ich sage: *Oh, Reed, ist mir total egal, dass du die Freundin deines Vaters gevögelt und vielleicht geschwängert hast.*

Komm am besten gleich mit in mein Zimmer und nimm mir meine Jungfräulichkeit.
Wenn er sie denn überhaupt noch will. Also, ja, er behauptet, dass er mich will, aber was heißt das? Geht es ihm eigentlich nur um seinen Stolz? Ist das ein Stich in sein Ego, wenn ihn ein Mädchen abweist, weshalb er ihm nachstellt, um sein Selbstbild wieder aufzubauen? Auf meine Instinkte kann ich nichts mehr geben. Ich habe Reed schließlich schon an mich herangelassen, als er sich noch wie ein riesiges Arschloch mir gegenüber verhalten hat. Und jetzt, wo er so nett zu mir ist, kann ich ihm umso weniger trauen.

Hätte ich mal besser auf ihn gehört, als er mir geraten hat, mich von ihm fernzuhalten. Aber ich war einsam und dumm, und irgendwas an ihm hat mich angezogen. Ich dachte ... Ach, keine Ahnung, was ich dachte. Vielleicht haben meine Hormone total verrücktgespielt, und das Ganze war einfach nur ein Östrogenzwischenfall. Oder aber ich funktioniere so. Mein Leben lang habe ich meine Mom dabei beobachtet, wie sie – was die Männer anging – eine schlechte Entscheidung nach der anderen getroffen hat. Ist es da wirklich so verwunderlich, dass ich dasselbe tue?

Reed greift über die Mittelkonsole und drückt mein Knie. »Wenn du weiter so intensiv nachdenkst, brennt dir noch 'ne Sicherung durch.«

Seine Berührung lässt meinen Puls hochschnellen, weshalb ich mein Knie wegbewege, sodass ich seine Hand wieder los bin. Er versteht die Botschaft und legt die Hand zurück ans Lenkrad. Ich starre währenddessen auf das Armaturenbrett und versuche, mein Bedauern darüber in den Griff zu bekommen.

»Das Problem ist nicht, dass ich zu intensiv nachdenke. Im Gegenteil, ich denke noch viel zu wenig nach«, murmle ich.

»Du hast keine Probleme, Ella. Zumindest nicht so, wie du glaubst. Du bist völlig in Ordnung, so wie du bist.«

Das Kompliment verursacht mir ein warmes Gefühl im Bauch. Der liebe, nette Reed ist viel wirkungsvoller und gefährlicher als Arschloch-Reed. Ich kann mich damit jetzt nicht befassen. Ich bin müde, und deshalb funktionieren meine Abwehrmechanismen nicht richtig.

»Hör auf, so nett zu tun. Das bist nicht du.«

Zu meiner Überraschung lacht Reed darüber. Es ist kein herzliches Lachen, sondern getränkt von Verbitterung. Aber ein Lachen ist es trotzdem. »Ich weiß nicht mehr, wer ich bin. Ich weiß nicht weiter. Und ich glaube, meinen Brüdern geht es da nicht anders.«

Mein Herz macht eine Wendung um hundertachtzig Grad. Ein verletzlicher Reed ist sogar noch gefährlicher. Verzweifelt suche ich nach einem Themenwechsel. »Ist Easton deshalb so komisch?«

»Wenn ich das wüsste, müsste ich nicht mitten in der Nacht los, um ihn irgendwo aus der Scheiße zu ziehen. Wenn dir also irgendwas einfällt, wie wir den wieder hinbekommen, dann lass mal hören.«

»Wir sind nicht unterwegs, um Easton zu retten«, gebe ich zu. »Und wenn du wissen willst, wie du ihm helfen kannst, musst du dich an jemand anders wenden. Ich habe keinen blassen Schimmer, was mit dem abgeht.« Nur, dass er mal Suchtprobleme hatte. Und seine Mutter verzweifelt vermisst, seine Brüder liebt und angewidert ist von dem, was wir heute da im Bad gesehen haben.

Die Frage liegt mir auf der Zunge. Ob er Bescheid weiß. Aber eigentlich verhält es sich wie mit so vielem anderen in diesem Haus: Ich habe den Eindruck, je weniger ich weiß, desto besser.

»Ich schätze, ihm gefällt es nicht, ausgeschlossen zu

sein«, sage ich widerstrebend. »Da sind einerseits die Zwillinge und andererseits du und Gideon. Vielleicht hat er das Gefühl, er gehört nicht dazu.«

Ich kenne das Gefühl, und es könnte erklären, warum Easton so bestürzt reagiert hat, als er Gideon und Dinah zusammen sah. Weshalb er mit Abby und Savannah rummacht. Weshalb er sich besinnungslos trinkt und kifft. Vielleicht will er nur Nähe zu seinen Brüdern herstellen, kann das aber nur auf seine verkorkste Weise.

Reed brummt. »So habe ich das noch nie betrachtet.«

Er tippt mit dem Finger auf das Lenkrad und wechselt abrupt das Thema. »Du hast meinem Dad noch nichts von deinem Auto erzählt.«

»Wie kommst du darauf?«

»Weil er sonst längst rastlos auf und ab gehen und ungefähr tausend Telefonate führen würde. Und dann würde dein von Ameisen überzogenes Auto nicht in der Garage versteckt stehen, wo Dad es nicht sehen kann.«

»Ich habe schon versucht, eine Werkstatt zu finden, die es reinigt.«

»Ich kümmere mich darum.«

Was immer ich darauf erwidern würde, geht in der Szene unter, in die wir gerade hineinfahren. Reihenweise fahren Autos vom Parkplatz, und es nähern sich Polizeisirenen. Kaum wird Reed langsamer, öffne ich die Tür und springe hinaus. Ich renne sofort los und rufe: »Val! Val! Wo bist du?«

Eine schlanke Gestalt löst sich aus dem Gebüsch am Bürgersteig und wirft sich mir in die Arme.

»Mein Gott, ich dachte schon, du kommst nicht mehr!«, schluchzt Val mir ins Ohr.

Als ich mich von ihr löse, sehe ich, dass sich neben ihrem linken Auge ein blauer Fleck bildet, außerdem hat sie einen roten Fleck an der Stirn. »Was ist passiert?«, keuche ich.

»Ich erzähl's dir im Auto, ja? Erst will ich hier, bitte, bitte, weg.«

»Aber klar.« Ich schlinge meinen Arm um sie, aber als wir uns Richtung Rover auf den Weg machen, stolpert Val und reißt mich fast zu Boden. Reed erscheint an meiner Seite und nimmt Val in die Arme. Er nickt zum Auto. »Gehen wir.«

Diesmal zögere ich keine Sekunde und folge seiner Aufforderung sofort. Die Sirenen kommen immer näher, wir werden angerempelt, viele Menschen rennen um uns herum, rennen davon.

Reed eilt zu seinem Wagen. Ich halte die Tür auf, und er legt Val auf den Rücksitz. Ich klettere zu ihr, und Reed springt wieder ans Steuer.

»Bringt mich bitte nicht nach Hause. Bitte. Ich kann heute Nacht unmöglich Jordan begegnen«, wimmert Val.

»Versteht sich von selbst. Du bleibst bei mir.«

Reed nickt, dass er verstanden hat, und tritt aufs Gaspedal. Schon sausen wir Richtung Norden, nach Hause.

»Wer war das, Val?«, will Reed wissen. »Der kann was erleben.«

Val lässt den Kopf gegen die Rückbank sinken. Sie ist erschöpft. Körperlich und seelisch.

»Du musst nicht darüber sprechen.« Ich streichle ihren nackten Arm. Ihr süßes Outfit – ein bauchfreies Oberteil und eine bestickte Shorts – sieht unbeschadet aus. Außer den Verletzungen im Gesicht kann ich keine weitere erkennen.

»Schon gut.« Sie lächelt mich traurig an. »Ich bin einer Ex von Tam begegnet. Wir haben uns eine lächerliche Prügelei geliefert. Wenn also jemand was von dir erleben kann, Reed, dann bin das ich.«

Sie schließt die Augen, eine einzelne Träne rollt ihre Wange hinab. Ich rutsche zu ihr und lege ihr einen Arm um die Schultern, drücke sie für den Rest der Fahrt an mich.

Als wir zu Hause ankommen, bringe ich sie in mein Zimmer, wo sie sich sofort auf mein Bett fallen lässt. Ich ziehe ihr Schuhe, Top und Shorts aus und hole eine Flasche Wasser aus dem Kühlschrank. Sie nimmt sie dankbar entgegen.

»Welches Hemd willst du: Astor Football oder dieses alte Ironman-T-Shirt?«

Sie wirft einen vielsagenden Blick auf das Astor-Shirt, zeigt dann aber auf das andere. »Ironman, bitte.«

Ich werfe es ihr zu, erleichtert, dass sie nicht gefragt hat, warum ich noch eins von Reeds alten Trainingshemden habe. Dabei wäre die Antwort nur gewesen, weil es bequem ist. Also, es ist wirklich bequem, aber jeder Mensch mit ein bisschen Grips würde natürlich davon ausgehen, dass ich es aus anderen Gründen behalten habe.

Val rutscht gerade unter die Decke, als Reed mit einer Tablettenschachtel erscheint. »Valium«, sagt er und kommt durch die Tür, die ich offen gelassen habe.

Ich frage nicht, wie er an die Dinger kommt, sondern hole nur eine heraus und gebe sie Val.

»Braucht ihr sonst noch was?«

»Nein danke«, antworte ich.

Er tritt von einem auf den anderen Fuß und geht dann widerwillig.

Val schläft sofort ein, aber ich bin viel zu aufgedreht. Ich rolle mich neben ihr zusammen und liege da einfach für eine Weile, bis ich ein Geräusch im Flur höre. Vorsichtig, damit ich meine Freundin nicht wecke, stehe ich auf, schleiche zur Tür und öffne sie einen Spaltbreit.

Tatsächlich bezieht Reed wieder Position vor meiner Tür.

»Geh ins Bett«, zische ich.

Er öffnet ein Auge. »Ich bin im Bett.«

»Im Flur steht kein Bett.«

»Ich brauche keins.«

»Wie du meinst.« Ich will die Tür zuschlagen, aber erinnere mich im letzten Moment an Val. Die Tür schließt mit einem leisen Klacken, ich lehne mich dagegen und ermahne mich, dass ich ihn nicht liebe. Dass er gemein zu mir war. Dass ich während der Wochen, in denen ich fort war, von Visionen von ihm und Brooke gequält wurde und mich einfach nur hinlegen und sterben wollte, statt jeden Morgen aufzustehen, irgendwie Geld ranzuschaffen und nach einem Job Ausschau zu halten.

Und jetzt hockt er vor meiner Tür und will mir weismachen, dass er sich geändert hat.

Ich reiße die Tür noch einmal auf und stürme hinaus. »Was willst du hier?« Es klingt eher nach einem Flehen als nach einer Anklage.

Reed steht auf. Er trägt ein schwarzes Trägerhemd und eine Jogginghose, die sehr tief an seiner Hüfte hängt. Seine Muskeln spielen, als er die Arme nach mir ausstreckt. »Das weißt du doch.«

Das Feuer in seinen Augen macht mich gleichzeitig an und superwütend. »Fass mich nicht an.«

Er lässt die Arme sinken, und ich verachte mich dafür, wie enttäuscht ich darauf reagiere. *Reiß dich zusammen, Ella!*

»Also gut«, sagt er mit rauer Stimme. »Dann übernimmst du eben das Anfassen.«

Meine Augen werden groß, denn er zieht sich hier – mitten im Flur – aus.

Ein nackter Reed mit seinem muskulösen Oberkörper und den steinharten Oberschenkeln und der schmalen Haarlinie, die wie ein Pfeil zu seinem Hosenbund zeigt? Nein. Nein. *Nein.*

»Zieh das wieder an«, befehle ich und werfe ihm das Top ins Gesicht.

»Nein.« Er fängt es aus der Luft und schleudert es davon. Und dann reißt er mich an sich. Jeder Zentimeter seines Körpers ist hart. Jeder Zentimeter.

Ich rechne mit einem weiteren hektischen, überhitzten Rumgemache wie nach Savannahs Party, aber Reed überrascht mich. Seine Berührung ist sanft, er lässt die Finger leicht über meine Wange laufen. Seine Atmung wird flach, dann fahren die Finger behutsam durch mein Haar und bringen meinen Kopf in die perfekte Position für einen Kuss.

Das ist unser bislang zärtlichster Kuss. Langsam. Weich. Seine Lippen sind leicht wie Federn an meinen. Seine Zunge bewegt sich zögerlich. Ich spüre, dass er zittert, aber ich kann nicht sagen, ob vor Nervosität, vor Erregung oder beidem.

Ich schreie mich selbst an, ihn wegzustoßen. Wenn ich um Hilfe rufe, hört er vielleicht auf, mich zu küssen, als wäre ich der wichtigste Mensch der Welt.

Aber ich tue nichts dergleichen. Mein blöder Körper schmilzt an seinem. Meine blöden Lippen teilen sich für ihn.

Nimm, was er dir geben kann, und dann schickst du ihn weiter, flüstert eine Stimme in meinem Kopf. *Benutze ihn.*

Na, ist das nicht eine praktische Begründung?

Im Dunst meines wachsenden Verlangens gebe ich einen Millimeter nach, und Reed nutzt das sofort, hebt mich hoch und trägt mich in sein Zimmer. Er gibt der Tür einen Tritt und legt mich dann aufs Bett.

»Du hast mir gefehlt«, flüstert er. Ich öffne die Augen und sehe, dass seine vor überschäumenden Gefühlen glänzen. »Sag mir, dass ich dir auch gefehlt habe.«

Ich schlucke die Wörter runter, bevor sie mir über die Lippen kommen können.

Die Enttäuschung auf seinem Gesicht lässt schnell nach. »Schon okay, du musst es nicht aussprechen. Es reicht, wenn du es zeigst.«

Seine Hand wandert von meinem Kopf zwischen meine Beine, und als er die Finger krümmt, fangen meine Hüften automatisch an, sich rhythmisch zu bewegen. Er stöhnt vor Lust und reibt den klopfenden Punkt, sodass mir ein Wimmern entfährt.

Wie ich es hasse, dass er noch immer eine solche Macht über mich hat. Dass ich rein gar nichts mehr unter Kontrolle habe. Dass ich hier bin. Dass seine Mom gestorben ist. Dass ich mich überhaupt erst in Reed verliebt habe.

Tränen rollen mir über die Wangen und sammeln sich dort, wo unsere Münder sich treffen.

»Weinst du?« Reed rückt abrupt von mir ab.

Ich umklammere ihn fester. Als würde ein Teil von mir sagen, dass ich schon so viel in meinem Leben verloren habe, weshalb ich genauso gut an allem noch so Winzigen festhalten könnte, was Reed Royal mir geben will.

Trotzdem kann ich nicht aufhören zu weinen. Die Tränen kullern schnell und heftig. Reed wischt sie weg, aber es kommen immer welche nach.

»Hör doch auf zu weinen, Baby. Bitte«, fleht er.

Ich versuche es. Ich halte den Atem an, aber all die zurückgehaltenen Tränen schütteln meinen Körper in Schockwellen.

»Okay, ich höre auf. Ich werde dich nicht wieder anfassen. Versprochen. Ella, du bringst mich um.«

Er drückt sich meinen Kopf an die Brust und streichelt mir über die Haare. Es dauert länger, als ich mir eingestehen möchte, bis ich mich wieder unter Kontrolle habe. Die ganze

Zeit wiederholt Reed seine Entschuldigung und das Versprechen, sich von mir fernzuhalten. Das ist es, was ich will, sage ich mir, dabei muss ich über sein Versprechen, mich nicht mehr anzufassen, sogar noch heftiger weinen. Irgendwann habe ich mich ausreichend gesammelt, um ihn wegzuschieben. »Es tut mir leid«, flüstere ich.

Er sieht mich mit traurigen Augen an.

Ich rutsche von der Matratze und weiche zurück, wodurch ich endlich sehr nötige Distanz zwischen uns bringe. Je weiter ich von Reed weg bin, desto klarer kann ich denken. »Wir müssen uns in Ruhe lassen. Wir tun einander nicht gut.«

»Was soll das heißen?«

»Das weißt du sehr genau.«

Er steht auf und stemmt die Hände in die Hüften. Ich muss den Blick von seinem nackten Körper und den perfekten Augen abwenden. Wenn er doch über Nacht hässlich werden würde, das würde mir das Leben maßgeblich erleichtern.

»Das heißt, es ist okay für dich, wenn ich was mit einer anderen habe? Ein anderes Mädchen küsse? Überall von ihr angefasst werde?«

Ich kotze fast auf den cremefarbenen Teppich. Zwinge mich, durch die Nase zu atmen. Und lüge. »Ja.«

Ich spüre seinen prüfenden Blick für eine gefühlte Ewigkeit auf mir. Am liebsten würde ich ihm an den Hals springen und bitten, bei mir zu bleiben, aber mein Selbsterhaltungstrieb hält meinen Blick weiter gesenkt und die Füße an Ort und Stelle.

»Nein, ist es nicht«, sagt Reed leise. »Du bist verletzt, und du stößt mich weg, aber ich gebe nicht auf.«

Er kommt zu mir, und ich wappne mich. Aber er gibt mir

nur einen Kuss auf die Stirn und lässt mich dann allein in seinem Zimmer zurück.

Seine letzten Worte hängen in der Luft. Ich sacke zu Boden und ziehe mir die Knie unters Kinn. Es ärgert mich, dass er mich nicht weiter gedrängt hat. Ich hätte nachgegeben. Es ärgert mich, dass er noch immer nicht aufgeben will.

Nein, das stimmt so nicht. Ich ärgere mich über mich selbst, weil mir von seiner Versicherung ganz warm wird, dass er mich, egal was ich ihm an den Kopf werfe, zurückgewinnen wird.

21. Kapitel

Ich schleppe mich zurück in mein Zimmer und schlafe, ungefähr zwei Stunden bevor der Wecker klingelt, ein. Dann heißt es aufstehen und ab zur Schule. Ich recke eine Hand unter der Decke hervor und taste nach meinem Handy. Ich tippe auf *snooze* und schaue rüber. Val ist nur noch zur Hälfte auf dem Bett. Ein Bein ragt gerade unter der Decke hervor, und ein Arm hängt an der einen Bettseite hinunter.

Ich lege ihr die Hand auf die Schulter. »Aufstehen, Dornröschen.«

»Nein. Ich will nicht«, brummelt sie.

»Die Schule fängt in ...« Mein müder Kopf braucht ein bisschen, um es auszurechnen. »... einer Stunde und zehn Minuten an.«

»Dann weck mich in zwanzig Minuten.«

Ich zwinge mich aufzustehen, hole mir eine Flasche Wasser aus dem Minikühlschrank und verschwinde im Bad. Nach ein paarmal Blinzeln kann ich sogar mein Spiegelbild erkennen.

Reeds Berührungen haben keine Spuren auf mir hinterlassen. Kein Fleck am Hals, wo sein Mund gesaugt hat. Es gibt keine äußerlichen Beweise für meine Schwäche. Ich lege mir einen Finger an die Unterlippe und stelle mir vor, das wäre Reed.

Val erscheint hinter mir und erlöst mich so von meiner idiotischen Vorstellungskraft. Der blaue Fleck sieht fürchterlich aus.

»Du hast Reed gestern erzählt, dass du dich geprügelt hast, aber wenn dich jemand angegriffen hat, dann bring ich ihn um.« Das meine ich todernst.

»Dann musst du bei mir ansetzen, weil das hier« – sie deutet auf ihre Stirn –, »das ist das Ergebnis von einem Kopfstoß, den Tams Ex abbekommen hat.«

Ich zucke zusammen. »Vielleicht nimmst du nächstes Mal eine Bierflasche? Oder noch besser: Du nimmst mich mit.« Unsere Blicke treffen sich im Spiegel. »Du hast von dem Rave gar nichts erzählt. Warum hast du mich nicht gefragt, ob ich mitkomme? Ich hätte dir doch den Rücken gestärkt.«

»Ich hab erst ganz spät von der Party erfahren. Ein Mädel von der *Jefferson* – da ist Tam zur Schule gegangen – hat mir eine SMS geschickt. Sie hätte schwören können, dass sie ihn gesehen hat. Ich habe nicht mal nachgedacht, mich einfach nur angezogen und mich von Jordan mitnehmen lassen, die zu den Gastonburgs gefahren ist, und plötzlich habe ich mich wegen Tam mit einer Fremden geprügelt.«

»Hattest du nicht gesagt, sie ist eine Ex? Dann war's doch keine Fremde? Geht sie mit ihm aufs College?«

Val sieht aus, als hätte ich ihr in den Bauch geboxt. »Nein. Ich glaube, er hat mich schon ewig betrogen. Deshalb nenne ich sie eine Ex.«

»Oh nein!« Ich lege ihr einen Arm um die Schultern, und sie sinkt gegen meine Brust.

»Ich bin so dumm.«

Da bist du nicht die Einzige.

Ich räuspere mich. »Ich habe gestern mit Reed geknutscht.«

»Wirklich?« Sie klingt fast hoffnungsvoll.

»Ja. Er schläft neuerdings vor meiner Tür. Das ist schon irgendwie gruselig, oder?« Val löst sich von mir, um mich mit großen Augen anzusehen. »Supergruselig«, stimmt sie mir zu, aber sie klingt nicht gerade überzeugend.

Ich lehne mich gegen das Waschbecken. »Ja, genau. Ich finde es eigentlich auch nicht gruselig. Sollte ich, aber stattdessen finde ich es unglaublich ... süß von ihm. Er will so sehr verhindern, dass ich noch einmal abhaue, dass er buchstäblich auf dem Boden vor meiner Tür schläft.« Ich reibe mir die Stirn, beschämt von meiner Schwäche.

»Er hat gestern Skip Henley für dich zusammengeschlagen.«

Ich blinzle überrascht. »Wie bitte?«

Val windet sich verlegen. »Ich habe es dir bisher nicht erzählt, weil ich weiß, wie ungern du über Reed sprichst, aber ja. Er hat Skippy mitten in der Mensa ein paar für das verpasst, was er in Sprechkunde zu dir gesagt hat.«

Ein wahrer Emotionenmix durchfährt mich. Freude. Befriedigung. Weil die Sprüche gestern im Unterricht wirklich brutal waren. Außerdem Schuldgefühle, weil ... verdammt, weil ich Reed seit meiner Rückkehr abweise, während er wie ein Beschützer vor meiner Tür schläft und sich meinetwegen mit anderen prügelt.

Vielleicht ... Himmel, verdient er eine zweite Chance?

»Dachte nur, dass es dir guttut, das zu hören«, sagt Val mit einem Schulterzucken. »Und wenigstens hat Reed dich nicht betrogen und verweigert jeden Kontakt. Er ist kein Lügner wie Tam.« Val drückt meinen Arm. »Hast du eine Zahnbürste für mich? Fühlt sich an, als wäre ein Tier in meinem Mund gestorben.«

Ich krame im Schrank unterm Waschbecken, wo ich einen kleinen Korb mit schön verpackten Seifenstücken und einen Packen neuer Zahnbürsten finde. Ich gebe ihr eine und drücke Zahnpasta auf meine elektrische Bürste. Während Val sich die Zähne putzt und das Gesicht wäscht, gehe ich zurück ins Zimmer und stelle mich vor meinen Schrank, der von den Klamotten, die Brooke ausgesucht hat, nur so überquillt. Aber eigentlich sehe ich nichts, weil ich nur an diesen einen Satz denken kann: *Wenigstens hat Reed dich nicht betrogen.*

Als Val das sagte, hatte ich nicht das Bedürfnis, sie zu korrigieren.

Weil es stimmt.

Ich glaube nicht mehr, dass er mich betrogen hat. Ich weiß nicht, ob das Kind von ihm ist. Aber ... wenn ich glaube, dass er mich nicht betrogen hat, dann sollte ich ihm auch glauben, dass er nicht der Vater ist.

Val hat noch in einem anderen Punkt recht. Reed ist kein Lügner. Er hat mich in der Zeit, in der wir zusammen waren, kein Mal angelogen. Er war sogar so offen, dass er mir von seinen Plänen erzählt hat, sofort die Stadt zu verlassen, wenn er erst seinen Abschluss hat. Dass er nicht gut ist, was Beziehungen angeht. Dass er die Menschen, die ihm am nächsten stehen, kaputt macht.

Damit meint er keine Mädchen, und das ist auch sonst kein pubertärer Blödsinn. In einem plötzlichen Moment der Hellsicht kapiere ich, dass er damit seine Eltern meint. Er hat sie unendlich geliebt, und sie haben ihn beide enttäuscht.

Seine Mutter hat sich umgebracht und fünf Jungs zurückgelassen, die ihren Verlust allein bewältigen mussten. Sein Vater betäubt seine Sorgen mit Alkohol und schrecklichen Frauen. Ist es da verwunderlich, dass Reed mir sagt,

Sex ist nur Sex? Dass er ihn als Waffe einsetzen wollte? Er benutzt sie, um sich selbst und andere zu bestrafen. Er lebt das Erbe, das seine schwachen Eltern ihm hinterlassen haben, dennoch tobt da ein Kampf in ihm – und genau dieser Kampf hat mich angesprochen.

»Du sabberst dich gleich voll«, sagt Val, als sie aus dem Bad kommt.

Schuldbewusst halte ich mir eine Hand unter den Mund und eile ins Bad, um auszuspucken und mir das Gesicht zu waschen. Val gegenüber zuzugeben, dass ich noch immer Gefühle für Reed habe, ist das eine. Aber einzugestehen, dass ich darüber nachdenke, ihm zu vergeben, ist eine ganz andere Geschichte. Eine, deren Ende ich nicht kenne.

»Was verbirgt sich wohl heute in meinem Schließfach?«, frage ich, als ich wieder neben sie trete. »Müll? Verdorbenes Essen? Benutzte Tampons?«

Val deutet auf ihren blauen Fleck. »Was machen wir damit? Ich sehe aus wie das Paradebeispiel einer misshandelten Freundin.«

»Das kann ich dir überschminken. Hab ich schon mal gemacht.« Weil sie mich so schockiert ansieht, schiebe ich gleich die Erklärung hinterher. »Nicht bei mir oder meiner Mom, sondern bei den Mädels, mit denen sie gearbeitet hat.«

»Oh Mann.«

»Ich weiß.«

Ich wende mich vom Schrank ab. »Ich sag dir mal was. Ich frage mich, ob ich nicht heute noch einmal blaumache und ins Einkaufszentrum fahre. Was hältst du davon?«

Langsam wächst ein Lächeln auf ihrem Gesicht heran. »Ich frage mich, ob ich nicht vielleicht Appetit auf eine große, saftige Brezel und einen Frozen Yogurt zum Frühstück habe.«

Wir stoßen die Fäuste zusammen. »Tun wir so, als wären wir krank?«

»Nee, wir machen einfach blau. Fahren ins Einkaufszentrum, essen furchtbar ungesunde Sachen, reizen die Kreditkarten unserer Vormünder bis zum Maximum aus. Dann lassen wir uns bei *Sephora* verschönern. Und dann fahren wir zum Pier und fressen uns mit Meeresfrüchten voll, bis wir nur noch für Meerestiere attraktiv sind.«

Ich grinse sie breit an. »Ich bin so was von dabei.«

»Wie war die Shoppingtour?«

Ich fahre beim Klang von Brookes Stimme herum. Eigentlich wollte ich mir gerade einen Snack holen, aber – wie immer – habe ich nach ihrem Anblick keinen Appetit mehr. Ich schiebe die Schale mit den Maischips beiseite und mache einen Schritt zurück.

Brooke marschiert auf ihren Sieben-Zentimeter-Absätzen auf mich zu. Ob sie die auch noch tragen wird, wenn sie im achten Monat ist und mit einem riesigen Bauch herumwatschelt? Höchstwahrscheinlich. Sie ist eitel genug und geht sicher nur zu gern das Risiko ein, zu stolpern und hinzufallen – trotz Schwangerschaft.

Bäh. Warum denke ich denn an Brookes Schwangerschaft? Davon wird mir nur noch übler.

»Oh, die Schweigenummer? Ernsthaft?« Brooke lacht und steuert nun den Kühlschrank an. »Ich hätte mehr von dir erwartet, Ella.«

Ich verdrehe hinter ihrem Rücken die Augen. »Als würdest du dich wirklich für mich interessieren. Ich erspare uns einfach den Small Talk, an dem keiner von uns beiden etwas liegt.«

Brooke holt die Kanne mit dem gefilterten Wasser heraus und gießt sich ein großes Glas voll. »Um ehrlich zu sein, warte ich schon sehnsüchtig auf eine Gelegenheit, um mit dir zu sprechen.«

Aha. Sicher.

»Callum und ich haben letztens geredet und sind zu dem Schluss gekommen, dass es eine geniale Idee wäre, wenn du und Dinah meine Babyparty plant.«

Mein Rücken versteift sich. Soll das ein Witz sein?

»Das wäre eine tolle Gelegenheit, um euch besser kennenzulernen«, fährt Brooke fort. »Findet Callum auch.«

Ja, sicher. Das ist garantiert nicht auf Callums Mist gewachsen. An dem Tag, als wir zu Steves Witwe gefahren sind, hat er sich auf dem Hinweg fast ins Koma gesoffen und mich angefleht, Dinah O'Halloran kein Wort zu glauben.

Brooke betrachtet mich erwartungsvoll. »Was sagst du dazu?«

»Was ich dazu sage?«, äffe ich sie mit zuckersüßem Ton nach. »Dass ich gerne erst einmal das Ergebnis eines Vaterschaftstests hätte, bevor ich meine Zeit mit einer Babyparty verschwende.«

Ihr zarter Kiefer spannt. »Das war unangebracht.«

»Nee, finde ich nicht.« Ich lehne mich mit der Hüfte gegen die Arbeitsfläche und zucke mit der Schulter. »Wie auch immer es dir gelungen ist, Callum davon zu überzeugen, dass das ein Royal-Baby sein soll, ich habe da meine berechtigten Zweifel, *Süße*.«

»Oh, es ist ein Royal-Baby. Aber willst du wirklich wissen, welcher Royal Anteil an der Hälfte der DNA dieses Zeichens von Liebe hat?« Sie tätschelt sich den kleinen Babybauch und lächelt mich an.

Meine Hände ballen sich zu Fäusten, und sie weiß, dass sie einen Nerv getroffen hat.

Du kannst keine Schwangere schlagen, sagt eine strenge Stimme in meinem Kopf.

Ich schlucke meine aufsteigende Wut hinunter und zwinge mich, meine Hände zu entspannen.

Brooke nickt zustimmend, als könnte sie in meinen Kopf gucken und wüsste, wie gern ich ihr eine verpassen würde. »Also, kommen wir noch mal zurück zur Babyparty«, sagt sie, als wäre gar nichts passiert. »Du solltest dir wirklich überlegen, ob du sie nicht mit Dinah planen willst. Sie war nicht glücklich darüber, wie du dich während des Abendessens ihr gegenüber verhalten hast.«

»Ich habe doch kaum ein Wort gesagt.«

»Eben.« Brooke schaut mich stirnrunzelnd an. »Überleg dir gut, ob du Dinah als Feindin haben möchtest, Ella.«

Ich erwidere ihren Gesichtsausdruck. »Was soll das denn heißen?«

»Dass sie nicht gerade freundlich auf unhöfliches Verhalten reagiert, und dein Verhalten – genauso das der Jungs – hat sie sehr wütend gemacht.«

Sie wirkte nicht wirklich wütend, während sie im Bad Sex mit Callums Sohn hatte, rutscht es mir fast raus.

»Als ich am nächsten Morgen mit ihr gesprochen habe, hat sie sogar das A-Wort benutzt«, säuselt Brooke.

Mir klappt die Kinnlade runter. Wow. Dinah hat mich *Ar...*

»*Anfechten*«, schiebt Brooke hinterher und kichert über meine erschrockene Miene.

Ich starre sie verständnislos an.

»Dinah droht damit, Steves Testament anzufechten«, stellt sie klar. »Wenn sie das wirklich macht, kann ich dir garantieren, dass die Gerichte über Jahre beschäftigt sein werden. Und wenn sie erst fertig ist, wird kein Geld mehr übrig sein – für keine von euch –, weil es alles an die Anwälte fließt und geflossen sein wird. Ich habe ihr schon davon abgeraten, aber Dinah war immer stur. Und dein Verhalten hat sie zutiefst verletzt.«

»Was soll das?« Genervt schüttle ich den Kopf. »Ich kenne sie gar nicht, und Steve habe ich nie gekannt.«

Brooke nippt an dem Wasser. »Über das Letztere kannst du sehr froh sein.«

Ich lege die Stirn in Falten. Egal, wie sehr ich es verabscheue, in eine Unterhaltung mit der Teufelin verstrickt zu werden, ich kann doch nicht leugnen, dass ich jedes Mal, wenn von meinem biologischen Vater die Rede ist, richtig neugierig werde. »Warum?«

»Weil – egal, was Callum behauptet – Steve ein schrecklicher Freund war.«

Zieht man in Betracht, dass Brookes Quelle schätzungsweise Dinah ist, die nur eine Stufe teuflischer ist als sie, glaube ich ihr kein Wort, aber ich lächle lieb und nicke, weil das der schnellste Weg ist, aus dieser Nummer rauszukommen.

»Wenn du meinst.«

»Das ist die Wahrheit. Du kannst froh sein, dass er tot ist. Ich will mir gar nicht ausmalen, was er mit einem so jungen, unschuldigen Mädchen wie dir anstellen würde.« Diese so unverblümt ausgesprochenen Worte bilden einen so krassen Gegensatz zu ihrer sonst so zuckersüßen Art, dass sich mir die Haare im Nacken aufstellen.

»Ich weiß, dass Dinah über das Testament sauer ist, aber damit hatte ich schließlich nichts zu tun.«

Brookes Mund verzieht sich zu einer hässlichen Linie. »Steve hätte sein Vermögen an eine Schildkröte vermacht, wenn damit klar gewesen wäre, dass es nicht an Dinah geht. Dass er es *dir* hinterlassen hat, war der Schock. Selbst Callum hat gedacht, dass seine Söhne das Geld bekommen.«

Das lässt mich stutzen. Mag Gideon mich deshalb nicht? Weil er glaubt, dass ich ihn um sein Erbe gebracht habe?

»Die Jungs haben doch schon Unsummen durch Callum«, betone ich.

Brooke schüttelt in gespielter Bestürzung den Kopf. »In dieser Welt kann man nie genug haben. Hast du das noch nicht begriffen?« Sie stellt das Glas zwischen uns auf die Arbeitsfläche. »Es ist noch nicht zu spät, Ella. Dinah und ich können deine Familie werden. Du musst nicht bei diesen Männern bleiben. Sie sind giftig. Sie werden dich benutzen und verletzen.«

Ich kann sie nur ungläubig anstarren. »Niemand hat mich mehr verletzt als du. Du versuchst, diese Familie zu zerreißen, und ich verstehe nicht einmal den Grund. Was willst du damit erreichen? Was hast du gegen sie?«

Sie seufzt, als wäre ich ein dummes Kind. »Erreichen? Mein Überleben. Und – bei Gott – ich habe versucht, dir das klarzumachen. Wieder und wieder hab ich dir geraten, dich davonzumachen. Alles, was ich anfangs getan habe, war, um dir zu helfen.« Ihr Ton ändert sich. Er ist nicht länger süß, sondern hart und beißend. »Aber ich sehe jetzt, dass du doch nur bist wie alle anderen. So geblendet vom Lächeln der Royals, dass du deine eigene Rettung nicht siehst. Meine Mama hat mir beigebracht, keine Perlen vor die Säue zu werfen.«

»Und ich bin das Schwein, weil ich nicht glaube, dass die Royals mein Ende bedeuten?«

»Du bist nichts ahnend und außerdem verloren in den Wirrungen deiner erwachten Lust, was ziemlich traurig ist, aber« – sie zuckt leicht mit der Schulter – »ich kann dich nicht vernünftig machen. Diese harte Lektion musst du selbst lernen.«

»Du taugst nicht gerade zur Lehrerin. Außerdem solltest du dich vielleicht besser um deine eigenen Angelegenheiten kümmern. Wenn erst das Ergebnis des Vaterschaftstests vorliegt, wird Callum nicht länger das Portemonnaie für dich öffnen.« Ich greife nach der Schale mit den Maischips und steuere die Tür an.

»Pass auf dich auf«, ruft sie mir nach. »Ich werde dir keine Schulter zum Anlehnen bieten, wenn Reed dir das Herz bricht. Aber vielleicht solltest du es mal mit Gideon versuchen. Wie ich höre, ist er eine Granate im Bett.«

Ich kann nicht verbergen, wie schockiert ich bin.

Brooke bricht in schallendes Gelächter aus. »Du bist so ein Kind. Der Horror auf deinem Gesicht ist zu niedlich. Hier hast du noch einen allerletzten Rat – ignoriere die Royal-Jungs. Sie tun dir nicht gut. Lass dir von Dinah und mir mit dem Geld helfen, dann können wir glücklich bis ans Ende unserer Tage leben.«

»Ich würde eher Reed trauen als dir.«

Sie ist total unbeeindruckt von meiner bissigen Antwort. Mit strahlenden Augen fährt sie fort, als hätte ich gar nichts gesagt. »Wenn du deine Karten richtig spielst, könntest du sogar eine meiner Brautjungfern sein. Wäre das nicht toll?«

Ha. Lieber laufe ich fünfzehn Kilometer über glühende Lava, als ihre Brautjungfer zu sein.

»Nein danke.«

Ihre Augen brennen mir ein Loch in den Rücken, während ich die Küche verlasse – und draußen direkt mit einem breit lächelnden Reed zusammenstoße.

»Ich wusste, dass ich dir noch etwas bedeute«, flüstert er.

Ich möchte das abstreiten, ihm erklären, dass er Wahnvorstellungen hat, aber die Worte verkümmern mir in der Kehle. Ich kann ihm nicht sagen, was er hören möchte. Ich bin viel zu betroffen von allem, was mir gerade durch den Kopf geht. Ich bin nicht bereit, dieses Gespräch mit ihm zu führen.

»Du hast gerade für mich Stellung bezogen«, setzt er nach, als ich nicht reagiere.

Ich schüttle den Kopf. »Ich habe nicht für dich, ich habe für mich selbst Stellung bezogen.«

22. Kapitel

REED

Ich habe für mich selbst Stellung bezogen.

Selbst zwei Tage nachdem Ella diesen Satz zu mir gesagt hat, kann ich an nichts anderes denken. Und an dieses kurze Beisammensein in meinem Zimmer. An ihre Tränen. Daran, wie sie darauf beharrt hat, dass wir einander nicht guttun.

Sie hat recht. So halb. Sie tut mir definitiv gut, aber umgekehrt? Ich habe mich total arschig ihr gegenüber verhalten, als sie hier aufgetaucht ist. Ich habe sie beleidigt und sie wie Scheiße behandelt, weil ich meinem Vater nicht verzeihen wollte, dass er Steves Hurenkind zu uns nach Hause gebracht hat, wo er doch schon uns, seine bereits vorhandenen Kinder, kaum beachtete. Dad umsorgte sie so offensichtlich, dass meine Brüder und ich das Gegenteil taten – sie mieden.

Und ja, ich habe eine andere Tonart angeschlagen. Konnte der Anziehungskraft nicht widerstehen. Ich habe meine Deckung immer weiter vernachlässigt, bis ich Ella ganz verfallen war. Trotzdem habe ich Dinge vor ihr geheim gehalten, sie mehr als einmal abgewiesen. Trotzdem habe ich sie wegrennen lassen, ohne gleich die Sache mit Brooke zu erklären.

Ich habe Ella gesagt, dass ich sie zurückgewinnen werde, aber was mache ich schon, um das auch zu schaffen? Ihretwegen habe ich Henley die Faust ins Gesicht gerammt, aber was kann ich jemandem wie ihr darüber hinaus bieten? Sie kommt perfekt allein klar.

Dass sie immer ihre eigenen Kämpfe austrägt und für sich selbst eintritt, hat einen ganz simplen Grund ... Es hat bisher sonst niemand für sie getan.

Aber das ändert sich ab heute.

»Du setzt mich wirklich nicht erst zu Hause ab?«, grummelt Wade vom Beifahrersitz herüber. Er starrt jedes Auto auf dem Parkplatz des *French Twist* finster an, als ich vor der Bäckerei halte.

»Warum sollte ich das tun?« Die Bäckerei ist fünf Minuten von der Schule entfernt, Wade hingegen wohnt zwanzig Minuten in die andere Richtung. »Dauert nur fünf Minuten.«

»Ich werde zu Hause erwartet.«

»Von wem?«, frage ich.

»Rachel.« Er grinst verlegen. »Und ihrer Freundin Dana.«

Ich muss kichern. »Dann hättest du mal besser deinen Porsche gestern nicht geschrottet, was? Hast du aber, und deshalb bist du meine Bitch, bis du wieder motorisiert bist.«

Er zeigt mir den Finger. »Deinetwegen komme ich zu spät zu 'nem Dreier, Royal. Das werde ich dir nie verzeihen.«

»Das tut mir wirklich sehr leid.« Ich lasse den Schlüssel stecken und öffne die Tür. »Warte hier, ich brauch nicht lang.«

»Das hoffe ich für dich.«

Die Bäckerei ist ungewöhnlich leer, als ich hereinkomme. Normalerweise wimmelt es hier um diese Zeit von Kunden, heute sehe ich nur ein paar vereinzelte *Astor-Park*-Kids und ein Trio von älteren Damen an einem der Tische in einer Ecke. Ellas frühere Chefin legt die Stirn in Falten, als ich auf die Theke zukomme. »Mr Royal«, begrüßt sie mich höflich. »Wie kann ich Ihnen helfen?«

Ich atme nervös ein. »Ich möchte mich entschuldigen.« Sie zieht die Augenbrauen hoch. »Verstehe. Wenn ich ehrlich bin, machen Sie nicht gerade den Eindruck, als würden Sie die Bedeutung dieses Wortes wirklich kennen.«

»Glauben Sie mir, ich weiß, wie man sich entschuldigt.« Ich lächle sie reumütig an. »Besonders in der letzten Zeit benutze ich kaum noch ein anderes Wort.«

Dafür ernte ich ein eher widerwilliges Lächeln von ihr.

»Hören Sie, es war meine Schuld, dass Ella abgehauen ist«, erkläre ich eilig. »Ich weiß nicht, ob sie das Ihnen gegenüber erwähnt hat, aber wir waren zusammen.«

Lucy nickt. »Sie hat es nicht erzählt, aber mir war klar, dass es da jemanden gibt. In der Woche bevor sie verschwunden ist, war sie so glücklich, so glücklich habe ich sie vorher nicht gesehen.«

Ein Schuldgefühl überkommt mich. Ja, Ella war glücklich. Bis ich all ihr Glück genommen und in etwas Hässliches verwandelt habe. So, wie ich das immer mache.

»Ich hab's vermasselt.« Ich zwinge mich, Lucy in die Augen zu sehen. »Ella war nicht krank. Sie ist weggelaufen, weil ich ihr keine andere Möglichkeit gegeben habe. Aber ich möchte Ihnen sagen, dass es ihr unglaublich leidtut, Sie enttäuscht zu haben.«

»Hat Ella Sie hergeschickt, um das zu sagen?«, fragt Lucy. Das Stirnrunzeln ist zurück.

Ich lache. »Soll das ein Witz sein? Sie würde mich umbringen, wenn sie wüsste, dass ich hier bin. Kennen Sie jemanden mit mehr Stolz als Ella Harper?«

Lucy presst die Lippen zusammen, um nicht selbst zu lachen.

»Sie hat diesen Job geliebt«, sage ich voller Ernst. »Niemand in meiner Familie wollte, dass sie arbeitet. Ich eingeschlossen. Das ist eine Statussache.« Ich bin ein Arsch. Wir reichen Leute sind wirklich das Letzte, wird mir da bewusst. »Aber sie hat hier trotzdem angefangen, so ist sie einfach. Für sie reicht es nicht, jeden Tag nur Handouts zu bekommen und sich den Hintern platt zu sitzen wie die anderen *Astor*-Kids. Und sie hatte Sie gern als Chefin.«

»Ich hatte sie auch gern hier«, sagt Lucy widerwillig. »*Aber* das ändert nichts an der Tatsache, dass sie mich für über zwei Wochen mit zu wenig Personal hat dastehen lassen.«

»Meine Schuld«, wiederhole ich. »Dafür übernehme ich die volle Verantwortung. Und es macht mich wütend. Es gefällt mir gar nicht, dass sie meinetwegen einen Job verloren hat, an dem ihr sehr viel lag. Deshalb wollte ich Sie bitten, ihre Kündigung noch einmal zu überdenken. Bitte.«

»Reed, ich habe schon jemand Neues eingestellt. Und zwei Mitarbeiter kann ich mir nicht leisten.«

Enttäuschung zieht mir den Bauch zusammen. »Oh, ich verstehe.«

»Aber ...«

Schon erfüllt mich wieder Hoffnung. »Aber?«

»Kenneth kann nur nachmittags arbeiten«, sagt Lucy, und es ist nicht zu übersehen, dass sie darüber nicht gerade erfreut ist. »Bisher habe ich niemanden gefunden, der die Morgenschichten übernehmen wollte, die Ella immer gemacht hat.« Sie lächelt. »Gibt nicht viele Teenager, die bei Tagesanbruch aufstehen wollen.«

»Aber Ella nur zu gern«, sage ich sofort. »Ihre Arbeitsmoral ist extrem. Das wissen Sie ja.«

Lucy sieht nachdenklich aus. »Ja, das weiß ich wohl.«

Ich lege beide Hände auf die Theke und betrachte Lucy hoffnungsvoll. »Heißt das, Sie geben ihr eine zweite Chance?« Sie antwortet nicht gleich. Dann sagt sie: »Ich werde darüber nachdenken.« Weil ich wirklich nicht mehr verlangen kann, schüttle ich ihre Hand, danke für ihre Zeit und verlasse die Bäckerei mit einem Lächeln auf den Lippen.

Zum ersten Mal seit Verkündigung der Verlobung und Schwangerschaft ist das Haus Brooke-frei. Sie und ihre böse Häscherin Dinah sind für zwei Wochen in Paris, um ein Hochzeitskleid zu suchen. Als Dad uns die freudige Botschaft überbringt, jubeln die Zwillinge ausgelassen. Unser Vater starrt sie an und sagt dann, dass wir alle zusammen auf der Terrasse zu Abend essen. Ich zucke mit den Schultern und gehe hinaus, denn solange Brooke und Dinah nicht anwesend sind, habe ich keine Probleme mit einem gemeinsamen Essen.

Unsere Haushälterin Sandra stellt zwei riesige Auflaufformen auf den Tisch, der schon für sieben gedeckt ist. »Ich mache mich jetzt auf den Heimweg«, sagt sie Callum. »Aber ich habe genug vorgekocht und eingefroren, dass es bis zum Ende der Woche reichen sollte.«

»Oh, nein, Sandy! Fahren Sie schon wieder in Urlaub?«, fragt Sawyer bestürzt.

»Urlaub würde ich das nicht gerade nennen.« Sie seufzt. »Meine Schwester hat gerade ein Kind bekommen. Ich fahre nach San Francisco, um sie eine Woche lang zu unterstützen. Ich sehe viele schlaflose Nächte in meiner unmittelbaren Zukunft.«

»Nehmen Sie sich so lange frei, wie Sie möchten«, sagt Dad mit einem warmen Lächeln. »Eine Woche extra ist kein Problem.«

Sandra schnaubt. »Und dann komme ich zurück und muss herausfinden, dass diese beiden« – sie deutet zu den Zwillingen – »wieder versucht haben, meine Küche in Brand zu stecken.« Ihr Ton wird ernster. »Bis nächste Woche, Royals.«

Dad lacht leise, während die rundliche, dunkelhaarige Frau die Hintertür ansteuert. Stimmen dringen aus der Küche, und dann eilt Ella zur Schiebetür hinaus.

»Entschuldigt, dass ich zu spät bin«, sagt sie atemlos. »Ich war noch am Telefon.« Sie setzt sich neben Callum. »Ihr werdet nicht glauben, wer mich gerade angerufen hat!«

Dad lächelt sie freundlich an. Ich muss mein Grinsen unterdrücken, weil ich mich nicht verraten will. Dabei bin ich mir ziemlich sicher, dass ich weiß, wer es war.

»Lucy!« Ihre blauen Augen funkeln vor Begeisterung. »Sie will mir eine zweite Chance geben. Ist das zu fassen?«

»Wirklich?«, frage ich höflich. »Das sind ja tolle Neuigkeiten.«

Aus dem Augenwinkel sehe ich, dass Easton mir einen Blick zuwirft, aber er sagt nichts.

»Es sind auf jeden Fall Neuigkeiten«, sagt Dad und klingt unglücklich.

Ella sieht ihn fragend an. »Du freust dich nicht darüber, dass ich meinen Job zurückhabe?«

»Ich war von Anfang an dagegen, dass du arbeitest«, grummelt er. »Mir wäre es lieber, wenn du dich zu hundert Prozent auf die Schule konzentrierst.«

»Fängst du damit wieder an?« Sie seufzt laut und greift nach dem Servierlöffel. »Ich kann durchaus arbeiten und trotzdem zur Schule gehen. So, wer will Lasagne?«

»Ich«, sagen die Zwillinge gleichzeitig.

Während Ella das Essen verteilt, fällt mir auf, dass meinem Vater und meinen Brüdern keine ihrer Bewegungen entgeht. Die Zwillinge lächeln. Dad sieht zufrieden aus. Nur Easton wirkt verstimmt. Freut er sich nicht, dass Ella ihren Job wiederhat? Er hat fast den Verstand verloren, als sie abgehauen ist, warum macht ihre Anwesenheit ihn dann nicht glücklich?

»Wieso bist du denn so still, East?«, fragt Dad, als wir zu essen anfangen.

Mein Bruder zuckt mit den Schultern. »Hab nix zu sagen.«

Die Zwillinge kichern. »Seit wann das denn?«, höhnt Seb.

Ein weiteres Schulterzucken.

»Ist alles in Ordnung?«, will Dad wissen.

»Ja, ja. Alles super in Eastonland.«

Sein heiterer Ton beunruhigt mich. Ich kenne meinen Bruder. Ich weiß, dass es ihm nicht gut geht. Und wenn das der Fall ist, laufen die Dinge schnell aus dem Ruder. Nach Moms Tod hat er sehr tief ins Glas geschaut. Dann kam Oxy dazu. Dann das Zocken. Dann die Schlägereien. Der nicht enden wollende Strom an Affären.

Gideon und ich haben es geschafft, ihn wieder zu zügeln. Haben die Pillen ins Klo geworfen. Ich war häufig mit zum Kämpfen, damit ich ein Auge auf ihn haben konnte, wenn er unten bei den Docks war. Ich dachte, wir hätten ihn unter Kontrolle, aber jetzt scheint es wieder loszugehen, und das macht mich unruhig.

Dad gibt es bei Easton auf und wendet sich an Sawyer. »Ich habe Lauren schon länger nicht gesehen. Habt ihr euch getrennt?«

»Nee, wir sind noch zusammen.«

Mehr will Sawyer wohl zu dem Thema nicht erzählen, Dad landet also in der nächsten Gesprächssackgasse. »Reed? Easton?«, sagt er dann. »Wie läuft es in dieser Saison? Ich hoffe, dass ich es Freitag zum Spiel schaffe. Ich habe Dottie schon gebeten, mir den Tag frei zu halten.«

Ich kann meine Überraschung nicht verbergen. Als Mom noch gelebt hat, war Dad bei allen unseren Spielen – sie saßen zusammen hinter der Ersatzbank und feuerten uns an wie die Irren –, aber seit ihrem Tod hat er das Stadion nicht wieder betreten. Als hätte das alles seinen Reiz verloren für ihn. Oder aber es war eben Mom, die ihn immer zu den Spielen geschleppt hat.

Easton reagiert ähnlich skeptisch. »Und was bezweckst du damit?«

Dads Miene verändert sich. Ich glaube, er ist wirklich verletzt. »Gar nichts«, sagt er gepresst. »Es ist nur schon eine Weile her, dass ich meine Jungs hab spielen sehen.«

East schnaubt.

Eine unbequeme Stille senkt sich über den Tisch, die schließlich von Ella gebrochen wird, die mit zögerlicher Stimme fragt: »Callum? Könnten wir uns nach dem Essen einmal unterhalten?«

»Natürlich. Worum geht es?«

Sie starrt auf ihren Teller. »Äh. Um mein ... Erbe. Ich habe ein paar Fragen dazu.«

»Natürlich«, sagt er noch einmal, wobei sich seine Miene deutlich aufgehellt hat.

Der Rest des Essens vergeht schnell. Danach verschwinden die Zwillinge im Spielzimmer und Ella und mein Dad in seinem Büro. Damit bleibt das Abräumen an East und mir hängen. Normalerweise würden wir diese öde Aufgabe ein wenig auflockern, indem wir Witze reißen und Blödsinn reden, aber East sagt kein Wort, während wir die Spülmaschine einräumen und die Reste im Kühlschrank verstauen.

Verdammt. Mir fehlt mein Bruder. Wir haben uns seit

Ellas Rückkehr nicht unterhalten. Selbst davor kaum. Das gefällt mir gar nicht. Mein Leben ist nicht im Gleichgewicht, wenn wir schlecht aufeinander zu sprechen sind.

Er schließt den Kühlschrank und steuert die Tür an, doch ich halte ihn auf, bevor er verschwinden kann. »East«, sage ich.

Er dreht sich langsam um. »Was?«

»Wird sich das mit uns jemals wieder einrenken?«

Entweder bilde ich es mir ein, oder aber ich sehe wirklich Reue in seinen Augen aufflackern. Aber, was immer es ist, verschwindet, bevor ich mir sicher sein kann. »Ich muss eine rauchen«, murmelt er.

Niedergeschlagen lasse ich die Schultern hängen, als er sich wieder abwendet. Aber er geht nicht. Ohne mich anzusehen, sagt er: »Kommst du?«

Ich eile hinter ihm her und hoffe, man sieht mir meinen Eifer nicht an. Aber, verdammt noch mal, das ist das erste Mal seit Ewigkeiten, dass er mich in seiner Nähe haben will.

Wir verlassen das Haus durch den Seiteneingang und betreten die Auffahrt. »Wohin fahren wir?«, frage ich.

»Nirgendwohin.« East hakt die Klappe seines Pick-ups aus und hüpft auf die Ladefläche. Dann fischt er eine kleine Dose aus seiner Tasche, öffnet sie und holt einen säuberlich gerollten Joint und ein Feuerzeug heraus.

Nach nur einem Augenblick hüpfe ich neben ihn.

Er steckt den Joint an und atmet tief ein, dann spricht er durch den Qualm, der ihm aus dem Mund kommt. »Du hast dafür gesorgt, dass Ella ihren Job wiederkriegt.«

»Wer hat dir das erzählt?«

»Wade.« Er reicht mir den Joint. »Ich war nach der Schule bei ihm.«

»Ich dachte, der hatte 'nen flotten Dreier in Aussicht.«

»Wurde ein flotter Vierer draus.«

Ich atme eine Wolke aus. »Ach ja? Dann bist du also doch nicht ausschließlich an den Ex deiner Brüder interessiert?«

Er zuckt nur mit den Schultern. »Ich wurde nie für besonders helle gehalten.«

»Für besonders rachsüchtig aber auch nicht«, sage ich leise. »Ich versteh schon. Du bist sauer auf mich, deshalb hast du Abby angemacht. Aber Savannah? Du weißt doch, dass Gid nicht über sie hinweg ist.«

Wenigstens hat er den Anstand, beschämt auszusehen. »An Gid hab ich nicht gedacht, als ich mit Sav rumgemacht habe«, gibt er zu. »Ich habe gar nicht gedacht, um ehrlich zu sein.«

Ich gebe den Joint an ihn zurück. »Wirst du ehrlich sein und es Gid sagen?«

Ein strenges Grinsen formt sich auf seinen Lippen. »Ich werde ehrlich zu ihm sein, wenn er es zu mir ist.«

Was soll das denn heißen? Aber ich hake nicht nach, weil ich nicht hier bin, um die Beziehung zwischen Gid und East zu richten. Ich bin hier, um *meine* Beziehung zu ihm zu retten.

»Ich hab's verbockt«, sage ich.

Er runzelt die Stirn. »Was?«

»Alles.« Ich nehme den Joint noch einmal entgegen und inhaliere so tief, dass mir fast schwindelig wird. Mit dem Rauch stoße ich jede Dummheit aus, die ich dieses Jahr begangen habe. »Ich hätte nicht mit Brooke schlafen und es nicht vor dir geheim halten sollen. Genauso wenig vor Ella.« Das Gras lockert nicht nur meinen Kopf, sondern auch meine Zunge. »Ich bin schuld daran, dass sie abgehauen ist. Ich habe sie verjagt.«

»Ja, hast du.«

»Es tut mir leid.«

Er sagt nichts.

»Ich weiß, dass dir das Angst gemacht hat. Ihre Flucht. Es hat dich verletzt.« Ich schaue ihn an, betrachte sein angespanntes Gesicht. Und als mir ein neuer Gedanke kommt, spanne auch ich mich an. »Bist du in sie verliebt?«, frage ich leise.

Sein Kopf schießt zu mir herum. »Nein.«

»Sicher?«

»Ja. Nicht so wie du.«

Ich entspanne mich, aber nur ein bisschen. »Trotzdem. Dir liegt was an ihr.«

Glasklar liegt ihm was an ihr. Uns allen, weil dieses Mädchen unser Haus im Sturm erobert und allem wieder Leben eingehaucht hat. Sie hatte Wärme im Gepäck. Sie hat uns wieder zum Lachen gebracht. Hat uns wieder eine Aufgabe gegeben – anfangs hat sie durch ihre Anwesenheit dafür gesorgt, dass wir uns verbünden, gegen sie. Dann standen wir plötzlich auf ihrer Seite. Haben sie beschützt. Sie geliebt.

»Sie hat mich glücklich gemacht.«

Hilflos nicke ich. »Ich weiß.«

»Und dann ist sie abgehauen. Hat uns sitzen lassen, ohne sich noch einmal umzusehen. Ganz wie ...«

Ganz wie Mom, beende ich den Satz innerlich. Ein Schmerz sticht mir ins Herz.

»Auch egal«, murmelt East. »Keine große Sache, sie ist ja schließlich zurück. Ist alles wieder gut.«

Er lügt. Es ist nicht zu übersehen, dass er riesengroße Angst davor hat, dass Ella noch einmal verschwindet.

Genau davor habe ich auch Angst. Ella hat kaum mit mir gesprochen seit der Nacht, in der wir uns geküsst haben. Der Nacht, in der sie geweint hat. So sehr geweint hat, dass mir das Herz brach. Ich habe keine Ahnung, wie ich das mit ihr wieder hinkriegen soll. Oder East das Leben erleichtern. Oder Gideon.

Aber eins weiß ich: Es geht nicht nur um Ella. Eastons Verlustangst hat einen tieferen Grund.

»Mom kommt nicht zurück«, presse ich hervor.

»Was du nicht sagst, Reed. Sie ist, verdammt noch mal, tot.« Easton fängt an zu lachen, aber es ist ein hartes, humorloses Lachen. »Ich habe sie umgebracht.«

Lieber Gott. »Wie viel hast du denn heute schon gekifft, kleiner Bruder? Du klingst ziemlich verrückt.«

Sein Blick wird finster. »Nee, ich war nie zurechnungsfähiger.« Er lacht wieder, dabei wissen wir beide, dass ihn dieses Thema alles andere als erheitert. »Mom würde noch leben, wenn es mich nicht gäbe.«

»Das ist nicht wahr, East.«

»Doch, ist es.« Er zieht an dem Joint. Bläst eine weitere graue Wolke in die Luft. »Das war mein Oxy. Sie hat zu viel davon genommen.«

Ich sehe ihn scharf an. »Wovon, zur Hölle, sprichst du?«

»Sie hat mein Versteck gefunden. Ein paar Tage vor ihrem Tod. Sie war in meinem Zimmer und hat Wäsche einsortiert. Der Mist war in meiner Sockenschublade, und sie hat sie gefunden. Hat mich zur Rede gestellt, das Zeug konfisziert und wollte mich sofort in die Entzugsklinik stecken, wenn sie mich je wieder mit Pillen erwischt. Ich dachte, sie hat ihn ins Klo geworfen, aber ...« Er zuckt mit den Schultern.

»East ...«, setze ich an. Glaubt er das wirklich? Seit zwei ganzen Jahren? Ich atme tief ein. »Mom ist nicht an einer Überdosis Oxy gestorben.«

Seine Augen werden schmal. »Das hat Dad aber gesagt.«

»Das war nur eins der Mittel. Ich habe das Ergebnis der Blutuntersuchung gesehen. Sie ist an einem ziemlichen Cocktail gestorben. Und selbst wenn es nur Oxy gewesen wäre – das hätte sie auch ziemlich leicht selbst bekommen können.« Ich nehme ihm den Joint aus der lax hängenden Hand und ziehe noch einmal ausgiebig daran. »Außerdem wissen wir beide, dass es meine Schuld ist. Das hast du doch selbst gesagt – ich habe sie umgebracht.«

»Das habe ich nur gesagt, um dich zu verletzen.«

»Hat funktioniert.«

Easton betrachtet mich von der Seite. »Warum glaubst du, dass du es warst?«

Scham krabbelt mir den Rücken hinauf. »Ich habe mich total mies verhalten«, gebe ich zu. »Ich wusste, dass du von den Tabletten abhängig bist. Dass irgendwas mit Gid nicht stimmte. In der Nacht vor ihrem Tod hat sie mit Dad wegen einer der Prügeleien gestritten, in die ich verwickelt war. Meine Schlägereien haben ihr etwas ausgemacht. Ich mochte das viel zu sehr. Das wusste sie, und es hat ihr nicht gefallen. Ich ... Ich habe ihr nur noch mehr Stress gemacht.«

»Du bist nicht der Grund für ihren Tod. Sie war schon lange vorher ziemlich fertig.«

»Ach ja? Du bist definitiv auch nicht der Grund.«

Für ein paar Augenblicke sitzen wir schweigend dort. Irgendwie ist die Situation jetzt unangenehm, und ich werde ganz unruhig. Royals sitzen nicht herum und sprechen über ihre Gefühle. Wir vergraben sie. Tun so, als würde uns nichts nahegehen.

Easton drückt den Joint aus und verstaut den Rest in der kleinen Dose. »Ich geh wieder rein«, murmelt er. »Geh früh schlafen.«

Es ist nicht mal acht, aber ich hake nicht nach. »Nacht«, sage ich nur.

An der Tür bleibt er noch einmal stehen. »Soll ich dich morgen zum Training mitnehmen?«

Ich kriege fast keine Luft, weil ich mich so sehr freue. Mann, bin ich ein rührseliger Trottel. Aber ... wir sind seit

Wochen nicht zusammen gefahren. »Klar. Bis morgen früh.«

Er verschwindet im Haus, ich bleibe noch ein bisschen auf seinem Truck sitzen. Meine Freude und Erleichterung halten nicht lange vor. Mir war von vornherein klar, dass East und ich uns wieder annähern würden. Ich gehe davon aus, dass das Gleiche auch für mich und Ella gilt. Und die Zwillinge. Und Gid. Meine Brüder sind nie lange sauer auf mich, egal wie groß die Scheiße ist, die ich baue.

Aber dieser kleine Austausch von Geständnissen mit East ruft mir in Erinnerung, dass ich noch etwas vor Dad geheim halte. Schlimmer noch. Mir war es so wichtig, dass dieses Geheimnis gewahrt wird, dass ich ihn aufgefordert habe, Brooke wieder in unser Leben zu holen.

Plötzlich ist mir kotzübel. Aber das liegt weder an all den Gefühlen noch am Gras. Brooke ist nur wieder da, weil ich zu feige war, zu meinem Fehler zu stehen. Warum habe ich ihr nicht einfach gesagt, sie soll sich verpissen? Was wäre so schlimm daran gewesen, wenn sie erzählt hätte, dass das Kind von mir ist? Ein Vaterschaftstest hätte gereicht, um ihre Lüge auffliegen zu lassen.

Stattdessen mache ich einen Deal mit ihr. Treibe meinen Vater dazu, sie zurückzunehmen, nur damit er nicht herausfindet, was ich getan habe. Damit Ella es nicht herausfindet. Aber Ella weiß jetzt Bescheid. Und ... ich hole Luft ... vielleicht ist es an der Zeit, dass auch Dad Bescheid weiß.

23. Kapitel

ELLA

Nach einer sinnlosen und frustrierenden Unterhaltung mit Callum stürme ich die Treppe hoch und werfe mich aufs Bett. Callum ist sauer darüber, dass ich meinen Job wiederhabe und mein Erbe zurückgeben will. Er hat mir einen zwanzigminütigen Vortrag gehalten, bis ich ihn unterbrochen und gefragt habe, ob er mich nur so extrem kontrollieren will, weil er keine Kontrolle über seine Söhne hat. Das lief also total super.

Ich kapiere nicht, wo das Problem liegt. Ist schließlich mein Erbe oder nicht? Und ich will das Geld nicht. Solange ich Steves Geld habe, wird es immer Leute wie Dinah oder Brooke geben, die es mir nehmen wollen. Da komme ich ihnen doch lieber entgegen. Ist mir doch egal.

Ich bemitleide mich eine geschlagene Stunde lang selbst, bevor ich mich aufsetze und Val antexte.

Was machst du?

BBQ mit der Family. Es ist schrecklich.

Quält Jordan dich?

Nein, die ist oben und packt. Sie fährt zu ihrer Oma (väterlicherseits). Die schicken sie regelmäßig hin, weil die alte Hexe steinreich ist. So, wie sie über sie reden, stelle ich mir immer einen großen Sack aus Haut vor, der bis obenhin voll gerollter Hunderter ist.

Ich muss lachen.

Klingt, als wäre sie unsterblich.

Höchstwahrscheinlich. Ich glaube, die ist 80.

All dieses $$$ macht mich total nervös. Ich hab den Eindruck, die Royals wären viel glücklicher, wenn sie keins hätten.

Babe, niemand ist glücklicher ohne Geld.

Darüber denke ich erst mal nach. Als Mom noch lebte, war ich glücklich. Klar, wir hatten unsere Probleme, die zeitweise unüberwindbar schienen, trotzdem haben wir ziemlich viel gelacht. Ich habe nie daran gezweifelt, dass sie mich mit jeder Faser geliebt hat. Genau diese reine Liebe fehlt mir. Ihre pure, unerschütterliche Liebe hat mich nachts warm gehalten und tagsüber satt gemacht.

Aber nur weil man reich ist, hat man noch lange keine Garantie, glücklich zu sein.

Es gibt Studien, die zeigen, dass man Glück kaufen kann.

Okay! Ich gebe mich geschlagen. Dann kaufen wir uns ein bisschen Glück mit meinen $.

Wir waren glücklich beim Shoppen letztens. Und ich fahre jederzeit mit dir einkaufen, bloß heute Abend geht es nicht. Heute muss ich leiden. Und jetzt werde ich von meiner Tante angestarrt. Ich muss aufhören.

Ich lasse das Handy aufs Bett plumpsen und starre an die Decke. Ich schätze, Geld kann ein Stück weit helfen. Vielleicht gehe ich an die Sache ja falsch ran. Vielleicht kann ich den Royals ja zu Glück verhelfen, wenn ich Brooke ausbezahle. Sie will doch schließlich Sicherheit in Form eines Royal-Kontos, oder? Ist doch möglich, dass ich sie zum Auszug bewegen kann, wenn ich ihr dafür mein Erbe biete. Callum will es nicht. Ich kann ohne auskommen. Hm ... Das könnte wirklich eine gute Idee sein. Wenn ich doch nur jemanden hätte, mit dem ich das mal durchspielen könnte.

Ich trommle auf die Bettdecke. Es gibt jemanden, der Brooke besser kennt als ich, und er wohnt hier im Haus. Verdammt. Ist das nur ein Vorwand, um mit Reed zu sprechen? Möglich. Aber ich schiebe den Gedanken beiseite und mach mich auf die Suche nach ihm.

Keine leichte Aufgabe. Die Royals haben sich verstreut. Seb und Sawyer sind vermutlich bei Lauren. Eastons Tür ist abgeschlossen, drin läuft so laut Musik, dass er mich nicht klopfen hört. Oder aber er ignoriert es. Ein Stück den Flur hinunter linse ich durch die leicht geöffnete Tür in Reeds Zimmer, aber er ist nicht da.

Ich wandere durch das große Haus, bis ich irgendwann endlich ein Geräusch höre. Es kommt aus dem Kraftraum. Ein rhythmisches Schlagen, das mich die Treppen hinunter in den Keller lockt. Die Tür ist offen, weshalb ich Reed dabei beobachten kann, wie er die Fäuste in einen großen Sandsack rammt. Schweiß tropft ihm vom Gesicht, sein Oberkörper glänzt.

Mann, der ist so scharf.

Ich mahne meine Hormone, sich zu beruhigen, und gehe hinein. Er sieht mich sofort.

»Hey«, sage ich leise.

Er hält den schaukelnden Sack an, macht einen Schritt zurück und wischt sich mit einer verbundenen Hand über das Gesicht. Seine Augen sind rot, und ich frage mich, ob da noch etwas anderes als Schweiß auf seinem Gesicht glänzt.

»Was ist los?«, fragt er, und seine Stimme bricht. Er tut so, als müsste er etwas trinken, wendet sich ab und greift nach einer Wasserflasche.

»Die Zwillinge sind ausgeflogen. Und Eastons Tür ist abgeschlossen.«

Er nickt. »Die Zwillinge sind bei Lauren. Easton ist …« Er sucht nach dem richtigen Wort. »Easton ist …« Er schüttelt den Kopf.

»Was ist passiert?«, will ich wissen. »Alles in Ordnung mit ihm?«

»Es geht ihm jedenfalls besser als noch vor ein paar Stunden.«

»Und *dir*?«

Es vergeht eine Sekunde. Dann schüttelt er langsam den Kopf.

Trotz der schrillenden Alarmglocken in meinem Kopf mache ich einen Schritt auf ihn zu. Das ist nicht gut. Meine Abwehr ist eingebrochen. Ich spüre, wie ich ihm nachgebe. Er zieht mich an – mit seinen süchtig machenden Küssen, seiner Stärke und seiner Verletzlichkeit, die er nicht länger vor mir zu verbergen versucht.

»Was ist passiert?«, frage ich.

Er schluckt. »Ich …« Er räuspert sich. »Ich wollte es ihm sagen.«

»Wem was sagen?«

»Meinem Vater. Ich stand schon vor seinem Büro und war bereit, ihm zu sagen, was ich getan habe.«

»Was du getan hast?«, wiederhole ich dumm.

»Mit Brooke«, würgt er hervor. »Ich wollte ihm von Brooke erzählen. Aber ich habe gekniffen. Ich stand einfach nur vor seiner Tür und konnte mich nicht überwinden anzuklopfen. Die ganze Zeit habe ich vor mir gesehen, wie enttäuscht und angeekelt er reagieren würde … und deshalb bin ich abgehauen. Hab kehrtgemacht und mich hier verkrochen, wo ich auf diesen Sack einprügle und mir vormache, dass ich kein Feigling und kein egoistisches Arschloch bin.«

Ein Seufzen steigt mir in die Kehle. »Reed.«

»Was?«, brummt er. »Du weißt selbst sehr genau, dass es stimmt. Deshalb hasst du mich doch. Weil ich ein egoistischer Arsch bin.«

»Ich ... hasse dich nicht«, flüstere ich.

Etwas leuchtet in seinen Augen auf. Überraschung? Hoffnung? Dann ist es wieder fort, überschattet von Bedauern. »Du hast gesagt, du wirst mir nie verzeihen«, erinnert er mich.

»Was denn?« Mein Mund verzieht sich zu einem bitteren Lächeln. »Dass du vor mir mit jemandem geschlafen hast? Dass du versucht hast, mich zu warnen?«

Er reibt unsicher seine Lippen aneinander. »Alles. Dass ich dir nichts von Brooke erzählt habe. Dass ich nicht da war, als du mich gebraucht hast. Dass ich dich in der Nacht ausgenutzt habe, nachdem Daniel dich unter Drogen –«

»Ich wusste, was ich tue«, unterbreche ich ihn. »Und wenn ich an irgendeinem Punkt *Nein* gesagt hätte, wärst du mir nicht zu nahe gekommen. Ich wollte das, also mach da jetzt keine Sache draus, die nicht stimmt.«

Er wirft die Flasche weg und kommt zu mir. »Okay. Mir tut diese Nacht auch nicht leid. Ich muss mich wegen unendlich vielen Dingen entschuldigen, aber trotz allem werde ich nicht lügen. Das war eine der schönsten Nächte meines Lebens.« Er legt mir eine Hand an die Wange. »Und jeder Tag danach war ein bisschen besser, weil ich mich darauf freuen konnte, dich abends wieder im Arm zu halten.«

Ich weiß, was er meint. Kaum hatten wir beide die Deckung aufgegeben, war alles so ... perfekt. Ich hatte noch nie zuvor einen Freund, und jede Sekunde mit Reed – küssen, reden, zusammen einschlafen – war neu und wundervoll, und ich habe jede einzelne davon geliebt.

»Meine Mutter fehlt mir«, sagt er mit erstickter Stimme.

»Mir war nicht klar, wie sehr, bis du hier aufgetaucht bist. Ich glaube, du warst mein Spiegel. Ich habe dich angeschaut und gesehen, wie stark du bist, und dann ist mir aufgefallen, dass ich kein Gramm deiner Stärke in mir habe.«

»Das stimmt nicht. Du traust dir zu wenig zu.«

»Oder du mir zu viel.«

Ich muss lachen. »Das ist jetzt eine Weile eher nicht der Fall gewesen.«

Er lächelt reumütig zurück. »Da hast du wohl recht.« Dann klaren seine Gesichtszüge auf. »Ich möchte dir von meiner Mutter erzählen. Bist du dafür zu haben?«

Ich nicke langsam. Keine Ahnung, was da gerade zwischen uns passiert, aber was immer es ist, es fühlt sich ... richtig an. Irgendwas an diesem Typen hat sich immer richtig angefühlt, selbst wenn nichts stimmte, selbst als ich mir geschworen habe, mich nie wieder in ihn zu verlieben.

»Ich spring schnell unter die Dusche.« Er lässt seine Hand sinken. »Bleibst du hier?«, fragt er, während er rückwärtsgeht. »Versprichst du's mir?«

»Ja, ich versprech's dir.«

Er verschwindet im angrenzenden Bad. Wäre das Val oder ich, wir hätten mindestens zwanzig Minuten geduscht. Reed steht nach sage und schreibe zwei Minuten wieder vor mir. Sein Haare sind noch nass, als er mit nur einem Handtuch um die Hüften wieder herauskommt, in der Hand ein zweites, mit dem er sich das kurze Haar trocknet.

Das Wasser sucht sich einen interessanten Weg über seinen Oberkörper, über die wohlgeformten Bauchmuskeln, bis es von dem Frotteetuch aufgefangen wird. Es sieht gut befestigt aus, aber ich bin mir ziemlich sicher, dass ein gezielter Ruck reichen würde, um es zu lösen.

»Zu dir oder zu mir?«

Ich reiße den Blick hoch. Er grinst mich an, sagt aber nichts. Kluger Junge.

»Zu mir«, antworte ich.

Er reicht mir seine Hand. »Zeig mir den Weg.«

24. Kapitel

Oben angekommen, verschwindet Reed kurz in seinem Zimmer, um sich etwas anzuziehen. Ich hole in der Zwischenzeit ein paar Getränke aus meinem Minikühlschrank und warte auf ihn. Als er auftaucht, reiche ich ihm eine Cola, und er setzt sich so zu mir aufs Bett, dass wir einander ansehen können.

»Du weißt, dass mein Dad meine Mom betrogen hat, oder?«

Ich zögere. Callum selbst behauptet, er habe während seiner Ehe mit Maria keine andere Frau angefasst, aber aus irgendeinem Grund glauben seine Söhne ihm das nicht.

Reed erkennt den Zweifel auf meinem Gesicht. »Es stimmt. Er hat während der ganzen Trips mit Onkel Steve rund um den Globus durch die Gegend gevögelt. Und Onkel Steve hat Dinah übrigens von Tag eins an betrogen.«

Ich schlucke. Ich mag es nicht, solche Sachen über meinen Vater zu hören, was total merkwürdig ist, ich kannte ihn ja nicht mal.

»Dinah war das herzlich egal. Sie hat Steve nur wegen des Geldes geheiratet, das war jedem bewusst. Außerdem

hatte sie ihre eigenen Nummern nebenher. Aber Mom war da anders. Ihr hat das was ausgemacht.«
»Hast du denn Beweise dafür, dass Callum sie betrogen hat?«, frage ich zögernd.
»Er war immer unterwegs, noch dazu mit Steve, der seinen Schwanz nicht in der Hose behalten konnte.«
Ich zucke zusammen. »Das ist nicht wirklich ein Beweis, Reed, sondern ein Verdacht. Warum bist du dir so sicher?«
»Weil ich es weiß.« Reed ist unerbittlich. Ich würde gern noch etwas dagegenhalten, aber er gibt mir keine Möglichkeit. »Mom hatte Depressionen. Sie nahm sehr viele Tabletten.«
»Ich habe gehört, dass es eine Verwechslung bei ihren Medikamenten gab. Musste ihr Arzt nicht ins Gefängnis oder so was in der Art?«
»Es gab keine Verwechslung«, sagt er voll Bitterkeit. »Sie nahm Tabletten gegen Depressionen und gegen Schlaflosigkeit, irgendwann hat sie eigenmächtig die Dosis erhöht und viel mehr genommen, als sie sollte. Außerdem hat sie sehr viel getrunken.« Seine Stimme bricht. »Es wurde immer schlimmer. Und weil Dad nie zu Hause war, mussten wir uns um sie kümmern.«
»Es ist schrecklich, sich so hilflos zu fühlen.« Unweigerlich muss ich daran denken, wie es mir dabei ging, meine kranke Mom zu pflegen.
Plötzlich flackert die Erkenntnis in seinen Augen, als ihm bewusst wird, dass ich ziemlich genau weiß, wie es ihm ergangen sein muss – wie es ist, dabei zusehen zu müssen, wie jemand, den man liebt, von einer Krankheit aufgefressen wird, die man nicht kontrollieren kann, und man gezwungen ist, hilflos zuzusehen.
»Ja, das schlimmste Gefühl der Welt.«

»Wieso bist du so sicher, dass es kein Versehen war?«, frage ich.

Er holt langsam und tief Luft. »Sie hat uns – Gid und mir – gesagt, dass sie uns sehr liebt, aber es einfach nicht mehr erträgt. Und dass es ihr sehr, sehr leidtut.« Sein Mund verzerrt sich zu einer hässlichen Kurve. »Was für eine nichtssagende Floskel.« Er schließt voller Selbstekel die Augen, wahrscheinlich erinnert er sich daran, wie oft er seit meiner Rückkehr nach Bayview genau diese Floskel zu mir gesagt hat.

Marias Verabschiedung hat womöglich größeren Schaden als Nutzen angerichtet. Wäre sie gestorben, ohne ihre Liebe und ihr Bedauern auszusprechen, wären Gideon und Reed vielleicht überzeugt gewesen, dass ihr Tod ein Unfall gewesen ist. Stattdessen leben sie nun mit der Schuld, dass sie unfähig waren, ihre Mutter am Leben zu erhalten.

Maria war genauso schlecht wie Callum, wird mir in diesem Moment bewusst. Genauso egoistisch. Genauso bedürftig. Kann es da überraschen, dass ihre Kinder die gleichen Fehler haben?

»Ich habe ihn für das gehasst, was er ihr angetan hat. Das haben wir alle. Und sechs Monate nach ihrem Tod hat er Brooke hier angeschleppt. Dafür hätte ich ihn am liebsten getötet. Da hätte er auch gleich auf ihr Grab spucken können, das wäre auch nicht besser gewesen.«

Ich atme zitternd aus. Wie konnte Callum nur so dumm sein? Hätte er nicht wenigstens noch etwas warten können, bis er den Jungs seine neue Freundin vorführte?

»Sie waren ungefähr ein Jahr zusammen, als Brooke anfing, mit mir zu flirten«, gibt Reed zu. »Es war ein Fehler. Mir war klar, was für einer. Ich habe das getan, um es meinem Vater heimzuzahlen, und dann ironischerweise nie den Mumm gehabt, es ihm zu erzählen.«

»Warum hast du denn nichts gesagt in dieser Nacht?«, platze ich heraus. »Warum hast du mich das Schlimmste glauben lassen?«

Er schaut auf, mir direkt in die Augen. »Ich habe mich geschämt. Ich wusste, dass ich dir von Brooke erzählen muss, aber ich hatte Angst, dass du mich dafür hasst. Und dann hatte sie gerade erwähnt, dass sie schwanger ist. Ich wusste, dass es nicht mein Kind sein konnte, aber ich bin ... erstarrt. Konnte mich nicht bewegen. Ganz buchstäblich. Ich wollte, aber ich konnte nicht. Und dann bin ich wütend geworden. Auf mich. Auf sie. Auf *dich*.«

Ich verspanne mich. »Auf mich?«

»Ja, weil du alles bist, was ich gern wäre.« Seine Stimme ist belegt. »Die Royals sind für ihr Geld und ihr Aussehen bekannt, und das war's. Beim kleinsten Anzeichen von Druck geben wir auf. Kaum war Dads Firma in Gefahr, hat er sich mit irgendwelchen Frauen vergnügt. Mom hat ihre Tablettendosis eigenmächtig erhöht und ist daran gestorben. Ich ...« Er schluckt. »Ich war so wütend auf meinen Vater, deshalb habe ich mit seiner Freundin geschlafen.«

Ich beiße die Zähne zusammen, aber sage kein Wort.

»Ich habe gehört, wie du die Tür zugeknallt hast, und erst dieses Geräusch hat mich aus diesem Gedankengefängnis befreit. Ich bin dir nachgelaufen. War die ganze Nacht unterwegs, um dich zu suchen.«

Aber ich war längst weg, saß schon im Bus, wild entschlossen, so weit von Bayview wegzukommen, wie ich eben konnte.

»Es tut mir leid.« Er nimmt meine Hand und faltet seine Finger in meine. »Es tut mir leid, dass ich dich verletzt habe. Es tut mir leid, dass ich dir nicht eher die Wahrheit gesagt habe.«

Zitternd atme ich aus. »Reed?«

»Ja.«

»Ich verzeihe dir.«

Sein Atem stockt. »Ehrlich?«

Ich nicke.

Seine Hand zittert, als er sie mir ans Kinn legt. »Danke.« Er reibt mit dem Daumen unter meinem Auge entlang, wischt eine Träne fort, von der ich gar nicht wusste, dass sie mir entkommen war.

All die in mir aufkommenden Gefühle machen es mir schwer zu sprechen. »Ich möchte das vergessen –«

Er küsst mich, bevor ich den Satz beenden kann. Warme Lippen treffen auf meine, instinktiv schlinge ich meine Arme um seine starken Schultern und ziehe ihn näher an mich.

Sein Atem kitzelt meine Lippen. »Was hat mir das gefehlt. Was hast *du* mir gefehlt.«

Dann küsst er mich schon wieder. Überall. Sein Mund streift meine Wangen, meinen Hals, meine geschlossenen Lider. Eine liebevolle, behutsame Erkundung, der ich mich nur zu gern hingebe. Einer seiner Oberschenkel rutscht zwischen meine Beine und drückt gegen den unerträglich klopfenden Punkt.

»Reed«, flüstere ich, ohne zu wissen, was ich eigentlich sagen will.

Aber er weiß es. »Nicht heute.«

Ich schließe meine Beine um seinen Oberschenkel. Sein gesamter Körper zittert, ihm entweicht ein Stöhnen. Dann rollt er sich neben mir auf die Seite und zieht meinen Kopf an seine Brust.

Es fühlt sich gut an, wieder in seinen Armen zu liegen. Mir hat das auch gefehlt. Aber ich habe Angst, dass das Glück nicht anhält, weil wir noch immer so viele Hürden zu bewältigen haben.

»Reed?«

»Hm?«

»Was machen wir denn mit Brooke?«

»Keine Ahnung.«

»Was hältst du davon, wenn ich ihr mein Erbe überschreibe?«

Ihm stockt der Atem. »Das würde Dad niemals zulassen.«

»Ich weiß.« Ich sinke in die Matratze. »Ich wollte es eigentlich ihm überschreiben. Brooke hat mir erzählt, dass Callum davon ausgegangen ist, dass ihr Steves Anteile bekommt.«

Reed betrachtet mich. »Bitte sag mir, dass er abgelehnt hat.«

»Er hat abgelehnt.«

»Gut. Wir brauchen das Geld nicht. Es gehört dir. Wir haben mehr als genug.«

»Brooke sagt, man kann nie genug haben.«

»Brooke ist aber auch eine Geld schluckende Schlampe.«

Frust steigt in mir auf. »Warum hat er sie überhaupt zurückgenommen? Nur weil sie schwanger ist? Wir leben schließlich nicht mehr im zwanzigsten Jahrhundert. Selbst Callum muss doch wissen, dass man keine Frau mehr heiraten muss, bloß weil man sie geschwängert hat.«

Reed verspannt sich.

Sofort hebe ich den Kopf. »Was hast du getan?«

»Ich hab mich auf einen Deal mit ihr eingelassen«, gibt er zu. »Dafür, dass sie aufhört rumzuposaunen, das wäre mein Kind – was es nicht ist –, sollte ich ein gutes Wort für sie bei Dad einlegen.«

»Oh mein Gott. Was für eine schreckliche Idee.«

»Ich weiß, ich bin ein Idiot. Aber ich war so verzweifelt. Zu dem Zeitpunkt hätte ich allem zugestimmt.«

»Offensichtlich«, sage ich finster.

Wir schweigen für einen Augenblick.

»Irgendwie müssen wir sie loswerden.« Er spricht leise und unheilvoll. »Ich kann nicht länger mit dieser Frau unter einem Dach wohnen. Und ich will sie nicht in deiner Nähe wissen!«

Ich beiße mir auf die Lippe, weil ich fürchte, dass es kein gutes Ende für Reed nimmt, wenn das rauskommt. Callum glaubt ja jetzt schon, dass er zu nachsichtig mit seinen Jungs war. Wenn er erst rausfindet, was zwischen Reed und Brooke gelaufen ist, wird er das nur als ein weiteres Zeichen sehen, die Zügel kürzer fassen zu müssen. Wobei ich nicht weiß, ob ich da nicht ganz grundsätzlich seiner Meinung bin. Den Royal-Brüdern würde ein bisschen Disziplin nicht schaden. Problem ist nur, dass ich nicht weiß, welchen Weg Callum einschlagen würde. Militärschule?

Ich kann mir beim besten Willen nicht vorstellen, ohne die Jungs in diesem Museum zu wohnen. Ich schätze, auch ich bin ein bisschen egoistisch.

»Tu nichts, was du später noch bereuen wirst«, warne ich.

Er zieht mich enger an sich. »Ich verspreche nichts, was ich nicht halten kann. Du weißt, dass ich alles für dich tun würde. Für uns.«

Ich rücke näher an Reed. Ich habe ihn gerade erst wieder und möchte nicht mit ihm streiten. Nicht heute Nacht. Ich falte meine Hand in seine. »Ist es wirklich okay für dich, wenn ich Steves Hälfte der Firma übernehme?«

»Klar, wieso?«

»Weil Gideon mich nicht mag.«

»Nee, das hast du falsch verstanden. Gid glaubt, dass ich nicht gut genug bin für dich.«

Aber das ist doch Gideons Problem, oder? Er war nie

direkt böse zu mir, aber er hat sich immer von mir ferngehalten.

»Wie kommt er darauf?«, frage ich besorgt.

»Bei Gid läuft es gerade nicht so super. Er hat ... Probleme.«

Probleme? Weil er die Witwe meines Vaters vögelt? Ob
Reed davon weiß?

»Was für Probleme?«

»Ihm geht es nicht gut.«

Also, die Antwort reicht mir nicht. Ich puste mir eine
Strähne aus dem Gesicht. »Ich würde sagen, die Zeit der Geheimniskrämerei zwischen uns beiden ist vorbei.«

Reed hebt seine freie Hand. »Ich schwöre, ich würde dir
die Einzelheiten erzählen, wenn ich sie wüsste. Aber das
sind Gideons Probleme, nicht meine.«

Ich setze mich auf. »Keine Geheimnisse mehr«, wiederhole ich bestimmter. »Soll ich anfangen? Also gut, dann
fange ich an.«

»Fängst womit an –?«

»Easton und ich haben Gideon und Dinah beim Sex überrascht«, falle ich ihm ins Wort.

Er setzt sich ebenfalls auf. »Im Ernst? Und das erzählst
du mir erst jetzt?«

Ich betrachte sein Gesicht. »Du siehst nicht überrascht
aus.« Mein Ton wird schärfer. »Warum überrascht dich das
nicht, Reed? Hast du das schon gewusst?«

Er zögert.

»Du hast es gewusst«, sage ich.

Er zuckt mit den Schultern.

Wütend streiche ich mir das Haar aus dem Gesicht.
»Warum ist er mit Dinah zugange?«, will ich wissen. »Und
warum hat er was dagegen, dass wir beide zusammen sind?
In der Nacht, in der ich dich und Brooke erwischt habe,

wollte Gideon mit mir sprechen. Wusstest du das? Deshalb bin ich zu dir gegangen. Weil ich darüber mit dir sprechen wollte.«

»Nein, das hat er nicht erwähnt«, sagt Reed mit einem Stirnrunzeln. »Was hat er gewollt?«

»Er hat mir gesagt, ich soll mich von dir fernhalten. Dass du mir nur wehtun würdest und schon viel zu viele Menschen verletzt worden seien. Was meinte er damit?«

Er hebt fragend die Hände.

»Reed«, warne ich. »Ich schwöre dir, wenn du mir nicht erklärst, was vorgeht, dann wird das nichts mit uns beiden. Ich ertrage keine weiteren Lügen. Das meine ich todernst.«

Reed atmet aus. »Kurz nach Moms Tod haben Gideon und ich uns in so eine Benefizveranstaltung gemogelt, an der mein Dad eigentlich teilnehmen sollte, aber im letzten Moment abgesagt hat, weil er irgendwas mit Steve vorhatte. Wir haben uns total besoffen.«

Ich brumme genervt. »Was hat das mit der ganzen Sache zu tun?«

»Du wolltest wissen, was mit Gid los ist. Das erzähle ich dir gerade«, brummt Reed zurück. »Dinah war bei dieser Veranstaltung.«

»Oh.« Ich beiße mir auf die Lippe. Verdammt, vielleicht will ich die Einzelheiten doch gar nicht wissen.

»Genau. Sie hatte schon eine Weile ein Auge auf Gid geworfen, und dann hat sie ihn abgefangen, als er vom Klo kam. Die beiden haben ein bisschen rumgemacht.«

»Reeeeeeed«, sage ich ziemlich außer mir. »Hat dich das etwa auf die Idee gebracht: *Ich werde die Freundin meines Vaters vögeln –?*«

Sein schuldbewusster Gesichtsausdruck verrät ihn. »Vielleicht.« Er seufzt. »Jedenfalls hat sie danach keine Ruhe mehr gegeben. Gid ständig bedrängt und schmierige

Kommentare abgelassen, wie sehr sie auf frische, junge, reife Dinger steht.«

Ich kann nur angewidert gucken.»Das ist echt ekelhaft.«

»Das kannst du laut sagen. Und sie wollte mehr. Sie war – ist – wirklich wie besessen von ihm. Direkt nach der Party hat sie völlig schamlos versucht, ihn zu verführen. Er hat mir so viele widerliche Geschichten erzählt, das willst du alles gar nicht hören. Und dann hat er sich in Savannah verliebt und wollte außerdem auch gar nichts von Steves Goldgräberin. Eines Abends hat sie Gid gebeten, noch vorbeizukommen, hat gesagt, sie muss ihm unbedingt etwas zeigen. Mein Dad und Steve waren wie immer unterwegs. Gid ist also ins Penthouse gefahren.« Reed macht eine Pause. »Er ist in der Nacht nach Hause gekommen und hat mir erzählt, dass er mit Dinah im Bett war.«

»Iih. Warum?«

»Sie hat ihn erpresst«, sagt Reed schlicht.

»Im Ernst? Womit denn?«

»Fotos. Sie ist irgendwie an Gids Telefon gekommen. Ich schätze, er hatte es in der Küche vergessen, als sie mal hier war oder so. Dinah hat darin rumgeschnüffelt und die Fotos gefunden, die Sav und Gid einander geschickt haben.«

»Schmutzige Fotos?«

»Ja.«

»Und?« Ich bin noch immer irritiert. »Schmutzige Fotos schickt sich doch fast jeder, oder?«

»Aber mittlerweile wird da sehr hart durchgegriffen. Die beiden Jugendlichen in Raleigh wurden in sieben Punkten wegen Kinderpornografie schuldig gesprochen, nachdem ihre Eltern vom Sexting erfahren hatten. Das Stipendium des Mädchens wurde aufgehoben. Wenn es nur um Gid gegangen wäre, hätte er Dinah vermutlich gesagt, sie soll zur

Hölle fahren. Aber Dinah hat Sav mit hineingezogen und damit gedroht, die Fotos an die ganze Schule zu schicken.« Mir wird richtig schlecht. »Dinah hat ihn erpresst, damit er mit ihr in die Kiste steigt?«

»Ja, genau. Und das läuft seit über einem Jahr. Er hat sich von Sav getrennt, die darüber am Boden zerstört war.« Ich muss an Savannah denken, ein vollkommen kühles, schonungsloses Mädchen. Ihr Lächeln ist schmal und ihre Wörter sind schneidend. Wenn sie Gideon wirklich geliebt hat, muss sie durch die Hölle gehen. »Das ist echt schrecklich.«

Reed verzieht das Gesicht. »Der bringt mich um, wenn er erfährt, dass ich dir das alles erzählt habe.«

»Ich bin froh, dass du es getan hast«, sage ich eindringlich. »Jetzt können wir nämlich anfangen, einen Plan zu schmieden.«

»Was für einen Plan?«

»Wie wir Gideon vor Dinah retten. Wir können nicht zulassen, dass sie so weitermacht. Sonst verliert er noch den Verstand.«

»Manchmal habe ich das Gefühl, das alles ist Teil eines größeren Plans, den Brooke und Dinah verfolgen. Als würden sie immer einen Royal aussondern und dann fertigmachen. Inklusive Steve.« Reed schüttelt den Kopf. »Klingt total verrückt, das so laut auszusprechen.«

»Glaubst du wirklich, dass Brooke und Dinah das geplant haben?«

»Sie sind befreundet. Ich glaube, Dad hatte schon was mit Brooke, bevor Mom gestorben ist, aber mehr weiß ich nicht über sie. Steve ist eines Tages mit Dinah aufgekreuzt, da hatte sie schon den Ring am Finger. Die Heirat hat ihn jedoch nicht gebremst.«

»Was wissen wir denn sonst noch über Dinah? Und wo

könnte sie die Fotos aufbewahren, mit denen sie Gid erpresst? Glaubst du, sie hat die schon irgendwem gezeigt?«

»Das bezweifle ich, sonst wäre Gid längst verhaftet worden.«

»Wenn wir die Fotos erst haben, ist Dinah machtlos. Dann hat sie kein Druckmittel mehr.« Ich denke nach. »Wie können wir die Fotos finden? Was meinst du, ist sie dumm genug, sie im Penthouse aufzubewahren? Klug genug, Kopien anzufertigen?«

»Keine Ahnung. Aber vielleicht hast du recht. Wenn wir alles finden, was ihn belasten könnte, und es vernichten, können wir die Sache abhaken.«

»Und was machen wir mit Brooke?«

»Brooke«, wiederholt er angewidert. »Wir brauchen einen Vaterschaftstest. Ich kapiere nicht, warum Dad keinen machen lassen will.«

»Ich auch nicht.« Ich kaue auf meinem Daumen, bis Reed ihn mir aus dem Mund zieht.

»Du nagst dir noch den Finger ab, wenn du weiter darüber nachdenkst. Können wir vielleicht aufhören, über Brooke und Dinah zu sprechen? Wenigstens für eine Weile?«

»Warum?«

Sein Blick verändert sich. »Weil wir die Zeit auch besser nutzen können.«

»Wie denn, zum –«

Bevor ich zu Ende sprechen kann, hat er mich umgedreht und mir die Lippen gegen den Hals gepresst. »So zum Beispiel«, flüstert er.

Ich keuche. »Oh ... Okay.«

Seine klugen Finger finden ein nacktes Stück Haut oberhalb von meinem Hosenbund. Ein stärkeres Mädchen hätte es vielleicht geschafft, nicht zu zittern, aber ich konnte Reed noch nie widerstehen. Damit jetzt anzufangen ergibt ja auch keinen Sinn. Ganz besonders, wo ich seine Berührungen doch so sehr mag.

Er bohrt seine Nase in meinen Hals und streichelt einfach weiter langsam die kleine Stelle an meiner Taille, als bräuchte er gar nicht mehr. Für eine Weile brauche ich auch nicht mehr. Ich versinke in der Stille um uns und genieße seine Berührung. In diesem Moment bemerke ich, wie lange es her ist, dass ich das letzte Mal einen so friedlichen Moment mit einem anderen Menschen geteilt habe.

»Vergibst du mir wirklich?«, fragt er.

Ich streichle ihm über das glänzende, dunkle Haar. Manchmal, wenn ich Reeds muskulösen Körper und die harten Gesichtszüge betrachte, vergesse ich, dass sein Herz genauso zerbrechlich ist wie meins. Aber Männer dürfen ihre Gefühle ja nicht zeigen, also verstecken sie diese hinter ernstem, brutalem oder schlicht arschigem Verhalten. »Ich vergebe dir wirklich.«

»Obwohl ich ein Arschloch bin?«

»Warst du das mir gegenüber nicht mittlerweile lange genug?« Ich ziehe ihm ein bisschen fester an den Haaren als nötig.

Er neigt den Kopf, als wolle er sagen: *Das habe ich verdient.* »Damit habe ich doch schon lange aufgehört. Direkt nach unserem ersten Kuss. Ich habe nicht mal mehr eine andere Frau angeschaut, seit ich dich kennengelernt habe, Ella.«

»Gut. Wenn du mich wie die Göttin behandelst, die ich bin, und mich nicht betrügst, dann ist das okay für mich.«

»Ich kann echt anstrengend sein.«

Das soll wohl heißen, dass er sehr intensiv liebt und Angst davor hat, dass ich mich noch mal vom Acker mache – wie vor ein paar Wochen, wie seine Mom für immer. »Ja, aber wir können uns ja zusammen anstrengen«, flüstere ich.

Sein Lachen ist gedämpft, weil er mit seinem Mund mein Schlüsselbein entlangstreift und meine Brust mit Küssen übersät. Die Spitze an meinem BH fühlt sich plötzlich kratzig und rau an. Ich rutsche rastlos herum. Er küsst sich weiter hinab, seine Brust gegen meinen weichen Bauch gepresst, gegen die klopfende Stelle zwischen meinen Beinen.

Meine Finger greifen in sein Haar, dabei bin ich mir nicht sicher, ob ich ihn lieber zu mir hochziehen oder lieber weiter hinunterschieben möchte. Aber Reed hat eigene Pläne. Er hebt den Saum meines Shirts an, bewegt den Stoff aber viel zu langsam. Ungeduldig reiße ich mir das Teil über den Kopf.

Er grinst. »Hab ich schon mal erwähnt, dass mir dein Schlafshirt gefällt?«

»Es ist bequem«, verteidige ich mich.

»Hmhm«, macht er, aber das selbstgefällige Grinsen bleibt auf seinem Gesicht, während er sein eigenes Shirt auszieht.

Ich vergesse meine klugscheißerische Bemerkung und streichle ihm über die Brust.

Er schließt die Augen und erschaudert. Seine Hände hängen zu seinen Seiten, ballen sich zu Fäusten und lösen sich wieder. Wartet er auf etwas? Auf mich? Das gefällt mir – ich hab ihn am Haken, bis ich ihn losmache.

»Berühr mich«, flüstere ich.

Seine Lider fliegen auf, das Verlangen in seinem Blick lässt mich keuchen. Er schiebt mich zurück und macht sich an meiner Yogahose zu schaffen, als hätte sie ihn persönlich beleidigt. Ich hebe das Becken an und helfe dabei, sie an meinen Beinen hinabzuschieben, weil auch ich nichts mehr zwischen uns spüren will. Ich will ihn spüren. Überall.

Seine Finger finden den BH-Verschluss und öffnen ihn mühelos. Dann gibt er mir einen Kuss auf den Mund, und ich fange an zu zittern. Als er dann meine Brust küsst, entweicht mir ein verzweifeltes Keuchen, und ich bohre ihm die Finger in die Schulter.

Ich habe mich getäuscht. Seine Berührung hat nichts Beruhigendes. Sie macht mich wilder, heißer und unkontrollierter, als ich je war. Und je weiter er sich nach unten vorarbeitet, desto wilder werde ich.

»Reed«, stöhne ich, den Kopf in den Nacken geworfen.

»Psst«, sagt er. »Lass mich mal.«

Lass ihn mal was? Noch weiter nach unten, bis seine Schultern mich weiter öffnen, als ich je für okay gehalten hätte? Bis sein Mund genau *da* ist und seine Zunge die erstaunlichsten Dinge mit dieser einen pochenden Stelle macht? Mich von ihm auf eine Art berühren lassen, von der ich immer annahm, sie würde mir peinlich und unangenehm sein?

Er selbst stöhnt begeistert, während ich mich von ihm in eine hirnlose Masse verwandeln lasse. Ich bäume mich auf, meine Zehen krallen sich ins Bettlaken, und eine Woge der Wonne durchflutet mich.

Irgendwann löst er sich und lässt mich zitternd und keuchend zurück. Er legt sich neben mich, und mir entgeht nicht das imposante Zelt, das seine Boxershorts bildet.

Reed grinst, als er meinen Blick sieht. »Ignorier das einfach. Der ist gleich wieder weg.«

Ich rücke an ihn heran. »Aber warum sollte ich ihn denn ignorieren?«

Er zuckt ein bisschen, als ich ihn berühre. »Ich wollte, dass es heute nur um dich geht«, protestiert er, aber kaum finden meine Finger den Weg in seine Shorts, wird sein Blick hitziger.

»Ich möchte, dass es um uns beide geht«, flüstere ich.

Er fühlt sich gut an, und seine halb geschlossenen Lider

und die stoßweise Atmung verraten mir, dass er jede Sekunde genießt.

»Ella ...« Er schiebt seine Hüfte vor. »Fuck. Schneller.« Sein Gesicht zu beobachten ist das Spannendste überhaupt. Seine Wangen sind gerötet, seine Augen verschleiert, und als ich ihn küsse, spielt seine Zunge mit meiner, bis wir beide total atemlos sind.

Das Klopfen zwischen meinen Beinen wird wieder stärker, und das scheint Reed nicht zu entgehen, seine Finger finden ihren Weg dorthin, und dann bringen wir uns beide fieberhaft um den Verstand. Und es funktioniert. Ich umfasse ihn fester, weil ich kurz vor dem Höhepunkt bin und ihn mitnehmen will. Sein Mund ist auf meinem, wir bewegen uns perfekt aufeinander abgestimmt, bis ich mich in einem Zustand seliger Wonne verliere.

25. Kapitel

»Hast du Reed gesehen?«, fragt Callum irgendjemanden im Flur.

Der Klang seiner Stimme so nah vor meiner Tür lässt mich hochfahren. Der schwere Arm, der über mir liegt, presst mich jedoch gleich wieder zurück auf die Matratze.

»Ist wahrscheinlich schon beim Training«, antwortet Easton.

»Aber es ist noch so früh. Und müsstest du dann nicht auch längst weg sein?«

»Wäre ich ja, wenn mich nicht jemand wegen Reeds Aufenthaltsort in die Mangel nehmen würde«, ist Eastons freche Antwort.

Callum grunzt oder lacht oder schnaubt. Ich kann's nicht genau sagen. Ich rüttle an Reeds Schulter, bis er die Augen aufschlägt.

»Dein Dad«, flüstere ich.

Er schließt die Augen wieder und reibt seine Wange an meiner Hand.

Wieder ist Callum zu hören. »Ich bin von *Franklin Auto* angerufen worden. Angeblich hat Reed einen Wagen hingebracht, aber sein Rover steht vorm Haus. Nur Ellas Wagen ist weg. Sie ist nicht schon wieder abgehauen, oder?« Er klingt angespannt. Hab ich ihn mit dem Gespräch übers Geld aufgebracht? Oder glaubt er, mich damit so sehr verärgert zu haben, dass er sich diese Sorgen macht?

»Nee, bei Ellas Wagen gab es einen bedauernswerten Honigzwischenfall. Ihr war es zu peinlich, dir davon zu erzählen, deshalb hat sich Reed um die Reinigung gekümmert.«

»Einen Honigzwischenfall?«

»Ja, mach dir keinen Kopf, Dad«, sagt Easton, dann entfernen sich ihre Schritte.

Ich werfe einen Blick zur Uhr, die mir verrät, dass ich mich langsam auf den Weg machen muss, wenn ich es pünktlich zur Bäckerei schaffen will. Lucy gibt mir eine zweite Chance, und ich werde sie nicht enttäuschen. Ich krabble unter Reeds vereinnahmendem Arm hervor und bemerke, dass ich nur Unterwäsche trage.

Kaum bekleidet vor Reed herumzulaufen ist komischer für mich, als mich vor einem Haufen Unbekannter auszuziehen. Sein achtlos abgeworfenes T-Shirt hängt über der Bettkante, und ich schlüpfe schnell hinein.

Reed dreht sich auf den Rücken und verschränkt die Arme hinterm Kopf. Er beobachtet mich aufmerksam, während ich mich fertig mache.

»Du hättest dir für mich nichts überziehen müssen«, sagt er.

»Hab ich auch nicht für dich, sondern für mich.«

Er lacht, tief und sexy. »Du hast noch immer deine Unschuld.«

»Ich fühle mich aber nicht sehr unschuldig.«

»Du siehst auch nicht so aus.«

Ich schaue in den breiten Spiegel über meinem Schreibtisch. Mein Haar steht wild in alle Richtungen. Sieht aus, als wäre eine Horde Waldtiere dort eingezogen. »Oh, mein Gott! So sehen die Haare also wirklich nach dem Sex aus?« Obwohl wir ja noch gar keinen Sex hatten.

Hinter mir steht Reed auf und sieht für diese Uhrzeit einfach viel zu gut aus. Er streift mir das Haar aus dem Gesicht und gibt mir einen Kuss auf den Hals.

»Du siehst umwerfend aus, und wenn ich hier noch länger stehen bleibe, dann wird deine Jungfräulichkeit gleich genauso auf dem Boden liegen wie unsere Klamotten von gestern.«

Dann gibt er mir einen harten Klaps auf den Hintern und marschiert nur in seiner Boxershorts aus dem Zimmer. Glücklicherweise wird er draußen nicht von entsetzten Ausrufen Callums begrüßt.

Kaum ist Reed weg, halte ich fix meinen Kopf unter laufendes Wasser, steige in Jeans und Turnschuhe und ziehe mir ein eher anzügliches, schwarzes Spitzenoberteil an, das ich immer in der Fernfahrerkneipe trug, wo ich gejobbt hab, bevor Callum mich aufgespürt hat.

Reed kommt gerade an meinem Zimmer vorbei, als ich heraustrete. Er bleibt stehen, tastet mich mit Blicken ab und hält dann den Zeigefinger hoch. »Warte hier.«

Ich warte natürlich nicht. Ich habe Reed schon tausendmal gesagt, dass ich kein Hund bin.

Stattdessen folge ich ihm in sein Zimmer, wo er in seinem Schrank kramt. »Was machst du?«

»Ich suche eine Uniform.«

Ich verdrehe die Augen. »Freitags brauchen wir keine.«

Freitag ist der einzige Tag, an dem wir etwas anderes tragen dürfen als die Schuluniform, obwohl Direktor Beringer es am liebsten sieht, wenn wir an Spieltagen garderobentechnisch das Football-Team unterstützen.

»Das heißt noch lange nicht, dass du deshalb etwas tragen solltest, das einen Aufstand verursacht.« Reed taucht mit einem weißen Hemd mit winzig kleinen Karos wieder auf. »Oder möchtest du lieber eins meiner Trikots?«

Ich verziehe das Gesicht. Noch bin ich nicht bereit, der Welt zu verkünden, dass ich wieder mit Reed Royal zusammen bin. Schließlich bin ich an der Schule auch so schon mit genug Mist konfrontiert. Keine Ahnung, wie das die Lage noch weiter verkomplizieren würde.

Reed seufzt, aber fängt keine Diskussion an.

Ich lasse mir das Hemd von ihm anziehen, wedele dann aber mit den überhängenden Ärmeln vor seinem Gesicht. »Wie soll ich das denn tragen?«

Er macht eine Kreisbewegung mit seinem Zeigefinger. »Na, aufrollen oder so. Ist es nicht total in, die Sachen von seinem Freund zu tragen?«

Durch das Wort *Freund* wird mir gleich zehn Grad wärmer, aber diese Wirkung darf ich Reed nicht zeigen, sonst wird er das ewig ausnutzen. »Also, es gibt Hosen mit Boyfriend Cut, aber okay, das eine Mal«, grummle ich und schlage die Ärmel so um, dass ich meine Hände zum Backen benutzen kann, ohne ständig mit den Bündchen im Mehl zu hängen.

Wir holen uns was zum Essen, bevor wir das Haus verlassen.

»Was machen wir denn am Wochenende?«, fragt Reed, als wir unterwegs zur Bäckerei sind.

»Auf jeden Fall nicht zu einer *Astor*-Party gehen.« Ich rümpfe die Nase. »Aber wir sollten was mit Val unternehmen, weil Tam ein Arschloch ist und ich nicht will, dass sie allein sein muss.«

»Nicht weit von hier gibt's 'ne Farm mit einem Maislabyrinth und Kürbisweitwurf. Da können wir hinfahren.«

»Wir? Meinst du damit auch alle deine Brüder?«, frage ich hoffnungsvoll.

»Ja, uns alle. Wir können unser Testosteron am Gemüse auslassen, und dann ziehen wir beide uns ins Labyrinth zurück und machen da ein bisschen rum.«

»Du klingst ziemlich selbstsicher.«

Er grinst. »Ich habe Kratzer auf dem Rücken.«

»Nicht wahr!«, rufe ich und atme dann heftig ein. »Im Ernst?«, frage ich leise und blicke prüfend auf meine Nägel.

Reed lächelt weiter, wechselt aber das Thema. »Wie geht es Val denn?«

Ich setze mich auf meine Hände. »Nicht gut. Sie vermisst ihren Ex.« Ich wünschte, sie würde erkennen, wie viel besser sie ohne den Betrüger dran ist, aber ich halte mich mit Ratschlägen bei Beziehungen zurück. In den Hinterzimmern diverser Striplokale zerbrechen häufig genug die Freundschaften, wenn eine Frau anfängt, die offensichtlichen Fehler des Typen der Freundin aufzuzählen.

Plötzlich trifft mich eine Erkenntnis. Reed ist ein Jahr älter als ich. Nächstes Jahr wird er nicht mehr an der *Astor Park* sein, ich aber sehr wohl. Er hat mal gesagt, dass er ein Meer zwischen sich und Bayview wissen will, wenn er hier fertig ist. Mittlerweile verstehe ich den Grund dafür sehr gut, aber der Gedanke, so weit entfernt von ihm zu sein, ist die reine Qual.

»Muss ich mir Sorgen machen, wenn du erst am College bist?«, frage ich nervös.

»Nein.« Er legt mir eine Hand aufs Knie und drückt einmal bestärkend. »Vals Kerl will sich ausprobieren, ich hingegen habe schon ...« Er sucht das richtige Wort. »Ich möchte nicht schlecht über deinen Vater sprechen, aber Steve hat jede Frau der Welt gehabt, und glücklich hat ihn das nicht gemacht. Ich muss nicht erst rumvögeln, um zu wissen, was ich will.«

Seine Worte, ach, seine Worte sind wie Sonnenschein,

der warm durch jede meiner Poren direkt in mein Herz dringt. Mit einem Mal bete ich, dass es kein Fehler war, ihm eine zweite Chance zu geben. Denn wenn er mich noch einmal verletzt, weiß ich nicht, ob ich das überlebe.

Reed hält vor der Bäckerei, lehnt sich zu mir herüber, um mir die Hand in den Nacken zu legen. Bevor ich widersprechen kann, drückt er mir einen harten, besitzergreifenden Kuss auf den Mund.

»Wir sehen uns auf dem Parkplatz«, flüstert er mir gegen die Lippen.

Bevor ich antworten kann, ist er schon unterwegs zum Training. Ich strafe mich innerlich dafür ab, dass mir seine Höhlenmenschart so gefällt, aber auch das schmälert mein Lächeln nicht, als ich die Bäckerei betrete.

Der Morgen vergeht rasend schnell. Ich hatte befürchtet, er würde sich ewig hinziehen, weil ich mich so sehr nach Reed sehne, aber weit gefehlt, ich war richtig energiegeladen. Vielleicht lag das ja an dem sehr hammermäßigen So-gut-wie-Sex. Wie werde ich mich dann erst nach der echten Nummer fühlen? Wie eine Superheldin? Die von einem Wolkenkratzer zum anderen springen und mit einer Hand abstürzende Flugzeuge auffangen kann?

Selbst die Tatsache, dass ich einen getragenen Slip in meinem Schließfach vorgefunden habe, kann meine Stimmung nicht trüben. Ich muss zwar anfangen, immer und überall Gummihandschuhe zu tragen, aber selbst meine Peiniger von der *Astor Park* scheinen mich heute nicht runterzuziehen.

»Hattest du gestern Sex?«, fragt Val, als wir uns später in die Mensa setzen.

Hab ich ein Schild an der Stirn kleben? »Warum? Wie kommst du darauf?«

»Du hast diesen widerlich glücklichen Gesichtsausdruck, den man nur bei jemandem findet, dem es oft und gut gemacht wird.« Angeekelt lässt sie sich gegen die Lehne fallen.

»Ich hatte gestern keinen Sex«, beruhige ich sie.

»Aber irgendwas anderes.« Sie nimmt mich genau unter die Lupe, als gäbe es noch Spuren von Reed an mir. »Mit ihm?« Sie nickt in die Richtung der Kasse, wo Reed gerade sein Essen bezahlt. Meine Miene muss mich verraten haben, weil sie sofort losstöhnt. »Du hast es getan. Du hast ihn zurückgenommen. *Warum?*«

Mein Rücken kribbelt. Val ist sonst wirklich unvoreingenommen, aber gerade steht ihr ins Gesicht geschrieben, wie sehr ihr das missfällt. »Wieso? Entfreundest du mich jetzt?«, frage ich sarkastisch.

Sofort wird ihr Ausdruck sanfter. »Nein! Natürlich nicht. Aber ich verstehe das nicht so ganz. Du hast doch gesagt, du könntest ihm niemals vergeben.«

»Da habe ich mich wohl geirrt.« Ich seufze. »Ich liebe ihn, Val. Vielleicht macht mich das ja zum dümmsten Mädchen auf diesem Planeten, aber ich möchte wirklich daran arbeiten, dass es mit uns beiden klappt. Er ... er fehlt mir.«

Sie keucht frustriert. »Mir fehlt Tam doch auch. Du weißt selbst, was für eine bescheuerte Aktion ich mir letztens geleistet habe. Und wozu? Wir dürfen diese Arschlöcher nicht zurücknehmen, sonst können wir uns selbst nicht mehr in die Augen sehen.«

»Das ist mir klar, und glaub mir, ich an deiner Stelle würde auch ungläubig die Augen verdrehen.« Ich kaue auf meiner Unterlippe. Zwar kann ich nicht über Reeds Probleme sprechen, weil sie einfach zu persönlich sind, aber ich möchte, dass Val mich versteht. Sie ist nur so streng zu

mir, weil sie sich Sorgen um mich macht, was ich sehr
schätze.

»Also, wie kommt's? Oder ist er einfach nur sehr gut
darin, sich zu unterwerfen?«

Warum habe ich Reed vergeben? Nicht, weil er eine trau-
rige Geschichte hat und mich glücklich macht, denn das
sind keine ausreichenden Gründe, um mit jemandem zusammen zu sein, der ein Mädchen so behandelt hat wie
Reed mich.

Meine Verbindung zu ihm ist ... kompliziert. Selbst ich
blicke da die Hälfte der Zeit nicht durch. Ich verstehe ihn
einfach auf einem anderen Level, sein Verlust ähnelt meinem. Seine Freude entfacht meine. Sein Ringen darum,
diese verrückte Welt zu verstehen, ist mir so bekannt wie
mein eigener Körper.

Vorsichtig versuche ich, Val das zu erklären. »Ich bin
wieder mit ihm zusammen, weil ich niemanden sonst besser verstehe als ihn. Und weil es niemanden sonst gibt, der
mich auf diese Art versteht. Das weißt du noch nicht, aber
ein paar Wochen nach meiner Ankunft in Bayview hatte ich
im Auto eine Art Nervenzusammenbruch und habe angefangen, ihn zu schlagen.«

Vals Mundwinkel zucken. »Im Ernst?«

Wie schön, sie lächeln zu sehen. Vals Freundschaft ist
mir wichtiger als alles andere dieser Tage. »Im Ernst. Er hat
mich mit ausgestrecktem Arm von sich ferngehalten und
ist einfach weitergefahren. Und obwohl er gesagt hat, dass
er mich hasst, hat er mich doch jeden Morgen zur Schule
mitgenommen. Ich weiß nicht, wie ich das erklären soll,
aber irgendwie ähneln wir uns. Manchmal bin ich irgendwie weinerlich drauf, an anderen Tagen ist er ein Arsch,
aber wir sind aus dem gleichen Holz geschnitzt und ziemlich vergleichbar verkorkst.«

»Hast du es je mit einem anderen versucht?«

»Nein. Und selbst wenn ich das täte, das würde nicht gut gehen. Weil er nicht ... Reed wäre.«

Sie seufzt, aber klingt akzeptierend. »Ich werde nicht so tun, als würde ich das verstehen, aber ich persönlich habe nach dieser Nacht letztens entschieden, dass ich Tam hinter mir lasse und neu anfange.«

»Damit solltest du vielleicht noch warten, bis der blaue Fleck verheilt ist. Wie hast du den eigentlich deiner Familie erklärt?«

»Hab gesagt, ich bin gegen eine Tür gelaufen. Das ist ja nicht ganz gelogen, bloß war die Tür ein Mädchen.«

»Schauen wir uns heute das Spiel an?«

Sie stochert in ihrer Quinoa-Gemüse-Schale herum. »Weiß nicht. Ich glaube, ich hab genug von den Astor-Jungs.«

»Selbst von dem Schnittchen da neben Easton?«, frage ich.

Sie schielt über meine Schulter. »Liam Hunter?«

»Er wirkt ... intensiv.«

»Das ist er auch. Und er steht ganz oben auf der Liste von Typen, um die ich einen großen Bogen machen würde. Er ist wie Tam. Ein armer Junge mit einem krassen Komplex, der ganz groß rauskommen will. Der würde mich wie ein Taschentuch benutzen und dann wegwerfen.« Sie schraubt ihre Wasserflasche auf. »Ich brauche einen reichen Kerl. Die hängen nicht an Menschen, sondern Dingen. Wenn die keine Verbindung zu mir aufbauen, baue ich auch keine auf.«

Ich erkläre ihr, dass das so nicht läuft. Dass man sich durchaus in jemanden verlieben kann, der einen nicht ausstehen kann. Da muss sie ja nur Reed und mich anschauen. Ich habe mich in ihn verliebt, als er mich permanent weggestoßen und schrecklich behandelt hat. Ich habe ihn weiter geliebt, obwohl ich ein paar ziemlich furchtbare Dinge über ihn herausfinden musste. Aber Val hört mir nicht zu. Sie hängt immer noch so tief in ihrem Schmerz, dass sie gar nichts anderes mitbekommt.

»Wenn du einen reichen Kerl suchst, den du benutzen kannst, bist du bei mir richtig.«

Wir schauen beide auf und sehen Wade, der sich unserem Tisch nähert.

Val begutachtet ihn kühl. Ihr gefällt, was sie sieht, da bin ich sicher, das ist ja auch nicht gerade schwierig. Wade ist ein ziemlich heißer Typ. »Wenn ich dich benutze, musst du aber die Finger von anderen lassen.«

»Wie meinst du das?«, fragt er und wirkt ernstlich verwirrt. Treue ist wohl ein Fremdwort für ihn.

»Sie meint, dass du in der Zeit, in der ihr euch gegenseitig benutzt, keine weiteren Liebschaften haben darfst«, erkläre ich.

Er runzelt die Stirn. »Aber –«

Val unterbricht ihn. »Vergiss es, Wade. Ich würde Sachen machen, die dich umhauen würden. Danach hättest du keine Freude mehr, weil du alle zukünftigen Mädels an mir messen wirst und sie doch nie an mich heranreichen werden.«

Sein Mund bleibt offen stehen.

Ich grinse, weil ich ihn zum ersten Mal sprachlos sehe.

»Sie kennt sich aus«, bestätige ich, obwohl ich keine Ahnung habe, wovon ich da spreche.

»Du kennst dich aus«, krächzt Wade.

Val nickt. »Jawohl.«

Sofort lässt Wade sich auf ein Knie sinken. »Oh, holdes Fräulein. Bitte gewährt meinem bescheidenen Glied Zugang zu Eurer Grotte der Lust, damit ich Euch Dinge zeigen kann, die nur die Unsterblichen kennen.«

Val steht auf und nimmt ihr Tablett in die Hand. »Also, wenn das erotisch sein soll, dann musst du aber noch viel lernen. Komm mit.«

Sie geht.

Wade wendet sich zu mir und flüstert mit kindischem Eifer: »Erotisch!«

Ich zucke mit den Schultern und hebe die Hände, während er kehrtmacht und Val hinterherrennt. Buchstäblich rennt.

»Will ich wissen, worum es gerade ging?«, fragt Reed und stellt sein Tablett neben meins.

»Ich glaube nicht. Ich bin mir nicht mal sicher, ob ich das erklären würde, solltest du wirklich fragen.«

26. Kapitel

Im Stadion scheint jeder Callum Royal zu kennen. Oder aber jeder will so wirken, als würde er ihn kennen. Es stehen selbst Leute weit oben auf der Tribüne auf, um ihn mit einem Winken zu begrüßen. Manche sprechen ihn an, noch bevor wir uns Plätze suchen können. Er schüttelt ein paar Hände. Mehr als einer spricht den Verlust seiner Frau an, was ich ziemlich unhöflich finde. Callums Frau ist vor zwei Jahren gestorben. Warum muss man das überhaupt ansprechen? Aber Callum lächelt nur und bedankt sich bei jedem, der an ihn und seine Familie denkt. Es dauert dreißig Minuten, bis wir die Tribüne betreten und uns in den Elternbereich setzen können.

»Willst du nicht zu deinen Freunden?« Er deutet zu dem mittleren Tribünenteil, wo die Fans abwechselnd in Blau oder Gold gekleidet sind. Er blinzelt. »Alle Mädchen mit Trikots sind da unten.«

Ich zucke kurz mit den Schultern. Ich habe das Trikot – zu Reeds Enttäuschung – nicht zum Unterricht getragen, dafür aber jetzt. Ich dachte mir, wenn ich neben Callum sitze, dann sieht es so aus, als würde ich die ganze Familie Royal unterstützen, nicht nur Reed. Callum hat schließlich

Eastons Trikot an und füllt es ziemlich gut aus. Ich schwimme förmlich in meinem.

»Nein, schon in Ordnung. Wir müssen bloß einen Platz für Val frei halten«, erinnere ich ihn.

Aber selbst wenn Val nicht aufkreuzt, sitze ich lieber weit weg von meinen »Freunden«. Für mich sind alle Schüler der *Astor Park* Arschlöcher. Mittlerweile muss ich kaum noch Streiche aushalten. Letztens hab ich die Tür von meinem Schließfach nicht aufbekommen und bin deshalb zu spät zum Unterricht gekommen. Immerhin hat der Lehrer meine Entschuldigung akzeptiert. Und beim Sport ist meine Unterhose verschwunden, weshalb ich den Rest des Tages unten ohne rumrennen musste.

Ich habe den Fehler gemacht, das gegenüber Reed zu erwähnen, der das unbedingt *mit eigenen Augen* sehen wollte, weshalb ich wiederum zu spät zum Biounterricht kam, was Easton – der ja im selben Kurs sitzt – sofort erraten und wofür er mich gnadenlos aufgezogen hat.

»Hast du selbst Football gespielt, Callum?«, frage ich, während wir dem Team beim Aufwärmen zusehen, wozu sie sonderbare Beinbewegungen machen, aber perfekt im Takt.

»Ja, Tight End.«

Ich muss grinsen. Die Bezeichnungen im Football sind so zweideutig.

Callum zwinkert mir zu, als wüsste er haargenau, was ich denke. »Dein Vater hat an der gleichen Position gespielt wie Reed. Defensive End.«

»Wusstest du, dass meine Mom sechzehn war, als sie Steve kennengelernt hat?« Ich habe letztens über den Altersunterschied nachgedacht, was mich ein bisschen entsetzt hat. Callum ist Mitte vierzig, wenn die beiden also zusammen auf der Highschool waren, muss Steve ja gleich alt gewesen sein. Meine Mom hat mich mit siebzehn bekommen, wurde also mit sechzehn schwanger. Steve muss also schon damals ein ziemlicher Schürzenjäger gewesen sein. Wobei ich trotzdem nicht froh darüber bin, dass er tot ist. »Da hab ich noch gar nicht drüber nachgedacht.« Callum schielt peinlich berührt zu mir hinüber. »Die Mädchen in den Bars bei den Stützpunkten sind ... Es ist schwer, ihr Alter zu schätzen.«

Ich verdrehe die Augen. »Callum, ich war fünfzehn und habe in Stripclubs gearbeitet. Ich weiß, wie schwer das ist. Es ist mir nur gerade in den Sinn gekommen.«

»Steve war kein Mann, der Frauen ausgenutzt hat.«

»Das habe ich auch nicht behauptet. Mom hat nie ein schlechtes Wort über meinen Samenspender verloren.«

Callum verzieht das Gesicht. »Hättest du ihn doch kennenlernen können. Er war ein guter Mensch.« Er schnipst mit den Fingern. »Wir sollten uns mit ein paar unserer SEAL-Kumpels treffen. Man kennt sich erst, wenn man sieben Tage und Nächte zusammen in einer Höhle in der Wüste verbracht hat.«

»Das klingt ja fürchterlich.« Ich kräusle die Nase. »Da bleibe ich lieber bei Shoppingtouren.«

Er lacht. »Schön und gut. Oh, da ist Valerie.« Er steht auf und winkt Val zu, damit sie uns sieht.

Sie lächelt breit, als sie sich zu mir setzt. »Na, wie geht's?«

»Oh, gut. Schließlich bist du jetzt da und kannst mich vor Callums Kriegsgeschichten retten.«

Auf Vals verständnislosen Blick hin erklärt Callum: »Ich habe Ella gesagt, dass sie ein paar alte Navy-Kumpel von ihrem Vater kennenlernen sollte.«

»Ah. Ich habe Steve übrigens einmal getroffen, hab ich das eigentlich erwähnt?«

»Nein, wann?«, frage ich neugierig.

»Beim Herbstball letztes Jahr.« Sie lehnt sich vor und schaut zu Callum. »Wissen Sie noch? Sie haben die Jungs mit einem Helikopter eingeflogen?«

Mir klappt der Mund auf. »Ehrlich? Mit einem Helikopter?«

Callum lacht schallend. »Das hatte ich ja völlig vergessen. Ja. Wir haben einen neuen Prototypen getestet, und Steve wollte ihn selbst ausprobieren. Wir haben die Jungs und ihre Dates eingesammelt und sind eine Stunde lang mit ihnen an der Küste entlanggeflogen, bevor wir sie auf dem Schulgelände abgesetzt haben. Beringer hatte fast einen Herzinfarkt deswegen. Ich musste erst mal ordentlich in die architektonische Gartengestaltung der Schule investieren.« Er grinst breit. »War's aber wert.«

»Da ist es ja kein Wunder, dass alle Mädels die Royal-Jungs wie wild angraben.«

»Ella«, sagt Callum gespielt verletzt, »meine Jungs sind alle Bilder stattlicher Virilität. Die Frauen werden von ihrem Charakter angezogen, nicht von ihren Geldbörsen.«

»Halte gut an diesem Glauben fest.«

Jemand spricht Callum an, bevor er etwas erwidern kann. Kaum ist seine Aufmerksamkeit abgelenkt, stupst Val mich an. »Heißt das, die Royal-Family ist friedlich vereint?«

»Keine Ahnung. Aber es scheinen wieder alle miteinander auszukommen.«

»Callum ist das erste Mal seit Marias Tod bei einem Football-Spiel seiner Söhne«, betont sie. »Das kann nicht nur mir aufgefallen sein. Irgendwie werdet ihr beide anders wahrgenommen.«

»Inwiefern?« Ich schaue mich um. Abgesehen von den üblichen Blicken entdecke ich nichts, was anders sein könnte.

»Da ist so eine Leichtigkeit zwischen euch. Man sieht, wie sehr er dich mag – und nicht auf diese eklige Art, wie die Leute sich die Mäuler zerreißen. Du lachst, und er ist ziemlich redselig. Irgendwas ist anders. Noch dazu ist Callum eben 'ne große Nummer, und die Erwachsenen suchen seine Aufmerksamkeit.«

»Oder einen Weg in seine Brieftasche.«

Sie zuckt mit den Schultern.»Wo ist der Unterschied? Vielleicht könnte dir das im Schulalltag helfen. Ich möchte wetten, wenn die Eltern dieser Arschlöcher wüssten, dass ihre Blagen Callums Schutzbefohlene schlecht behandeln, dann würde es plötzlich Taschengeldkürzungen hageln.«

»Es wird ja schon besser«, lenke ich ein.»Das Schlimmste diese Woche war der verschwundene Slip.«

»Ja, ich hab gehört, dass das *richtig* schlimm für dich geendet hat.« Sie verdreht die Augen.»Vielleicht solltest du den Schuldigen dafür eher im nächsten Umfeld suchen.«

Ich grinse.»Reed muss mir nix klauen, um mich anfassen zu dürfen.«

»Du bist widerlich«, sagt sie liebevoll.

»Du bist noch immer die Beste, die ich je im Bett hatte«, versichere ich ihr.»Wie steht's an der Hiro-Front?«

»Keine Ahnung. Er ist toll und so, aber so richtig an macht er mich nicht.«

»Und Wade?« Laut Val haben sie heute die Vierte ausfallen lassen und stattdessen in der Abstellkammer rumgemacht, aber weiter ins Detail wollte sie nicht gehen.

»Der ist viel zu erfahren. Er sagt nie irgendetwas Ernstgemeintes. Keine Ahnung, was er machen würde, wenn ihm mal ein Mädchen eröffnet, dass sie ihn liebt. Kann sein, dass das sein schlimmster Albtraum ist. So wie wir uns vor Spinnen fürchten, die uns in den Mund krabbeln«, – ich erschaudere –, »fürchtet er sich davor, dass sich eine Horde von Mädels vor ihm versammelt und im Chor sagt: *Wade, wir lieben dich. Wollen wir nicht miteinander gehen?* Ich wette, dann wacht er schweißgebadet auf.«

»Da hast du ja schon ordentlich drüber nachgedacht.«

»Besser, als Gedanken an Tam zu verschwenden.«

»Auch wieder wahr.«

Alle stehen gleichzeitig auf, als die Band die Nationalhymne anstimmt, und unsere Unterhaltung wird unterbrochen. Callum steht neben mir buchstäblich stramm. Ein paar Gewohnheiten legt man wohl nie ab. Val ist rechts von mir. Unten auf dem Feld ist mein Mann. Auf meinem Rücken prangt der Name *Royal* auf meinem geliehenen Trikot.

Ich habe mich noch nie so angenommen gefühlt. Es ist ungewohnt und wundervoll, und ich kann nicht aufhören zu lächeln. Das Spiel ist ein einziges Fest, und kaum ist es abgepfiffen, sprechen alle nur noch von den Play-offs, die schon in greifbarer Nähe sind.

Auf dem Weg von der Tribüne bleibt Callum an der vorletzten Reihe stehen, lehnt sich über ein paar Zuschauer und tippt einem kleinen, drahtigen Mann auf die Schulter.

»Mark, wie geht's?«, fragt Callum höflich.

Sein Ton ist jedoch plötzlich so kühl, dass ich mich gleich verspanne.

»Könntest du einen Moment mitkommen? Ich würde mich gern kurz mit dir unterhalten.«

Es ist keine Frage, sondern ein Befehl. Alle um uns herum haben das auch begriffen, weil sie aufstehen und Mark Platz machen.

»Das ist mein Onkel«, flüstert mir Val ins Ohr.

Ich bin Jordans Eltern bisher noch nicht begegnet, und Callum stellt uns auch nicht vor. Er hält sogar einen Arm vor uns, fast wie eine Barrikade, was Mark Carrington dazu zwingt, vor uns hinunterzugehen. Mark bleibt am unteren Ende der Tribüne stehen, aber irgendwas in Callums Gesicht bewegt ihn dazu, auch noch die letzten Stufen bis zum Spielfeld zu nehmen.

»Was geht denn hier ab?«, zische ich durch den Mundwinkel hervor.

Val wirft mir einen ratlosen Blick zu. Weil Callum uns nicht aufgefordert hat wegzubleiben, folgen Val und ich ihnen auf dem Fuße.

»Das müsste reichen«, sagt Callum, als wir vielleicht fünf Meter von der Tribüne entfernt sind.

»Worum geht's, Royal?«

Callum greift hinter sich und bekommt, ohne hinzusehen, mein Handgelenk zu fassen, an dem er mich nach vorn zieht. »Ich glaube nicht, dass ihr euch schon begegnet seid. Mark, das ist mein Mündel, Ella Harper. Sie ist Steves Tochter.«

Mr Carrington wird blass, aber reicht mir die Hand. Verblüfft schüttle ich sie.

»Schön, Sie kennenzulernen, Ella.«

»Ganz meinerseits, Sir. Ich bin mit Val befreundet.« Ich ziehe Val auf ähnliche Weise neben mich wie Callum.

Val hebt kurz die Hand. »Hallo, Onkel Mark.«

»Hallo, Val.«

»Das ist doch schön, oder?«, sagt Callum. »Dass unsere Mündel befreundet sind?«

Mark nickt unsicher. »Ja, es ist schön, Freunde zu haben.«

Val nimmt meine Hand.

»Ella ist uns Royals sehr wichtig, und ich freue mich, dass sie hier an der *Astor Park* mit offenen Armen empfangen wird. Es würde mich zutiefst betrüben, wenn ich hören müsste, dass sie auf irgendeine Weise schlecht behandelt wird. Ich gehe davon aus, dass du das ebenso wenig dulden würdest. Nicht wahr, Mark?«

»Natürlich.«

»Deine Tochter ist ziemlich beliebt an der Schule, oder?«, Callums Ton ist so seicht, als würde er über das Wetter sprechen, aber irgendwas an seinen Worten sorgt dafür, dass Mark ganz blass wird.

»Jordan hat viele Freunde.«

»Gut. Ihre Freundlichkeit Ella gegenüber steht in einem klaren Verhältnis zu meinem Wollwollen eurer Familie gegenüber.«

Mark räuspert sich. »Ich bezweifle keine Sekunde, dass Ella ihren Freundeskreis perfekt ergänzen würde.«

»Ich auch nicht, Carrington. Ich auch nicht. Jetzt kannst du gern wieder zu deiner Familie stoßen.« Callum schaut Mark abschließend an und wendet sich dann an mich. »Wieso sucht ihr beiden nicht die Jungs, ich lasse derweil Durand vorfahren.«

»Äh, klar«, stammle ich. Aber als er weggeht, überkommt mich das starke Bedürfnis, nachzuhaken, was genau er weiß. Deshalb lasse ich Vals Hand los und laufe ihm nach. »Callum, warte.«

Er bleibt stehen. »Ja?«

»Warum hast du das getan?«

Ungeduldig betrachtet er mich. »Für gewöhnlich werde ich als Letzter eingeweiht. Früher habe ich das alles Maria überlassen, aber irgendwann bekomme ich so was halt auch mit. Ich weiß, dass dein Wagen eine Woche lang verschwunden war, weil jemand meinte, ihn mit Honig überziehen zu müssen. Außerdem weiß ich, dass Reed und Easton an den Wochenenden um Geld kämpfen und dass du dieses Trikot nicht einfach nur anhast, um die Schule zu unterstützen.« Er spielt kurz am Bündchen von Reeds Trikot, lässt dann die Hand sinken und grinst mich schief an, bevor er sich zum Spielfeld dreht. »Such die Jungs, Süße. Wir sehen uns zu Hause. Komm nicht allzu spät und bleibt in der Nähe deiner Brüder.« Er verstummt, seufzt. »Ach, Quatsch, sie sind ja gar nicht deine Brüder, nicht wahr?«

Das will ich doch schwer hoffen. Mit dröhnendem Kopf kehre ich zurück zu Val.

»Hat Callum gerade meinem Onkel gedroht?«, fragt sie verwirrt.

»Ich glaube schon.«

»Hast du ihm das mit deinem Auto erzählt?«

Ich schüttle den Kopf. »Nein, das war mir viel zu peinlich. Reed hat sich um die Reinigung gekümmert. Ich habe es erst seit heute zurück.«

»Callum weiß definitiv irgendwas.«

»Offensichtlich. Aber meinst du, es wird sich wirklich irgendwas ändern?«

»Ganz sicher. Mein Onkel könnte Jordan alles Geld streichen. Und wenn er das Gefühl hat, seine Firma ist durch etwas, das sie gemacht hat, in Gefahr, dann wird er hart durchgreifen.«

»Hm. Abwarten.« So ganz überzeugt bin ich noch nicht.

Val drückt meine Hand. »Ich schätze, in Zukunft musst du selbst dafür sorgen, dass deine Unterwäsche verschwindet.«

Ich strecke ihr die Zunge raus. »Wer sagt denn, dass ich überhaupt welche trage?«

»Sagt mir Bescheid, wenn ihr euch küsst, ja?«, unterbricht uns Easton. Er grinst breit.

»Wenn wir uns küssen, dann sicher nicht für dich«, antworte ich.

»Ach, das ist mir egal. Ich möchte nur zugucken. Aber lieber irgendwo mit weniger Publikum, dafür aber mit mehr Licht und weniger Klamotten.«

»Für die Nummer musst du aber über achtzehn sein«, stichelt Val.

»Dann weiß ich ja endlich, was ich mir zum Geburtstag wünsche. Der ist im April. Ihr dürft gern schon mal mit dem Planen anfangen. Ich stehe sehr auf Dienstmädchenkostüme.«

»Halloween ist vorbei, Bruderherz«, sagt Reed, der herbeigeschlendert kommt. Er gibt mir einen schnellen Kuss auf die Wange. »Was machen wir jetzt?«

Easton zappelt ungeduldig herum. »Ich bin für eine schnelle Entscheidungsfindung. Die Rumsteherei nervt.«

Reed und ich wechseln einen besorgten Blick.

»Du hast doch gerade erst Football gespielt«, erinnere ich Easton.

»Ganz genau. Vollgepumpt mit Adrenalin, das rausmuss. Am liebsten werde ich es mit Sex, Alkohol oder Drogen los. Ihr beide wollt, dass ich mich weder betrinke noch bekiffe, bleibt also nur noch Sex.« Er schaut demonstrativ in Vals Richtung.

Die lacht nur und winkt ab. »Ich stehe nicht zur Verfügung. Mein armer Körper würde so viel Energie sicher nicht verkraften. Komm, wir suchen dir jemanden. Ich werde dich durch die felsige Küste navigieren, die sich Highschool-ONS nennt.«

»Ich lege meinen zarten Körper in deine Hände.« Easton legt Val einen Arm um die Schultern. »Ihr müsst euch wohl allein durchschlagen«, ruft er uns noch zu.

Ich hebe eine Augenbraue. »Überschüssiges Adrenalin?«

Reed zwinkert. »Wo er recht hat.«

»Ich habe keine Lust auf Party.«

Ein wissendes Grinsen breitet sich auf seinem Gesicht aus. »Ach so? Ich hätte da ein paar Ideen, wie wir das Spiel feiern könnten. Willst du sie hören?«

Ich grinse zurück. »Ich bitte darum.«

27. Kapitel

REED

Ich gehe mit Ella an den Strand. Das habe ich immer an diesem Haus geliebt, diese Nähe zum Meer. Der Strand ist nicht groß – ein fünfzehn Meter langer Streifen, drei Meter breit, an dessen einer Seite die Wellen den Sand benetzen. An der anderen türmen sich Felsbrocken zu einer natürlichen Mauer zwischen Strand und Garten auf.

Egal wie klein, es ist unserer – friedlich, still und allem voran privat.

Ich breite eine schwere Wolldecke aus, werfe die Daunendecke darauf und lasse den Rest meiner Mitbringsel fallen. »Setz dich schon mal, ich mache Feuer.«

Sie zieht sich die Schuhe aus, bevor sie die Decke betritt. Ich erhasche einen Blick auf dunkel lackierte Fußnägel, bevor sie unter Ella verschwinden.

An den Felsbrocken hat sich Treibholz verfangen, und es dauert nicht lange, bis ein kleines Feuer vor uns brennt, das uns mit Licht und Wärme versorgt. Ich will schließlich nicht, dass mein Mädchen friert.

»Dir beim Feuermachen zuzusehen ist eigenartigerweise sehr sexy«, sagt sie, während ich die besten Stücke der trockenen Hölzer auswähle.

Ich drehe mich lächelnd zu ihr um. »Praktisch begabte Männer sind wie lebende Pornos für Mädels. Dir gefällt es, dass ich etwas kann.«

»Wenn ich eine Höhlenfrau wäre, würde ich dich in meine Höhle zerren«, gibt sie zu.

»Ist das früher so gelaufen? Die Männer haben das Feuer gemacht, und dann haben sich die Frauen den mit der besten Rute ausgesucht und mit ihm gemacht, was sie wollten?«

»Genau. Und wir haben die Männer die Geschichte schreiben lassen, weil ihre zerbrechlichen Egos das brauchten.«

Ich werfe noch ein Holzstück aufs Feuer, damit die Wärme lange vorhält, und schlüpfe zu ihr unter die Decke. Sie glättet sie über meinen Beinen, während ich mich neben ihr ausstrecke. Für eine Weile beobachten wir den Tanz der Flammen und lauschen dem Knistern der Scheite, die in der Hitze bersten. Unsere körperliche Nähe ist ein kleines Glück. Die unendliche Weite von Himmel und Meer. Ella und ich sind zusammen. Endlich.

Ihre Füße schmiegen sich an meine jeansbekleideten Oberschenkel. Ich habe einen Arm um sie gelegt, meine Hand liegt auf ihrem süßen Hintern. Wenn sie doch ihre Uniform anhätte, dann könnte ich meine Hand unter den Rock schieben, bis ich nichts als nackte, weiche, warme Haut spüre.

»Deinetwegen habe ich meinen Job wieder. Danke dafür«, sagt sie irgendwann.

»Wie kommst du darauf, dass ich was damit zu tun habe?«

Sie sieht mich schief an. »Wer soll es denn sonst gewesen sein?«

Ich grinse verlegen.

»Ich meine das ernst, Reed. Danke.«

Ich ziehe meine wandernde Hand zurück und lege sie mir unter den Kopf. Wenn sie reden will, reden wir. In der Zwischenzeit erstickt mein Schwanz zwar in der Hose, aber wenn sie bei mir bleibt, ist es das doch wert. »Das war ja das Mindeste. Du hast ihn schließlich meinetwegen verloren.«

»Stimmt nicht so ganz, aber es ist der Gedanke, der zählt.« Ihre Hand reibt mir kurz über den Oberschenkel. Ich schließe die Augen. Das ist nur eine liebevolle Geste, da bin ich mir sicher. Aber wäre die Berührung ein klein wenig weiter rechts, würde sie mir ein bisschen Linderung verschaffen. Ich atme ein paarmal tief durch.

»In der Schule ist es auch nicht mehr so krass. Hattest du da auch die Finger im Spiel?«, fragt sie. Ihre Hand ist nach oben gewandert, jetzt fährt sie mit dem Finger die Naht am Ärmel meines Langarmshirts ab.

Macht sie das absichtlich? Ich werd hier noch wahnsinnig. Ich drehe den Kopf, um sie anzusehen, aber ihr Blick ist auf das Meer gerichtet.

Ich rolle wieder auf den Rücken und versuche, den Großen Wagen zu finden, statt mir vorzustellen, dass sie mir das Shirt hochschiebt und meine Bauchmuskeln mit demselben Finger nachzeichnet. »Noch nicht so sehr, wie ich möchte«, gestehe ich. »Ich habe mit Wade und ein paar anderen gesprochen. Sie sollen mir erzählen, was sie so aufschnappen, dabei wissen wir beide ja ziemlich sicher, dass Jordan hinter dem Ganzen steckt. Wenn es ein Typ wäre, würde ich ihn auf den Parkplatz schleppen und so lange auf ihn einschlagen, bis er Zähne kackt.«

»Wunderschöne Vorstellung.«

Ich schnaube. »Würdest du ihn lieber mit ins Einkaufszentrum nehmen und Freundschaftsbändchen kaufen?«

»Keine Ahnung. Ist Gewalt wirklich die Lösung? Du hast Daniel geschlagen, ich habe ihn bloßgestellt, und trotzdem ist er noch da. Und er wirkt nicht mal sonderlich beeindruckt.« Ihr wandernder Finger hat den Saum meines Shirts erreicht.

»Das ist nur Show«, sage ich. »Der ist unheimlich gut darin, so zu tun, als wäre alles in bester Ordnung. Dabei wurde er aus dem Lacrosse-Team geworfen, und seine Kandidatur für den Studiensprecher nächstes Jahr ist hinfällig.«

Ich runzle die Stirn. »Aber das ist noch nicht genug.«

»Aber immerhin ein Anfang.« Ella geht nun dazu über, meinen Arm zu streicheln. Allein diese unschuldige Berührung entfacht ein Feuer in mir, das heißer glüht als das im Sand vor uns. »Apropos Jordan, dein Vater hat ihrem Vater heute nach dem Spiel gedroht.«

»Im Ernst?« Ich kann meine Verwunderung nicht verbergen.

Sie nickt. »Er hat gesagt, wie schade es wäre, wenn mir etwas geschehen würde, das negative Auswirkungen auf ihre Arbeitsbeziehung hätte.«

»Wow. Hätte nicht gedacht, dass er das Zeug dazu hat. Oder überhaupt einen blassen Schimmer, was an der *Astor* abgeht.«

»Ich glaube, er weiß mehr, als er sich anmerken lässt. Er hat angedeutet, dass er auch über uns beide Bescheid weiß.«

Ich grinse. »Was denn genau?«

»Dass ich dein Trikot aus einem guten Grund trage.«

Dankbarerweise liefert mir ihr Haar eine Entschuldigung, sie anzufassen. Ich streiche ihr ein paar lose Strähnen hinters Ohr. »Ich weiß, was ich selbst für den Grund halte. Magst du mir erzählen, was du glaubst?«

Sie nimmt meine Hand und küsst mir sanft die Handfläche. Es fühlt sich an wie ein Brandmal. Ihr Brandmal.

Ich möchte die Hand schließen und es für immer dort behalten.
»Um den anderen Mädels zu signalisieren, dass sie sich wen anders suchen müssen. Weil du zu mir gehörst.« Sie schaut mich aus funkelnden Augen an. »Jetzt du.«
Wieder muss ich Luft holen. Diesmal, weil mir das Herz bis zum Hals schlägt. »Weil es allen anderen Jungs signalisiert, dass sie sich verpissen können. Weil du zu mir gehörst.« Ich halte es nicht mehr aus und ziehe sie auf meinen Schoß. »Ich möchte alle deine Probleme lösen. Ich möchte besonders dafür sorgen, dass Jordan verschwindet. Brooke aus unserem Leben löschen. Ich möchte, dass alles perfekt und schön und glänzend für dich ist.«
»Seit wann bist du so romantisch?«, zieht sie mich auf.
»Seit ich dich kennengelernt habe.« Oh, Mann. Wenn mich meine Kumpels hören könnten! Die würden eine landesweite Fahndung nach meinen Eiern ausgeben. Aber mir ist das egal. Ich meine jedes Wort so, wie ich es sage.
Ella nimmt meinen Kopf in die Hände. »Das ist aber alles nicht nötig«, flüstert sie, ihre Lippen nur wenige Millimeter von meinen entfernt.
»Ich würde alles für dich tun. Sag mir, was du brauchst.«
»Dich. Nur dich. Mehr habe ich nie gebraucht.«
Sie küsst mich. Ihre Lippen pressen sich sanft auf meine, besiegeln das Versprechen, das sie mir gerade gegeben hat. Sie gehört zu mir, und sie hat schon immer zu mir gehört. Schon lange bevor wir uns getroffen haben, war sie mein. Ich habe mich lange dagegen gewehrt, aber jetzt gebe ich nach. Und bin mit vollem Einsatz dabei.
Ich erwidere ihren Kuss und ziehe sie zu mir hinunter, bis ich ihren gesamten Körper an meinem spüre. Anfangs ist das noch ganz unschuldig. Ich reiße ihr nicht das Trikot vom Leib oder fasse ihr sofort in die Hose, obwohl ich am

liebsten gleich beides täte. Wir küssen uns, ich lege mich langsam auf sie, und dann dauert es nicht lang, bis sie sich rastlos unter mir bewegt.

Sie spreizt die Beine, und ich rücke nur zu gern dazwischen, presse meinen Ständer an ihre einladende Wärme. Ihre Hände wandern von meinem Kopf zum Saum meines Shirts, wo sie hilflos herumfummelt. Ich folge mit einer Hand und reiße mir das Teil über den Kopf.

»Wird dir nicht kalt?«, fragt sie – halb im Spaß, halb im Ernst.

»Mir wäre nicht mal kalt, wenn es anfangen würde zu schneien.« Ich nehme ihre Hand und halte sie mir gegen die Brust. »Ich verglühe.«

Ihre Finger pressen sich an meine Brust und fangen langsam an, sie zu erforschen. Ich weiß, dass sie nicht viel Erfahrung hat, aber ich war noch nie so angeturnt wie gerade. So kurz davor. Nicht mal bei meinem ersten Mal. Ich könnte ihre Hand einfach dort wegnehmen und dem allen mit der Begründung ein Ende setzen, dass ich mich fast nicht mehr unter Kontrolle habe. Aber ich möchte, dass sie mich berührt.

Ich stütze mich mit den Ellbogen ab, damit sie mich weiter erkunden kann. Sie zählt alle Rippen mit den Fingern. Ihre Hände vermessen meinen Oberkörper, und mich erfüllt eine steinzeitliche Genugtuung, dass ich so viel größer bin im Vergleich zu ihr. Ihre Handflächen gleiten über meine Schultern und dann über meinen Rücken. Ich zittere dort über ihr, ein wildes Tier, das sich auf sie stürzen möchte, sobald sie das Zeichen gibt.

Verdammt, dieses Mädchen macht mich fertig.

Sie zieht sich an mir hoch und leckt meinen Hals, wo mein Puls rast.

Es ist zu viel. Ich lasse mich auf die Seite fallen und rolle mich auf den Rücken, mein Brustkorb hebt und senkt sich, als wäre ich gerade einen Marathon gerannt.

»Was ist los?«, fragt sie und kuschelt sich an mich. Ich falte meine Hand in ihre. »Sprich mit mir. Hilf mir, mich ein bisschen zu beruhigen.«

»Bist du sicher, dass ich dir nicht anders helfen soll?« Darüber muss ich lächeln. »Später. Jetzt möchte ich es einfach genießen, hier mit dir zu liegen.«

»Ist das immer so?«

»Wie ist es denn?«

Sie schweigt für einen Moment. »Als würde einem das Herz platzen.«

»Das klingt ja so, als würde ich dich umbringen.«

»So fühlt es sich manchmal sogar an. Manchmal ... machen mir die Gefühle, die du in mir auslöst, richtig Angst.«

Ich drücke ihre Hand. »So geht es mir auch. Und nein, so habe ich das noch nie erlebt.«

»Nicht mal mit Abby?« Ich kann ihr ansehen, dass sie die Frage bereut – dass sie ihr schneller rausgerutscht ist, als sie sich aufhalten ließ.

Ich drehe den Kopf, damit ich sie ansehen kann. »Nicht mal mit Abby. Möchtest du wirklich über sie sprechen?«

»Irgendwie schon.« Sie verzieht das Gesicht. »Müssen wir aber nicht.«

Ich presse sie so nah an mich, dass kein Lufthauch mehr zwischen uns passt. Eigentlich möchte ich nicht mit ihr über Abby sprechen. Nicht, weil da noch Gefühle für Abby wären, sondern weil ich nie wirklich viel für sie empfunden habe, was mir ein schlechtes Gewissen macht.

»Ich bin kurz nach dem Tod meiner Mutter mit Abby zusammengekommen«, setze ich an. »Sie war meine erste feste Freundin, davor habe ich nur hin und wieder mal mit jemandem rumgemacht. Ich war nicht wie East, aber ein bisschen ausgetobt habe ich mich trotzdem. Meine Jungfräulichkeit hab ich mit fünfzehn an eine aus dem Abschlussjahrgang verloren. Nach Moms Tod bin ich ein bisschen ... durchgedreht. Hier oben ist ziemlich viel Schwachsinn abgegangen ...« Ich verstumme. Dann füge ich hinzu: »Ist wohl immer noch so, schätze ich. Jedenfalls tauchte Abby auf und erinnerte mich an meine Mom. Ich dachte, dass ich, wenn ich mit ihr zusammen bin, meine Mom wiederhabe.«

»Und? Hat es funktioniert?«

»Anfangs schon, aber dann ... hat mir meine Mutter nicht mehr so sehr gefehlt. Also, natürlich hab ich sie noch vermisst, aber Abby war einfach nie eine, die für mich interessant geblieben wäre. Dazu ist sie zu still. Zu ... passiv, schätze ich.« Ehrlich gesagt habe ich mich mit ihr zu Tode gelangweilt, aber das klingt total fies, und ich will nicht, dass Ella mich wieder für ein Arschloch hält. »Ich habe mich kurz vor Weihnachten von ihr getrennt. Dir ist sicher auch klar, dass es im Herbst keinen guten Zeitpunkt gibt für eine Trennung, oder? Das ist echt verrückt. Gid hat immer gesagt, du kannst dich nicht kurz vorm Winterball trennen, genauso wenig direkt vor irgendwelchen Feiertagen. Aber ich habe es trotzdem getan, weil es für keinen von uns gut gewesen wäre, das noch länger hinauszuzögern. Sie war natürlich nicht glücklich darüber. Selbst nach unserer Trennung kam sie häufig vorbei, und je mehr sie versucht hat, mich zurückzugewinnen, desto mehr habe ich bereut, jemals mit ihr zusammen gewesen zu sein.«

Ella reibt ihre Wange an meiner Schulter. »Warum klingst du plötzlich so, als hättest du ein schlechtes Gewissen?«

»Weil ich eins habe«, murmle ich.

»Brauchst du aber nicht. Du bist doch nicht für sie verantwortlich. Solange du ehrlich zu ihr warst und ihr keine

Versprechen gemacht hast, die du nicht halten wolltest, ist sie für ihre verletzten Gefühle selbst verantwortlich.«

»Du bist die Erste, der ich je Versprechen gemacht habe«, sage ich.

»Versprichst du mir etwas?«

»Alles.«

»Dass du immer ehrlich zu mir sein wirst. Wenn du je an den Punkt kommen solltest, dass du nicht mehr mit mir zusammen sein willst, sagst du es mir sofort.«

Ich rolle mich auf sie und halte ihre Hände neben ihrem Kopf fest. »Ich kann dir versprechen, dass ich nie auch nur eine Sekunde bereuen werde, die wir zusammen verbringen.«

Bevor sie etwas erwidern kann, bringe ich sie mit einem Kuss zum Schweigen. Das ist nicht das Versprechen, das sie wollte, aber es ist das Einzige, was ich ihr geben kann, weil der Tag nie kommen wird, an dem ich nicht mehr mit ihr zusammen sein will.

Langsam küsse ich mich an ihrem Kinn entlang, den Hals hinunter. Sie weiß gar nicht, wie schön sie ist. Allein ihr Anblick – das goldene Haar, die glühenden blauen Augen und ihre schlanke Figur – sorgt bei jedem, an dem sie in der Schule vorbeigeht, für einen Ständer. Sie weiß das nicht, weil sie sich von den anderen Mädels von *Astor* unterscheidet. Sie ist weder eitel noch egoistisch oder eingebildet.

Sie ist einfach ... Ella.

»Ich habe noch nie etwas Geileres gesehen als dich heute in meinem Trikot«, keuche ich, bevor ich in ihr Ohrläppchen beiße.

»Ach ja?«

»Oh, ja.«

Ihre Finger tanzen hungriger und gieriger auf meiner

Haut. Ich schiebe ihr meinen Schenkel zwischen die Beine, und sie fängt an, sich daran zu reiben.

»Ich möchte, dass du kommst.« Ich presse mich gegen sie. »Darf ich weitermachen?«

»Hier draußen? Jetzt?« Sie ist empört, aber nicht abgeneigt.

»Wir sind hier weit und breit die Einzigen.« Ich schiebe das Trikot und Tanktop, das sie darunter trägt, hoch, bis ihre helle Haut völlig freiliegt. Ich lecke langsam um ihre feste Brustwarze. Ella bäumt sich auf, nicht glücklich über diese Neckerei.

Lachend nehme ich sie in den Mund. Als ich mit der Zunge an der Spitze spiele, keucht Ella auf. Ihre Hände vergraben sich in meinen Haaren, ziehen mich näher. Als wäre das nötig. Selbst wenn sich ein Orkan zusammenbrauen würde, ich würde sie nicht loslassen.

Ich verschwinde unter der Decke, und nachdem ich sie ihrer Jeans entledigt habe, sage ich: »Du bist so wunderschön, Baby. Perfekt.«

Dann habe ich anderes mit meinem Mund zu tun, als Wörter von mir zu geben, die ihr doch nicht gerecht werden. Neben mir bohren sich ihre Fersen in den Sand. Ihre Finger krallen sich in meine Schultern, während ich ihren Sweetspot küsse und liebkose, bis sie fast durchdreht und ich nicht mehr denken kann. Mein Schwanz ist so hart, dass er wehtut, aber das ist mir egal. Wenn ich mit Ella zusammen bin, geht es um sie. Es macht mich so unfassbar an, wenn sie geil ist.

Sie zittert, und mein Name kommt ihr immer wieder über die Lippen. Ich krieche zu ihr hinauf und halte sie, bis ihr rasender Puls sich wieder beruhigt. Auch ich muss mich dringend beruhigen. Mein Körper ist ganz stramm vor Verlangen, aber es fällt mir total leicht, meine eigenen Bedürfnisse beiseitezuschieben, wenn ich mein Mädchen so glückselig im Arm halte.

»Es wird langsam kalt. Wollen wir reingehen?«, fragt sie schläfrig.

Ehrlich gesagt will ich das nicht. Ich möchte einfach bis zur nächsten Jahrtausendwende mit ihr hier liegen bleiben. Widerwillig löse ich mich von ihr. »Klar.«

Ich helfe ihr mit den Reiß- und anderen Verschlüssen, küsse sie dabei tausendmal. Dann wickle ich die Decken ein, werfe sie mir über die Schulter und nehme Ellas Hand.

»Reed?«

»Ja.«

»Du fehlst mir in den Nächten.«

Mir wird warm ums Herz. Bevor sie abgehauen ist, habe ich fast jede Nacht bei ihr geschlafen. Ich konnte einfach nicht genug von ihr bekommen.

Ich drücke ihre Hand viel zu fest, bevor ich etwas erwidere. »Du mir auch.«

»Kommst du wieder zu mir ins Bett?«

»Ja.«

Es ist nur ein einziges Wort, aber es ist gleichzeitig meine Antwort auf alles, was sie von mir will.

28. Kapitel

»Du siehst echt ekelhaft aus«, sagt Easton am Montagmorgen, als wir darauf warten, dass Ella nach ihrer Schicht in der Bäckerei in der Schule auftaucht.

Ich wische mir mit dem Handrücken über den Mund.

»Wieso? Hab ich noch Sirup im Gesicht?« Nach dem Training waren wir in der Mensa, und ich habe ungefähr zehn Pancakes eingeatmet.

»Nein, das Lächeln, Mann. Du siehst so verdammt glücklich aus.«

»Arsch.« Ich verpasse ihm eine leichte Kopfnuss, aber er duckt sich schnell weg.

Wir entdecken sie genau im selben Moment. East läuft zu ihr und tut so, als würde er sich hinter ihr verstecken. »Hilf mir, kleine Schwester. Mein großer Bruder ärgert mich.«

»Reed, such dir jemanden, der dir gewachsen ist«, ruft sie rüber.

Ich lasse mir Zeit, sie ausgiebig zu betrachten. Alles, was ich an ihr so sehr mag, von ihrem hinreißenden Lächeln bis hin zu ihrem Pferdeschwanz, der beim Gehen bogenförmig schwingt. Selbst die schlichte Schuluniform – Faltenrock, weiße Bluse, blauer Blazer, wie alle hier tragen – sieht an ihr wahnsinnig sexy aus. Wohl weil ich weiß, was sich darunter verbirgt.

»Du hast recht. East ist ganz schön mickrig. Ich werde ein bisschen Rücksicht nehmen.«

Als sie nicht mehr weit entfernt ist, greife ich nach ihrer Hand und ziehe sie das letzte Stück. So nah an mich, dass ich die Träger ihres Rucksacks an meiner Brust spüre. Ich gebe ihr einen langen, heftigen Kuss, bis East anfängt zu husten. Wir lösen uns voneinander, und ihre Lippen haben einen perfekten Rosaton angenommen. Am liebsten würde ich die Schule Schule sein lassen, Ella ins Auto stecken und diese Farbe überall an ihr hervorlocken.

»Na, kleiner Mann. Möchtest du was Süßes?«, fragt sie mit einem verruchten Grinsen.

»Aber so was von«, erwidere ich sofort. »Wo ist dein Van? Von dir lasse ich mich sofort entführen.« Ich schaue mich gespielt um.

»Ich habe keinen Van, aber hier ...« Sie dreht sich um und wackelt mit ihrem Rucksack. Ich öffne ihn und entdecke obenauf einen kleinen, weißen Karton. »Ich habe einen Donut für jeden von euch mitgebracht«, sagt sie, während ich den Karton herausziehe.

Easton reißt ihn mir sofort aus der Hand und hat schon einen halben Donut im Mund, bevor er mir die Schachtel zurückgibt. Er zeigt mir zwei Daumen-hoch. Auch ich verschlinge den kleinen Snack und sehe, dass die Zwillinge mit Lauren über die Wiese gehen. Ich winke sie heran, was sie mit einem Kinnzucken quittieren.

»Da ist auch einer für dich drin, Lauren«, sagt Ella, als sie bei uns angekommen sind.

Lauren senkt den Kopf und lächelt schüchtern. »Danke.«

»Gern.« Ella lehnt sich gegen mich, während ich den Rest vom Donut runterschlucke. »Wie war das Training?«

»Sehr gut. Alle stehen total unter Strom wegen der Play-offs. Wir sind letztes Jahr im Halbfinale rausgeflogen. Ein Typ von *St. Francis Prep* hat Wade bewusstlos geschlagen, die Docs wollten ihn nicht wieder aufs Feld lassen. Sein Ersatz hätte nicht mal getroffen, wenn wir ihm 'ne Knarre an den Kopf gehalten hätten.«

Ella schnaubt. »Dann liegt euch wohl nicht viel am Gewinnen, was?«

»Genau. Rein gar nichts.« Ich grinse. Wir wissen schließlich beide, dass mir beim Gewinnen einer abgeht. Und nicht nur dabei.

Geschrei auf den Treppen vorm Schulgebäude erregt unsere Aufmerksamkeit.

Ella blinzelt hinüber. »Was ist da los?«

»Hat sicher mit den Play-offs zu tun. Davon wird's in den kommenden Wochen bestimmt noch viel mehr geben. Groove dich schon mal ein«, rät Easton.

Ella jubelt gespielt. Aber aus ihr machen wir noch einen Fan.

»Das einzig Gute an den vier Wochen Play-offs ist, dass wir an manchen Tagen die Schuluniform nicht tragen müssen«, erklärt ihr Lauren. »Es gibt blaue Tage. Goldene. Welche mit verrückten Hüten.«

»Und den Schlafanzugtag.« Easton wackelt mit den Augenbrauen.

Wade und Hunter stoßen dazu. »Was gibt's zu grinsen?«, fragt Wade meinen kleinen Bruder.

»Schlafanzugtag.«

»Bester Tag des Jahres!«

Wade und East schlagen ein. »Kannst du dich noch an Ashley M erinnern?«, fragt mein Bruder. »Sie hatte dieses rosa ...«

»Babydollkleidchen an«, beendet Wade den Satz. »Klar

erinnere ich mich daran. Ich hab noch ewig danach 'nen Ständer bekommen, wenn ich Rosa gesehen hab.« Er wendet sich an Ella. »Was ziehst du an?«

»Ein hochgeschlossenes Nachthemd und Omaschlüpper«, sagt sie. »Und du? Ich nehme mal an, dass ihr den ganzen Tag nur in Boxershorts rumspringt?«

Wade steigt direkt darauf ein. »Wenn wir dürften, wäre ich den ganzen Tag lang nackt. Vierundzwanzig Stunden lang Luft am Sack. Das wäre mein Traum.«

Bevor East oder ich sagen können, dass wir weder Wades Eier noch sein Würstchen im Unterricht sehen wollen, wird das Geschrei vorm Haupteingang lauter.

Hunter, Wades schweigender Schatten, verabschiedet sich, um sich mal anzuschauen, was da los ist. Aber wir folgen ihm, schließlich fängt auch gleich die erste Stunde an.

Die Lautstärke ist nicht unbedingt ungewöhnlich, aber die Menge an Schülern ist es. Sonst locken nur Football-Spiele so viele Leute an. Und das, obwohl die Spiele für die meisten nur eine Entschuldigung sind, zusammen abzuhängen.

Ich wechsle einen skeptischen Blick mit East und Wade. Selbst Hunter ist klar, dass hier irgendwas faul ist. Zusammen drücken wir uns durch die Menge. Ellas Hand ist auf meinem Rücken, ich greife nach hinten, damit ich ihr Handgelenk umfassen kann. Ich will sie hier nicht verlieren. Das fühlt sich hier weder gut noch richtig an.

Und das Schauspiel, das sich vor uns entfaltet, könnte schlimmer nicht sein. An die raue Ziegelsteinmauer direkt neben dem Haupteingang wurde ein fast nacktes Mädchen getapt. Ihr Kopf hängt, und selbst aus dieser Entfernung kann man sehen, dass ihr ein großes Büschel Haare ausgerissen worden sein muss. Ihre Arme und Beine sind weit abgespreizt, und offenbar wird sie von nichts als Tape dort oben gehalten. Eine Menge davon. Es kreuzt ihren Oberkörper und die Oberschenkel, wodurch die Körperstellen betont werden, die nur unter einem Slip und einem BH verborgen liegen.

Mir dreht es den Magen rum.

»Verdammt noch mal, was ist denn mit euch los?«, schreit Ella.

Ich kann nicht mal blinzeln, da ist Ella an mir vorbei, lässt ihren Rucksack fallen und reißt sich den Blazer vom Leib. Das Mädchen hängt zu weit oben, Ella kann sie nicht ganz bedecken, aber sie versucht es.

Hunter und ich erreichen Ella zeitgleich. Wir zerren an dem Tape, während Ella weiter ihren Blazer hochhält. Aus dem Augenwinkel sehe ich, wie Hunter ein Messer aus seinem Stiefel zieht. Er fängt an zu schneiden, ich knibble, so gut ich kann.

Es ist so viel Tape, dass es ganze fünf Minuten dauert, bis wir das Mädchen befreit haben. East reicht mir eine Jacke, die ich ihr umzulegen versuche. Aber sie zuckt zurück und weint so heftig, dass ich Angst habe, sie wird sich übergeben. Oder ohnmächtig werden.

Ella nimmt mir die Jacke ab. »Schon gut. Hier. Zieh das an«, sagt sie sanft. »Wie heißt du? Weißt du, welche Nummer dein Sportschließfach hat? Hast du da noch Klamotten?«

Das Mädchen kann – oder will – nicht antworten. Sie schluchzt weiter.

Ich balle die Hände an meinen Seiten zu Fäusten, bin bereit, jemanden umzubringen.

Einer der Zwillinge meldet sich zu Wort: »Ich hab noch was im Wagen, wartet. Ich hol schnell was zum Anziehen.«

Weitere Jacken werden zu uns geworfen, und schon bald

sind Ella und das Mädchen von ihnen bedeckt. »Lauren, komm mal her«, ordert Ella.

Lauren ist sofort da und hockt sich zu ihr. Vorsichtig verlagert Ella das Mädchen in Laurens Arme. Kaum liegt sie dort sicher, steht Ella auf und starrt die versammelten Schüler an. »Wer war das?«, ruft sie. »Irgendjemand muss was gesehen haben. Wer war das?«

Keine Antwort.

»Wenn nicht bald jemand von euch anfängt zu reden, dann mache ich euch alle dafür verantwortlich!«

»Ich finde das raus, Ella«, murmelt Wade. »Ich kann alles herausfinden.«

»Das war Jordan«, sage ich leise. »Das kann ich förmlich riechen.«

»Es *war* Jordan«, schluchzt das Mädchen. »Sie …« Sie spricht so leise, dass sie fast nicht zu verstehen ist. Ella hält ihr Ohr nah vor den Mund des Mädchens und lauscht gebannt. Als sie sich wieder aufrichtet, brennt Wut in ihren Augen.

Diesmal wende ich mich an die Versammelten. »Jordan Carrington. Wo steckt sie?«

»Drinnen«, ruft jemand.

Ein anderer: »Ich hab sie vorhin bei ihrem Schließfach gesehen.«

Ella wartet keine Sekunde. Sie macht auf dem Absatz kehrt und reißt eine der Türen auf. Easton und ich folgen ihr auf dem Fuß, die Zwillinge bleiben bei Lauren.

In dem Flur, wo sich die Schließfächer der Oberstufe befinden, rennt Ella. Sie kommt schlitternd zum Stehen, als sie Jordan mit ein paar der ältesten Schüler kichernd vor den Schließfächern sieht. Sie sind dabei, Selfies zu machen.

Jordan lässt langsam das Handy sinken, als sie Ella kommen sieht. »Wozu die Eile, Prinzessin? Hältst du es keine weitere Sekunde ohne den Royal-Schwanz in dir aus?«

Ella antwortet nicht. Sondern greift Jordan schnell wie der Blitz ins Haar und rammt ihren Kopf gegen die Schließfächer. Das Handy fällt zu Boden. Die anderen Schüler weichen zurück. Jordans Schrei lockt Gastonburg um die Ecke, der aber sofort wieder verschwindet, nachdem ich ihm die Zähne zeige. Feigling.

Ella ist durch mit Jordan, stößt ihr den Ellbogen gegen die Nase. Blut läuft.

East zuckt zusammen. »Autsch, das muss wehtun.«

»Ohne Zweifel.«

Mit einem Schrei reißt Jordan sich von Ella los, aber als Ella danach die Hand schüttelt, sehe ich, dass Jordan nicht ohne Verlust losgekommen ist. Ein paar dunkle Haare hängen an Ellas Fingern. Das ist mein Mädchen.

Fingernägel voran, stürzt Jordan sich auf Ellas Gesicht. Easton will dazwischengehen, aber ich halte ihn zurück.

»Ella hat das im Griff«, murmle ich.

Ich will auch helfen, aber das ist Ellas Kampf. Wenn sie Jordan besiegt, wird es niemand an dieser Schule wagen, ihr zu nahe zu kommen. Ein schlechtes Wort über sie zu sagen. Sie werden sich vor ihr fürchten.

Und das wünsche ich mir für sie. Das wird sie brauchen, wenn ich nächstes Jahr nicht mehr hier bin.

Ella geht selbst wieder zum Angriff über, Jordan weicht zurück, stolpert und verliert das Gleichgewicht. Ella springt rittlings auf sie, erkämpft sich Jordans Hände und pinnt sie oberhalb des Kopfes an den Boden.

»Was hat sie getan?«, fragt Ella. »Dich falsch angeguckt? Die falsche Marke getragen? Was?«

»Sie existiert«, keift Jordan und zappelt in Ellas eisernem Griff. »Lass mich los, du bescheuerte Fotze.«

Ella schaut zu mir auf. »Hast du ein Seil oder so was?« Sie hat Blut im Gesicht – teils vermutlich Jordans, teils ihr eigenes.

»Nein, nimm mein Shirt.« Ich ziehe es aus und gebe es ihr.

Sie schaut zweifelnd von mir zu dem Stück Stoff. »Darf ich helfen?«, frage ich behutsam.

Weil sie lächelt, forme ich das Shirt zu einer langen Wurst und fessle Jordan damit die Hände.

»Was macht ihr? Aufhören! Das dürft ihr nicht!«, schreit Jordan und zappelt verzweifelt. »Holt dieses Stück Abschaum von mir.«

Einer der Jungs macht einen Schritt auf mich zu, aber ich schüttle nur den Kopf, und Easton droht in seine Richtung. Der kleine aufkeimende Widerstand ist erstickt.

Ella steht auf und prüft, ob der Knoten hält.

»Ich weiß, wie man Knoten macht«, sage ich. »Ich bin doch praktisch auf einer Jacht groß geworden, weißt du nicht mehr?«

»Lass mich gehen, du Schlampe!«, schreit Jordan. »Mein Dad wird dich schneller verhaften lassen, als du gucken kannst.«

»Gut.« Ella setzt sich Richtung Ausgang in Bewegung und zerrt Jordan hinter sich her. »Besonders freue ich mich auf die dreihundert Zeugenaussagen über das, was wir vorhin vor der Schule vorgefunden haben.«

»Was geht dich das überhaupt an? Ich hab dich in Ruhe gelassen, ganz wie dein Fickkumpel verlangt hat.« Jordan reißt an ihren Fesseln, aber Ella hält sie fest.

»Es geht mich was an, weil du ein verwöhntes Mädchen bist, das glaubt, dass es mit dem einen Mundwinkel lächeln kann, während aus dem anderen Gift spritzt. Du bist nicht unantastbar. Heute wirst du mal die Folgen deiner Widerlichkeiten spüren.« Unnachgiebig marschiert Ella zum Haupteingang, Jordan wie eine Kuh am Strick hinter sich.

Wir folgen beiden.

»Ich kann nicht fassen, dass ihr das zulasst!«, schreit Jordan mich und East an, als hätten wir irgendein geartetes Interesse daran, ihr zu helfen. »Sie ist nichts und niemand. Nur Abschaum!«

»Sprich nicht mit ihnen«, befiehlt Ella. »Dich gibt es nicht für sie.«

Mein Bruder grinst wie ein Idiot. »Ich liebe dieses Mädchen«, formt er lautlos mit den Lippen.

Ich auch.

Ella, die Rächerin, ist umwerfend. Sie kämpft mit allen Mitteln für das, was sie will. Man sollte nur nicht ihre Gunst verlieren. Weil sie einen nämlich einfach links liegen lässt, sobald sie merkt, dass man es nicht wert ist.

Ein paar Lehrer stecken die Köpfe aus den Klassenzimmern, aber kaum sehen sie uns, verschwinden sie schnell wieder. Das Kollegium weiß, wer hier den Laden schmeißt, und das sind nicht sie. Schon etliche Schüler haben dafür gesorgt, dass so mancher Lehrer gefeuert wurde.

»Und jetzt?«, giftet Jordan. »Willst du allen zeigen, dass du stärker bist als ich? Und dann?«

Easton und ich nehmen je einen Flügel der Eingangstür und drücken sie mit Wucht auf. Das Geräusch erregt sofort die Aufmerksamkeit der wartenden Masse.

Ella zerrt Jordan hinaus und bleibt dann stehen. Da flattert noch immer Tape an der Wand wie eine sonderbare Flagge. Ella reißt ein Stück davon ab und klebt es Jordan auf den Mund.

»Ich habe deine Sprüche so satt«, sagt sie.

Jordans schockierter Gesichtsausdruck ist zum Tot-lachen, aber weil mir sofort wieder das misshandelte Mäd-chen in den Blick gerät, das immer noch in Laurens Armen kauert, vergeht mir jede Lust zu lachen. Ella zieht Jordan auf den Treppenabsatz. Ein Keuchen geht durch die Menge.

Das Mädchen, das vorhin noch an die Wand getapt war, ist nun von Jacken bedeckt und außer von Lauren auch noch von anderen Mädchen umgeben, die sie trösten. Die Zwil-linge, Wade, Hunter und das halbe Football-Team lungern auf den Stufen herum, unschlüssig, gegen wen sie ihren Frust richten, wen sie schlagen sollen.

Ich kann sie zu hundert Prozent verstehen, aber – ganz wie ich East vorhin gesagt habe – das hier ist Ellas Show, und ich mache jeden platt, der sie das nicht selbst zu Ende bringen lassen will.

»Schau sie dir an.« Ella lässt die improvisierte Fessel los und packt Jordan wieder bei den Haaren. Mit der freien Hand rupft sie ihr das Tape vom Mund. »Sag ihr ins Gesicht, womit sie das verdient hat. Sag es uns allen.«

»Ich bin dir keine Rechenschaft schuldig«, erwidert Jor-dan, klingt aber absolut nicht mehr so selbstsicher wie noch im Schulgebäude.

»Sag uns, warum wir dich nicht ausziehen und dort an die Wand tapen sollen«, fordert Ella. »Los, sag's uns.«

»Sie hat gedacht, ich flirte mit Scott«, schluchzt das Mädchen. »Aber das hab ich nicht, ich schwöre es. Ich bin gestolpert, er hat mich aufgefangen, und ich hab mich be-dankt. Mehr war das nicht.«

»Deshalb?« Ungläubig dreht sich Ella zu Jordan um. »Du hast dieses arme Ding gedemütigt, weil du geglaubt hast, sie flirtet mit deinem vulgären Freund?« Sie schüttelt Jor-dan vor Wut. »*Nur deshalb?*«

Jordan will sich aus Ellas Griff winden, aber Ella lässt sie nicht los. Eher kommt die Apokalypse.

Sie fährt herum und dreht Jordan so, dass sie die Schüler ansehen muss. Ellas Arme zittern, lange wird ihre Energie nicht mehr reichen. Es muss ganz schön Kraft gekostet haben, Jordan durch den Flur zu zerren, selbst mit East und mir im Gefolge.

»Sie schafft's nicht«, flüstert Easton.

»Doch, das schafft sie.« Ich trete direkt hinter sie. Sie kann sich bei mir anlehnen, wenn sie das braucht. Ich bin hier, um sie zu unterstützen. Neben mir spüre ich meine Brüder. Wir alle stehen hinter ihr.

Ellas Hände zittern, die Knie sind durchgedrückt, damit sie nicht umfällt, aber ihre Stimme ist klar und stark. »Ihr habt alle so viel, aber statt das zu würdigen, behandelt ihr euch lieber gegenseitig wie Dreck. Eure kleinen Spielchen sind ekelhaft. Euer Schweigen noch viel widerlicher. Ihr seid alle erbärmliche, charakterlose Feiglinge. Vielleicht hat euch noch nie jemand gesagt, wie kleingeistig das ist. Vielleicht seid ihr ja von all eurem Geld so geblendet, dass ihr nicht sehen könnt, wie grausam das ist. Aber es ist grausam. Schlimmer sogar. Wenn ich wirklich bis zum Abschluss hier zur Schule gehen muss, wird das so nicht weitergehen. Und wenn ich dazu jeden Einzelnen von euch an diese Wand tapen muss.«

»Du und welche Armee?«, schreit irgendein Depp aus der Menge.

Easton und ich springen direkt darauf an, aber ich schiebe meinen Bruder hinter mich. »Ich übernehm das.«

Die Menge teilt sich und lässt den Klugscheißer mit der großen Klappe allein ziemlich dumm dastehen. Ich jogge zu ihm, ramme ihm die Faust gegen sein Kinn, und er fällt zu Boden wie ein Stein. Scheiße, das tat gut.

Dann wende ich mich grinsend an die anderen.»Wer ist der Nächste?«

Weil sie sich alle nur schweigend abwenden, die Feiglinge, wische ich mir die Hände ab und laufe zurück zu meinem Mädchen und meinen Brüdern. Wade wirft mir ein T-Shirt zu, das ich schnell überziehe.

»Das Abwischen war ein schöner Touch«, flüstert Ella.

»Danke. Ich habe nur auf die richtige Gelegenheit gewartet.« Ich nehme ihre leicht ramponierte Hand in meine. »Wer zusammen kämpft, bleibt zusammen.«

»Ist *das* das Motto der Royals? Ich dachte, das ging anders.«

Das Adrenalin hat nachgelassen, ich spüre, dass sie zittert. Ich ziehe sie ganz nah an mich, Kopf unter mein Kinn, umfasse sie mit beiden Armen.»Bevor du aufgekreuzt bist, vielleicht. Jetzt wurde es reformiert.«

»Kein schlechtes Motto.« Mit schiefem Mund beobachtet sie, wie sich die Menge langsam auflöst. Übrig bleiben vereinzelte Schnipsel des Tapes auf den Stufen und ein paar Tropfen Blut auf dem Boden.»War das jetzt unser erstes Date?«

»Keineswegs. Unser erstes Date ...« Was war denn unser erstes Date?

»Es gab noch gar keins, du Dummerchen.« Sie knufft mich – oder versucht es zumindest. Ähnelt eher einem Flügelschlag, weil ihre Arme mittlerweile so viel Schlagkraft haben wie Quallen.

»Verdammt, da hast du recht.«

»Mach dir keinen Kopf. Ich war noch nie auf einem. Macht man das heutzutage überhaupt noch?«

Ich grinse, weil ich endlich was für sie tun kann.»Oh, Baby, du musst noch viel lernen.«

Es dauert nicht lange, bis dem Direktor die Geschehnisse des Morgens zugetragen werden. Ich sitze vielleicht gerade zwei Sekunden in meinem ersten Kurs des Tages, als die Lehrerin mich darüber informiert, dass ich in Beringers Büro erwartet werde. Ella und Jordan wurden ebenfalls aus dem Unterricht geholt, wie ich bei meinem Eintreffen sehe. Und alle Eltern verständigt. Fuck. Das ist nicht gut.

Im Büro wird es voll. Ella und ich sitzen auf der einen Seite, Dad steht hinter uns. Jordan ist neben mir, ihr Gesicht wie versteinert. Ich kann spüren, dass sie vor Wut und Angst zittert.

Jordans Opfer, eine Neuntklässlerin namens Rose Allyn, sitzt am anderen Ende des Büros. Ihre Mutter beklagt sich, ohne Luft zu holen, dass sie gerade ein wichtiges Meeting verpasst.

Irgendwann taucht endlich Beringer auf und schlägt die Tür mit einem Knall hinter sich zu. Weil Ella bei dem Geräusch zusammenzuckt, legen ihr Dad und ich gleichzeitig eine Hand auf – ich auf ihr Knie, Dad auf die Schulter. Unsere Blicke treffen sich, und ausnahmsweise sehe ich darin mal so etwas wie Anerkennung. Was immer Beringer hier verhängt, wird Dad nicht wichtig sein. Für ihn zählt, dass ich mich für die Familie eingesetzt habe und endlich mal nicht der egoistische Arsch war, den ich sonst so gern raushängen lasse.

Beringer räuspert sich, weshalb wir ihn alle ansehen. Mit diesem schweineteuren Anzug wäre er in Dads Sitzungssaal sehr gut aufgehoben. Ob er das Teil wohl von dem Geld von Dad gekauft hat, das er nach der Schlägerei mit Daniel bekommen hat? Was wird er sich erst von all dem leisten, was wir ihm nach der heutigen Sitzung zahlen?

»Gewalt ist keine Lösung«, setzt er an. »Eine zivilisierte Gesellschaft beginnt und endet mit einer feurigen Diskussion, nicht mit einer Schlägerei.«

»Lautet der Spruch nicht: Eine bewaffnete Gesellschaft ist eine höfliche?«, fällt mein Dad ein.

Ellas Hand fliegt zu ihrem Mund, um ein Lachen zu unterdrücken.

Beringer starrt uns an. »Allmählich verstehe ich, warum die Royals so ein großes Problem haben, mit ihren Klassenkameraden zurechtzukommen.«

»Moment mal.« Empört setzt Ella sich auf. »Die Royals haben niemanden an die Wand getapt.«

»In diesem Jahr noch nicht«, murmle ich.

Dad gibt mir einen Klaps auf den Hinterkopf, und Ella funkelt mich böse an. »Was? Glaubst du wirklich, dass alle einfach so auf mich hören?«, flüstere ich.

»Mr Royal, darf ich um Ihre Aufmerksamkeit bitten?«, dröhnt Beringer, bevor Ella antworten kann.

Ich strecke die Beine aus und lege einen Arm über Ellas Lehne. »Entschuldigung«, sage ich ohne jede Spur von Reue. »Ich habe Ella nur erklärt, dass es an der *Astor* nicht geduldet wird, wenn man halb nackte Neuntklässler an die Wände der Schule tapt. Sie hat die komische Vorstellung, dass es an öffentlichen Schulen besser zugeht als hier.«

»Mr Callum Royal, ich muss Sie darum bitten, Ihren Sohn zur Räson zu bringen«, sagt Beringer.

Dad will davon nichts hören. »Ich wäre nicht hier, wenn die Schule ihre Regeln durchsetzen würde.«

»Da bin ich ganz seiner Meinung. Sie haben mich aus einem siebenstelligen Immobiliengeschäft geholt, weil Sie die Kinder nicht unter Kontrolle haben«, wendet nun auch Roses Mutter ein. »Wozu bezahlen wir Sie denn?«

Ella und ich wechseln einen amüsierten Blick, weil Beringer rot anläuft. »Das sind keine Kinder. Das sind wilde Tiere. Rufen Sie sich ins Gedächtnis, in wie viele Schlägereien Reed verwickelt war.«

»Ich werde mich nicht dafür entschuldigen, dass ich meine Familie verteidige«, sage ich gelangweilt. »Ich werde auch weiter für meine Sicherheit und die meiner Lieben eintreten.«

Selbst Mark, Jordans Vater, wird ungeduldig. »Beleidigungen sind zu diesem Zeitpunkt wohl eher unangebracht. Es gab offenbar ein Missverständnis, das die Schüler untereinander ausgemacht haben.«

»Ein Missverständnis?«, wiederholt Ella empört. »Das war kein Missverständnis, sondern –«

»Man nennt es Erwachsenwerden, Ella«, fällt Jordan ihr ins Wort. »Das würde ich dir auch sehr ans Herz legen. Und komm mir jetzt bitte nicht damit, dass du dem Mädchen, das deinen Kerl auch nur ansieht, nichts tun würdest.«

»Ich würde sie nicht an die Schule tapen«, erwidert Ella.

»Sondern sie gegen ein Schließfach rammen? Ist das so viel besser?«

»Deine Vergleiche kannst du dir sparen. Wir haben nichts gemein.«

»Oh, da hast du endlich mal recht! Du kommst von der Straße –«

»Jordan!«, dröhnt Marks Stimme. »Jetzt reicht es.« Er schaut vorsichtig zu Dad, auf dessen vorher ausdruckslosem Gesicht nun eine tiefe Falte prangt. Mark legt seiner Tochter fest die Hände auf die Schultern, als müsse er sie zwingen, sitzen zu bleiben. Oder daran erinnern, wer das Sagen hat. »Es tut uns leid, dass es heute an der Schule zu einem Zwischenfall gekommen ist, der nicht dem Verhaltenskodex der *Astor Prep* entspricht. Die Carringtons sind bereit, alle Beteiligten zu entschädigen.«

Beringer speit noch eine Menge Blödsinn herum, dass wir ja alle bestraft werden müssten, aber weil niemand darauf eingeht, schnaubt er nur.»Dann können Sie jetzt gehen.«

»Endlich«, stöhnt Roses Mom. Sie ist durch die Tür, ohne einen weiteren Blick auf ihre Tochter zu werfen.

Nach einem Moment steht Ella auf, geht zu Rose und legt ihr die Hand auf die Schulter.»Komm, ich bring dich zu deinem Schließfach.«

Rose lächelt matt und folgt ihr.

»Dein Mündel hat dich definitiv verändert«, sagt Mark Carrington steif.

Dad und ich wechseln einen stolzen Blick.

»Das will ich doch sehr hoffen«, sage ich, obwohl Carrington ja meinen Dad gemeint hat. Ich stehe auf und zucke mit den Schultern.»Sie ist das Beste, was den Royals seit langer Zeit widerfahren ist.«

29. Kapitel

ELLA

»Das ist viel zu fein«, zische ich. Es ist Donnerstag, und Reed hat darauf bestanden, mich heute Abend auszuführen, aber er sprach von *Abendessen*, und ich hätte niemals ein so extravagantes Restaurant erwartet. Mein schwarzes Kleid ist im Vergleich zu all den Cocktailkleidern, von denen es hier wimmelt, viel zu schlicht. »Ich habe definitiv nicht das Richtige an.«

Er umfasst meine Hand fester und zerrt mich praktisch zum Empfangstisch. »Du siehst toll aus!« Mehr sagt er nicht, stattdessen wendet er sich mit der Information an die Kellnerin, dass wir eine Reservierung haben – *Royal, Tisch für zwei.*

Sie führt uns an Tischen vorbei, die sich zwischen großen Farnen verstecken. In der Mitte des Restaurants steht ein Brunnen, aus dem fröhlich in hohen Bögen Wasser spritzt. Und hinter der Bar gibt es einen Wasserfall. Es ist das feinste Restaurant, das ich in meinem ganzen Leben betreten habe.

Reed zieht meinen Stuhl heraus und setzt sich dann gegenüber von mir an den gemütlichen Tisch. Ein Kellner bringt uns zwei ledergebundene Speisekarten und die

Weinkarte, die Reed gleich wieder zurückschickt. »Wasser, danke«, sagt er nur, und dafür bin ich dankbar. Ich hasse Wein. Er schmeckt widerlich.

Ich schlage die Speisekarte auf und staune, dass dort keine Preise stehen. Verdammt. Das ist nie ein gutes Zeichen. Dann kostet hier vermutlich jedes Gericht so viel wie ein Jahr am College.

»Wir hätten einfach zu dem Imbiss am Pier gehen sollen«, grummle ich.

»Bei deinem allerersten Date? Niemals.«

Plötzlich wünsche ich mir, ich hätte ihm nicht erzählt, dass ich noch kein Date hatte. Mir hätte klar sein müssen, dass er es total übertreibt. Dieser Kerl macht keine halben Sachen.

»Warum ist es so wichtig, dass es ein erstes Date wie aus dem Bilderbuch ist?«, frage ich mit einem Seufzen.

»Weil du ein paar richtig üble Erinnerungen an mich hast, die ich gern mit schönen überschreiben möchte«, sagt er schlicht, und ich schmelze wie das Wachs der dünnen weißen Kerzen auf unserem Tisch.

Der Kellner kehrt mit dem Wasser zurück. Wir bestellen keine Vorspeisen, nur Hauptgerichte, und dann sitzen wir dort und starren einander einfach nur an. Wie surreal, ich bin auf einem Date mit Reed Royal. Als ich Val von unseren Plänen erzählt habe, hat sie mich damit aufgezogen, dass wir alles in der verkehrten Reihenfolge machen. Das erste Date sollte wohl stattfinden, bevor man intensiv herumfummelt, aber mein Leben verlief bisher ja generell nicht wirklich in geregelten Bahnen, warum jetzt damit anfangen?

»Hast du was Neues von Rose gehört?«, fragt er.

Ich schüttle den Kopf. Die arme Rose war nicht wieder an der Schule, seit sie von Jordan gequält und gedemütigt wor-

den ist.»Nein. Aber ich werde mittlerweile auch von allen
außer Val gemieden. Ich glaube, die haben Angst vor
mir.«
»Frag einfach jemanden, die werden dir schon antworten.«
»Am liebsten würde ich Rose anrufen, aber vielleicht
will sie ja lieber vergessen, dass es *Astor* überhaupt gibt«,
überlege ich.
»Wenn du meinen Rat willst: Ruf sie an«, ermutigt Reed
mich.
»Ich habe das Gefühl, wir kämpfen eine große Schlacht
nach der anderen«, sage ich niedergeschlagen.»Klar, die
Leute an der Schule führen sich nicht mehr wie die Psy-
chos auf, aber alles andere ist noch immer ein einziges
Chaos.«
Er runzelt die Stirn.»Wir beide sind doch kein Chaos.«
»Nein, du und ich nicht«, stimme ich zu.»Aber ...«
»Aber was?«
Ich hole Luft.»Brooke und Dinah kommen nächste
Woche zurück.«
Ein Schatten zieht über sein Gesicht.»Willst du wirklich
bei unserem ersten Date über die beiden sprechen?«
»Irgendwann müssen wir schließlich über sie sprechen«,
betone ich.»Was machen wir mit denen? Dinah erpresst
Gideon. Brooke will deinen Vater heiraten und bekommt
sein Kind.« Ich beiße mir entmutigt auf die Lippe.»Ich
fürchte, die werden wir nie wieder los, Reed.«
»Doch, werden wir«, sagt er barsch.
»Wie?«
»Ich ... habe keine Ahnung.«
Ich beiße fester auf meine Lippe.»Für die Dinah-Sache
fällt mir nichts ein, aber vielleicht zu Brooke.«
Er schaut mich neugierig an.»Was denn?«

»Erinnerst du dich noch an das Gespräch in der Küche, das du belauscht hast? Ich habe sie gefragt, auf was sie eigentlich aus ist. Sie sagte: Geld.« Ich stütze mich auf die Ellbogen. »Mehr wollte sie nie, nur Geld. Dann geben wir es ihr.«

»Das habe ich versucht, glaub mir. Ich hab ihr Bargeld angeboten.« Er macht ein angewidertes Geräusch. »Aber sie will alles, Ella. Das gesamte Vermögen der Royals.«

»Wäre sie auch mit dem der O'Hallorans zufrieden?«

Reed atmet heftig ein. Dann werden seine Augen schmal. »Denk da nicht mal drüber nach.«

»Aber was spricht dagegen?«, frage ich. »Ich habe dir schon gesagt, dass ich Steves Geld nicht will. Was soll ich mit einem Viertel von *Atlantic Aviation*?«

»Du willst lieber, dass Brooke das bekommt?«, fragt er ungläubig. »Es geht hier schließlich um mehrere Hundert Millionen Dollar.«

Er hat recht – das ist irre viel Geld. Aber mein Erbe hat sich nie echt angefühlt. Der Papierkram muss noch durch ziemliche viele Hände wandern, und rechtlich müssen ebenfalls ein paar Hürden bewältigt werden. Solange ich also keinen Scheck mit vielen Nullen sehe, halte ich mich nicht für reich. Außerdem möchte ich gar nicht reich sein. Mir genügt ein ganz normales Leben, in dem ich mich nicht für Geld vor Fremden ausziehen muss.

»Wenn wir sie so loswerden können, dann darf sie das Geld gern haben«, sage ich.

»Das sehe ich anders, schließlich hat Steve *dir* dieses Geld vermacht.« Sein harter Gesichtsausdruck sagt mir, dass ich ihn nicht umstimmen werde. »Du gibst ihr keinen Cent, Ella. Das meine ich ernst. Ich kümmere mich darum, verstanden?«

»Wie?«, will nun ich wissen.

Wieder wirkt er frustriert. »Mir fällt schon noch was ein. Bis dahin unternimmst du nichts, ohne es vorher mit mir abzusprechen, okay?«

»Okay«, stimme ich zu.

Er greift über den Tisch und nimmt meine Hand. »Und jetzt sprechen wir nicht weiter darüber«, sagt er nachdrücklich. »Wir genießen den Abend und tun, zumindest für heute, so, als gäbe es Brooke Davidson nicht. Wie klingt das?«

Ich drücke seine Hand. »Klingt super.«

Und so machen wir's ... ziemlich genau zehn Minuten lang. Aber meine Ahnung, dass wir eine große Schlacht nach der anderen kämpfen, wird zum Omen – denn in dem Moment, in dem der Kellner uns das Stück Schokoladenmoussetorte bringt, das wir uns teilen wollen, kommt eine uns nur zu bekannte Person an unserem Tisch vorbei.

Reed konzentriert sich gerade darauf, die Gabel in dem Kuchen zu versenken, schaut aber sofort auf, als ich zische: »Daniel ist hier.«

Wir beide schauen Daniel Delacorte und seinem Date nach, bis sie an ihrem Tisch Platz nehmen. Ich kenne das Mädchen nicht, mit dem er hier ist, aber sie wirkt noch sehr jung auf mich. Ich tippe auf neunte Klasse.

»Sucht der sich jetzt schon Opfer im Kindergarten?«, flüstert Reed.

»Kennst du das Mädchen?«

»Cassidy Winston. Die kleine Schwester von einem aus meinem Team.« Seine Lippen werden schmal. »Sie ist fünfzehn.«

Sorge nagt an mir. Sie ist erst fünfzehn ... und mit einem Widerling hier, der Mädchen nur zu gern unter Drogen setzt.

Ich schiele noch einmal zu ihnen. Daniel und Cassidy haben es sich gerade bequem gemacht, und sie schaut ihn an, als hätte er höchstpersönlich den Mond und die Sterne an den Himmel gehängt. Ihre Wangen sind gerötet, wodurch sie sogar noch jünger aussieht, als sie ist.

»Wieso geht er mit einer Neuntklässlerin aus?« Ich schiebe Reed den Teller hin, mein Appetit ist weg. Offenbar auch Reeds, denn er rührt den Kuchen ebenfalls nicht wieder an.

»Weil niemand Gleichaltriges mehr was mit ihm zu tun haben will«, sagt Reed grimmig. »Alle Mädchen, die schon länger an der Astor sind, wissen, was er mit dir gemacht hat. Und nach der Party bei den Worthingtons hat Savannah dafür gesorgt, dass alle wussten, was er mit ihrer Cousine angestellt hat.«

»Meinst du, Cassidy weiß davon?«

Reed schüttelt den Kopf. »Sie wäre nicht mit ihm hier, wenn sie das wüsste. Und ihrer Familie wird sie verschwiegen haben, mit wem sie unterwegs ist. Chuck hätte Delacorte nämlich längst die Nase gebrochen, wenn er wissen würde, dass er hinter seiner Schwester her ist, das kannst du mir glauben.«

Mein Blick wandert wieder zu dem hübschen Mädchen. Sie kichert über etwas, das Daniel gerade gesagt hat. Dann nimmt sie ihr Glas und trinkt vorsichtig einen Schluck, was in mir eine Welle der Angst auslöst.

»Und wenn er ihr was ins Glas getan hat?«, flüstere ich, und mein Puls wird schneller.

»Ich glaube nicht, dass er so dumm ist, hier ein Mädchen zu betäuben«, versichert mir Reed.

»Nein, dumm ist er nicht ... aber verzweifelt.« Mein Herz schlägt immer schneller. »Die Mädchen der höheren Stufen rühren ihn nicht mehr an, und jetzt geht er mit einer aus der Neunten aus. Wenn das kein Zeichen von Verzweiflung ist.« Ich reiße mir die Serviette vom Schoß und werfe sie auf den Tisch. »Jemand muss sie warnen. Ich gehe rüber.«

»Nein –«

»Reed –«

»Ich übernehme das.«

Ich blinzle überrascht. »Du gehst wirklich zu ihnen?«

Er schiebt bereits seinen Stuhl zurück. »Sicher. Ich lasse ihn nicht noch jemandem was antun, Babe.« Er steht auf. »Bleib hier, ich kümmere mich darum.«

Ich bin superschnell auf den Beinen. »Nix da, ich komme mit. Ich weiß, wie du dich kümmerst. Das lasse ich in einem so feinen Restaurant nicht zu.«

»Was lässt du nicht zu?« Er spielt den Unschuldigen. »Muss ich dich an Montag erinnern?«

»Muss ich dich daran erinnern, dass du angefangen hast, indem du Jordan an den Haaren nach draußen geschleift hast?«

Punkt für ihn. Wir grinsen einander an, aber der Spaß ist nur von kurzer Dauer. Genau gleichzeitig wenden wir uns ab und marschieren los.

Daniels Gesicht verfinstert sich, als er uns sieht. Cassidy sitzt mit dem Rücken zu uns, aber der Blick ihres Dates lässt sie alarmiert flüstern.

»Guten Abend«, sagt Reed.

»Was willst du, Royal?«, fragt Daniel.

»Nur mal kurz mit deinem Date sprechen.«

»Mit mir?«, quiekt Cassidy. Ihr brünetter Schopf fliegt herum und schaut Reed an.

»Cassidy, nicht wahr?«, sagt er freundlich. »Ich bin Reed. Dein Bruder und ich sind im Football-Team.«

Cassidy sieht so aus, als würde sie gleich ohnmächtig werden, weil Reed ihren Namen kennt. Auch Daniel entgeht diese bewundernde Reaktion nicht, weshalb sich eine böse Grimasse auf seinem Gesicht formt.

»Ja«, haucht sie mehr, als sie es sagt. »Ich weiß, wer du bist. Ich bin immer im Stadion, wenn Chuck spielt.«

Reed nickt. »Cool, dass du uns so unterstützt.«

»Ich will ja nicht unhöflich sein«, sagt Daniel kühl, »aber das hier ist so was wie ein Date.«

»Ich will ja nicht unhöflich sein«, ahmt Reed ihn nach, lässt Cassidy dabei aber nie aus den blauen Augen, »aber dein Date ist ein Vergewaltiger, Cass.«

Sie keucht. »W-was?«

»Royal!«, sagt Daniel.

Reed geht einfach darüber hinweg. »Ich weiß, dass man es ihm in seinem teuren Anzug nicht ansieht«, erklärt er Cassidy, »aber dieser Typ ist ein waschechter Widerling.«

Zwei rosafarbene Flecken wachsen auf ihren Wangen. Sie schaut zu Daniel, dann wieder zu Reed und mir. »Ich verstehe das nicht ganz.«

Jetzt melde ich mich zu Wort. »Er hat mir bei einer Party MDMA und Koks gegeben. Und er hätte mich vergewaltigt, wenn mein Freund«, ich deute zu Reed, »mich nicht rechtzeitig gefunden hätte.«

Cassidy schluckt mehrfach. »Oh, mein Gott.«

»Wir bringen dich gern nach Hause«, sagt Reed sanft, »wenn du möchtest.«

Sie schaut Daniel an, dessen Gesicht puterrot ist. Seine geballten Fäuste liegen auf der feinen Leinentischdecke. Ich bin mir ziemlich sicher, dass er kurz davor ist, sich auf Reed zu stürzen.

»Du bist viel zu gut für ihn«, sage ich. »Bitte, lass dich von uns nach Hause bringen.«

Cassidy schweigt einen Moment lang. Sitzt einfach da und starrt Daniel an.

Andere Gäste starren ebenfalls, neugierige Blicke wandern zu uns, obwohl wir wirklich leise gesprochen haben.

Schließlich rückt Cassidy ihren Stuhl zurück und steht auf. »Ich würde mich sehr freuen, wenn ihr mich zu Hause absetzt«, flüstert sie und streicht dabei ihr geblümtes Kleid glatt.

»Cassidy«, zischt Daniel, offenbar verletzt. »Was soll das?«

Sie guckt nicht mal mehr in seine Richtung, sondern stellt sich einfach schweigend neben mich. Wir drei verlassen den Restaurantbereich. Als wir vorn stehen bleiben, damit Reed der Kellnerin drei knisternde Hunderter reichen kann, mache ich den Fehler, mich noch einmal nach Daniel umzusehen.

Er sitzt steif wie eine Statue am Tisch, sein Mund zu einer schmalen Linie gepresst. Er sieht nicht mehr betroffen aus, sondern wütend. Unsere Blicke treffen sich nicht, weil er nicht zu mir schaut. Er starrt Reed so unverhohlen wütend an, dass mir ein kalter Schauer über den Rücken läuft.

Ich schlucke, reiße meinen Blick von ihm los und folge Reed und Cassidy hinaus.

30. Kapitel

»Mir ist langweilig. Erzählt mir was.«

Reed und ich lösen uns atemlos voneinander, während Easton, ohne anzuklopfen, in mein Zimmer kommt. Na toll. Ich bin ja *so* froh, dass ich Callum gebeten habe, den Scanner an meiner Tür zu deaktivieren. Reed hat mich davon überzeugt, dass diese Sicherung unnötig ist und er außerdem nicht mehr nachts zu mir schleichen kann, wenn er die Tür nicht aufbekommt. Irgendwie haben wir beide bloß nicht in Betracht gezogen, dass Easton nicht weiß, wie man klopft.

»Verschwinde«, sagt Reed.

»Warum? Was macht ihr –« Easton bleibt wie angewurzelt stehen, als er unsere zerzausten Haare und unsere total ineinander verhakten Beine sieht. Er grinst. »Huch. Habt ihr etwa gerade rumgeknutscht?«

Ich starre ihn an. Wir *haben* rumgeknutscht, und es war verdammt genial, und jetzt bin ich sauer auf ihn, weil er uns unterbrochen hat.

»Tut mir leid.« Er macht eine kurze Pause. »Flotter Dreier?«

Reed wirft mit einem Kissen nach ihm, das Easton problemlos aus der Luft fängt.

»Meine Güte, chill mal. Das war nur ein Witz.«

»Wir sind beschäftigt«, sage ich. »Verschwinde.«

»Und dann? Es ist Samstagnacht, und es gibt keine Party. Mir ist *langweilig*«, klagt Easton.

Reed verdreht die Augen. »Es ist fast Mitternacht. Wieso gehst du nicht schlafen?«

»Nee, das macht doch keinen Spaß.« Easton holt sein Handy aus der Tasche. »Ich texte Cunningham. Ich wette, heute gibt es den einen oder anderen Kampf.«

Reed entwirrt unsere Beine und setzt sich auf. »Du fährst da nicht allein hin. Bruderpakt, schon vergessen?«

»Dann komm halt mit. Du prügelst dich doch auch gern. Dann prügeln wir uns eben beide.«

Das aufgeregte Funkeln in Reeds Augen entgeht mir nicht, aber es erlischt, als er meinen Blick bemerkt. Mit einem Seufzen setze auch ich mich auf. »Wenn du hinwillst, dann fahr«, sage ich.

»Na, siehste, Reed?«, fragt Easton. »Deine kleine Schwester Schrägstrich heiße Freundin hat dir gerade erlaubt, jemandem den Arsch zu versohlen. Dann machen wir mal 'nen Abflug.«

Reed zuckt nicht mal, sondern betrachtet mein Gesicht. »Macht es dir wirklich nichts aus, wenn ich kämpfen fahre?«

Ich zögere. Super finde ich dieses Hobby nicht gerade, aber das eine Mal, als ich ihm und Easton zur Werft gefolgt bin, hab ich nichts gesehen, das ich beunruhigend oder gefährlich fand. Da haben sich einfach nur ein paar Typen von Highschool und College zum Spaß gekloppt und ein bisschen gewettet. Und ich habe Reed schon öfter kämpfen sehen. Wenn er will, dann ist er tödlich.

»Hau rein«, sage ich. »Aber lass dich nicht treffen, ich möchte, dass du genauso schön wieder nach Hause kommst, wie du von hier losfährst.«

Easton würgt laut.

Reed lacht. »Willst du mitkommen? Lange sind wir vermutlich nicht unterwegs. Normalerweise ist gegen zwei Schluss.«

Ich denke kurz nach. Morgen ist Sonntag, zumindest theoretisch gesehen können wir schlafen, solange wir wollen. »Klar, ich komm mit.«

»Super, dann kannst du ja unser Geld in deinem BH horten.« Easton wackelt mit den Augenbrauen, wofür er sich ein weiteres Kissen von Reed einfängt.

»Was Ella unter ihren Klamotten trägt – inklusive BHs –, geht dich nichts an«, sagt Reed zu seinem Bruder.

Easton blinzelt unschuldig. »Muss ich dich daran erinnern, wer sie zuerst geküsst hat?«

Reed knurrt, aber bevor er sich auf seinen Bruder stürzen kann, fasse ich ihn am Arm. »Heb dir das für die Docks auf«, mahne ich ihn.

»Okay.« Er hebt vor Easton einen Finger in die Luft. »Aber wenn du noch so einen Kommentar ablässt, dann stehst du gleich als Erster mit mir im Ring.«

»Ich kann dir nichts versprechen«, sagt Easton, bevor er zur Tür hinaus verschwindet.

Die Fahrt zu den Docks dauert nicht lange. Als wir ankommen, stehen schon eine Menge Wagen am Zaun, der die Werft sichert. Für Reed und Easton ist es ein Leichtes, ihn zu überwinden. Ich brauche zwei Anläufe, bis ich es auf die andere Seite schaffe. Ich lande nicht gerade elegant in Reeds Armen, der mir in den Hintern kneift, bevor er mich auf den Boden setzt.

»Hast du Cunningham getextet?«, fragt er Easton.

»Jep, aus dem Auto. Dodson ist hier.«

Reeds Augen fangen an zu funkeln. »Cool. Der hat eine heftige Linke.«

»Allerdings«, stimmt Easton zu. »Und die kündigt er

niemals an. Die kommt einfach aus dem Nichts. Du hast sie letztes Mal wie ein Champion ertragen.«

»Hat aber höllisch wehgetan«, gibt Reed zu, grinst jedoch dabei.

Ich verdrehe die Augen. Die beiden schwärmen ja förmlich von diesem Dodson und seiner männlichen Kampfkunst. Während wir den menschenleeren Hof durchqueren, passieren wir reihenweise Schiffcontainer. Ich höre entfernte Rufe, die immer lauter werden, je näher wir kommen. Die Jungs, die zu diesen Kämpfen gehen, verstecken sich nicht. Ich kann mir allerdings nicht erklären, wie sie es schaffen, eine solch illegale Nummer auf einem offensichtlich privaten Gelände abzuziehen.

Ich richte mich mit der Frage an Reed, der nur mit den Achseln zuckt.»Wir schmieren den Sicherheitsdienst.«

Natürlich tun sie das. Seit ich bei den Royals eingezogen bin, habe ich gelernt, dass alles möglich ist, solange man den Preis dafür zahlen kann.

Kaum erreichen wir die Menge oberkörperfreier, rauflustiger Jungs, vergeuden auch Reed und Easton keine Zeit und reißen sich die Shirts vom Leib. Wie immer stockt mir beim Anblick von Reeds nacktem Oberkörper der Atem. Er hat Muskeln, wo ich nicht mal wusste, dass man dort welche hat.

»East!«, ruft jemand, dann kommt ein verschwitzter Typ mit rasiertem Kopf zu uns.»Seid ihr dabei?«

»Da kannst du drauf wetten.« Easton gibt ihm einen Stapel Hunderter.

Der Stapel ist so groß, dass ich mich an Reed wende und ihm ins Ohr flüstere:»Wie viel zahlt man denn dafür?«

»Fünf Riesen, um zu kämpfen. Und dann kommen noch Wetteinsätze dazu.«

Meine Güte. Ich kann ja fast nicht glauben, dass es Leute

gibt, die so viel Geld bezahlen, nur um jemanden verkloppen zu können. Vielleicht ist das ein Männerding, denn jedes einzelne Gesicht hier glüht vor wilder Aufregung.

Wohl deshalb flüstert Reed: »Du bleibst immer in unserer Nähe, verstanden?«

Und das meint er bierernst. Für die nächste Stunde klebt mir permanent ein Royal am Bein. Easton kämpft zweimal, einmal gewinnt er, einmal verliert er. Reed gewinnt seinen Kampf, allerdings erst, nachdem sein riesiger Gegner – der einzig wahre Dodson – Reed mit einem Aufwärtshaken eine Platzwunde an der Lippe verpasst, dass ich nur so keuchen muss. Aber mein Freund grinst einfach nur breit, als er wieder neben mich tritt, völlig unbeeindruckt von dem Blut, das ihm übers Kinn läuft.

»Du bist ein Tier«, sage ich anklagend.

»Ach ja?«, erwidert er. Und dann küsst er mich – mit Zunge –, und es ist ein so intensiver, betörender Kuss, dass es mir nicht mal was ausmacht, sein Blut schmecken zu können.

»Wollen wir?« Easton wedelt mit einem Geldscheinstapel, der doppelt so groß ist wie der, mit dem wir hier aufgekreuzt sind. »Ich fordere mein Glück lieber nicht noch mal heraus.«

Reeds Augenbrauen gehen hoch. »Du hörst auf, obwohl du noch gut im Rennen bist? Ist das ...« Er keucht gespielt. »... Impulskontrolle?«

Easton zuckt mit den Schultern.

»Oh, sieh dir das an, Ella. Mein kleiner Bruder wird erwachsen.«

Ich muss lachen, und Easton zeigt ihm den Finger. »Kommt«, fordere ich die beiden auf. »Fahren wir nach Hause, ich werde langsam müde.«

Sie ziehen sich ihre Shirts wieder an, klatschen sich mit

ein paar Freunden ab, und schon sind wir unterwegs in die Richtung, aus der wir gekommen sind. Easton schlendert hinter mir und Reed her. Reed senkt seine Lippen nah an mein Ohr. »Du bist nicht wirklich müde, oder? Ich hatte nämlich noch Pläne heute Nacht.«

Ich lege den Kopf schief, um ihn anzulächeln. »Was für Pläne?«

»Schmutzige.«

»Das hab ich gehört«, nörgelt Easton hinter uns.

Wieder muss ich lachen. »Hat dir noch niemand erklärt, wie unhöflich es ist, zu lausch–«

Jemand mit ins Gesicht gezogener Kapuze kommt zwischen zwei der Schiffcontainer herausgeschossen und unterbricht mich.

Reed fährt halb herum. »Was zur –«

Auch er kann nicht zu Ende sprechen.

Alles passiert so schnell, dass ich fast nicht mithalten kann. Der Typ mit der Kapuze zischt irgendetwas, dann glänzt etwas, und eine schnelle Bewegung folgt. Im einen Augenblick steht Reed neben mir, im nächsten liegt er auf dem kalten Boden, und ich sehe nichts als Blut.

Mein ganzer Körper verkrampft sich. Ich bekomme keine Luft mehr. Ich höre jemanden schreien und denke, das könnte ich sein. Dann reißt mich jemand beiseite, und Schritte donnern über den Asphalt.

Easton. Er rennt hinter dem Typen im Kapuzenpulli her. Und Reed ... Reed liegt am Boden und presst sich die Hände gegen die Seite.

»Oh, mein Gott!«, schreie ich und stürze zu ihm.

Seine Hände sind rot und klebrig, und ich könnte mich auf der Stelle übergeben, als mir bewusst wird, dass ihm Blut zwischen den Fingern hindurchquillt. Ich schiebe seine Hände weg und presse meine Hände an seine Seite. Meine

Stimme klingt schwach und heiser, aber ich rufe nach Hilfe. Schritte. Schreie. Aufregung. Trotzdem dreht sich für mich alles nur um Reed.

Sein Gesicht ist weiß, seine Lider zucken.

»Reed«, sage ich laut. »Halt die Augen offen, Baby.« Keine Ahnung, warum ich das verlange, aber der entsetzte, panische Teil meines Hirns fürchtet, dass er seine Augen – sollte er sie schließen – nie wieder öffnet. Ich brülle über die Schulter: »Ruft einen Krankenwagen!«

Jemand kommt neben uns zum Stehen. Es ist Easton, der sich sofort auf die Knie fallen lässt und seine Hände über meine legt. »Reed«, sagt er, »alles in Ordnung?«

»Was schätzt du?«, murmelt Reed. Er spricht so pfeifend, dass meine Panik sich verdoppelt. »Ich bin gerade niedergestochen worden.«

»Hilfe ist unterwegs«, verkündet eine Männerstimme.

Ich sehe mich um und erkenne den Typ mit dem rasierten Kopf, der sich über uns beugt. Dodsons Gesichtsausdruck ist besorgt.

Ich konzentriere mich auf Reed, und gleich wird mir wieder schlecht. Er ist niedergestochen worden. Wer würde so was denn machen?

»Der Mistkerl ist mir entwischt«, sagt Easton. »War über den Zaun, bevor ich ihn einholen konnte.«

»Egal«, keucht Reed. »D-du hast doch gehört, was er gesagt hat, oder?«

Easton nickt.

»Was hat er denn gesagt?«, will ich wissen und kämpfe die ganze Zeit gegen den Würgereiz an, weil mir beim Anblick von Reeds Blut auf dem Boden immer übler wird.

Easton löst den Blick von seinem Bruder und schaut mir in die Augen. »Er hat gesagt: *Mit den besten Grüßen von Daniel Delacorte.*«

327

31. Kapitel

»Wie geht es Reed Royal?«, frage ich zum tausendsten Mal. Die Schwester rauscht an mir vorbei, als hätte sie mich nicht gehört. Ich möchte ihr nachbrüllen: »Ich weiß, dass du mich gehört hast, Bitch«, aber das würde mir auch nicht die Antwort bescheren, die ich mir wünsche.

Easton sitzt mir gegenüber. Er ist wie ein Vulkan kurz vorm Ausbruch – und in diesem Stadium befindet er sich, seit ihm der Typ entwischt ist, der Reed ein Messer in den Bauch gerammt hat. Er will Daniel umbringen, und nur die Angst um Reed hält ihn hier auf dem Stuhl.

Und die Polizei, die schneller aufgekreuzt ist, als wir gedacht hätten. Ich habe Easton angefleht, mich nicht allein zu lassen, weil ich unendlich viel Angst um ihn hatte. Vielleicht wartet da draußen irgendwo ja auch ein Messer mit Eastons Namen drauf.

Ich kann es nicht fassen, dass dieser Verrückte jemanden bezahlt hat, um Reed zu verletzen.

»Ich bin gerade nur nicht auf dem Weg, um Daniel zum Organspender zu machen, weil Reed mich killt, wenn er erfährt, dass ich dich hier allein gelassen habe.«

Ich kaue an meinem Daumennagel. »Ey, Easton, überleg

mal. Daniel ist total durchgeknallt. Den würdest du in 'nem normalen Kampf superleicht plattmachen, aber was dann? Der greift zu Mitteln, die uns nicht mal in den Sinn kommen. Bezahlt jemanden, um Reed *niederzustechen*. Und wenn irgendwas Wichtiges verletzt wurde? Es grenzt an ein Wunder, dass Reed noch lebt.«

»Dann machen wir halt was Schlimmeres«, sagt Easton, und er meint das ernst.

»Damit du und Reed in den Knast kommen?«

Er schnaubt. »Niemand kommt in den Knast. Das regeln wir untereinander.«

»Kannst du den Polizisten nicht einfach sagen, was ihr gehört habt?«

»Der Messerstecher ist längst über alle Berge.« Easton schüttelt den Kopf. »Außerdem wird Reed das selbst in die Hand nehmen wollen. Ohne die Bullen.«

Ich öffne den Mund, um zu widersprechen, weiß aber nicht, was ich dazu sagen soll. Ich selbst habe Daniel nicht für das angezeigt, was er getan hat. Und was hat es gebracht? Er stellt nach wie vor Mädels hinterher und heuert Verbrecher an, um jemanden zu verletzen, den ich liebe.

Die Türen fliegen auf, Callum kommt hereingestürzt und unterbricht meinen Gedankenfluss. »Wisst ihr schon was Neues?«, fragt er uns.

»Nichts. Die sprechen nicht mit uns!«, wimmere ich.

»Die sagen uns nichts, Mann«, stimmt Easton zu.

Callum nickt kurz. »Wartet hier«, sagt er unnötigerweise.

Ich habe mich noch nie so sehr gefreut, Callum zu sehen. Auch wenn das bei ihm zu Hause anders aussieht, hier hören die Leute auf ihn. Er verlässt den Wartebereich, um jemanden zur Rede zu stellen, wie es um Reed steht.

Weniger als fünf Minuten später kehrt er zurück. »Reed

ist im OP. Es sieht gut aus. Sie wollten nur sicherstellen, dass nichts Lebensnotwendiges verletzt wurde, jetzt wissen Sie, dass die Wunde nicht so tief ist, wie anfangs befürchtet. Das Messer ist sauber eingedrungen. Muskeln und Gewebe wurden verletzt, sollten aber problemlos heilen.« Er fährt sich mit der Hand durchs Haar.»Eine saubere Stichwunde. Hört ihr überhaupt, was ich hier sage?« Er schaut Easton hart an.»Ich kann nicht fassen, dass ihr Ella mitnehmt zur Werft, wenn es dort so gefährlich ist.«

Easton wird blass.»Gefährlich war es da noch nie. Das sind doch nur ein paar verrückte Typen wie ich, die gern wetten und irgendwen verkloppen. Wir kennen uns. Waffen sind nicht erlaubt. Das ist erst passiert, nachdem wir gegangen sind.«

»Stimmt das, Ella?«, will Callum wissen.

Ich nicke hektisch.»Ja. Ich hatte nicht das Gefühl, da in Gefahr zu sein. Viele der Jungs sind von der *Astor*, aber auch von anderen Privatschulen. Pistolen oder so habe ich keine gesehen.«

»Dann wollt ihr mir also weismachen, dass das ein willkürlicher Überfall war?« Die Ungläubigkeit auf seinem Gesicht verrät, dass er uns das nicht abkaufen will.

Easton reibt sich mit der Hand über den Mund.»Nein, wollen wir nicht.«

»Ella?«

»Es war Daniel«, sage ich leise.»Und es ist meine Schuld.«

»Inwiefern? Hattest du das Messer dabei?«

Ich beiße mir auf die Lippe, um nicht loszuweinen. Ich möchte ausgerechnet jetzt nicht die Kontrolle verlieren, obwohl es sich anfühlt, als wäre ich auf der Schwelle zu einem waschechten Zusammenbruch.

»Ich habe Daniel nicht angezeigt. Das hätte ich tun sollen, aber ich wollte mich damit nicht auseinandersetzen. Ich habe nicht die beste Vergangenheit und dazu dann eine Zeugenaussage, das ganze drohende Chaos an der Schule ... Davon hatte ich schon genug.« Außerdem dachte ich, ich sei viel stärker. Offensichtlich bin ich das nicht. Beschämt lasse ich den Kopf hängen.

»Ach, mein Schatz.« Callum nimmt mich in den Arm. »Das ist doch nicht deine Schuld. Selbst wenn du Daniel angezeigt hättest, wäre er auf freiem Fuße. Man kommt doch nicht gleich ins Gefängnis, nur weil jemand Anzeige erstattet. Bis dahin ist es ein langer Prozess.«

Nicht wirklich überzeugt rücke ich ein bisschen von ihm ab.

Easton räuspert sich. »Es ist nicht deine Schuld, Ella. Ich hätte ihm eine Lektion erteilen müssen.«

Callum schüttelt den Kopf. »Ich habe wirklich kein Problem mit einem Schlag ins Gesicht, aber damit ist das Problem in diesem Fall nicht gelöst. Jemanden anzuheuern, um meinen Sohn abzustechen, geht über normales pubertäres Verhalten absolut hinaus. Ein paar Zentimeter weiter links und ...« Er spricht nicht weiter, aber mein Verstand vervollständigt seinen Satz ganz von selbst.

Ein paar Zentimeter weiter links, und wir würden eine Beerdigung planen. Und vielleicht hat Callum ja recht, dass Reed auch angegriffen worden wäre, wenn ich Daniel angezeigt hätte. Trotzdem gefällt mir der Gedanke nicht, weiter zu schweigen.

Ich kann Daniel nicht vor die Schule zerren und ihn dort so bloßstellen, dass er aufhört. Das habe ich schon mal in ähnlicher Weise versucht. Außerdem hat Reed ihn bereits zusammengeschlagen. Daniel wird nicht von selbst aufhören.

Jemand muss ihn stoppen.

»Und wenn ich ihn anzeige?«, frage ich.

»Wegen heute?«, fragt Callum zurück.

Easton runzelt die Stirn, aber ich ignoriere ihn.

»Nein, wegen der Sache mit den Drogen. Jetzt ist es natürlich zu spät für irgendwelche Tests, aber es waren noch andere Leute im selben Raum. Ein Typ namens Hugh. Zwei Mädels von der *North*. Die wissen, was Daniel gemacht hat.«

Callum lehnt sich zurück, damit er mir ins Gesicht sehen kann. Er sieht besorgt aus. »Ich möchte ganz ehrlich zu dir sein, Liebes. Solche Angelegenheiten nehmen meist einen sehr hässlichen Verlauf, besonders für die Opfer. Noch dazu ist seither ziemlich viel Zeit vergangen. Eine Blutuntersuchung ist nicht mehr möglich. Wenn sonst niemand eine Aussage machen kann – oder möchte –, steht dein Wort gegen seins.«

Das weiß ich, und es ist genau der Grund, weshalb ich von vornherein gegen eine Anzeige war. Meist ist es eine einzige Schererei und letztendlich oft ohne den gewünschten Erfolg, besonders für den, der geschädigt wurde. Aber was ist die Alternative? Meine Klappe zu halten und dabei zuzusehen, wie Daniel sich weitere Opfer sucht?

»Möglich. Aber ich bin nicht die Einzige, bei der er das versucht hat. Vielleicht folgen andere ja meinem Beispiel, wenn ich erst an die Öffentlichkeit gehe.«

»Egal, wie du dich entscheidest, du hast unsere volle Unterstützung.« Er klingt sehr sachlich, als könnte er sich gar nichts anderes vorstellen. Genau so würde Mom mich auch bestärken, wenn sie noch leben würde. »Wir haben die nötigen Mittel. Wir engagieren ein PR-Team und die besten Anwälte. Die graben so lange in Delacortes Vergangenheit, bis auch noch die letzte Leiche der Vorfahren gehoben ist.«

Er will eigentlich noch etwas sagen, aber die Tür zum Wartebereich öffnet sich, und ein Arzt erscheint. Da ist kein Blut auf seiner Kleidung, und er sieht auch nicht sonderlich unglücklich aus. Ich amte erleichtert auf. Keine Ahnung, warum. Vielleicht weil viel Blut darauf hindeuten würde, dass die OP nicht gut verlaufen wäre und der Kittel nun von Reeds Leben vollgesaugt wäre. »Mr Royal?«, fragt er, während er sich nähert. »Ich bin Dr. Singh. Ihrem Sohn geht es gut. Die Klinge hat keine wichtigen Organe verletzt, die Wunde ist zum größten Teil oberflächlich. Er hat das Messer mit beiden Händen umfasst und gestoppt, weshalb er Schnitte in den Handflächen hat. Die sollten aber innerhalb der nächsten zehn bis fünfzehn Tage heilen. Bis dahin sollte er von sehr lebhaften Aktivitäten absehen.«

Easton prustet los, weshalb Callum ihm einen finsteren Blick zuwirft. Ich hingegen laufe knallrot an.

»Wenn die Riders weiter gewinnen«, fügt der Arzt hinzu, »wird er bis zu den Play-offs wieder fit sein.«

»Das kann doch nicht Ihr Ernst sein!«, platzt es aus mir heraus.

Diesmal bekomme ich die finsteren Blicke, von allen dreien. Dr. Singh nimmt seine Brille ab und reibt sie an seinem Oberteil. »Aber natürlich ist das mein Ernst. Wir wollen doch bei der Meisterschaft nicht auf einen unserer besten Defensivspieler verzichten.«

Dr. Singh betrachtet mich, als wäre ich geistesgestört. Ich werfe die Hände in die Luft und stürme davon, während Callum und der Arzt sich über die Chancen der Riders verständigen – ohne Reed im ersten Spiel der Play-offs.

»Easton, du lässt deinen Bruder nicht sofort wieder spielen, oder?«, zische ich.

»Der Doc hat gesagt, das geht in Ordnung. Davon mal abgesehen ... Meinst du, du kannst irgendwie beeinflussen, was Reed macht?«

»Ihr seid doch alle verrückt. Reed sollte zu Hause im Bett liegen.«

Easton verdreht die Augen. »Du hast doch die Worte vom Doc gehört. Oberflächliche Verletzung. Er wird in 'ner Woche schon wieder hüpfen und springen.«

»Ich gebe auf. Das ist doch total bescheuert.«

Callum stößt zu uns. »Wollen wir nach Hause?«

»Aber ich möchte auf Reed warten«, wende ich ein.

»Er ist in einem Privatzimmer, in dem es aber kein Bett für dich gibt. Und genauso wenig für dich«, sagt er an Easton gerichtet. »Ihr beide kommt mit mir nach Hause, wo ich ein Auge auf euch haben kann. Reed schläft und muss sich wirklich nicht zusätzlich Sorgen um euch beide machen.«

»Aber ...«

»Kein Aber!« Callum bleibt hart. »Und du, Easton, fährst nicht zu den Delacortes.«

»Okay«, sagt er missmutig.

»Ich möchte zur Polizei und Daniel anzeigen«, verkünde ich. Das muss heute Nacht noch passieren, sonst verliere ich die Nerven. Und Callum an meiner Seite ist fast so gut wie Reed.

»Dann fahren wir da zuerst hin«, sagt Callum und begleitet uns hinaus zur wartenden Limousine. »Alles wird gut. Durand.«

Durand nickt kurz und steigt hinters Lenkrad.

Kaum bewegt sich der Wagen, nimmt Callum sein Handy, tippt eine Nummer an und legt es sich aufs Bein, Lautsprecher nach oben.

Eine müde Stimme meldet sich nach dem dritten Freiton.

»Callum Royal? Es ist mitten in der Nacht!«

»Richter Delacorte. Wie geht es Ihnen?«, fragt Callum höflich.

»Ist irgendetwas geschehen? Es ist sehr spät.« Daniels Vater klingt irgendwie gedämpft. So als läge er noch immer im Bett.

»Das ist mir bewusst. Ich wollte Sie nur vorwarnen. Ich bin mit meinem Mündel und meinem Sohn unterwegs zur Polizei. Ihr Sohn, Daniel, ist – wie sage ich das am besten? – ein kriminelles Arschloch, und wir werden dafür sorgen, dass er hinter Gitter kommt.«

Schockierte Stille. Easton legt sich die Hand vor den Mund, damit man sein Lachen nicht hört.

»Ich weiß nicht, wovon Sie sprechen«, sagt Delacorte schließlich.

»Das ist sehr gut möglich«, räumt Callum ein. »Manchmal haben Eltern nicht im Blick, was ihre Kinder anstellen. Das trifft auch auf mich zu. Die gute Nachricht ist, dass ich über ein Team exzellenter Privatdetektive verfüge. Sie wissen ja, wie sorgfältig wir in unseren Berufen unsere Mitarbeiter auswählen müssen. Mein Team ist besonders gut darin, Geheimnisse aufzuspüren, die jemanden dazu bringen können, die Wahrheit zu sagen. Aber wenn da keine Leichen in Ihrem Keller sind, weder in Daniels ...« – er macht eine dramatische Pause, die definitiv wirkt, weil sich selbst mir die Haare im Nacken aufstellen, obwohl die Drohung nicht mal mir gilt – » ... noch in Ihrem, dann haben Sie nichts zu befürchten. Eine geruhsame Nacht, Euer Ehren.«

»Warten Sie, warten Sie.« Es raschelt. »Einen Augenblick.« Eine Tür wird geschlossen, dann klingt er lauter, wacher. »Was schlagen Sie vor?«

Callum bleibt stumm.

Das gefällt Delacorte gar nicht. Panisch fleht er: »Irgendeine Vorstellung müssen Sie ja haben, sonst hätten Sie mich nicht angerufen. Was fordern Sie?«

Wieder antwortet Callum nicht.

Als Delacorte das nächste Mal spricht, keucht er fast. »Dann schicke ich Daniel weg. Die *Knightsbridge School For Gentlemen* in London möchte ihn aufnehmen. Ich habe ihn ermutigt, dorthin zu wechseln, aber er möchte seine Freunde nicht zurücklassen.«

Oh, super. Dann wird er also demnächst in London Teenies vergewaltigen und abstechen lassen? Ich öffne den Mund, aber Callum hebt die Hand und schüttelt den Kopf. Also lasse ich mich zurück in den Sitz sinken und übe mich in Geduld.

»Versuchen Sie es noch einmal«, sagt er schlicht.

»Was wollen Sie?«

»Ich möchte, dass Daniel begreift, was er falsch gemacht hat, und dieses Verhalten in Zukunft nicht mehr zeigt. Ich gehe nicht zwangsläufig davon aus, dass eine Inhaftierung diesen Effekt hat. In etwa fünf Stunden werden zwei Marineoffiziere bei Ihnen auftauchen. Sie werden die Erklärung unterschreiben, dass sie Ihren siebzehnjährigen Sohn mitnehmen dürfen. Daniel wird eine Militärakademie besuchen, die darauf ausgerichtet ist, das Verhalten von Jugendlichen mit seiner Problematik zu korrigieren. Wenn er sich bewährt, wird er zu Ihnen zurückkehren. Wenn nicht, landet er in einer der Testturbinen auf unserem Firmengelände.«

Callum lacht, während er auflegt, aber ich kann absolut nicht sagen, ob er das witzig oder ernst gemeint hat.

Ich weiß, dass meine Augen groß wie Unterteller sind, und ich kann mir nicht helfen, ich muss das einfach fragen: »Willst du Daniel wirklich umbringen?«

»Krass, Dad, das war wirklich hammerhart.«

»Danke, mein Sohn.« Callum grinst. »Ich habe noch immer Eier, egal, was ihr Jungs denkt. Und Ella, nein, ich werde Daniel nicht umbringen. Die Militärakademie kann wirklich helfen. Jedoch kann sie genauso gut alles noch verschlimmern. Wenn meine Freunde ihn für einen hoffnungslosen Fall halten, gibt es immer noch andere Möglichkeiten. Von denen ich aber keine mit euch besprechen werde.«

Also gut.

Kaum sind wir zu Hause, rennt Easton nach oben, um auch die Zwillinge einzuweihen. Callum verschwindet derweil in seinem Büro, um Gideon anzurufen und über das Geschehene in Kenntnis zu setzen. Ich stehe im Foyer und muss an meine erste Nacht in diesem Haus denken. Damals war es auch spät, fast so spät wie heute.

Die Jungs standen oben an der Brüstung zwischen den beiden hinaufführenden Treppen. Sie wirkten unglücklich und abweisend. Ich hatte Angst vor ihnen. Und jetzt? Habe ich Angst um sie.

Callums Verhalten ändert sich. Er war heute Nacht und in den letzten paar Wochen viel bemühter und engagierter als am Anfang. Aber all das Gute wird er in dem Moment zurücksetzen, in dem er Brooke heiratet. Solange er mit dieser schrecklichen Frau zusammen ist, werden ihm seine Söhne nicht trauen. Wieso sieht er das nicht?

Wäre Callum klug, er würde Brooke direkt mit Daniel in dieses komische Militärcamp schicken. Aber aus irgendeinem Grund ist er blind, was Brooke angeht.

Ich kaue auf meiner Wange herum. Und wenn Callum die Wahrheit wüsste? Über Reed und Brooke ... Würde er sie dann noch heiraten?

Es gibt nur eine Möglichkeit, das herauszufinden ...

Wäre Reed hier, er würde nicht wollen, dass ich Callum ins Büro folge, aber ich treffe jetzt einfach diese Entscheidung. Er wird sicher wütend, wenn er das erfährt, aber irgendjemand muss seinem Vater ins Gewissen reden, und unglücklicherweise fällt mir dieses Los zu, wie es scheint. Ich klopfe leise. »Callum, ich bin's, Ella.«

»Komm rein«, ist seine schroffe Antwort.

Also betrete ich sein Arbeitszimmer. Ein sehr männliches Design, dunkle Kirschholzvertäfelung, burgunderrote Ledersitzgruppe, waldgrüne Vorhänge am Fenster. Callum hat – selbstverständlich – einen Drink in der Hand. Heute lasse ich ihm das mal durchgehen. Wenn es einen Grund zum Trinken gibt, dann ja wohl heute Nacht.

»Danke, dass du dich um die Angelegenheit mit Daniel kümmerst«, sage ich.

»Was habe ich dir versprochen, als ich dich hergebracht habe? Dass ich alles für dich tun werde. Dazu gehört auch, dass ich dich vor Leuten wie Delacorte beschütze. Ich hätte ihn längst wegschicken sollen.«

»Das weiß ich sehr zu schätzen.« Ich streife an den vielen Bücherregalen entlang. In der Mitte hängt ein weiteres, großes Porträt von Maria. »Maria war wunderschön.« Ich zögere kurz, bevor ich hinzufüge: »Sie fehlt den Jungs sehr.«

Er schwenkt den Scotch ein paarmal im Glas, bevor er antwortet. »Seit sie von uns gegangen ist, sind wir nicht mehr wir selbst.«

Ich hole tief Luft, weil ich im Begriff bin, eine ganze Menge Grenzen zu übertreten. »Callum ... wegen Brooke ...« Ich atme gehetzt aus. »Wir leben im einundzwanzigsten Jahrhundert. Du musst sie nicht heiraten, nur weil sie schwanger ist.«

Er lacht spitz. »Oh doch, das muss ich. Du solltest wissen ...«

»Was sollte ich wissen?« Gott, ist das frustrierend. Am liebsten würde ich ihm das bescheuerte Glas aus der Hand schlagen. »Was verschweigst du mir?«

Er betrachtet mich über den Rand.

»Callum, sprich mit mir, verdammt!«

Es vergeht vielleicht eine Minute, bevor er einen tiefen und herzerweichenden Seufzer ausstößt. »Setz dich, Ella.« Meine Knie sind so weich, dass ich nicht mal gegenhalte. Ich lasse mich gegenüber von ihm in einen der Ledersessel sinken und warte auf seine Erklärung, die hoffentlich ein bisschen Aufschluss darüber geben gibt, welche ekligen Zwänge ihn an Brooke binden.

»Brooke ist im genau richtigen Moment in mein Leben getreten«, gibt er zu. »Ich steckte tief in der Trauer und benutzte Brooke, um zu vergessen. Und dann ... war es einfach leichter, sie weiter zu benutzen.« Bedauern liegt in jedem seiner Worte. »Ihr hat es nichts ausgemacht, dass ich nebenher auch noch andere hatte. Im Gegenteil, sie hat mich sogar ermutigt. Manchmal, wenn wir zusammen unterwegs waren, hat sie mich auf Frauen aufmerksam gemacht, die mir gefallen könnten. Ich musste emotional nichts investieren, das kam mir entgegen. Aber irgendwann wollte Brooke mehr, als ich zu geben vermochte. Ich werde nie eine neue Maria finden. Brooke entfacht in mir nichts als Lust.«

Ungläubig starre ich ihn an. »Dann lass sie ziehen. Du kannst dem Kind doch auch so ein guter Vater sein.« Verdammt, Brooke würde ihm das Baby sofort verkaufen, wenn der Preis stimmte.

Callum fährt fort, als wäre ich gar nicht da. »Vielleicht kann ich sie ja kontrollieren, wenn sie erst meine Frau ist. Ich kann sie vertraglich binden. Sie will nicht in Bayview bleiben. Sie will etwas Größeres. Ein Leben in Paris, Milan, L.A. Irgendwo, wo es von Schauspielern, Models und Sportlern wimmelt. Wenn ich sie so von meinen Jungs fernhalten kann, ist es mir das wert.«

»So hältst du sie doch nicht fern von ihnen. Du bringst sie ihnen noch viel näher!« Wieso kann er das nicht einsehen?

»Wir wohnen an der Westküste oder im Ausland. Die Jungs kommen hier sehr gut allein klar, bis sie die Highschool abschließen. Und ich werde mir alle Mühe geben, Brooke von den Jungs fernzuhalten. Ganz besonders von Reed.«

Ich lege die Stirn in Falten. »Wie meinst du das?«

Seine nächsten Worte lassen mir das Blut in den Adern gefrieren. »Das Baby ist höchstwahrscheinlich von ihm, Ella.«

Gut, dass ich sitze. Sonst wäre ich direkt umgekippt.

Ich bin hergekommen, um ihm das von Reed und Brooke zu beichten, dabei wusste Callum – der Mann, den ich für total selbstvergessen gehalten habe – schon, dass sein Sohn mit seiner Freundin geschlafen hat?

Er muss an meinem Gesicht ablesen können, was in mir vorgeht, denn sein Blick verhärtet sich. »Du hast es schon gewusst«, stellt er nachdenklich fest.

Zitternd nicke ich. Erst nach einer Weile finde ich meine Stimme wieder. »*Du* hast es auch gewusst?«

Ein trockenes Lachen kommt ihm über die Lippen. »Als Brooke mir eröffnet hat, dass sie schwanger ist, habe ich ihr den Vorschlag gemacht, den du selbst gerade gemacht hast. Dass ich sie unterstütze, wenn sie das Baby bekommt. Da hat sie mir dann erzählt, dass sie mit Reed geschlafen hat und das Baby seins sein könnte.«

Übelkeit kitzelt meinen Hals. »W-wann ... Hat sie gesagt, wann da was gelaufen ist? Zwischen ihr und Reed?«

Reed hat mir hoch und heilig geschworen, dass er Brooke seit unserem ersten Kuss nicht angerührt hat, aber wann genau sie aufgehört haben, miteinander zu schlafen, hat er für sich behalten. Und ich war nicht mutig oder dumm genug, weiter nachzuhaken.

Callum leert das Glas und steht auf, um sich nachzuschenken. »Bevor du eingezogen bist, schätze ich. Ich kenne Reed. Er hätte dich nicht angerührt, wenn das mit Brooke noch aktuell gewesen wäre.«

Mir fliegt die Hand zum Mund. »Du weißt von uns?«

»Ich bin nicht blind, Ella. Und ihr beide seid auch nicht gerade vorsichtig. Ich dachte ... das ist gut für euch beide. Reed hat jemanden in seinem Alter und du jemand Besonderen in deinem Leben. Ich wusste noch nichts davon, bevor du abgehauen bist«, gibt er zu. »Aber dann habe ich es verstanden.«

»Warum hast du nicht verstanden, was Brooke vorhatte? Warum hast du deinen eigenen Sohn nicht vor ihr beschützt?«

Mein anklagender Ton bewirkt eine dunkle Wolke in seinen Augen. »Ich beschütze ihn doch jetzt! Meinst du etwa, ich will, dass mein Junge für den Rest seines Lebens an diese Frau gekettet sein wird? Da ziehe ich dieses Kind lieber als mein eigenes groß und sorge dafür, dass Reed das Leben bekommt, das er verdient.«

»Das Kind ist unmöglich von ihm, Callum. Die beiden hatten das letzte Mal vor sechs Monaten was, und im *sechsten* Monat ist sie absolut nicht.«

Außer natürlich, Reed hat gelogen, und da ist wirklich was gelaufen die letzten Monate ...

Nein. *Nein*, ich weigere mich, das zu glauben. Ich habe ihm eine zweite Chance gegeben, weil ich ihm traue. Wenn er sagt, er hat sie an dem Abend nicht angerührt, hat er sie nicht angerührt.

Callum sieht mich an, als wäre ich ein Kind. Ein leichtgläubiges, dummes Kind. »Es muss seins sein, Ella.«

»Wie kannst du dir so sicher sein, dass es nicht von dir ist?«, will ich wissen.

Er lächelt traurig. »Weil ich mich vor fünfzehn Jahren habe sterilisieren lassen.«

Ich schlucke. »Oh.«

»Maria hat sich so sehr ein Mädchen gewünscht«, erklärt Callum. »Wir haben es immer wieder versucht, aber nach der Geburt der Zwillinge hat der Arzt ihr abgeraten. Eine weitere Schwangerschaft hätte sie das Leben kosten können. Aber sie wollte davon nichts hören. Deshalb habe ich mich sterilisieren lassen, ohne dass sie davon wusste.«

Bekümmert schüttelt er den Kopf. »Ich kann unmöglich der Vater sein, aber ich kann die Verantwortung für Brookes Kind übernehmen. Wenn Reed da hineingezogen wird, gibt es für immer eine Verbindung zwischen ihm und Brooke. Eine Verbindung durch Schuld, Kummer und Verantwortung. Das lasse ich nicht zu. Selbst wenn mein Sohn mich so sehr hasst, dass er sich an meiner Freundin vergeht, liebe ich ihn doch genug, um ihm dieses Elend zu ersparen.«

»In welchem Monat ist sie?«

»Dreieinhalb.«

Frustriert balle ich die Hände zu Fäusten. Wenn ich Callum doch nur klarmachen könnte, dass er die falschen Schlüsse gezogen hat. »Ich glaube Reed, dass er sie seit sechs Monaten nicht angerührt hat.«

Callum sieht mich einfach nur an.

»Ich glaube ihm«, beharre ich. »Und ich wünschte, das würdest du auch. Nur weil du Maria niemals betrogen hättest und Reed mich nicht, heißt das noch lange nicht, dass das auch auf Brooke zutrifft.«

»Brooke möchte viel zu dringend eine Royal sein, um dieses Risiko einzugehen. Ich habe sie schon einmal erwischt, als sie absichtlich mit der Pille in Verzug war.«

Ich reibe mir verzweifelt das Gesicht, weil er seine Meinung gefasst hat und daran offenbar festhält. »Glaub, was du willst, aber du liegst falsch.« Ich stehe mit hängenden Schultern auf, geschlagen. An der Tür bleibe ich stehen und starte noch einen letzten Versuch. »Reed will, dass du einen Vaterschaftstest machst. Er würde Brooke dazu zwingen, wenn er könnte.«

Callum wirkt erstaunt. »Er würde den Test machen und damit riskieren, dass seine Vaterschaft offiziell wird?«

»Nein, er würde den Test machen, damit die Wahrheit ans Licht kommt.« Ich schaue ihm in die Augen. »Sie lügt. Das ist nicht Reeds Kind, und wenn du deinem Sohn nur ein bisschen traust, dann würdest du Brooke zu diesem Test bewegen und damit diese ganze bescheuerte Sache ein für alle Mal beenden.«

Ich will gerade gehen, da hebt Callum die Hand. »Warte.«

Mit gerunzelter Stirn sehe ich dabei zu, wie er das Headset aufsetzt und eine Nummer wählt. Wen immer er da anruft, hebt sofort ab.

»Dottie«, brummt er in das Mikrofon. »Würden Sie bitte, sobald Sie morgen ins Büro kommen, einen Termin für Frau Davidson bei der Bayview-Gynäkologie vereinbaren? Freitag Punkt neun Uhr. Und schicken Sie einen Wagen zu ihr.«

Ein Lächeln breitet sich auf meinem Gesicht aus. Vielleicht bin ich ja doch zu ihm durchgedrungen.

Callum legt auf und betrachtet mich besorgt. Dann seufzt er und sagt: »Ich hoffe inständig, dass du recht hast, Ella.«

32. Kapitel

REED

Ella weicht mir nicht von der Seite, seit ich aus dem Krankenhaus entlassen wurde. Was völlig unnötig ist. Die Schmerzmittel tun, was sie sollen. Solange ich mich nicht bewege, ist das größte Übel die Naht, die allmählich juckt. Die Ärzte haben gesagt, ich soll bloß nicht kratzen oder sonst irgendwie riskieren, dass sich die Stiche lösen, also versuche ich, mich bestmöglich abzulenken, und schaue Sawyer und Sebastian zu, wie sie Lauren im Pool herumwerfen, als wäre sie ein Ball.

Eigentlich ist das Wetter nicht schön genug, um zu baden, aber unser Pool ist beheizt, außerdem hat Lauren ja die Zwillinge, um sich warm zu halten. Ella und ich liegen zusammengekuschelt auf einer Liege, Easton sitzt auf einem Sessel neben uns und tippt SMS.

»Wade will wissen, ob du dann 'ne coole Narbe hast«, fragt er gedankenverloren.

Ella beklagt sich lauthals. »Sag Wade, er soll aufhören, sich über so einen dummen Scheiß Gedanken zu machen, und einfach dankbar sein, dass sein Kumpel noch lebt.«

Ich muss lachen.

»Ich zitiere dich mal, Schwesterchen.« East tippt, wartet,

lacht dann los.»Wade möchte wissen, ob du beim Sex mit Reed auch so angriffslustig bist.«

»Gibt es ein Stinkefinger-Emoji?«, frage ich zuckersüß. »Wenn ja, schick ihm das.«

Ich fahre mit den Fingern durch ihr weiches Haar und genieße ihre Nähe, sie liegt eng an mich gepresst. Sie wird nie erfahren, was ich gestern für eine Angst hatte – nicht mal um mich, sondern um sie. Als dieser Typ mit der Kapuze aus dem Schatten sprang, war mein erster und einziger Gedanke, mein Mädchen zu beschützen. Ich kann mich nicht mal mehr daran erinnern, wie das Messer in meine Flanke eingedrungen ist. Ich weiß nur noch, dass ich sie beiseitegeschoben und mich vor sie geworfen habe.

Verdammt noch mal. Und wenn Daniel jemanden auf sie gehetzt hätte, nicht auf mich? Wenn sie ernsthaft verletzt worden wäre?

»Reed?«, flüstert sie besorgt.

»Hm?«

»Du bist plötzlich ganz angespannt. Alles in Ordnung?« Sie setzt sich sofort auf.»Brauchst du mehr Schmerztabletten?«

»Alles in Ordnung. Ich habe nur gerade an Delacorte gedacht. Was für ein Psycho.«

»Absolut«, stimmt East finster zu.»Ich hoffe, die knöpfen sich den ordentlich vor da in dem Militärknast.«

Ella seufzt.»Das ist kein Knast, sondern eine Schule für auffällige Jugendliche.«

»Auffällige Jugendliche?« East schnaubt.»Der Arsch ist weit mehr als auffällig. Er hat jemanden angeheuert, um meinen Bruder zu töten.«

»Du glaubst wirklich, dass der Typ Reed umbringen wollte? Und wenn er wiederkommt und es noch mal versucht?« Sie klingt zutiefst besorgt, und ich werfe Easton einen strengen Blick zu.

»Niemand wollte mich umbringen«, versichere ich ihr. »Sonst hätte er mir direkt den Hals aufgeschlitzt.«

Ein Schauer durchzuckt Ellas gesamten Körper. »Mein Gott, Reed! Wie kannst du so was überhaupt aussprechen?«

»Entschuldige, das war dumm von mir.« Ich ziehe sie wieder an mich. »Reden wir nicht mehr drüber. Daniel ist weg. Und er hat der Polizei den Namen von dem Messerstecher verraten. Die werden ihn schon bald finden, okay?«

»Okay«, wiederholt sie. Überzeugt klingt sie aber nicht.

Ein hohes Kreischen erregt unsere Aufmerksamkeit, und wir schauen alle zum flachen Ende des Pools, wo Seb gerade versucht, Laurens Bikinitop zu entknoten.

»Sebastian Royal, wag es ja nicht!« Aber sie blubbert vor Lachen, während sie vor ihm flieht.

Sawyer schwimmt hinter sie, nimmt sie in die Arme, und schon geht die Laurenwerferei wieder von vorne los.

East lehnt sich zu uns und fragt mit gesenkter Stimme: »Wie funktioniert das, was glaubt ihr?«

Ellas Augen werden schmal. »Was meinst du?«

»Mit Lauren und den Zwillingen. Machen die's gleichzeitig oder nacheinander?«

»Das will ich gar nicht wissen«, sagt Ella.

Ich auch nicht. Und ich habe Seb und Sawyer noch nie auf ihre Beziehungen angesprochen. Lauren ist offiziell Sawyers Freundin, was genau hinter geschlossenen Türen abgeht, weiß ich nicht.

Schritte nähern sich von hinten, und ich verspanne mich wieder, diesmal weil mein Vater auf der Terrasse auftaucht.

»Reed, wie geht es dir?«

»Alles bestens«, antworte ich, ohne ihn anzusehen.

Eine unangenehme Stille senkt sich über die Terrasse. Seit ich weiß, dass Ella mit ihm gesprochen hat, habe ich ihm noch nicht wieder in die Augen sehen können. Ella war nervös und betreten, als sie heute Morgen ins Krankenhaus kam, und dann hat sie mir alles gestanden, während ich mit ähnlich großen Portionen Scham und Verwunderung kämpfte.

Dad weiß von mir und Brooke – laut Ella schon seit Wochen –, und er hat kein Wort zu mir gesagt. Ich schätze mal, das ist einfach die Royal-Methode. Den wirklich krassen Dingen aus dem Weg gehen. Nicht über Gefühle sprechen. Und ein bisschen bin ich dafür sogar dankbar. Keine Ahnung, wie ich reagieren soll, wenn Dad es doch noch ansprechen wird. Hat er zwar noch nicht, aber Ella hat mir von dem Vaterschaftstest erzählt, deshalb wird er es früher oder später ansprechen müssen, oder?

Das wird eine ziemlich peinliche Unterhaltung. Meinetwegen kann noch viel Zeit vergehen, bis die ansteht.

Dad räuspert sich.»Seid ihr hier bald fertig?« Er schaut vom Pool zu der Sitzgruppe.»Ich hatte gedacht, wir könnten vielleicht alle zusammen essen gehen. Der Jet ist vollgetankt und steht jederzeit bereit.«

»Der Jet?« Am flachen Ende des Pools werden Laurens Augen größer als Untertassen.»Wo geht's denn hin?«

Callum grinst sie an.»District of Columbia. Ich dachte, das wäre was für uns alle.« Er wendet sich an Ella:»Warst du je im District of Columbia?«

Sie schüttelt den Kopf. Und vom Ende des Pools höre ich, wie Lauren den Zwillingen zuzischt:»Wer fliegt denn in einen anderen Bundesstaat, um *essen* zu gehen?«

»Die Royals«, murmelt Sawyer.

»Ich glaube, das schaffe ich noch nicht«, gebe ich zu. Ich hasse es, Schwäche zuzugeben, und das hört man. Aber gerade lassen die Schmerzmittel mal wieder nach. Der Gedanke, aufzustehen und irgendwo hinzufliegen, reizt mich rein gar nicht.»Aber das macht nichts, ich bleibe gern allein hier.«

»Dann bleibe ich auch hier«, sagt Ella sofort.

Ich berühre ihr Knie, wobei mir nicht entgeht, dass Dads Blick der Bewegung meiner Hand folgt.»Nein, nein, geh ruhig mit«, sage ich.»Du bist schon seit sieben Uhr an meiner Seite. Ein Tapetenwechsel wird dir guttun.«

Sie sieht nicht glücklich aus.»Ich lass dich hier nicht allein.«

»Ach, der kommt schon klar«, sagt East. Er ist vom Sessel gesprungen, was mich nicht groß überrascht. Dem fällt schon den ganzen Tag die Decke auf den Kopf. Easton ist nicht dafür gemacht, rumzusitzen und nichts zu tun.

»Geh«, dränge ich.»D. C. wird dir gefallen, glaub mir.«

»Komm schon, kleine Schwester. Dann können wir das Washington Monument aus der Luft anschauen«, versucht es Easton.»Sieht aus wie ein riesiger Schwanz.«

»Easton«, tadelt Callum.

Schlussendlich gelingt es uns, sie zu überzeugen, und schon verstreuen sie sich in alle Winde, um sich umzuziehen. Ich verlasse die Liege und siedele auf die Couch im Spielzimmer um, wo Ella mich zwanzig Minuten später findet.

»Kommst du wirklich allein klar?« Sie beißt sich angespannt auf die Lippe.

Ich zeige ihr die Fernbedienung.»Mach dir keine Sorgen, Babe. Ich schau mir ein Spiel an und schlafe dann 'ne Runde oder so.«

Sie kommt zu mir und gibt mir einen sanften Kuss auf den Mund.»Versprichst du, mich anzurufen, wenn du was brauchst? Dann zwinge ich Callum dazu, uns auf der Stelle zurückzufliegen.«

»Versprochen«, sage ich, hauptsächlich um sie zu beruhigen.

Noch ein Kuss, dann geht sie. Ich höre Schritte und Stimmen im Foyer, dann verstummen alle Geräusche, und im Haus ist es plötzlich so still wie in einer Grabkammer.

Ich strecke mich auf dem Sofa aus und konzentriere mich auf den Bildschirm, wo Carolina an New Orleans' unfähiger Verteidigung vorbeizieht und Touchdown um Touchdown macht. So geil das ist, meinem Team beim Gewinnen zuzuschauen, erinnert es mich doch nur wieder daran, dass ich mindestens zwei Play-off-Spiele der *Riders* verpassen werde, und das macht mich fertig.

Mit einem Seufzen schalte ich den Fernseher aus und will eine Runde schlafen, doch bevor ich die Augen schließen kann, klingelt mein Handy.

Es ist Brooke.

Verdammt.

Weil ich weiß, dass sie mich mit SMS bombardieren wird, wenn ich nicht drangehe, drücke ich auf Annehmen und sage: »Was willst du?«

»Ich bin gerade aus Paris zurückgekommen. Können wir mal reden?«

Sie klingt sonderbar verhalten, was mich sofort vorsichtig macht. »Ich dachte, du bist erst nächste Woche wieder da.«

»Bin ich aber jetzt schon, verklag mich doch.«

Sie ist definitiv nicht sie selbst. Vorsichtig setze ich mich auf. »Ich will nicht hören, was du zu sagen hast. Such dir jemand anderen, den du ärgern kannst.«

»Warte! Leg nicht auf.« Ein zitternder Atemzug. »Ich bin bereit zu einem Deal.«

Meine Schultern straffen sich. »Was, zur Hölle, soll das denn heißen?«

»Komm einfach her, dann können wir reden«, fleht Brooke. »Du und ich, Reed. Bring weder Ella noch einen deiner Brüder mit.«

Ich muss lachen. »Wenn du meinst, du kannst mich verführen, dann –«

»Ich will dich nicht verführen, du kleines Arschloch!« Sie holt tief Luft, als müsse sie sich beruhigen. »Ich will dir einen Deal vorschlagen. Falls du also nicht plötzlich deine Meinung geändert hast und mich mit einem Mal doch in deinem Leben haben willst, schlage ich dir vor, du schwingst deinen Hintern hierher.«

Mein Misstrauen wird nur größer. Sie hat definitiv irgendwas vor, spielt ein Spielchen, auf das ich wirklich keinen Bock habe.

Aber ... wenn die kleinste Chance besteht, dass sie die Wahrheit sagt, sollte ich das ignorieren?

Ich zögere, bevor ich antworte: »Ich bin in zwanzig Minuten da.«

33. Kapitel

ELLA

Das Essen in D. C. hat echt Spaß gemacht, aber ich bin froh und erleichtert, als wir endlich wieder auf der privaten Landebahn aufsetzen. Reed hat mir gefehlt, und mir gefällt die Vorstellung gar nicht, dass er den ganzen Abend allein war und Schmerzen hatte.

»Hast du Lust, einen Film mit Reed und mir zu gucken?«, frage ich Easton, während wir aus der Limousine steigen.

Er sieht so aus, als würde er gerade zusagen wollen, da summt sein Handy. Nur ein Blick aufs Display reicht, und er schüttelt den Kopf. »Wade fragt, ob ich vorbeikomme. Er hat da eine Bekanntschaft, die Zuwendung braucht.«

Callum beschleunigt seinen Schritt, damit er nichts weiter über die Pläne seines Sohnes erfahren muss. Und ich? Ich habe keine andere Wahl.

»Pass bloß auf«, sage ich, gehe auf die Zehenspitzen und gebe ihm einen Kuss auf die Wange.

Zur Antwort wuschelt er mir durch die Haare. »Mach ich immer. Ist immer ein Tütchen drum.« Dann ruft er seinem Vater hinterher: »Genau so wurde es mir beigebracht.«

Ich bin mir nicht ganz sicher, weil es so dunkel ist, aber ich glaube, Callum zeigt ihm daraufhin den Finger.

»Und du pass auch schön auf«, frotzelt Easton. »Man weiß schließlich nie, ob Reed dir ein Kind anhängen will.«
Ich verziehe das Gesicht, und Easton zuckt zusammen. »Sorry, das war dumm.«
»Nein, nein. Schon gut. Davon abgesehen wird ja ein Vaterschaftstest gemacht, dann wissen wir in ein paar Tagen, wer der Vater der Teufelsbrut ist.«
Easton zögert. »Bist du sicher, dass es nicht von Reed ist?«
»Er schwört, dass es nicht seins ist.«
»Dann ist es also von Dad?«
Jetzt zögere ich. Warum muss ich eigentlich diese ganzen Geheimnisse hüten? Callum kann seinen Söhnen doch sagen, dass er sterilisiert ist. »Nein, das glaube ich nicht.«
Easton atmet auf. »Gut. Wir haben in diesem Haus nur Platz für einen weiteren Royal, und das bist du.« Dann gibt er mir einen Kuss auf die Stirn und rennt zu seinem Truck.

Die Zwillinge haben sich in Luft aufgelöst, und als ich ins Haus komme, sehe ich, dass in Callums Arbeitszimmer Licht brennt. Die Treppe zu meinem – und Reeds – Zimmer ist sanft beleuchtet. Gespenstisch ähnlich der Nacht, in der ich Brooke und Reed zusammen erwischt habe. Als ich oben angekommen bin, schaue ich den langen Flur entlang, mein Herz schlägt schneller.

Ich rufe mir ins Gedächtnis, dass auch in jener Nacht nichts so war, wie ich gefürchtet hatte. Es gibt keinen Grund anzunehmen, dass in Reeds Zimmer jemand außer ihm ist. Trotzdem klopft mein Herz wie wild, und meine Hände schwitzen, als ich vor seiner Tür stehe.

»Reed?«, rufe ich.

»Im Bad«, kommt es gedämpft zurück.

Erleichtert atme ich auf und drehe den Türknauf. Das

Zimmer ist leer, aber durch die geöffnete Badezimmertür fällt Licht herein. Ich schaue durch den Spalt und keuche, als ich Reed erblicke.

Er hat den Verband abgenommen, blutige Kompressen liegen auf dem Waschbecken. »Mein Gott, was ist passiert?«

»Die Naht hat sich gelöst. Ich wechsle nur den Verband.« Er wirft die getränkte Kompresse in den Müll und drückt eine frische auf seine Wunde. »Hilfst du mir?«

Sofort bin ich bei ihm, lege die Stirn aber in tiefe Falten, während ich mir das Tape schnappe. »Wie ist das denn passiert? Hast du dich zu sehr bewegt?«

»Eigentlich nicht.«

Ich betrachte ihn aus schmalen Augen. Das war keine Lüge, sondern eine ausweichende Antwort. »Lügner.«

»Ich habe mich ein bisschen bewegt«, gibt er zu. »Keine große Sache.«

Über seinen blauen Augen liegt ein dunkler Schatten. War er etwa unten und hat sich am Sandsack ausgetobt? Macht er sich wegen der Geschichte mit Brooke immer noch fertig? Ich reiße ein Stück Tape ab und werfe einen Blick auf seine Fingerknöchel. Sie erwecken nicht den Eindruck, als hätte er geboxt.

»Ich wusste es doch. Wäre ich mal lieber hiergeblieben«, grummle ich. »Du hast mich gebraucht. Was hast du denn gemacht? Gewichte gehoben?«

Statt zu antworten, gibt er mir einen kurzen, festen Kuss. Als er sich löst, sagt er: »Nichts, ich schwöre es. Ich habe mich nach etwas gestreckt, habe gemerkt, dass was reißt, und jetzt stehe ich hier.«

Ich schürze die Lippen. »Irgendwas verschweigst du mir. Ich dachte, wir hatten uns darauf geeinigt, keine Geheimnisse voreinander zu haben.«

»Lass uns nicht streiten, Baby.« Er nimmt meine Hand,

zieht mich aus dem Bad und zum Bett. »Nichts ist passiert. Ich habe noch eine Tablette genommen, und jetzt geht es mir richtig gut.«

Er grinst mich schief an, aber seine Augen grinsen nicht mit. Wenigstens sieht er mich an. Ich suche in seinen Augen nach Antworten, als mir auffällt, dass sein Mund leicht angespannt ist. Das liegt aber vermutlich an den Schmerzen. Was auch immer heute Abend vorgefallen ist, es muss bis morgen warten. Reed muss ins Bett.

»Ich sehe das gar nicht gern, dass du Schmerzen hast«, sage ich, als wir es uns unter den Decken gemütlich machen.

»Ich weiß. Aber es tut gar nicht so weh.«

»Du solltest dich ausruhen.« Ich schlage leicht gegen das Tape, und es macht mir fast nichts aus, als er deshalb zusammenzuckt. »Siehst du, es tut doch weh.«

»Ach was, Babe. Ich wurde schließlich niedergestochen, schon vergessen?« Er nimmt meine Hände in seine und zieht mich fest an sich.

Sein Brustkorb hebt und senkt sich regelmäßig. Ich könnte auf all das verzichten – die Autos, die Flugzeuge, die Abende in diesen edlen Restaurants –, aber der Gedanke, Reed zu verlieren, ist unerträglich. Ein ungutes Gefühl breitet sich in meinem Bauch aus, während der wahre Grund für meine Besorgnis an die Oberfläche blubbert.

»Es ist meine Schuld, dass du angegriffen wurdest.«

Seine Mundwinkel sinken. »Nein, ist es nicht. Das darfst du nicht mal denken.«

»Aber es ist so. Daniel hätte dich nicht angegriffen, wenn es mich nicht gäbe.« Abwesend streichle ich über seine harten Brustmuskeln und über das Tal zwischen den Rippen und bin einmal mehr dankbar, dass nichts Schlimmeres passiert ist.

»Blödsinn. Ich hab ihn zusammengeschlagen und hab seiner Begleitung erzählt, dass sie mit einem Vergewaltiger zu Abend isst. Er hatte Gründe genug, mich anzugreifen.«

»Vielleicht.« Das glaube ich zwar kein bisschen, aber ich werde Reed sowieso nicht umstimmen. »Ich bin echt froh, dass er weg ist.«

»Dad hat sich darum gekümmert. Mach dir keine Gedanken.« Reed streichelt mir über den Rücken. »Wie war das Essen?«

»Gut. Sehr ausgefallen. Auf der Speisekarte standen lauter Sachen, die ich nicht mal aussprechen konnte.« Foie gras. Kaisergranat. Nori.

Er grinst. »Und was hast du bestellt?«

»Hummer. War sehr lecker.« Genauso der Kaisergranat, der, wie mir erklärt wurde, ein kleiner Hummer ist. Foie gras und Nori habe ich nicht probiert, weil mir das zu eklig klang.

»Schön, dass es dir gefallen hat.« Seine Hände werden langsamer, seine Berührung wird ... erregender.

Ich will abrücken, es ist mir peinlich, wie schnell er mich antörnen kann. In seinem derzeitigen Zustand sollte ich mich unmöglich auf ihn stürzen. Nicht, solange er verletzt ist.

»Du hast mir gefehlt«, gebe ich zu.

Er küsst mich kurz. »Du mir auch.«

»Nächstes Mal kommst du mit. Man kann dir ja offenbar nicht trauen, wenn man dich mal allein lässt.«

Er atmet tief ein und drückt mich an sich. »Abgemacht. Wenn Dad das nächste Mal irgendwo hindüst, sind wir zusammen dabei.«

»Du weißt, dass das komisch klingt, oder?«

»Was genau?«

»Das mit dem Düsen.« Ich gebe ihm einen Kuss auf die Schulter. »Zusammen hingegen klingt gut.«

»Wie gut?«

Das einzige Licht im Zimmer fällt durch den Spalt der offenen Badezimmertür. Es wirft interessante Schatten auf Reed. Ich fahre mit der Nase an seinem Hals entlang, rieche Seife und Shampoo. »Verdammt gut.«

»Baby …« Er räuspert sich. »Du musst damit aufhören.«

»Womit?«

Er sieht mich an, und ich schaue verwirrt zurück.

»Mich anzufassen. An mir zu riechen«, sagt er heiser. »Ich fange sonst an, schlimme Sachen zu denken.«

Meine Mundwinkel gehen hoch. »Schlimme Sachen?«

»Schmutzige Sachen«, berichtigt er.

Mein Grinsen wird breiter. Egal, ob er das sagt, weil es stimmt, oder nur, um mich abzulenken, es wirkt. Ich neige mich zu ihm, bis meine Haare einen Vorhang um unsere Gesichter bilden, und dann küsse ich ihn. Er fährt mit der Zunge über meine Unterlippe, fragt so, ob ich ihn einlasse. Ich öffne den Mund, und er lässt sich nicht lange bitten, vertieft den Kuss sofort.

»Wir sollten damit aufhören«, sage ich. »Dir geht es nicht gut.«

Er grinst mich an. »Dann tu was dagegen.«

»Ist das eine Aufforderung?«

Er lacht, und ich presse meinen Mund wieder auf seinen. Diesmal quäle *ich* ihn mit der Zunge, verschlinge ihn, bis er kaum noch atmen kann. Meine Hand ist wieder in Bewegung, streichelt über seinen Oberkörper, hinunter zu seinem Hosenbund, in seine Boxershorts, wo ich einen Beweis dafür finde, wie viel besser es ihm schon geht – warm, hart und groß.

Als er sich mit einem Stöhnen aufbäumt, schaue ich sofort zu ihm auf. »Alles in Ordnung?«

»Hör jetzt bloß nicht auf.«

»Wo genau tut es denn weh?«, frage ich schüchtern. Ich liebe es, Reed so zu sehen – wie Wachs in meinen Händen. »Überall. Im Ernst, mir tut es überall weh. Ganz besonders hier.« Er tippt sich in den Schritt. »Da musst du küssen, damit es besser wird.«

»*Das* soll ich küssen?«, frage ich gespielt aufgebracht.

»Oh, ja. Ich möchte richtige, ausgiebige Zungenküsse genau *da* ... außer du willst nicht.« Unsicherheit schwingt in dem letzten Satz mit.

Ich unterdrücke mein Grinsen und rutsche hinunter, bis ich zwischen seinen Beinen knie.

Mit eifrigen Händen schiebt er seine Shorts hinunter, bis er ganz entblößt daliegt. Er umfasst seinen Schwanz mit einer Hand und schaut mich dann erwartungs- und hoffnungsvoll an.

»Oh, mein armer Schatz«, summe ich und fahre mit der Fingerspitze über seinen Handrücken.

Ich senke den Kopf, und er greift sofort hinunter, um mir die Haare aus dem Gesicht zu streifen. Als sich mein Mund um ihn schließt, zischt er vor Lust.

»Scheiße, ja.« Er klingt gequält, aber den Schmerz, den er gerade spürt, verursache ich. Was für ein berauschendes leises Gefühl von Macht. Seine zitternden Hände finden zurück in mein Haar.

»Baby ... Ella«, keucht er, dann kommen keine Wörter mehr, nur noch Laute. Tiefes Stöhnen, abgehacktes Seufzen und unterdrücktes Flehen. Er zieht so sehr an meinen Haaren, dass ich ihn für einen Moment freigebe und in sein Gesicht schaue, das vor Lust verzerrt ist ... und vielleicht sogar vor Liebe.

Ich senke den Kopf wieder, nehme so viel von ihm in den Mund, wie ich kann. Er ist groß und schwer, aber sein Gewicht auf meiner Zunge macht mich mehr an, als ich je für

möglich gehalten hätte. Unter mir spüre ich seine Verzweiflung und sein Verlangen. Ein berauschendes Gefühl von
Macht überkommt mich. Wenn ich jetzt aufhören würde,
könnte ich Reed sicher jedes Versprechen abnehmen.
Aber ich möchte ja gar nichts. Nur ihn. Und das Wissen,
wie sehr er mich will, macht mich total an. Mit meinen
Händen, meinen Lippen, meiner Zunge bringe ich ihn bis
an den Rand ...

»Stopp ... Ich komme«, stöhnt er und zupft schwach an
meinen Haaren.

Meine Lippen schließen sich fester um ihn. Ich möchte,
dass er kommt. Ich möchte, dass er die Kontrolle verliert.
Ich werde schneller, sauge und lecke, bis er sich verspannt –
und dann explodiert.

Als sein Körper endlich wieder zur Ruhe kommt, zieht er
mich zu sich hinauf.

»Reed?«, flüstere ich.

»Ja?« Seine Stimme klingt wie ein Reibeisen.

»Ich, äh, liebe dich.«

»Ich ... liebe dich auch.« Er vergräbt sein Gesicht an meinem Hals. »Du kannst dir gar nicht vorstellen, wie sehr.
Ich ...« Er flucht leise. »Du weißt, dass ich alles für dich tun
würde, oder? Wirklich alles, damit dir nichts passiert?«

Mir wird ganz warm im Bauch. »Wirklich alles?«

»Alles«, wiederholt er, und dann küsst er mich, bis wir
beide keine Luft mehr bekommen.

34. Kapitel

Das Display meines Handys zeigt zwei Uhr früh an, aber geklingelt hat es nicht. Irgendwo im Haus läutet es unaufhörlich. Ich werfe einen Blick zu Reed, der sich über zwei Drittel der Matratze ausstreckt und nichts mitbekommt.

Ich ziehe mir das Kissen über den Kopf und schließe die Augen, aber das Klingeln hört nicht auf. Und nicht nur das, plötzlich sind da Schritte im Flur, dicht gefolgt von lautem Schlagen gegen eine Tür.

Sofort sitzt Reed aufrecht im Bett, die Haare zerzaust, die Miene verwirrt. »Was zur Hölle ...«

Aus dem Foyer ruft jemand wütend: »Eine Minute, verdammt.« Es klingt nach Callum, aber was er sagt, ist schwer zu verstehen. »Ich habe doch gesagt, ich hole ihn.«

Scheiße. Reed und ich springen aus dem Bett. Es ist das eine, dass Callum über uns Bescheid weiß, aber etwas ganz anderes, uns in einem Bett zusammen zu entdecken. Ich stehe zur Hälfte in meiner Jeans und Reed in einem Shirt, als die Schritte vor meiner Tür verstummen.

Wir erstarren beide, als wir Callums aufgebrachten Schrei hören. »Das ist mein siebzehnjähriges Mündel. Sie gehen da erst rein, wenn sie definitiv angezogen ist!«

Was ist da los?
»Wer ist das?«, flüstere ich.

Reed schaut mich mit großen Augen auch, er ist genauso ahnungslos wie ich.

»Ella«, dröhnt Callums Stimme durch den Flur, »wir haben Besuch. Würdest du dich so schnell wie möglich anziehen und nach unten kommen?«

Ich räuspere mich. »Ja, okay. Bin sofort da.« Ich zucke zusammen, als mir bewusst wird, dass meine Antwort ja aus Reeds Zimmer kommt.

Callum zögert, dann sagt er. »Weck Reed und bring ihn mit.«

Sonderbar. Schnell ziehe ich die Jeans das letzte Stück hoch und nehme den Pulli von der Kommode. Reed lässt sich Zeit.

»Babe, alles wird gut. Du bist noch Jungfrau, das werde ich Dad sagen.«

Ich sause zu ihm hin und presse ihm die Hand auf den Mund. »Oh, mein Gott. Das wirst du schön bleiben lassen. Darüber reden wir nicht mit Callum. Niemals.«

Reed verdreht die Augen und nimmt die Hand von seinem Mund. »Mach dir keine Sorgen. Er wird uns allerhöchstens anschreien.«

»Und muss er uns dazu mitten in der Nacht wecken?«

»Dramatischer Effekt. So kann er umso eindrucksvoller zeigen, wie wichtig es ist, dass wir vorsichtig sind. All der Mist.« Er zuckt zusammen, als ich ihn zur Tür zerre.

Sofort lasse ich seine Hand los. »Hast du Schmerzen?«

Er bewegt langsam den Arm, testet, ob er die Verletzung spürt. »Ein kleines bisschen. Aber in ein paar Tagen bin ich sicher wieder der Alte, kein Grund zur Sorge.«

Jetzt bin ich es, die ihm einen angewiderten Blick zuwirft. »Das meinte ich gar nicht. Du hast irgendwas gemacht, während wir in D. C. waren, oder?«

Er zuckt mit den Schultern. »Nichts Wichtiges. Ich hab's dir doch schon gesagt. Die Naht ist ein bisschen aufgegangen, kein großes Ding.«

Callum erwartet uns am Treppenansatz, der seinen Flügel des Hauses von unserem trennt. Von hier führt die Treppe hinunter zum Erdgeschoss. Er trägt eine Anzughose und ein weißes Hemd, das falsch zugeknöpft ist.

»Dad«, sagt Reed vorsichtig. »Was ist los?«

Sein Blick wandert wild von Reed zu mir. »Wo warst du heute Abend?« Er keucht. »Nein, antworte lieber nicht. Je weniger ich weiß, desto besser.«

Reed macht einen Schritt auf ihn zu. »Was, zur Hölle, ist los?«

Callum fährt sich mit beiden Händen durch die Haare. »Die Polizei ist hier. Sie wollen wissen, wo du heute Abend warst. Sag einfach kein Wort, bis Grier hier ist.«

Grier war einer der Namen, die in goldenen Buchstaben an der Tür der Anwaltskanzlei standen, wo Steves Testament verlesen wurde.

»Geht es um Daniel? Haben sie den Typen geschnappt, der Reed angegriffen hat?«, platzt es aus mir heraus.

Schweigen. Das längste Schweigen, das man sich vorstellen kann. Es hält so lange an, bis mir die schrecklichsten, grauenvollsten Szenarien durch den Kopf gehen. Aber keins davon löst die Panik in mir aus, die aufkommt, als Callum endlich antwortet.

»Brooke ist tot –«

Was?

»– und Reed wird des Mordes verdächtigt«, presst er hervor. Sein Blick ist starr auf Reeds Gesicht gerichtet, aus dem sämtliche Farbe gewichen ist.

Oh, mein Gott.

Instinktiv fällt mein Blick auf Reeds Flanke, wo die Kompresse sich wahrscheinlich genau in diesem Moment rot verfärbt. Dann schaue ich zurück zu Callum, und mein Mund öffnet und schließt sich.

»*Wie ist das passiert?*«

»*Ich habe mich ein bisschen bewegt ... Keine große Sache.*« Kaum taucht dieser Gedanke in meinem Kopf auf, möchte ich mich dafür schlagen, dass ich ihn überhaupt gedacht habe. Nein. Niemals. Egal, wie abgrundtief er sie gehasst hat, Reed würde nie ... er würde nie ...

Oder doch?

Du weißt, dass ich alles für dich tun würde, oder? Wirklich alles, damit dir nichts passiert?

»Mr Royal«, sagt eine Stimme vom unteren Treppenansatz. Ein müde aussehender Mann in einem zerknitterten Anzug legt eine Hand aufs Geländer und stellt einen Fuß auf die unterste Stufe. »Der Haftbefehl wurde unterschrieben. Ihr Sohn wird uns begleiten müssen.«

»Wer hat den Mist denn unterschrieben?«, will Callum wissen, während er die Treppe hinunterläuft.

Der Mann hält ihm ein Stück Papier hin. »Richter Delacorte.«

Callum nimmt ihm das Blatt aus der Hand, dann kommt der Mann mit zwei Polizisten die Treppe hinauf, die mir bis dahin noch nicht aufgefallen waren. Einer von ihnen greift nach Reed, dreht ihn um und presst ihn gegen das Geländer.

»Das ist nicht nötig.« Callum sprintet die Treppe wieder hinauf. »Er kommt freiwillig mit.«

»Tut mir leid, Mr Royal. Vorschrift«, erklärt der Mann und sieht dabei schrecklich selbstzufrieden aus.

»Du sagst kein Wort«, ermahnt Callum seinen Sohn. »Kein Wort.«

Reeds Blick brennt, als er mich anstarrt.

Ich liebe dich.

Ich liebe dich auch.
Ich würde alles für dich tun.
Irgendwie müssen wir sie loswerden.
Brooke aus unserem Leben löschen.
Ich liebe dich.
»Ich liebe dich«, sage ich, als der Polizist ihn abführt.
Ein wütender Ausdruck blitzt auf seinem Gesicht auf,
aber er sagt kein Wort – und ich weiß nicht, ob er einfach zu
große Angst davor hat, etwas zu sagen, oder ob er nur der
Aufforderung seines Vaters folgt.

Ich fange an, am ganzen Körper zu zittern. Callum legt
einen Arm um meine Schultern. »Hol dir ein Paar Schuhe,
dann fahren wir zusammen zur Wache.«

»Die Jungs«, sage ich schwach. »Wir sollten ihnen Bescheid geben.« Ich sehe ihm an, dass er widersprechen will.
»Wir müssen Reed zeigen, dass wir als Familie hinter ihm
stehen. Und sie wollen sicher mit.«

Dann nickt Callum. »Okay, hol sie.«

Ich drehe mich um und hämmere erst an Eastons Tür,
dann an die der Zwillinge. »Wacht auf!«, rufe ich. »Wacht
auf!«

Es klingelt noch einmal an der Haustür. Ich renne hinunter, glaube aus irgendeinem Grund, es ist Reed, der sagt,
dass das alles nur ein geschmackloser Witz ist. Ein früher
Aprilscherz.

Callum erreicht zuerst die Tür und reißt sie auf. Er
stürmt hinaus, erstarrt aber eine Sekunde später. Er bleibt
so abrupt stehen, dass ich in ihn hineinlaufe.

»Du lieber Gott«, keucht er.

Ich weiß nicht, warum er stehen geblieben ist. Ich kann
nicht an ihm vorbeischauen.

Während Callum wie eine Statue dasteht, trete ich neben
ihn und blinzle verwirrt.

Am unteren Ende der Steintreppe steht ein Mann. Glattes blondes Haar hängt ihm bis auf die Schultern. Ein Vollbart verbirgt fast sein gesamtes Gesicht. Die Hose und das Polohemd hängen an seinem dürren Körper, als wären sie zwei Nummern zu groß.

Er kommt mir sonderbar bekannt vor, obwohl ich mir ziemlich sicher bin, dass er mir noch nie zuvor begegnet ist.

Unsere Blicke treffen sich. Seine Augen sind hellblau, gerahmt von blonden Wimpern.

Mein Puls beschleunigt, weil ich mir jetzt selbst nicht glauben kann. Ich *kenne* ihn. Das ist –

»*Steve?*«, ruft Callum.

Danksagung

Wie immer hätten wir dieses Projekt ohne die Hilfe von ein paar ziemlich fantastischen Menschen weder schreiben noch fertigstellen oder überleben können:

unsere Vorableserinnen Margo, Jessica Clare, Meljean Brook, Natasha Leskiw und Michelle Kannan, die uns wertvolle Tipps lieferten, uns ermunterten, uns nicht zurückzunehmen, und das Buch zweimal lasen.

Unsere Pressesprecherin Nina, die unermüdlich für uns im Einsatz ist und ihre Arbeit dabei vollkommen mühelos erscheinen lässt.

Meljean Brook für das umwerfende amerikanische Coverdesign.

Nic und Tash für all die Arbeit hinter den Kulissen.

Unseren Autorenfreunden Jo, Kylie, Meghan, Rachel, Sam, Vi und vielen weiteren für ihre Unterstützung und ihre Begeisterung für die Royals.

Allen Bloggern und Rezensenten, die diese Serie weiter unterstützen und sich für sie einsetzen.

Außerdem hat es uns regelrecht umgehauen, wie viele Leserinnen und Leser sich in die Paper Princess verliebt und ihr Glück in die Welt hinausgerufen haben. Die Kunstwerke der Fans sind einfach Wahnsinn. Leserinnen und Leser haben Playlisten erstellt und sich die Zeit genommen, Rezensionen zu schreiben und zu posten. Die Mitglieder des *Royal Palace* auf Facebook sorgen tagtäglich für unsere Unterhaltung. Ihr verleiht dieser Reihe Leben, und dafür können wir gar nicht genug danken!